Marion Weinand

Lava und Eis

Rheinland-Saga 1

Bibliografische Information der Deutschen Nationalbibliothek:
Die Deutsche Nationalbibliothek verzeichnet diese
Publikation in der Deutschen Nationalbibliografie;
detaillierte bibliografische Daten sind im Internet über
http://dnb.d-nb.de abrufbar.

Titelfoto: Sven von Loga - GeoExkursionen
www.uncites.de

Herstellung und Verlag: Books on Demand GmbH,
Norderstedt.

ISBN 9783752829211

Einleitung

Unsere Erkenntnisse über das Leben der Jäger und Sammler am Ende der letzten Eiszeit in Europa bauen sich auf wenige archäologischen Fundstellen auf. Nur unter glücklichen Umständen sind Relikte des täglichen Lebens erhalten geblieben. Werkzeuge aus Holz, Reste von Kleidung, Behälter aus Leder oder Pflanzenfasern sind im Boden fast immer völlig vergangen.

Aber mit Hilfe der Pollenanalyse kann man zum Beispiel rekonstruieren, welche pollentragenden Pflanzen und Bäume es im wärmer werdenden Klima der Nacheiszeit gegeben hat. Diese Erkenntnisse helfen bei den Überlegungen, welche Materialien und Nahrungsmittel den nacheiszeitlichen Europäern zur Verfügung gestanden haben könnten. Der Bestand an damaligen Tieren ergibt sich aus dem pflanzlichen Futterangebot, aus Knochenfunden und Vergleichen mit heutigen Tundraregionen.

Der Roman hält sich in größtmöglichem Umfang an die archäologischen und vulkanologischen Befunde. Pflanzen, Tiere und Materialien werden genutzt wie es die damalige Umwelt möglich gemacht haben sollte. Die Dinge des täglichen Lebens werden in diesem Roman so hergestellt wie es alte Handwerkstechniken bis in die Neuzeit zeigten.

Den Sonnenkreis gibt es tatsächlich in der Realität an genau der Stelle, die im Roman beschrieben ist. Am Goloring bei Wolken in der Eifel ist eine bronzezeitche Hengeanlage nachgewiesen. Die nachweislichen Ursprünge reichen bis in die Jungsteinzeit zurück. Allerdings habe ich mir erlaubt, den ersten möglichen Bau dieser Anlage weit zurückzuverlegen.

Die Romanhandlung spielt in der Phase der umwälzenden Veränderungen am Ende der letzten Eiszeit vor rund 13000 Jahren. Europas Küsten lagen noch weit vorgeschoben vor den heutigen und das Nordseegebiet zeigte sich als Tundra. Der heutige Ärmelkanal stellte damals die gemeinsame Entwässerungzone von Rhein und Themse, von Maas und Seine in den Atlantik dar, denn durch das in den Gletschern gebundene Wasser lag der Meeresspiegel noch um rund 80 Meter tiefer als heute. Langsam, dann immer schneller, schmolzen die Gletscher ab. Dank der höheren Temperaturen mussten sich Pflanzen- und Tierreich - und damit auch die Jäger und Sammler - an die neue Situation anpassen.

Genau in diese Zeit des Umbruchs fällt der bisher letzte Ausbruch des Eifelvulkans, dessen noch immer aktive Reste heute im Laacher See schlummern. Der explosive Ausbruch verursacht in der beginnenden Warmphase noch einmal einen kurzen Kaltzeiteinbruch durch die in die Atmosphäre geschleuderten Aschewolken. Die vulkanischen Ablagerungen verändern drastisch die direkte Umgebung des Vulkans, und die Bevölkerung der Region von Osteifel und Rheinischem Mittelgebirge muss die Flucht antreten.

Glossar

Landschaft
Merólia-Karánga-/Drachenzackenberge -
Vulkane der Osteifel und des Siebengebirges

Lomondo	-	Maas
Tanoro	-	Rhône
Großer Fluss	-	Rhein
Krummer-Knoten-Fluss	-	Mosel

Kultur

Shirolan	-	Sonne
Shirolan-Doppelwelle	-	ein Jahr
Shirolan-Kreis	-	kreisförmige Wallanlage
Akudari	-	Firmament/Ahnensterne
Göttersterne	-	Planeten/Wandelsterne
Ehrwürdige Eingeweihte	-	Träger des Wissens
Kahu/Kahua	-	Meister der Handwerke
Giringha	-	Stirn-Tattoo
Khuraina-Kahu	-	Schnitzmeister
Chamra-Kahu	-	Ledermeister
Sajana-Kahu	-	Schneidermeister
Ijatiba-Kahu	-	Heilermeister
Churi-Kahu	-	Klingenmeister

Sonstiges

Schwarzknolle	-	Manganknolle
Alikio	-	Penis
Kutuni	-	Klitoris
Tukuru	-	Ejakulat
Yongami	-	weiblicher Intimbreich

Mohnclan
Irilani
Mutter Saina
Vater Onpu
Schwester Irsa
Bruder Koro

Bärenclan
Tomaru
Rohento

Rotsteinclan
Watenko

Wolfsclan
Bohatu
Hinomo
Eletana
Misoni

Sonstige
Ayubo   - Ijatiba-Kahu am Kreis
Sorotume   - Bediensteter am Kreis

Karte Mitteleuropas vor 13000 Jahren

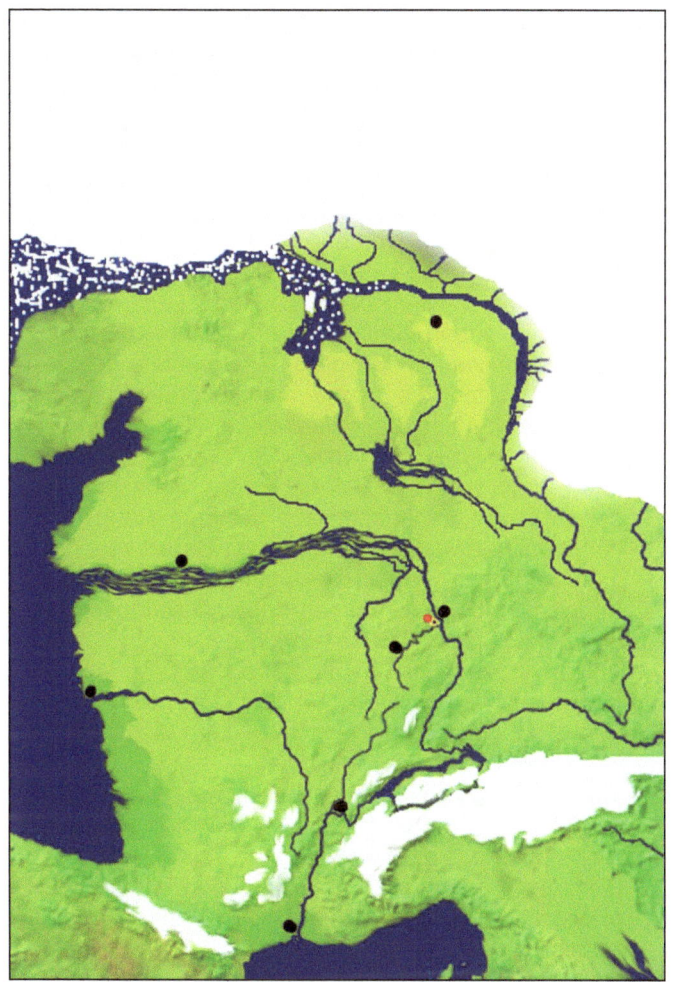

Die Karte zeigt die Region Westeuropa mit Irland, Großbritannien, Nordsee, Ärmelkanalgebiet, Frankreich, Schweiz und Deutschland., mit den vereisten Alpen und Pyrenäen. Die Küstenlinien sind völlig verändert, weil der Meeresspiegel damals noch deutlich tiefer lag als heutzutage. Irland, England und Nordseegebiet sind miteinander verbunden.

Südlich und östlich des heutigen Englands entwässern sich die großen Flüsse nach Westen in den Atlantik oder nach Norden durch die damalige Nordseetundra. Der Golf von Morbihan vor der Bretagne und Aquitanien ist ebenfalls trockenes Land.

Im Norden liegen die Gletscher noch über Skandinavien, davor verläuft die große Abflussrinne der Gletscherschmelze, die in die mit Eisbergen bedeckte damalige Nordseeküste mündet.

Der Sonnenkreis bei Wolken/Osteifel ist durch den roten Punkt markiert. Das Lager des Mohnclans liegt östlich davon, rechtsrheinisch auf dem Hang, oberhalb von Neuwied. Gegenüber, im Gebiet des heutigen Andernach, siedeln die Jäger des Bärenclans.

Südwestlich am Krummen-Knotenfluss/Mosel liegt das neue Lager der Clans nach der Flucht vor dem Vulkanausbruch, das heutige Trier.

Noch weiter südlich, an der Mündung der heutigen Saône in die Rhône, wo heute Lyon liegt, ist das Lager des Wolfclans angesiedelt.

Tief im Süden, am Tanorofluss/Rhône in der heutigen Region von Orange, treffen Tomaru und Ayubo auf die Händler aus dem Osten.

Ganz im Westen, im vorgeschobenen Mündungsgebiet der Loire, liegt der westliche Sonnenkreis mit seinen Steinreihen.

Nördlich davon, jenseits des heutigen Ärmelkanals, befindet sich das Winterlager der Nordjäger. Deren Sommerjagdlager markiert der oberste Punkt auf der Karte. Dort befindet sich heute die Doggerbank in der Nordsee, damals ein Höhenzug in der Tundra.

Kindheitserinnerungen

Irilani lag entspannt am Rande des Berghanges im sommertrocken knisternden Gras und schaute nachdenklich unter halbgeschlossenen, lang bewimperten Lidern über den Grossen Fluss hinüber, wo die glühende Abendsonne langsam zum gezackten Horizont hinab rollte und die dunklen Bergkuppen der Merólia-Karánga-Berge blauschwarz vor dem goldenen Himmel hingen. Den Kopf in ihre verschränkten Arme gebettet und ein Bein lässig über das andere geschlagen, versuchte sie, mit dem rechten dicken Zeh die tief stehende Sonnenscheibe abzudecken und ihrem schrägen, träge sinkenden Lauf zum nächtlichen Abgrund zu folgen.

Die Alten glaubten, dass sich unter den jenseits des Flusses abzeichnenden Hügeln ein Feuer spuckendes Ungeheuer vor uralten Zeiten zu einem unendlich tiefen langen Schlaf niedergelegt hatte, nachdem es das Land mit dem verzehrenden Feuerstrom seines Maules schwarz verbrannt und mit Asche und Staub verwüstet hatte. Es ging die Legende, dass der Boden rumpelte und grollte und die Berge erzitterten, wenn sich der Drache unruhig im Schlaf herumdrehte. Irilani tat dies nicht als wichtigtuerisches Gerede der alten Geschichtenerzähler ab, denn sie hatte schon zweimal in ihrem Leben ein solches Grollen miterlebt. Als Kind war sie aus dem Schlaf gerissen worden, als ein unheimliches, unterirdisches Donnern herangerollt war, das sich anhörte, als käme eine riesengroße Herde Pferde herangaloppiert. Das Zucken und Stoßen der Erde hatte sie fast von ihrem Lager geschüttelt.
Die nächtliche Aufregung hatte ihr die Tränen der Angst aus den aufgerissenen Augen getrieben und über die Wangen rollen lassen. Vor Entsetzen ganz starr hatte sie beobachtet, wie Vater und Mutter, Tante und Onkel hinausgerannt waren, sich auf die Knie

geworfen, die Hände flehend gerungen und mit schrillen, angstverzerrten Stimmen alle Akudari und Göttersterne angerufen hatten, ihr Leben zu schonen. Als die Erwachsenen sich endlich gefasst hatten, war ihre Mutter wieder hereingekommen und hatte sie liebevoll tröstend an sich gedrückt. Obwohl geborgen in den Armen ihrer Nana, hatte Irilani nur schwer wieder in den Schlaf gefunden.

Ihr kleiner Bruder Koro war wie ein verschreckter kleiner Hase an die breite Brust seines Vaters geflüchtet. Der hatte ihm leise beruhigende Worte ins Ohr gemurmelt und Koros Panik besänftigt. Ihre gleichaltrigen Verwandten klammerten sich ebenfalls schutzsuchend in die Arme ihrer Eltern, die furchterfüllte Blicke mit den anderen Hüttenbewohnern tauschten, bis die Müdigkeit sie wieder in den Schlaf zwang.

Jeder hatte inbrünstig gehofft, dass den fast erwachsenen jungen Männern und Frauen, die irgendwo draußen im weiteren Umfeld der Siedlung die Jagdnacht im Freien verbrachten, nichts Schlimmeres geschehen war.

In der ersten Helligkeit des Morgens hatten sich alle umgesehen, ob irgendwelche Schäden an den Hütten und Zelten entstanden waren. Zum Glück stellte sich schnell heraus, dass nur einige der Beschwerungssteine verrutscht waren, die die Wand- und Dachfellbahnen am Boden hielten. Man hatte sie einfach wieder an ihren Platz gesetzt und war zu den alltäglichen Verrichtungen übergegangen.

Beim ersten Drachenzittern war sie noch sehr jung gewesen. Das Ereignis war bald so tief in ihrem Kindergedächtnis verschwunden, dass sie sich kaum daran erinnert hätte, wenn die Geschehnisse von damals ihr nicht siedend heiß in Erinnerung gekommen wären, als es vor ein paar Wochen wieder ein ähnliches Ereignis gegeben hatte. Sie absolvierte gerade beim Chamra-Kahu, dem Ledermeister, ihre letzte Lehrstunde in Lederbearbeitung, die jedes Kind bis zu seinem sechzehnten Lebensjahr beherrschen musste. Urplötzlich hatte sie ein unangenehmes und beunruhigendes Gefühl überkommen und ihre Armhärchen hatten sich aufgestellt.

Die Geräusche der Natur waren plötzlich völlig verstummt, ein Schleier des Schweigens hing über den Wiesen. Und schon begann sich ein tiefes Rumpeln und bedrohliches Grollen durch den Berg nach oben hindurchzuarbeiten und den Boden ins Schwanken zu bringen. Von Furcht erfüllt, hatte sie sich auf die graublauen Schieferfliesen geworfen, sich fest an den bockenden Boden geschmiegt und mit ängstlich zugekniffenen Augen leise flehentliche Bitten um Gnade gemurmelt, bis das unheimliche Zittern und Knirschen des Bodens verebbt war.

Als sie den Schrecken niedergerungen hatte, der ihre Fingerspitzen heiß pulsieren und ihr Herz flattern ließ und sie sich, noch halb auf Knien liegend umschaute, konnte sie ihren Kahu beobachten, der aus tiefstem Herzen fluchend umgestürzte Holzgestelle aufrichtete. Die aufgespannten Häute waren beinahe ins Räucherfeuer gefallen. Doch der Kahu war nicht so furchtsam wie Irilani und war geistesgegenwärtig und schnell genug auf den Beinen gewesen, um seine Arbeit von mehreren Tagen zu retten.

Er hatte ihr einen aufmunternden Blick zugeworfen und leise vor sich hin gemurmelt, dass die Alten von zweien solcher Drachenbewegungen während eines Zeitraumes von fünf Sommern noch nie berichtet hätten und dass er vermutete, dass dies alles nur noch viel, viel schlimmer werden würde. Ein Blick hinüber zu Irilani genügte und er rief er zu:

„Du siehst aus wie ein verschrecktes Vögelchen. Beruhige dich doch, es ist für dieses Mal vorbei! Ich denke, den Rest des Tages wirst du kaum noch zu etwas zu gebrauchen sein. Deine Lehrstunde ist für heute beendet!"

Dankbar trottete Irilani davon und verbrachte mit den Siedlungsbewohnern den halben Tag damit, über dieses besonders erschütternde Ereignis zu diskutieren und sich die alten Legenden wieder einmal erzählen zu lassen, während eine der Frauen Flechtwerkmatten wob und die anderen mit Näh- oder Schnitzarbeiten beschäftigt waren. Da der Ijatiba-Kahu, als geistiger Anführer des Clans, auf seinem pflichtbewussten kleinen Rundgang durch die Siedlung keine Aufregung verbreitete und das Ereignis als nicht gefährlich einstufte, verdrängten die Mitglieder des Mohnclans das Beben schnell aus ihrer Erinnerung.

Irilani reckte und streckte sich ausgiebig, bis ihre Gelenke laut in der Stille knackten, zog sich einen frischen Grashalm aus der Wiese, steckte sich ihn zwischen die Lippen, wo sie ihn lustig wippen ließ. Mit neu überkreuzten Beinen ließ sie jetzt den anderen dicken Zeh dem Lauf des Sonnenballes folgen und erinnerte sich mit einem nachsichtigen Lächeln an ihre frühen Kindheitsjahre.

Oft war sie mit den anderen kleinen Kindern von einer Hütte zur anderen gelaufen und hatte neugierig den Verrichtungen von Mutter und Tanten, von Oonus und Oonas, Naonos und Naonas zugesehen. Geduldig hatten alle Clanmitglieder ihnen reihum gezeigt, welche Handgriffe wie und am besten auszuführen waren. Sie musste damals genauso lustig ausgesehen haben wie die derzeit Jüngsten, die die Säume ihrer Lederhemdchen über den Boden schleifen ließen und ihre asche- und staubüberpuderten Näschen und Patschhändchen in jeden Behälter steckten, der ihre unstillbare Neugier weckte. Nicht immer konnten alle Dinge vor ihren tollpatschigen Fingerchen rechtzeitig in Sicherheit gebracht werden.

Spielerisch lernten sie von allen Bewohnern wie man Rindenbast trocknete und die Bastfäden säuberlich auf Knochen- oder Geweihstücke aufrollte. Sie bastelten kleine Pferdespielzeugpuppen aus Fellresten und stopften sie mit Laub, getrocknetem Moos und Federresten aus. Mit offenstehenden Mündern und großen Augen verfolgten sie fasziniert wie der Schnitzmeister aus Birken- und Kiefernholz, Knochen oder Elfenbein nach und nach kleine Figürchen aus dem Holz herausarbeitete, die in die Akudari-Nischen gestellt, als Anhänger getragen oder als Totenbeigabe mitgegeben wurden.

Natürlich sahen sie auch zu, wie Bögen aus Kiefernholz entstanden oder die Männer ihre wertvollen, von weither eingehandelten Eibenbögen nachbehandelten oder verzierten. Aus Reststücken schnitzten die Jäger passende Kinderbögen oder die Kleinen versuchten es selbst. Aus Unwissen und Unachtsamkeit brachen viele Bögen beim Üben, aber das machte nichts, denn die Bögen mussten nicht lange halten; sie wuchsen sozusagen mit und wurden sowieso immer wieder neu gemacht, angepasst an die sich verändernde Körpergröße und die wachsenden Kräfte. Später versuchten sich die Kinder selbst darin, einen brauchbaren Bogen hinzubekommen, mit dem man tatsächlich schon kleine Tiere jagen konnte - falls man genügend übte.

Am Ende ihrer Kleinkinderzeit, als Mädchen von sechs Jahren, bekam Irilani die ersten festen Aufgaben im täglichen Leben der Siedlung übertragen. Sie erinnerte sich, dass sie sich ganz furchtbar wichtig und stolz fühlte, als sie zum ersten Mal mit dem Reisigbesen die Hütte ausfegen oder die verstopfte Schmutzfangreuse oberhalb der Wasserbecken von

Blättern, Ästchen und Erde reinigen durfte. Mit stolzgeschwellter Kleinmädchenbrust hatte sie das Lob für gut gemachte Arbeit entgegengenommen oder sich auch unter einem tadelnden Blick flink aus der elterlichen Unwetterzone entfernt, wenn sie mehr Unsinn getrieben, als gute Arbeit geleistet hatte.

Einige Mitglieder der Siedlungsgruppe, die wegen Krankheiten oder Verletzungen nicht mehr auf die Jagd oder zum Sammeln gehen konnten, brachten ihr bei, Pilze auf Birkenbast aufzufädeln und in der Sonne oder im Rauch des Feuers zu trocknen. Ganze Bündel von getrockneten Pilzsträngen hingen später in der Vorratshütte von der Decke.

Die Röstung von Haselnüssen war eine Aufgabe, die Erfahrung erforderte, um den richtigen Zeitpunkt zwischen nicht gar und verkohlt abzuschätzen.
Für die Röstung legte man ein Bett aus festgestampfter Erde an, auf dem die geernteten Haselnüsse ausgebreitet wurden. Darüber legte man wieder eine Schicht Erde und errichtete und entzündete einen Holzscheiterhaufen über dem Hügel. Die Hitze der Glut röstete langsam die Nüsse im Inneren, ohne sie zu verbrennen, falls man gut aufpasste! Die so haltbar gemachten Nüsse grub man nachher wieder aus und füllte sie nach dem Auskühlen in die Vorratskörbe.

Die gesammelten Ballen von Moosen und Wollgraswatte wurden ebenfalls in großen Körben aufgehoben und dienten der Auspolsterung verschiedener Kleidungsstücke und der Sitz- und Schlafpolster. Der faserig wollige Blütenstand des Röhrichts vom Fluss wurde zusammen mit Tierhaaren zu dichten Matten gepresst und geklopft und für allerlei wärmeschützende Maßnahmen verwendet.

Stundenlang wusch sie die langen Schweif- und Mähnenhaare der erlegten Pferde, kämmte sie, flocht sie zu Zöpfen und hängte sie zur Lagerung auf. Zu feinen Schnüren verzwirnt, geflochten oder geknotet wurden sie oft mit dünnen Lederstreifen und anderen Fasern kombiniert. Sie stellten das Grundmaterial für besonders elastische Befestigungen dar und wurden bei der Herstellung von Bogensehnen und Angelleinen, als Nähmaterial und für Stickmuster verwendet.

Wenn die Sammler im Frühsommer mit dem abgezapften Saft der Birken heimkamen, ließ man ihn gären, was ihn in ein berauschendes Getränk verwandelte. Irilani hatte als Kind nie so recht verstanden, worin das Geheimnis lag. Das Getränk war den Erwachsenen vorbehalten und durfte erstmals nach dem ersten Shirolan-Fest getrunken werden. Ihre Clanmitglieder waren abends immer sehr lustig und fröhlich zu Bett gegangen, wenn sie davon ausgiebig genossen hatten.

Viele der Pflanzen, Wurzeln und Kräuter, die die Sammler mitbrachten, wurden frisch, getrocknet oder zerrieben den täglichen Gerichten zugegeben. Es gab aber eine ganze Reihe Samen, Kräuter und Beeren, die nicht so ohne weiteres essbar waren; manchmal durften die Kerne und Samen verzehrt werden, bei anderen gerade die Kerne nicht, dafür war die Beere genießbar oder die Wurzel. Manche wurden auch sofort aussortiert und dem Heiler-Kahu übergeben. Das Wissen über die Nutzbarkeit der Pflanzen nahm den größten und wichtigsten Teil der kindlichen Ausbildung ein.

Später durfte sie auch die Quarzsteine der Feuergrube erhitzen und die glühenden Klumpen in die Suppengrube gleiten lassen. Es hatte sie einiges an Übung gekostet, die Steine nicht einfach in die mit Leder ausgeschlagene Eintiefung hineinplatschen, sondern sie vorsichtig von der Elchgeweihschaufel hineingleiten zu lassen.

Als man ihr endlich zutraute, mit den mörderisch scharfen Feuersteinklingen gefahrlos umzugehen, übertrug man ihr die wenig ruhmverheißende Aufgabe, die benutzten Feuersteingeräte, benutzte Behältnisse und Werkzeuge aus Holz, Geweih, Knochen und Elfenbein am Waschbecken zu reinigen. Mit Hilfe von Lederresten, einem Schrubber aus zusammengebundenen kurzen Reisigen und Asche reinigte sie alles gründlich, wenn der Tag sich dem Ende zuneigte.

Ihr Fleiß hatte aber auch Grenzen. Oft verdrückte sie sich auf schnellstem Wege, wenn die Aufmerksamkeit der Aufpasser nachließ oder sich offensichtlich ein ungeliebter Arbeitsauftrag in Gestalt der Oona auf sie zu bewegte. Ihre liebste Beschäftigung war es gewesen, mit den Siedlungskindern im Hang über den Hütten oder am Flussufer Verstecken und Fangen zu spielen, allerdings war im Lager immer so viel zu erledigen, dass sie nur selten der Arbeit entkommen konnte. Mit einem Reim zählten sie ab, wer das zu jagende Wild darstellen sollte. Man gab dem „Opfer" einen ausreichenden Vorsprung, bevor alle sich auf die Pirsch machten, die Verstecke in Sträuchern und Hecken, hinter Grasbüscheln, Felsbrocken und in Baumkronen absuchten, das Opfer umkreisten und der „Vogel" oder „Hase" mit Geschrei und Geheule von allen Seiten überfallen und eingefangen wurde.

Die Heilerhütte hatte sie immer besonders neugierig gemacht, weil für kleine Kinder dort absolutes Zutrittsverbot herrschte. Geheimnisvollerweise verschwand der Kahu manchmal tagelang darin und durfte nicht gestört werden. Von draußen hörte man allenfalls das Reiben und Kratzen von Mörsern und Mahlsteinen. Selten roch es nach sehr guten Zubereitungen, oft nach seltsamen Aromen, die aus dem Rauchloch seiner Hütte davon schwebten. Diese Geheimnisse machten Irilani ganz kribbelig. Beim heimlichen Lauschen an der Hüttenwand schwor sie sich trotzig, eines Tages alles herauszubekommen, was da so vor sich ging.

Irilani hielt sich schützend die Hand vor die Augen, um die warm leuchtenden Strahlen der sinkenden Sonne abzuschirmen und versuchte zu erkennen, ob die Fischer schon auf dem Heimweg waren. Die Oberfläche des Flusses warf blitzend und blinkend das abendliche Sonnenlicht zurück und blendete sie so sehr, dass sie nichts erkennen konnte. Nichts außer, dass die beiden Spitzen ihrer kleinen Finger im absolut gleichen Stellungswinkel in Richtung nächstem Finger abgeknickt waren. Tja, über diese ausgefallene Merkwürdigkeit hatte sie sich schon oft Gedanken gemacht, genau wie damals ihre Mutter, als sich zeigte, dass sich dieser seltsame Knick nicht auswachsen würde.

Der heilkundige Kahu hatte Irilanis zarte und sehr schmutzige Fingerchen mit nachdenklichen Blicken ausführlich begutachtet und mit viel Kopfwackeln, Stirnrunzeln und Augenbrauenzucken den Knick untersucht, während sie ihm stocksteif und unwillig ihre Hände hingereicht hatte. Doch da es keine wirkliche Verletzung gab, die die Funktion der Finger beeinträchtigt hätte, hatte der Kahu nur feierlich einen duftenden Kräuterballen in einer Schädelschale entzündet, Irilanis Hände damit mehrmals umkreist und einige unverständliche Beschwörungen in seinen Bart gemurmelt, um die vielleicht ja doch anwesenden bösen Geister zu vertreiben.
Danach schenkte man dieser Angelegenheit in der Zukunft keine weitere Beachtung mehr. Eine der alten Oonas meinte zudem, sich erinnern zu können, dass diese Fingerstellung in der Generation ihrer

Mutter auch schon aufgetreten war. Später zeigte sich, dass auch ihr kleiner Bruder Koro diese abgeknickten kleinen Finger geerbt hatte. Anscheinend war dies ein Familienkennzeichen des Amposaclans, das sich über die Generationen hinweg immer wieder zeigte.

Die Sonne stand jetzt genau zwischen Irilanis kleinen Brusthügeln, die sich unter ihrem Lederhemd erhoben. Sie fand, dass das ein sehr angenehmer Anblick war, der bewies, dass sie endlich alt genug war, nämlich im sechzehnten Sommer, um ein weiteres Clanzeichen auf der Stirn zu empfangen. In Gedanken betrachtete sie sich selbst von Kopf bis Fuß und fand recht ansprechend, was sich vor ihrem Auge zeigte, bis auf diese komischen kleinen Finger natürlich.

Der Name „Irilani" bedeutet so viel wie „Leuchtpunkte", was sich auf die grüngoldfarbenen Einsprengsel in ihrer sonst haselnussbraunen Iris und auf die nächtlichen Himmelsphänomene während ihrer Geburt bezog. Ihre Augen waren groß, von dunklen, dichten Wimpern umhegt. Sie standen in den äußeren Winkeln ganz leicht angeschrägt über angenehm geschwungenen Jochbögen in einem gut proportionierten Gesicht, in dem ein geschwungener Mund mit vollen Lippen ihr stürmisches Temperament anzeigte. Wenn sie lächelte, bildeten sich in ihren Wangen kleine Grübchen. So manches Mal hatte sie mit diesem unwiderstehlichen Lächeln ihren Vater davon abhalten können, ungehöriges Benehmen mit einer schweren Strafe zu ahnden.
Ihr Haar war dicht, dunkelbraun und leicht gelockt und schimmerte im Sonnenlicht in rotbraunen und kupfernen Reflexen. Noch war es zu zwei dicken Zöpfen geflochten wie es die Tradition bei Mädchen in der Zeit der Reife vorschrieb. Für die Erfüllung der täglichen Arbeiten war die Haartracht unbestreitbar

auch sehr praktisch. Wenn sie unter der Aufsicht eines Erwachsenen mit den anderen Jugendlichen auf die Jagd ging und Fallen und Schlingen für Hasen und Füchse aufstellte, schlang sie die Zöpfe fest um den Kopf und steckte sie mit knöchernen Haarnadeln fest, damit sie nicht in Zweigen oder Hecken damit hängen blieb und sich keine Klettsamen festsetzen konnten, die nachher nur einzeln und mit viel Geziepe wieder aus den Haaren zu entfernen waren.

Die Zeit der Kindheit und Reife würde bald unabänderlich zu Ende sein. Das dritte Giringha-Zeichen würde anzeigen, dass sie zukünftig als Vollfrau am nächsten Akudari-Sommerfest am Sonnenkreis teilnehmen durfte und damit den Erwachsenenstatus erlangte, der sie verantwortlich machte für alles, was sie tat und sie verpflichtete, alle Clankinder mit großzuziehen und die Alten zu versorgen.
Die Feierlichkeiten würden zunächst innerhalb des Clans beginnen und im Rahmen einer Siedlungsfeier stattfinden, an der alle teilnahmen. Und heute war der Tag, an dem sie ihr drittes Giringha erhalten würde.

Das Giringha auf ihrer Stirn, das sie trug wie restlos alle Menschen, die sie kannte, bestand bei ihr aus dem Clanzeichen der Mutter, einer stilisierten Mohnkapsel. Das jeweilige Zeichen wurde einem Säugling einen Mond nach der Geburt eintätowiert, um für immer seine mütterliche Blutlinie zu kennzeichnen.
Ihre Mutter hatte ihr erzählt, dass bei ihrer Geburt die Nacht der Reisenden Sterne gewesen war und ungewöhnlich zahlreiche und helle Sternschnuppen ihren Weg in die ferne Zukunft angetreten hatten, was man als bedeutsames Omen für ein ungewöhnliches Leben betrachtete.

Der Bärenclan

Nun ja, bisher war ihr Leben eher so abgelaufen wie es der ganz normale langweilige Alltag in der Siedlung vorsah, unterbrochen nur durch das eine Jahr, dass sie beim Bärenclan auf dem anderen Ufer des Großen Flusses verbracht hatte. In ihrem eigenen Clan hatte der Schnitzer-Kahu gerade die Reise zu den Ahnen angetreten und niemand sonst wäre ein wirklich hervorragender Schnitzlehrer gewesen. Wenn solche Lehrmeisterausfälle vorkamen, tauschte man die Lehrlinge einfach zwischen den nahe beieinanderliegenden Clansiedlungen aus.

In jenem Sommer hatte sie in Begleitung ihrer Mutter den Fluss über die kiesübersäten Sandbänke und durch die flachen Furten überquert und war gegen einen der Bärenclanjungen eingetauscht worden, der beim Heiler-Kahu des Mohnclans seine Lehrzeit antreten sollte. So hatte jeder Clan weiter die gleiche Anzahl Menschen zu ernähren und niemand erlitt einen Nachteil.

Sie dachte an den Bärenclanjungen Tomaru, der damals schon fünfzehn Sommer zählte und gleichzeitig mit ihr die Schnitzerlehre durchlaufen hatte. Um die Wette hatten sie zusammen zahllose Knochen gespalten, Geweihe zugeschnitzt und geglättet, kleine verschließbare Knochengefäße aus Hirschknochen hergestellt, traditionelle Verzierungen mit angespitzten scharfen Feuersteinen eingeritzt und mit einer Paste aus Holzkohle und Fett die Ritzungen eingefärbt.

Pfeilspitzen und Harpunen, Speerschleudern, Speere und Pfeile entstanden unter ihren erst ungeschickten, später kundigen Händen. Die Pfeilschäfte mussten zwischen zwei feinkörnigen Sandsteinen geglättet werden, Nähnadeln ausgearbeitet, Elfenbeinschmuck geschnitten und poliert werden. Viel neckendes Gelächter hatte es zwischen ihnen gegeben, wenn das

Werk völlig daneben gegangen, aber auch aufrichtige gegenseitige Anerkennung, wenn ein Werkstück sauber gelungen war und den praktischen wie auch den künstlerischen Ansprüchen mehr als genügte.

Irilani hatte es sehr gemocht, wenn Tomaru sie unter seinen rabenschwarzen Wimpern heraus mit Augen schelmisch angezwinkert hatte, die wie aus klarem Himmelblau herausgeschnitten schienen. Sein fast nachtschwarz schimmerndes Haar trug er gut schulterlang, hielt es entweder mit einem Lederstreifen um die Stirn zurück oder band es als Zopf im Nacken zusammen. Fast immer blieb ihr Blick an seinem Mund hängen, dessen volle Unterlippe ihren Blick magisch anzog und unerklärlicherweise ein flatterndes flaues Gefühl in ihrer Magengegend erzeugte.

Gegen Ende des Lehrjahres, während der Zeit der Beerenreife, waren sie, mit Körben bewaffnet, gemeinsam mit der Sammelgruppe unterwegs gewesen, um nach Blaubeeren zu suchen, die ringsum flächendeckend im niedrigen Buschwerk auf den nur stellenweise bewaldeten Hügeln wuchsen.

Wie sie sich im Nachhinein gesagt hatte, war es wahrscheinlich schon von Anfang an seine Absicht gewesen, dass sie sich nach und nach von der Gruppe entfernten und in einem kleinen Wäldchen mit niedrigen Kiefern landeten. Auf einer sonnenbeschienenen Lichtung zwischen den Bäumen hatte sie plötzlich erschrocken bemerkt, dass von der Gruppe weit und breit niemand mehr zu hören oder zu sehen gewesen war. Doch ein fragender Blick zu Tomaru hin offenbarte ihr nur, dass er beruhigend auf sie herunterlächelte.

„Wir finden sie wieder. Du hast doch keine Angst, wenn du bei mir bist?"
Irilani schüttelte den Kopf.

„Schau dich um, hier ist es doch wunderschön. Kein Wind und so viele kleine Blüten; schnuppere dem Duft mal hinterher."

Sie musste lachen, als er sich mit weit ausgebreiteten Armen und geschlossenen Augen um sich selbst drehte und übertrieben tief die würzige Luft einatmete. Er nahm ihr den halbgefüllten Beerenkorb aus der Hand, stellte ihn am Boden ab, legte seinen Arm um ihre Taille und zog sie zu sich heran, bis ihre Brust die seine berührte und ihr Bauch sich fest gegen seinen Lendenschurz drückte. Überrascht fühlte sie dort sein Alikio hart gegen ihren Leib pochen und erstaunlicherweise fand sie das so aufregend, dass ein bisher unbekanntes Drängen sie dazu brachte, sich fest an Tomaru zu pressen. Tomaru bückte sich leicht. Seine warmen Hände fuhren unter ihr knielanges, hirschledernes Hemd, zogen eine zärtliche Spur ihren Rücken hinauf und wieder herunter und umkreisten ihre Pobacken. Seine Rechte fand ihren Weg zurück über ihre Hüfte und legte sich sanft über die Stelle, wo ihr Yongami gespannt wartete.

Irilani hielt mucksmäuschenstill. Sie war erstaunt über die körperlichen Reaktionen, die Tomarus warme Hand an dieser Stelle erzeugte; ihr Yongami fühlte sich heiß und feucht an, ihr Atem ging schneller, ihre Ohren glühten und ihre Knie schienen sie nicht mehr ganz sicher zu tragen. Irilani fing Tomarus Blick ein und nickte kaum wahrnehmbar. Er seufzte zufrieden, als Irilani ihm noch weiter entgegenkam und seine Finger willkommen hießen.

Tomaru hatte Irilani liebgewonnen, zuerst wie eine Schwester, mit der man lustigen Unsinn treiben konnte, doch dann im Laufe des Lehrjahres war ihm klar geworden, dass er Irilani mit aller Inbrunst begehrte, die ein fast sechzehnjähriger, verliebter Jüngling nur aufbringen konnte. Während der letzten Monate hatte er immer wieder von ihr geträumt und er war morgens mit feuchtem Schamtuch aufgewacht. Ganz klar, Irilani war das Ziel all seiner körperlichen Wünsche und Träume geworden.

Natürlich war er sich dessen bewusst, dass weder er noch sie vor dem Sommerfest ihres sechzehnten Lebensjahres eine Vereinigung vollziehen duften wie die Erwachsenen es taten. Aber das hatte er auch gar nicht vor. Nachdem sein Interesse an diesen Dingen erwacht war, hatte er sich herumgetrieben und überall den Pärchen aufgelauert, die sich nach dem gemeinsamen Abendessen in die Büsche abgesetzt hatten. Manches Mal spionierte er erfolgreich durch Hüttenritzen und lederne Gucklöcher um herauszufinden, was die Erwachsenen da eigentlich so Geheimnisvolles trieben, das mit viel Rascheln, Geseufze, Gestöhne und gelegentlichen, halb unterdrückten Schreien begleitetet wurde.
Um das Was und Wie wusste er mittlerweile. Er hatte seit Wochen nur noch eines im Sinn gehabt, nämlich mit Irilani irgendwo alleine zu sein, um sein Glück bei ihr zu versuchen. So recht hatte er aber nicht wirklich daran geglaubt, dass die temperamentvolle und manchmal auch ziemlich widerspenstige Irilani sich so einfach von ihm überrumpeln oder gar verzaubern lassen würde. Doch unglaublicherweise hatte er es geschafft!

Tomaru nahm Irilanis Hand, ließ sich auf die sommerdichten, sonnenwarmen Moospolster niedersinken und zog Irilani mit sich herunter. Zärtlich zog er sie an sich, bis ihr Kopf in seiner Armbeuge ruhte. Irilani sah ihm neugierig, aufgewühlt, aber auch auffordernd in die Augen. Ihre Lider schlossen sich genießerisch, als Tomaru seine Finger wieder auf ihrem Rücken Linien und Kreise ziehen ließ, die kleine Wellen von Gänsehaut erzeugten. Um diesem angenehmen Gefühl und Tomarus Händen mehr Platz zu verschaffen, zog sich Irilani kurz entschlossen ihr Hirschledernes über den Kopf und ließ sich vollkommen nackt wieder in Tomarus Umarmung sinken.

Wie Tomaru hatte auch sie seit einiger Zeit Augen und Ohren offengehalten und herauszufinden versucht, was genau die Erwachsenen unter ihren Felldecken trieben, wenn sie glaubten, die Kinder wären eingeschlafen. Natürlich hatte auch Irilani jede offene Ritze in den Hüttenplanen genutzt oder Pärchen lautlos verfolgt, die sich mit Felldecken bewaffnet in die Büsche absetzten und alleine sein wollten. Atemlos und erhitzt hatte sie wilde Spiele und Vereinigungen beobachtet und wusste zumindest aus diesem Anschauungsunterricht, worum es ging.

Irilanis Finger wanderten vorsichtig forschend über Tomarus muskulöse Brust zum Bauch hinunter. Bewundernd umkreisten ihre Fingerspitzen die einzelnen, festen Abteilungen seiner Bauchmuskeln. Sie beobachtete lächelnd, wie unter ihren Händen Gänsehaut über Tomarus gebräunten Bauch davonlief. Mutig öffnete sie seinen Gürtel, schob den Lendenschurz beiseite und gab Tomarus gespanntem Alikio die Freiheit. Vorsichtig legte sie ihre Hand um den Schaft.

Tomaru zog bei diesem Überraschungsangriff heftig die Luft ein, nahm schnell ihre Hand, küsste sie in die Handfläche und legte sie neben Irilanis Kopf ab, was seine Lippen in allernächste Nähe zu Irilanis Brust brachten. Erst in den letzten Monaten hatten sich ihre beiden Hügelchen zu richtig schöner Form entwickelt, was er mit höchstem Interesse verfolgt hatte. Ihre Brustwarzen stachen wie die kleinen Baumknospen im Frühling in die Luft. Tomaru nahm sie zwischen seine Lippen und umkreiste sie mit seiner Zungenspitze. Irilani schloss genüsslich die Augen und ergab sich ganz diesen angenehmen Liebkosungen; ihr

Yongami schmolz langsam und erwartungsvoll dahin. Sie nahm Tomarus Hand und führte sie auffordernd zwischen ihre Schenkel. Tomarus Finger tauchten in die Feuchte ein, streichelten die zarten Falten und umkreisten die kleine Perle, die vorwitzig aus dem sich öffnenden Yongami hervorblinzelte, bis Irilanis Körper sich mit feinen Schweißtropfen überzog und sie unter seiner Hand zuckend, lachend und stöhnend zugleich, Erlösung fand. Noch ganz den ungewohnten Wohlgefühlen nachforschend, hoben sich träge Irilanis Lider und sie lächelte Tomaru glücklich an. Während es noch zwischen ihren Schenkeln pochte und es in ihren Ohren rauschte, setzte sie sich rittlings über Tomarus Oberschenkel, nahm sein Alikio vorsichtig zwischen ihre Hände und massierte ihn, so wie seine eigenen Hände es ihr vormachten.

Tomaru ließ seinen Kopf entspannt, mit geschlossenen Lidern auf die Moospolster sinken und gab sich ihren Liebkosungen hin, die seinem Atemrhythmus folgend schneller und heftiger wurden, bis sich, zusammen mit Tomarus Schrei der Lust, eine kleine Fontäne über Irilanis Finger auf Tomarus Bauch ergoss. Irilani grinste zufrieden und flüsterte:
„So geht das also!"

Wenn das der Vorgeschmack auf das war, was bei und nach ihrer Sechzehn-Sommerfeier erlaubt war, dann war sie jetzt ganz gespannt darauf, dieses Fest endlich selbst zu erleben.

Nachdem sie sich noch lange liebkost, umarmt, später mit feuchten Moosbüscheln gereinigt und wieder angezogen hatten, nahmen sie ihre halbgefüllten Blaubeerkörbe auf und versuchten, die Sammelgruppe zu erreichen, damit diese nicht unnötig besorgt nach ihnen suchen musste. Die Älteren warfen sich belustigte Blicke zu, als das noch etwas verstrubbelte Pärchen wieder zur Gruppe stieß.

Irilani erinnerte sich daran, wie die Lehrzeit beim Bärenclan langsam dem Ende zugegangen war. Sie hatte als Meisterstück einige Hirschknochenendstücke innen und außen bearbeitet, zurechtgeschnitzt, Pflanzenornamente eingraviert, Stopfen aus Knochen und Leder als Verschluss angepasst und eine Menge knöcherner Nähnadeln geschnitzt, die in diesen kleinen Behältern aufbewahrt wurden. Bis zum Ende der Lehrzeit hatte sie die, für den Eigenbedarf notwendige, Ausrüstung angefertigt, die aus vielerlei verschiedenen Dingen für die Jagd bestand: Eine Speerschleuder und Speere mit Knochenspitzen, Harpunen, Dreizackspitzen und Angelhaken.

Einer der wertvollen Bögen aus Eibenholz, der von Händlern aus dem Süden mitgebracht worden war, war unter ihren Händen zu einer wunderbar glatten Waffe vollendet worden. Zwar benutzte man überwiegend Bögen aus dem heimischen Kiefernholz, aber Eibenbögen waren das Beste, was zu bekommen war. Die Bogensehne wurde aus Tierdarm und Pferdehaar zusammengedreht; diese Mischung brachte eine gute Spannung und war nicht so empfindlich gegen Feuchtigkeit wie die Tiersehne alleine. Außerdem hatte sie Pfeile für die Vogel- und Kleintierjagd hergestellt, mit stumpfen breiten Enden, mit denen man die Vögel und kleinere Pelztiere eher erschlug als erschoss, damit der Balg und das Fell heil blieb und nicht mit klebrigem Blut besudelt wurde. Aus einem großen Birkenrindenstück fertigte sie einen Köcher, der mit Holzstreben und Lederbändern verstärkt, ein leichtes Behältnis für die Pfeile darstellte.

Nach dem überaus interessanten Nachmittag mit Tomaru hatte sich bedauerlicherweise keine weitere Gelegenheit mehr ergeben, sich von der Gruppe abzusetzen und sich der weiteren ausführlichen, gegenseitigen Erforschung ihrer Körper hinzugeben.

Ihre Beziehung hatte sich auf Händchenhalten, Umarmungen hinter den Zelten und Hütten, schnelle Küsse und Liebkosungen beschränkt.

Oft unterhielten sie sich darüber, dass Tomaru zum nächsten Sommeranfang seine erste Sommerfeier mitmachen musste, die ihn zum vollwertigen Mann erklärte. Er würde dann zu seinem Bärenclan-Giringha und seinem Namenszeichen noch das Erwachsenensymbol eintätowiert bekommen und als erwachsenes Clanmitglied mit Pflichten zu seinem Clan zurückkehren. Wenn überhaupt, dann würden sie sich vielleicht beim Fischen oder bei der Vogeljagd am Fluss begegnen oder vielleicht auch erst wieder, wenn auch Irilani an den jährlichen Sommerfeiern am Sonnenkreis teilnehmen durfte.
Sie wusste es jetzt schon: Tomarus Gesellschaft würde sie ganz schrecklich vermissen. Mit ihm konnte sie sich über alles unterhalten, ihm gegenüber traute sie sich, ihre Ängste und Hoffnungen auszusprechen. Am ausführlichsten hatten sie gemeinsam darüber spekuliert, was der Heiler-Kahu in seiner Hütte mit den Kräutern und Samen anstellte, die er von den Sammlern direkt übergeben bekam oder von den Händlern eintauschte.
Tomaru konnte da leider auch nur mitraten, weil er sein letztes Lehrjahr bei der Heilerin seines Clans erst beginnen würde, wenn Irilani das Dorf wieder verlassen hatte. Natürlich wussten sie aber mittlerweile, dass die Kahus die Mittel herstellten, die bei schwierigen Krankheiten und Zeremonien benutzt wurden, deren Zubereitung oder Nutzung aber gefährlich war und die deshalb auch nicht von den einfachen Mitgliedern des Clans durchgeführt werden durften.

Am Abschiedsmorgen glänzte die Sonne schon über den Hügeln und vertrieb die langsam dahintreibenden Bodennebel über den Kiesbänken des Großen

Flusses. Die Gastfamilie des Bärenclans, ihr Schnitzmeister und besonders Tomaru verabschiedeten sie herzlich und übergaben Irilani ihrer Mutter, die mit Irilanis Bruder Koro gekommen war, um sie und ihre Bündel und Beutel mit Schnitzwaren wieder nach Hause zu geleiten.

Tomaru war der kleinen Gruppe noch bis zum Flussufer gefolgt. Im letzten Moment hatte er Irilani angehalten und ihr ein rundes, handtellergroßes, steinernes Amulett zum Abschied und zur Erinnerung überreicht, dessen eingravierte Muster das Mohnzeichen von Irilanis Clan mit den Bärenkrallen des Bärenclans kombinierte. Durch das Mittelloch hatte er eine Schnur aus gezwirbeltem und geflochtenem Pferdehaar gezogen. Während er ihr das Amulett langsam über den Kopf streifte, flüsterte er ihr tröstend und aufmunternd zu:
„Irilani, der Abschied ist doch nicht für immer. Wir sehen uns bald wieder."
Er schluckte. Offensichtlich konnte er sich selbst kaum noch beherrschen, nicht vor aller Augen in Tränen auszubrechen, als er sie zum letzten Mal fest umarmte. Irilani nickte schweigend und bodenlos traurig, unterdrückte mühsam ihre Abschiedstränen und folgte Mutter und Bruder widerwillig und mit hängendem Kopf hinunter zum Fluss. Tomaru sah ihnen schweren Herzens nach, wie sie in den aufsteigenden Nebelschwaden des frühen Morgens verschwanden. Es sollte dauern, bis Tomaru sein Versprechen wahr machen konnte.

Die Clanhütte

Irilani setzte sich auf, strich ihre Zöpfe glatt und zupfte die am Ende eingeflochtenen, grün schillernden Entenfedern zurecht. Der Abschied von Tomaru hatte sie noch wochenlang beschäftigt und so manche heiße Träne war geflossen, wenn sie vor dem Einschlafen an ihn gedacht hatte. Als sie vom Bärenclan zurückgekommen war, hatte sie sich erst einmal um ihr Lager in der mütterlichen Clanhütte gekümmert und es aufgefrischt. Vor der inneren Hüttenwand lief rundherum ein Podest aus dickeren Baumstämmen, die auf Manneslänge gestutzt, mittig zur Feuerstelle hin ausgerichtet waren. Darüber waren, der Rundung der Hüttenwand folgend, dünnere, entrindete Stämme dicht nebeneinandergelegt, aufgebockt und mit Lederriemen miteinander und mit der Unterlage verzurrt. Darauf ruhte eine dicke Matte aus ineinander verschlungenen Weidenruten, die eine gewisse Abfederung und einen Warmluftzug von der Feuerstelle her zuließ.

Säcke aus zusammengenähten Lederresten bedeckten diese Rutenpolster. Mit einer Mischung aus Federn, getrocknetem Moos und Fellhaaren gefüllt und grob mit Lederstreifen längs und quer durchgenäht, gaben sie eine bequeme Unterlage zum Sitzen oder Schlafen ab. Zuletzt lag obenauf noch ein besonders leichter Fellsack aus zusammengenähten Kleintierfellen, der sehr gut wärmte, sowie mehrere große Tierfelle unterschiedlichster Herkunft. Wenn es so richtig eklig kalt war und Wind und Schnee um die Hütte pfiffen, steckte Irilani sich Glühsteine in den Rücken und zwischen die Füße, um sich schnell aufzuwärmen.

Vor allem im Winter, wenn der größte Teil des täglichen Lebens und Werkens im Innenraum der Hütte stattfand, dienten die Schlafpodeste auch als Sitz-

und Arbeitsplätze. Überkleidung, Köcher und Beutel der Hüttenfamilie hingen an den Asthaken der inneren Hüttenpfosten, die Speere, Bögen und Köcher stellte man neben dem Eingang ab.

Sie setzte sich auf ihr Bettpodest, stützte die Ellbogen auf ihre Knie, nahm das Kinn zwischen die Hände und dachte über ihren Clan nach, bei dem sie noch weitere zwei Lehrjahre verbringen würde, nämlich ein Jahr beim Leder-Kahu und eines beim Kleidungs-Kahu. Irilani stöhnte leise vor sich hin. Noch zwei lange Jahre!

Ihre mütterlichen Vorfahren gehörten alle zum Amposaclan, der sich nach dem wilden, gelb blühenden Mohn der Steppen nannte. Die Vorfahren ihres Vaters waren Teil des östlichen Lachsclan; demzufolge war in der Akudari-Nische ein geschnitzter Lachs aus Hirschknochen und eine wunderbar ausgeführte Mohnkapsel aus Elfenbein zu finden, die eine der Vorfahrinnen in ihrer Lehrzeit beim Khuraina-Kahu vor vielen Jahren geschnitzt hatte und die immer von der Mutter an die älteste Tochter weitergegeben worden war.
Jede Tochter und jeder Sohn bekam ein geschnitztes Clanzeichen während der dritten Giringha-Zeremonie von der Mutter überreicht und trug es in einem Lederbeutelchen um den Hals, bis er oder sie in eine andere Hütte einzog. So lagen also Mutters und Tantes Mohnkapseln aus Elfenbein in der Nische. Tantes Mann hatte aus dem Schneehuhnclan seinen elfenbeinernen Vogel mitgebracht und der runzelige Oonu, der so alt und verbraucht war, dass er nur noch ganz einfache Arbeiten verrichten konnte, hatte sein geschnitztes Birkenblatt dort hineingelegt.

Eine Akudari-Nische gab es in jeder Hütte. Sie bestand aus einem ausgegrabenen Wurzelstock, der vollkommen ausgehöhlt war und so bearbeitet wurde,

dass er mit einem Wurzelzapfen in der Erde verankert werden konnte. In der Innenhöhlung wurden
dann all die geschnitzten Pflanzen- und Tierfiguren
untergebracht, die je nach der Herkunft der Bewohner die Blutlinien anzeigten.

Da man natürlich nie mit Sicherheit wusste, wer genau der Erzeuger eines Kindes gewesen war, aber
ein Kind ganz bestimmt das seiner Mutter ist, wurde
die Clan-Zugehörigkeit über die mütterliche Seite
weitervererbt, genauso wie die Hüttengestänge, die
Wand- und Dachfellplanen und die bewegliche Hüt-
teneinrichtung.

Viele Säuglinge und Kleinkinder überlebten die ersten Jahre ihres Lebens nicht und wurden deshalb
zunächst mit einem Namen bedacht, der sich aus der
Clan-Zugehörigkeit und einem charakteristischen
Hinweis auf den Zeitpunkt ihrer Geburt ergab. Irilani
war also Mohn-Rotbeere gewesen, bis sie ihr zwölf-
tes Lebensjahr vollendet hatte. Wenn der Nachwuchs
die üblichen Kinderkrankheiten überlebt hatte und
nicht durch Unfälle oder Verletzungen ums Leben
gekommen war, bekamen die Kinder einen richtigen
Namen, der ihrem Aussehen, den Umständen ihrer
Geburt oder ihren besonderen Eigenschaften ent-
sprach.

Irilani seufzte tief auf. Viele ihrer liebsten Spielkameraden aus der Kindheit lebten schon lange nicht
mehr. Auch die Heilkünste des Ijatiba-Kahu hatten
sie nicht retten können. Sie waren an ihren Verletzungen und Wunden gestorben, die sie sich bei Stürzen von Felsen oder beim unvorsichtigen Umgang
mit Jagdwaffen zugezogen hatten. Die meisten waren aber den immer wieder auftretenden Kinder-
krankheitswellen zum Opfer gefallen.

Einige Clanmitglieder starben auch an der gefürchte-
ten Bauchwehkrankheit, die sehr geheimnisvoll verlief, da man keine Wunde feststellen konnte, der Be-

troffene aber an schlimmen Schmerzen im Unterbauch litt, hohes Fieber bekam und dann elendig starb. Noch kein Kahu hatte es geschafft, die Erlaubnis der Angehörigen zu bekommen, den Kranken nach seinem Tod aufzuschneiden, um nachzusehen, woher die Schmerzen kamen und warum der Tod die Schlacht immer unausweichlich gewann.

Irilani vertrieb die düsteren Gedanken und erhob sich, ging einige Schritte zur Kante des Hanges, warf einen suchenden Blick in die sich schon mit blauvioletten Abendschatten füllende Flussniederung und erkannte endlich die Gruppe, die am Morgen zum Fischen losgezogen und jetzt auf dem Rückweg war. Sie mussten nur noch den Hang hinauf und würden bald eintreffen.

Der Fluss dehnte sich breit über die weite Niederung, war aber nicht tief. Zahlreiche Sand- und Kiesbänke wanden sich den Flusslauf hinauf und hinunter und trafen sich hier und dort. So bildete sich ein Netz von Furten über dem Fluss. Nur an einer Stelle gab es eine breitere Hauptrinne, die aber ebenfalls ohne größere Probleme durchquert werden konnte, weil die Siedler von beiden Seiten des Flusses mit viel Arbeit und Schlepperei genau dort einen Kieswall von einigen Schritten Breite errichtet hatten, der als Übergang diente. Zusätzlich erfüllte diese Kiesmauer ihren Zweck als Sperrwall für die große Reusenanlage aus zwanzig großen länglichen Weidenkörben, die fünfzig Schritte flussaufwärts in den Kanal eingesetzt waren und dort die hindurchgeschlüpften Fische daran hinderten, wieder hinauszuflüchten.

Dieses Reusenbecken machte es recht einfach, genügend Fische aus dem Fluss herauszuholen, um jeden Tag ein nahrhaftes und ausreichendes Mahl für alle zu garantieren, falls weder die Fallenstellerei, noch die Jagd auf Vögel erfolgreich gewesen war und sich weder Pferd, noch Hirsch, Rind oder Antilope den Jägern ergeben hatten.

Im Winter konnte man es so vermeiden, bei grausam kaltem Wetter auf die Jagd gehen zu müssen. Die Reuse und der Kieswall mussten zwar alle paar Jahre oder nach einem Hochwasser erneuert werden, aber der Aufwand lohnte sich unbedingt für eine gesicherte Nahrungsversorgung ohne große Anstrengung. Hunger musste am Fluss niemand leiden!

In der Jahreszeit, wenn die Lachse den Fluss hinaufwanderten, stellten sich die Jäger gerne an den Sand- und Kiesbänken auf, um die großen Fische mit Speeren und Netzen zu erlegen. Dann allerdings war es auch nötig, ein paar bewaffnete Wachen aufstellen, um die Bären auf Distanz zu halten, die sich ebenfalls an den frischen Fischen satt essen wollten. Manchmal mussten die Fischer auch schleunigst das Feld räumen, wenn die Bären ihnen, noch sehr gierig und auf jeden zappelnden Fisch eifersüchtig, zu nahe rückten und die Gefahr eines Angriffs von Seiten des mächtigen Wettbewerbers um die Nahrung bestand.

Der Lachs wurde entweder sofort verzehrt oder ausgenommen, in Räucherzelten haltbar gemacht, oft auch in der kalten Luft getrocknet und an Bastschnüren aufgefädelt im Vorratszelt gelagert. Ab dem Spätherbst gab es keine Lagerprobleme mehr für Fisch und Fleisch; in großen schneegefüllten Körben und vor Wildtieren sicher innerhalb der Palisadenwand aufbewahrt, hielten sich die Vorräte bis in den späten Frühling.

Am anderen Ufer des Flusses breitete sich eine weite, licht mit Weiden bewachsene, sattgrüne Flussaue aus, die am Wasser in einen breiten Rohr- und Binsengürtel überging. Hier brüteten viele Vogelarten, die am Anfang des Sommers in dichten Schwärmen herangeflogen kamen und kreischend in die Aue einfielen.

Ihre Eier waren eine höchst willkommene Bereiche-rung des Speisezettels. Im Gewirr des Röhrichts waren die Halbwüchsigen die geschicktesten Eier-diebe, doch sie hatten den ausdrücklichen Befehl ihrer Ijatiba-Kahus, immer mindestens ein Ei in jedem Nest liegen zu lassen, da die Akudari sonst zornig sein und die Vögel irgendwann nicht mehr wieder-kommen würden. Die Eier sammelten sie in flachen, ausgepolsterten Körben, die sie abends über den Fluss herüber in die Siedlung trugen. Dort schlug man die Eier auf und briet den Inhalt auf gefetteten Schieferplatten. Eier, die nicht sofort gegessen wur-den, garte man in der letzten Wärme der Asche in ihren Schalen. Sie eigneten sich gut als Reiseprovi-ant während größerer Jagdunternehmen.

Die Vogeljagd war ebenfalls eine der Hauptaufgaben der halbwüchsigen Jungen und Mädchen, deren Herausforderung darin bestand, mit dem Bogen und dem stumpfen Pfeil oder der Steinschleuder Vögel zu erlegen ohne sie blutig zu schießen. Der stumpfe Pfeil hatte keine Spitze aus Feuerstein oder Kno-chen, sondern war aus einem mehr oder weniger länglichen Holzstück geschnitzt, das vorne in einen Kegel oder mehrere stumpfe Zacken auslief. Der Aufprall eines solchen Pfeils - aus vielleicht fünfzehn Schritt Entfernung abgeschossen - betäubte den Vogel oder er starb an dem heftigen Aufprall. Auf jeden Fall konnte man den Vogel töten ohne die Fe-dern mit Blut zu besudeln oder den Federbalg zu löchern, denn das gesamte Federkleid oder die ein-zelnen Federn wurden für Füllungen und Wattierun-gen und für Schmuck jeder Art verwendet.

Irilani riss sich aus ihrer Betrachtung, um sich auf den Heimweg Richtung Hütten zu machen, denn gleich würde das Abendessen zubereitet werden und da-nach musste sie bereit sein für das traditionelle Tref-fen im Haus des Heilers, zu dem sie sich auf keinen

Fall verspäten durfte. Sie warf einen letzten Blick zurück auf das großartige Bild von rotgold glänzendem Fluss und der Aue, die langsam in bläulichen Abendschatten und den ersten dünnen Fetzen aus Bodennebel versank und auf die dunklen Drachenzackenberge, die sich jetzt scharf gegen das leuchtende, tief rotorangene Abendkleid des bereits untergegangenen Shirolan abhoben, während der weite Himmel über ihr in einem leuchtenden Türkiston langsam dunkler wurde.

Lehrjahre

Nach dem Abendessen, das aus knusprig gebratener Forelle und Entenrührei bestand, warf der Ijatiba-Kahu ihr einen auffordernden Blick zu und machte ihr mit der Hand ein Zeichen, sich zu erheben und ihm zu folgen. Mit einem Mal klopfte Irilanis Herz heftig bis zum Hals und sie ging angespannt hinter dem Kahu her zu seiner Hütte. Einladend hielt er das Eingangsfell zur Seite, bat sie einzutreten und sich an der Rückseite der Hütte niederzulassen. Dann trat auch er ein und setzte sich ihr gegenüber auf sein gepolstertes Lager, das mit einem wundervollen braunschwarzen Bärenfell ausgelegt war und betrachtete Irilani unter buschigen Augenbrauen heraus.

Die dritte Giringha-Zeremonie bestand nicht nur aus der dritten Ritzung der Stirn, sondern sollte die zukünftigen Erwachsenen auch prüfen, ob sie alles zum Überleben notwendige wussten und anwenden konnten, bevor sie als verantwortungsvolles Mitglied der Gesellschaft gelten durften. Zur Not musste sie sich auch alleine versorgen können. Zu Beginn der Zeremonie gab der Heilermeister ein Stückchen Holzkohle in einen steinernen Mörser und forderte Irilani auf, diese mit einem Stößel klein zu klopfen und anschließend fein zu zerreiben. Irilani stellte brav den Mörser zwischen ihre überkreuzten Beine und folgte der Anweisung des Kahus aufs Wort.

Der Ijatiba-Kahu warf einige Samen und Kräuter in das Feuer, das in einer sechseckig ausgehobenen Grube flackerte, die von senkrecht aufgestellten Schiefersteinplatten umringt war. In der Hütte verbreitete sich ein erdiger und gleichzeitig frischer Rauch, der nach und nach zum Abzug im Dachfirst hinausschwebte. Irilani fühlte sich mit einem Male ganz entspannt und mörserte geduldig ihre Holzkohle in immer kleinere, rabenschwarze Stückchen.

Der Heiler-Kahu unterzog sie nun der erwarteten Prüfung. Er fing mit den Kindheitsaufgaben an, die sie erlernt hatte, wie man Essen zubereitete, fragte nach Bäumen und Sträuchern, ob deren Pflanzenteile und Früchte essbar oder giftig waren, woran man die Vögel und Fische erkannte, die man üblicherweise fing und wie die Schlingen und Fallen für die Kleintiere aufzubauen waren. Das alles hatte Irilani von Kindheit an durch Zusehen und Nachmachen gelernt. Später, als sie groß genug war, um längere Strecken zu bewältigen und große Körbe mit Inhalt zu tragen, war sie auf die verschiedenen Sammelausflüge mitgenommen worden, während derer sie in die Geheimnisse der essbaren Pflanzen eingewiesen worden war. Sie beschrieb ihm im Endeffekt nichts anderes, als ihre täglichen Arbeitsaufgaben.

Danach bat der Kahu Irilani, ihm zu erzählen wie Leder hergestellt wurde. An die Zeit beim Chamra-Kahu konnte sie sich noch gut erinnern, da sie die vorletzte Lehrzeit von vielen gewesen war und sie erst vor Kurzem ihre eigene Lederbekleidung für ihr Erwachsenendasein hergestellt hatte.

Die Verarbeitung von Kleintierfellen, von Hirsch- und Rentierhäuten, von Pferde- Antilopen- und Rinderfellen war eine schwierige Kunst und gleichzeitig schwere Arbeit, weswegen die Kinder auch erst spät in die Lehre beim Leder-Kahu gegeben wurden.

Das abgezogene und gewässerte Fell wurde dazu vom Kahu über ein Baumstammende gelegt und mit einer langen, aber nicht mehr allzu scharfen Feuersteinklinge vorsichtig von Fleisch und Fettresten gereinigt. Danach wurde es in einem Steintrog gewässert und gewaschen. Waren die Felle soweit bearbeitet, bekamen die Lehrlinge die Aufgabe zugeteilt, die Häute in das unterste Wasserbecken zu bringen, mit Steinen zu beschweren und dort für zwei Tage wässern zu lassen, während derer man sie immer im Wasser schwenkte und dann wieder ruhen ließ.

In einem weiteren Steintrog hatte der Kahu vor Wochen Baumrinden, Blätter und Knospen ins Wasser geworfen. Nun wurde das Fell darin untergetaucht und mit Steinen beschwert. Nach einiger Zeit waren die Felle haltbar gemacht und wurden gründlich ausgespült. Das Kochen des Gehirns eines erlegten Tieres und das Auftragen der glibberigen Masse auf die Hautinnenseite war das Allererste gewesen, das Irilani beim Ledermeister gelernt hatte. Nach einer längeren Einwirkungszeit, musste die Haut noch einmal gründlich ausgewaschen und danach ausgewrungen werden. Jetzt kam der anstrengendste Teil: Damit die Haut nicht hart und steif wurde, musste sie einen viertel Tag über einem glatt polierten Holz hin- und hergezogen und gestreckt werden, während sie langsam trocknete. Auf ein Holzgerüst gespannt und in der Rauchhütte geräuchert, widerstand sie auch Regen und Schnee. Manche Felle wurden auf der Außenseite auch wieder eingefettet, damit das Wasser besser abperlte.

Sollte das Fell zu einem haarlosen, glatten Leder werden, spannte der Kahu das Fell zunächst auf einen Holzrahmen. Dann rührte er aus Wasser und gesammelter Asche eine matschige Mischung an, die er auf der Haarseite des Felles einmassierte. Nach ungefähr zwei Tagen spannte der Kahu das Fell wieder über das Stammende und zog die Haare samt Haarwurzel mit einem Schabefeuerstein aus. War das Leder von allen Haaren befreit, wurde es wieder zum Trocknen aufgespannt und später über den Ast gewalkt, um es schön weich zu machen.

So viel Arbeit machte man sich, um schöne, weiche Leder zu bekommen, die sich ganz hervorragend zu Hemden und Beinlingen verarbeiten ließen. Man konnte diese Leder auch mit Bast oder Pferdehaar besticken und mit Muschelschalenperlen aus dem

Fluss verzieren. Manchmal gelang es auch, von den Händlern, die zwei Mal im Jahr vorbeikamen, seltene rote Schneckenhäuser aus dem fernen Süden einzutauschen.

Die Häute von Kleintieren wie Biber, Schneefuchs und Schneehasen wurden mit den Haaren gegerbt und zu Taschen und Mützen oder zu schützender Unterbekleidung zusammengenäht und vor allem als Tauschware für die Händler aus dem Süden gelagert. Wenn im Winter die Eiswölfe vom Geruch der Menschen und ihrer Nahrung angelockt wurden, rückten die Jäger aus, um die Gefahr zu beseitigen. Die schneeweißen Wolfspelze waren ein gefragter Handelsartikel.

Der Leder-Kahu war ein knurriger und manchmal spöttelnder Lehrer gewesen, der zwar niemals laut geworden war, aber jeden Fehler gnadenlos gefunden hatte. Er ließ sie zunächst an schlechten und alten Häuten üben, bis sie das Verfahren perfekt beherrschte. So manches Mal hatte Irilani sich nur noch gerade so beherrschen können, wenn er ihre Arbeit bis ins Kleinste kritisiert hatte. Mit geballten Fäusten war sie davongerauscht, um sich draußen über ihre eigenen Unzulänglichkeiten und Fehler aufzuregen und sich dann langsam wieder zu beruhigen. Der Chamra-Kahu hatte sich einige Male in den Bart gegrinst, denn Irilani war eine seiner eifrigsten und besten Schülerinnen seit Langem, wenn sie auch ihr Temperament manchmal nur mühsam zügeln konnte.

Zum Ende der Lehrzeit bekam sie die von ihr selbst perfekt bearbeiteten Lederstücke zurück und den Auftrag, damit zum Kleidungsmeister zu wechseln.

Der Heiler-Kahu nickte wohlgefällig, warf noch eine handvoll Kräuter, Samen und Rindenstückchen ins Feuer und fügte Irilanis Mörser ein paar besondere Kräuter hinzu, die man sonst als Kräuterpackung unter einem Verband aus Moos und Baststreifen verwendete, wenn sich jemand verletzt hatte und von denen man wusste, dass sie eine rasche Heilung förderten. Dann bat er Irilani, die mittlerweile vom Rauch und von der eintönigen Stößelarbeit im Mörser fast in Trance versetzt war, von der Zeit beim Sajana-Kahu, dem Kleidungsmeister zu berichten, womit Irilani auch sofort begann.

Als sie mit ihren Lederstücken und Pelzen beim Sajana-Kahu um Einlass und um Aufnahme als Lehrling gebeten hatte, befahl dieser ihr erst einmal, ihre Last auf einem Holzgestell abzulegen, weil sie die Felle nicht sofort brauchen würde, da ihr zunächst die Grundzüge des korrekten Zuschneidens der Leder und Pelze beigebracht werden sollten. Daraufhin übte sie einige Zeit lang wie die Lederstücke zuge-schnitten werden mussten, um sie in die Formen zu bringen, die sich zu Lendenschurzen und Schamtü-chern, zu kurzen oder langen Hemden, Beinlingen, Röcken, Taschen, Beuteln, Hüten, Sandalen und Stiefeln, Ledergürteln, Schnüren und sonstigen Dinge des Bedarfes verarbeiten ließen. Als Hilfsmittel zur Kennzeichnung der Schnittwege, malte der Kahu mit Hilfe von Rötelsteinen oder Holzkohle die geraden und geschwungenen Markierungen auf die Innensei-te der Leder und Pelze und schnitt sie dann sorgfältig mit einem gefährlich scharfen Feuersteinmesser ab. Die Reststücke wurden in einem Korb gesammelt, um sie später zu allerlei Nützlichem zu verwenden.

Als sie endlich den Zuschnitt der Kleidungs- und Ge-brauchsgegenstände im Schlaf beherrschte, begann die nächste Stufe der Einweisung. Dort, wo die Le-derstücke zusammengenäht werden sollten, mussten mit einem sehr spitzen Geweihstück Löcher vorge-stanzt werden, damit man später mit der Knochenna-del keine Schwierigkeiten hatte und nicht so viele der in mühsamer Arbeit hergestellten Nadeln zu Bruch gingen. Die Felle wurden passend aufeinander oder gegeneinander auf ein flaches Holzstück gelegt und die Schlagstellen markiert. Danach wurden die Löcher mit einer Geweihspitze und mit Hilfe eines schweren Steines mit möglichst einem Schlag gebohrt. Natürlich wurde Irilani auch hier dazu verdonnert, an Leder- und Fellresten zu üben, bis sie alles am liebsten hingeworfen hätte.

Doch irgendwann kam der Tag, an dem sie eine fingerlange, geglättete Knochennadel überreicht bekam und an gelochten Reststücken den richtigen Stich- und Fadenlauf üben durfte, bis sie den Bogen heraus hatte, den Faden weder zu locker, noch zu fest anzuziehen und eine dichte Naht hinbekam, die ohne wellige oder schrumpelige Stellen glatt auf der Haut lag.

Als sie soweit war, bekam sie auch ihre selbst gegerbten Felle und Pelze wieder in die Hand und der Meister gab ihr den Auftrag, sich nun ihre eigene Kleidung selbst zuzuschneiden und zu nähen. Mit frischer Begeisterung machte sich Irilani an diese Aufgabe und nähte sich zunächst zwei knielange Sommer- bzw. Unterkleider aus weichestem Hirschleder, dessen Säume sie fingerlang in kleine Fransen schnitt. Dazu einen handbreiten, flachen Gürtel aus Rindleder, der sich eng an die Hüften schmiegte und an dem später die Beinlinge befestigt wurden und durch den der Lendenschutz gezogen werden konnte. Außerdem schnitt und nähte sie sich einen zweiten, festen Gürtel, der über der Kleidung getragen wurde, an dem verschiedene Beutel und Werkzeuge befestigt werden sollten, die man immer brauchte.

Aus aneinandergesetzten Hasenspelzen nähte sie sich ein ärmelloses Wams, das von den Schultern bis zu den Knöcheln reichte und im Winter über dem Unterkleid getragen wurde. Als Schutz vor Wind und Wetter fertigte Irilani sich einen Mantel an, dessen

Pelz nach außen zeigte, bis fast zum Boden reichte und an dessen rückwärtigem Halsausschnitt sie eine Pelzmütze annähte, die der stärkste Wind nicht wegwehen konnte, dazu noch ein paar dicke Handschuhe, die mit Lederriemen an den Mantelärmeln befestigt waren und so nicht verloren gehen konnten.

Aus starkem Rinderleder schnitt sie Sohlen und kniehohe Schäfte mit Innenfell, die sie zu Stiefeln zusammennähte. Im Winter konnten sie zusätzlich mit wärmenden Materialien ausgestopft werden.

Zuletzt schnitt sie sich noch einige Lendenschurze aus weichestem Hirschleder zurecht, die zwar üblicherweise durch den Untergürtel gezogen, aber bei Bedarf auch lässig um die Hüften geknotet werden konnten. Diese Lendenleder dienten den Frauen auch als Halterung für die Matten aus Baststreifen, geflochtenen Halmen, Moos- und Wollgraspolstern, die zum Auffangen der monatlichen Blutung benutzt wurden. So waren die Mädchen und Frauen auch an diesen Tagen in ihrer Arbeit kaum eingeschränkt und wurden nicht davon abgehalten, zur Erntezeit Beeren und Nüsse, Rinden, Wurzeln und Kräutern zu sammeln oder der Jagd auf Kleintiere und Vögel nachzugehen.

Zur kompletten Ausrüstung eines Erwachsenen zählte auch eine Tragetasche aus stabilem Leder oder Pelz. Für diesen Zweck hatte Irilani sich ein Fuchsfell aufgehoben, das richtig zugeschnitten nur am Rand zusammengenäht werden musste. Das Kopfende stellte die Verschlussklappe. Die Lasche konnte dann mit zwei Lederriemen fest verschlossen werden, die von der Innenseite her durch ein Loch gezogen und an beiden Enden mit einem dicken Knoten versehen waren. Über die Seiten und den Boden dieser Tasche wurde ein langes Lederstück als Tragegurt vernäht..

Weiterhin musste jeder auch einen großen Rückenbeutel besitzen, in dem der persönliche Bedarf Platz hatte, wenn man sich auf die regionalen Akudari-Feste begab, andere Clans besuchte oder gar auf weitere Reisen ging. Als Letztes nähte sie die übrig gebliebenen Leder- und Pelzreste grob zu einem großen Sack zusammen, der mit getrocknetem Moos, Tierhaaren und Federn gefüllt, eine neue komfortable Sitz- und Schlafunterlage abgab.

Als Irilani alle Aufgaben erfolgreich beendet hatte und ihre Ausstattung dem Meister zur Begutachtung vorlegte, nickte dieser zufrieden und entließ sie aus seiner Ausbildung.

Der Kreis

Holzkohle und Kräuter waren mittlerweile zu einem feinen Pulver zerstoßen und der Heiler-Kahu prüfte den Staub zwischen Daumen und Zeigefinger. Zufrieden nickend stellte er Mörser und Stößel beiseite. Er reichte Irilani eine hilfreiche Hand und meinte: „Steh mal auf Irilani und schüttle deine Glieder aus, deine Muskeln müssen ja schon ganz steif sein vom langen Herumsitzen und Mörsern."

Irilani dachte etwas respektlos, dass wohl eher die uralten Knochen des Ijatiba nach der langen Sitzung knirschten, aber natürlich nahm sie die Gelegenheit wahr, sich zu entspannen. Die Pause gab Irilani endlich die Möglichkeit, die Hütte des Heilers genauer in Augenschein zu nehmen. Darauf hatte sie immerhin einige Jahre warten müssen. Vom vielen Kräuterrauch und dem langen Sitzen doch etwas wackelig auf den Beinen, durchstöberte Irilani die Hütte und betrachtete aufmerksam die Innenwände der ledernen Zeltbahnen, die mit Rötel, Holzkohle und Pflanzensäften bemalt waren. Es war eine üppige Bildersammlung von Pflanzen und deren Früchten, von Kräutern und ihren Blüten, von unterschiedlichen Tierherden, Rentierköpfen, von Lachsen, die über sprudelnde Wasserkaskaden sprangen und gefleckten Forellen, die nach Insekten schnappten.
Dazwischen gingen kleine Menschengruppen der Jagd, dem Fischfang oder dem Sammeln nach. Weiter oben, auf halber Höhe um den Rauchabzug herum waren die Merólia-Karánga-Berge aufgemalt - genauso, wie man sie über den Fluss hinweg beobachten konnte. Der letzte Abschnitt der Lederbahnen war vollkommen - bis auf ausgesparte Handabdrücke - mit Rötel eingefärbt und symbolisierte nach altem Ritus das Licht und die Wärme Shilorans. Das Ijatiba-Hüttendach bildete innen die Welt ab wie sie außen aussah.

Der Kahu erklärte ihr, dass nicht ein einziger Künstler diese Bilderwelt geschaffen hatte, sondern mehrere Generationen männlicher und weiblicher Ijatiba-Kahus in diesem Zelt gewirkt und die Malereien immer wieder aufgefrischt, erneuert und ihre Handabdrücke hinterlassen hatten.

Irilani bewunderte die geschickte Arbeit der Künstler, aber ihr vollstes Interesse hatten die vielen Behälter geweckt, die an langen entrindeten Ästen hingen, die quer an den Hüttenpfosten befestigt waren. Sie versuchte zu erkennen, was in den Körben und Lederbeuteln, in Holzschalen, Hörnern, Bastsäckchen, Schädelschalen und Birkenrindenbehältern gehortet wurde. Was in den Hörner- und Röhrenknochen-Behältern mit den dichten Lederdeckeln enthalten war, konnte sie nicht einmal vermuten.

Hier schaute ein Büschel getrockneter Pflanzen oder Kräuter aus der Mattenumhüllung, dort duftete es aus Birkenbehältern nach Samen oder Blüten, in den Körben lagen Stängel und Knospen. Eine ganze Sammlung von unterschiedlichen Farbsteinen lag bereit, mit denen man Farben in Weiß, Gelb, Ocker bis Blutrot und Schwarz anmischen konnte. Als Mischmittel nahm man entweder Blut oder Eiweiß aus den Vogeleiern. Mit diesen Farbpasten bemalte der Kahu regelmäßig die fast senkrechte Schieferwand, an deren Fuße die Knochen der Toten des Clans der Erde zurückgegeben wurden, mit magischen Zeichen und Bildern.

Der Kahu erklärte ihr, dass Ijatiba-Kahus ihr volles Heilerwissen nicht innerhalb des Clans beim Kahu erwarben, sondern sie wurden an einem Shirolan-Sonnenkreis dazu ausgebildet, Krankheiten zu erkennen und zu behandeln und lernten, welche Pflanzen dazu verwendet werden konnten. Der Kahu meinte, wobei er Irilani unter seinen strubbeligen Augenbrauen heraus forschend betrachtete, dass er talentierten und wissensdurstigen Nachwuchs als

Anwärter zum Shirolan-Zentrum senden könne. Während Irilani weiter interessiert die Bilder an der Hüttenwand und die Behälterreihen erforschte, dachte der Kahu über den Sonnenkreis nach.

Niemand der Clan-Kahus oder der Eingeweihten am Sonnenkreis wusste mehr, wie lange es tatsächlich her war, dass die Vorfahren den Zeitmesser errichtet hatten. Die Markierungen der noch vorhandenen hölzernen Zähl- und Ritzsteine reichten einige hundert Shirolan-Doppelwellen zurück in die Vergangenheit. Die Eingeweihten vermuteten aber, dass die Steinsetzungen auf den Dreispitzen im Südwesten und deren Ritzmale noch viel weiter in die tiefen Abgründe der Vergangenheit reichten, bis hin zu den Urzeiten, als die Clans die Gegend besiedelten und die überlieferte Geschichte im Nebel der Sagen und Legenden begonnen hatte.
Der Sonnenkreis und das sich anschließende Zentrum des Wissens lag auf dem gegenüberliegenden Flussufer des Großen Flusses, einen halben Tagesmarsch vom Mohnclan entfernt auf einer Höhe, von der aus man einen ungestörten Blick auf sämtliche Bergspitzen der Umgebung genoss. Der Sonnenkreis bestand aus einem fast zweihundert Schritt durchmessenden, gut mannshohen Außenwall, dem sich nach innen ein Graben anschloss, aus dem das Wallmaterial ausgehoben worden war.
Ringeinwärts folgte eine größere Runde, in der sich das Clanvolk für die Feste um eine erhöhte Plattform in der Mitte sammelte, auf der ein sehr dicker, glatter und mehrere Mann hoher Baumstamm als Hauptpeilstock eingerammt stand, umgeben von einigen dünneren geglätteten Baumstämmen, die in scheinbar willkürlicher Anordnung über die Fläche des Plateaus verteilt eingelassen waren. Der Sinn der Peilstämme bestand darin, dass die Eingeweihten zu bestimmten Sonnenständen entweder vom Plateau aus zu den Bergspitzen oder von den Bergspitzen aus, die Pfäh-

le auf der Plattform anpeilen konnten, um bestimmte Tage im Shirolan-Jahr zu bestimmen.

Diese Tage waren wichtig für die Clans, denn sie kündigten die jahreszeitlich wandernden Herden aus dem Süden oder Norden an, bestimmten die Festtage und sorgten dafür, dass die Zeitmessung nicht aus dem Ruder lief, denn aus unerfindlichen Gründen ließ sich ein Shirolan-Jahr nicht ganz genau messen und es kam über einige Shirolan-Doppelwellen hinweg zu Abweichungen, die alle paar Jahre durch einen Zusatztag ausgeglichen werden mussten. Auf dem Wallkranz hatten die Ahnen in regelmäßigen Abständen Schwarzsteinblöcke eingelassen, mit denen man die Mondzeit verfolgen und seine regelmäßigen roten Bluttage vorhersagen konnte.
Einer der Erhabenen Ehrwürdigen hatte gerade gewagt, eine Vermutung auszusprechen, die sich darauf bezog, dass man aus einer Verbindung der Mond- und Sonnenstände möglicherweise ermitteln könnte, wann die schrecklichen, zum Glück seltenen, dunklen Tage anbrachen, wenn Shirolan sein Haupt verhüllte und die Welt für Momente in Dunkelheit stillstand. Diese Vermutung würde allerdings noch ein oder mehrere Menschenleben lang durch genaue Beobachtungen und Aufzeichnungen bewahrheitet werden müssen.

Der Ringwall des Sonnenkreises war in Richtung Sonnenuntergang durch einen breiten Durchlass unterbrochen. Dieser diente zweierlei Zwecken: Einmal ließ er den Blick vom und zum Plateau aus durch, zu der Drei-Berge-Gruppe im Südwesten, die zu tief lag, als dass man sie über die Wallkante hinweg hätte anpeilen können und sie diente als Durchgang für die Ehrwürdigen und die Festgäste, wenn die Clanfeste zu bestimmten Sonnenständen stattfanden.

Die Drei-Berge-Gruppe stellte einen der wichtigsten Anpeilpunkte dar, denn über dem riesigen spitzen Peilstein, der vor Urzeiten auf einem der Hügel aufgerichtet worden war, ging Shirolan am ersten Morgen des Sommers auf und umgekehrt vom Berg zum Sonnenkreismittelpunkt gesehen, zum Winteranfang unter, wobei Sommer- und Winteranfang nicht mit den Aufstieg- und Abstiegsterminen Shirolans zusammenfielen, sondern sich am Vegetationsbeginn ausrichteten - und damit zusammenhängend, an den Hauptwanderperioden der verschiedenen Tierherden. Über die unterschiedlichen Peilstämme im Mittelkreis legte man die gleichgeteilten Tage im Frühling und Herbst und die Tage mit der längsten und kürzesten Nacht fest, an denen bestimmte Feierlichkeiten und Rituale zu Ehren Shirolans, der Akudari- und Göttersterne durchgeführt wurden.

Der Zugangsweg war mit säuberlich zurechtgestutzten Schieferplatten ausgelegt und führte vom Sonnenkreis hinüber zur Versammlungshütte der Ehrwürdigen Eingeweihten. Seitlich des Weges standen in regelmäßigen Abständen Holzstangen in den Boden eingelassen, an denen bei den Festen Fackeln angebunden werden konnten, um den Ehrwürdigen Eingeweihten ihrem feierlichen Weg zum Mittelplateau festlich zu erleuchten. Die Erhabenen Eingeweihten sammelten und bewahrten das Wissen der Clans und gaben es an die Kahus weiter, die ihrerseits in den Clansiedlungen das Wissen anwendeten, dort die Clan-Kalenderhölzer ritzten und während der Giringha-Prüfungen nach talentierten Schülern für das Shirolan-Zentrum Ausschau hielten.
Innerlich seufzte der Kahu, wandte sich wieder den Erfordernissen der Prüfung zu und bat Irilani darum, wieder Platz zu nehmen. Wo waren sie denn stehengeblieben? Beim Khuraina-Kahu – dem Schnitzmeister!

Und Irilani erzählte ihm mit einerseits freudigen, andererseits schweren Herzens von der Zeit beim Bärenclan und dachte dabei an Tomaru, den sie in den letzten beiden Jahren nicht mehr getroffen hatte. Der Kahu stellte noch viele tiefschürfende Fragen und beobachtete Irilani dabei, wie ihre Augen immer wieder zu der Sammlung von Pflanzen und Behältern, von Mörsern und Reibsteinen zurückkehrten. Er kam zu dem Schluss, dass Irilani alles gelernt hatte, was sie als Clanmitglied, als Jägerin und Sammlerin, Köchin, Mutter und Lehrerin wissen musste. Sie wusste erfreulicherweise ja sogar schon wie man mit Clanfremden umgehen und zusammenleben musste, denn sie hatte das Jahr im Bärenclan ohne Probleme überstanden und dort viele Freundschaften geknüpft. Er fasste einen Entschluss und fragte Irilani, ob sie interessiert sei, nach der Sommerfeier eine Ausbildung als Ijatiba-Kahua im Shirolan-Zentrum zu machen:

„Irilani, das wird eine lange Lehrzeit werden, in der du sehr viel lernen musst, kaum Zeit für anderes haben wirst und nicht nach Hause kommen kannst. Überlege gut, ob du das durchstehen kannst und genügend Interesse und Durchhaltevermögen hast, später ein Leben als Kahua auf dich zu nehmen."

Irilani schaute den Kahu überrascht an und fragte sich, wie er wohl einen ihrer beiden dringendsten Wünsche erkannt haben mochte. Alle möglichen Gedanken wirbelten ihr durch den Kopf und am Schluss kam sie zu folgendem Ergebnis: Da Tomaru im Moment wohl Besseres zu tun hatte, als sie aufzusuchen, würde sie das einmalige Angebot annehmen. Ihre Stimme zitterte gefährlich, als sie versuchte, ein festes „Ja" herauszubringen.
Der Kahu atmete erleichtert auf. Er würde nicht ewig leben und guter Nachwuchs für die schwierige Ausbildung im Shirolan-Zentrum war nicht einfach zu

finden. Irilani traute er zu, alles zu verstehen und diszipliniert genug lernen zu können und vor allem auch genügend Persönlichkeit zu entwickeln, um später als Herrin des Kalenders und der Heilmittel die Clans leiten zu können.

Giringha

Doch zunächst musste die dritte Giringha-Zeremonie zu Ende gebracht werden.

Er gab Irilani eine kleine Kugel undurchschaubaren Inhaltes zu kauen. Die Samen und Kräuter würden das Schmerzempfinden deutlich herabsenken und die Zeremonie vereinfachen. Flammenschalen aus Schiefer und Speckstein standen bereits vorbereitet am Feuer, die Dochte aus gedrehten Fasern erneuert und die Schalen mit gereinigtem Fett gefüllt. Als er sie eine nach der anderen mit einem Holzspan aus dem Feuer anzündete, wurde die Hütte gleichmäßig hell ausgeleuchtet.

Dann bat er Irilani, sich auf den Rücken zu legen, schob ihr eine gerollte Matte unter den Nacken, griff zu seinem geschnitzten Kästchen mit dem Ritzwerkzeug, tunkte das Hämmerchen in die Holzkohlemasse und begann damit, das Symbol des erwachsenen Clanmitgliedes einzusticheln, das bei allen Clans im Umkreis von etwa zehn Tagesmärschen gleich war, nämlich zwei sich spiegelbildlich gegenüberstehende Mondsicheln rechts und links von Clan- und Namenszeichen.

Irilani wusste, dass sie unbedingt stillhalten musste, obwohl es wehtun würde. Es tat auch weh, war aber auszuhalten. Es galt als unwürdige Schande, bei dieser Zeremonie wie ein Kleinkind zu wimmern oder gar zu schreien. Sie wollte sich keinesfalls bis auf die Knochen blamieren. Ganz fest dachte sie an den Nachmittag vor zwei Jahren, als Tomaru und sie auf der Lichtung im Wald so viel Freude aneinander gefunden hatten, konzentrierte sich darauf und ließ ihre Gedanken weit wegtreiben von dem Schmerz verursachenden, klopfenden, stichelnden Knochenhämmerchen auf ihrer Stirn.

Endlich war die Tortur zu Ende und der Kahu half ihr auf. Er reichte ihr eine Schale mit Wasser, in das einige fein gemahlene Kräuter hineingemischt waren, die einen frischen Geschmack im Mund hinterließen. Der Kahu wies sie an, sich für ihre erste Shirolan-Feier bereitzumachen, die in zehn Tagen stattfinden würde. Diesen Ausflug würde er wie immer begleiten, an der Versammlung der Kahus mit den Ehrwürdigen Eingeweihten des Sonnenkreises teilnehmen, sich die Anweisung zur sich dieses Jahr anbahnenden Kalenderberichtigung abholen und eben auch Irilani als Shirolan-Lehrling persönlich dort einführen.

Wie die Tradition es vorsah, würden alle erwachsenen Mitglieder der Clans, die die Strecke noch schafften und mindestens sechzehn Sommer zählten, früh am Morgen des letzten Tages des sechsten Wintermonates aufbrechen. Die restlichen Clanmitglieder blieben zu Hause und hüteten die Kinder. Was weiter geschah, blieb für diejenigen, die ihre erste Feier noch nicht mitgemacht hatten, ein unergründliches Geheimnis, über das allergrößtes Stillschweigen gegenüber den Uneingeweihten bewahrt wurde. Aber alle machten sich freudig an die Vorbereitungen und zählten die Tage, bis es endlich losging. Irilani seufzte. „Nur" noch zehn Tage, dann war ein weiteres Geheimnis endlich gelöst und auch sie gehörte zu den Erwachsenen.

Der Kahu schob sie durch den Zelteingang nach draußen, wo der Clan sich um die Hauptfeuerstelle geschart hatte und präsentierte ihnen Irilani samt ihren neuen Stirnzeichen. Er verkündete mit salbungsvollen Worten und weit ausholenden Gesten, dass Irilani ausgewählt worden sei, um im Shirolan-Zentrum weiterzulernen. Als Irilani ans Lagerfeuer herantrat, überreichte ihre Mutter ihr stolz das Lederbeutelchen mit der geschnitzten Mohnkapsel, das Irilani sich umhing. Es leistete nun Tomarus Amulettscheibe Gesellschaft, die sie Tag und Nacht zur Erinnerung an die gemeinsam verbrachte Zeit trug. Alle jubelten ihr freundlich zu und beglückwünschten sie zu ihrem dritten Giringha.

Der Rest des Abends wurde mit lustigen Erzählungen aus der Clanvergangenheit, mit wilden Jagdgeschichten und gemeinsam gesungenen Liedern und zweideutigen Bemerkungen zur Shirolan-Feier verbracht, bis die ermüdeten Feiernden sich zu ihren Nachtlagern schleppten. Irilani war da schon lange gegangen, hatte sich erschöpft in ihre Pelze gekuschelt und war den Schmerzen auf ihrer Stirn in den Schlaf entkommen.

Clanleben

Am nächsten Morgen erwachte Irilani spät; die Sonne schien schon von Süden her auf den Hang. Die Schieferplatten vor dem Eingang strahlten angenehme Wärme aus, als sie sich dort mit einem Rest des Mahles vom Vorabend zum Frühstücken niederließ. In den neun Tagen bis zum Shirolan-Fest war sie mit keinerlei Aufgaben betraut und konnte tun, was ihr einfiel. Sie überlegte, was die Jungs und Mädchen ihrer Altersgruppe wohl heute anfangen mochten.

Das Wetter war gut und man konnte zum Sammeln, zum Jagen oder zum Fallenstellen und Fischen gehen oder sich auch einfach die Sonne auf den Bauch scheinen lassen. Die Älteren saßen rechts und links in der Sonne vor ihren Hütten und beschäftigten sich mit Ausbesserungsarbeiten an ihren Kleidungsstücken und Werkzeugen. Die anderen waren wohl schon mit den Kindern unterwegs und machten einen Ausflug in die hügelige Umgebung, um Knospen, Blüten, Kräuter, Moose, Pilze und Rinden zu sammeln. Vielleicht trieben sie sich auch am Fluss herum und versuchten, ein paar Fische zu erwischen oder Muscheln einzusammeln.

Irilani überlegte, ob im Vorratszelt, wo die großen Körbe standen, noch etwas zu erledigen sein könnte. Die kleineren und großen Körbe aus Weidenruten waren mit Lederriemen verstärkt und mit Gurten versehen, damit man sie auf dem Rücken tragen konnte, falls größere Mengen Nahrung transportiert oder der Aufenthaltsort verlagert werden musste. Diese Körbe zu flechten und mit Lederriemen zu verstärken war ein Können, das von Generation zu Generation weitergegeben wurde. Jedes Kind fertigte in der Körbelehrzeit Behälter an, die je nach Verwendungszweck aus getrockneten Stängeln oder Rohr, aus Zweigen, aus Baumrinden, aus Bast und Lederstreifen oder aus einer Kombination der Rohstoffe hergestellt wurden. Besonders hübsche kleine oder auch größere Behälter formte man zum Beispiel aus zusammengelegten Halmen, die flach und fest mit Bast umwickelt wurden, so dass sie lange Schlangen bildeten. Diese wurden dann zu Spiralen zusammengerollt und zu unterschiedlichen Schalenformen zusammengenäht. Außerdem bekam man beigebracht, wie man aus der feuchten, gleichmäßig und fein gekörnten Erde, die weiter oben im Gebirge zu finden war, einfache Tonschalen formte und im Lagerfeuer härtete. Die benutzte man besonders für die Aufbewahrung von Talg und Fett. Verschlossen wurden diese Gefäße mit Lederresten und Baumharzen. Für die Gewinnung von Baumharzen schnitt man bestimmte Nadelbäume im Umkreis des Sonnenkreises an und sammelte den Saft in darunter aufgehängten Gefäßen.

Irilanis Augen schweiften mit dem geschärften Blick einer Abschiednehmenden über die Flussniederung, die sich unterhalb des Siedlungsberghanges weitete. Sie wollte sich ganz fest einprägen, wie der Ort ihrer Jugend aussah und das Bild für immer in der Erinnerung behalten. Im flachen Fluss wechselten sich unregelmäßig Sandbänke und kleine langgestreckte Inseln ab. In der Mitte oft mit buschigen Bäumen und am Rand mit Rohr-dickichten bewachsen, lagen sie zwischen mehr oder weniger breiten und tiefen Seitenarmen und fast abgetrennten Teichen ohne Strömung voneinander getrennt. Oft hatte sie lauernd im hohen Riedgras der Uferzonen geduckt gestanden und sich an die Vogelnester angeschlichen.

Irilani überlegte, wie sinnvoll doch ihr Clanstandort gewählt war. Durch die Niederungen und über die Hänge und Höhen oberhalb des Flusses zogen im Herbst wochenlang in stetem Strom die Rentierherden nach Süden; zum Frühling nahmen sie den umgekehrten Weg und beide Male wurden sie von

Jagdtrupps aller Clangruppen, die in Flussnähe siedelten, erwartet.

Antilopen mit lustig hässlichen Nasen und silbrigem Fell zogen durch die Täler und riesige Pferdeherden galoppierten über die unbewaldeten Steppenzonen. Die Jagd war üblicherweise die Aufgabe der Männer, es nahmen aber auch Frauen teil, die für die Jagd etwas übrig hatten. Die Rentiere sicherten während ihrer Wandersaison den Nahrungsbedarf und deckte den Rentierfellbedarf für das ganze Jahr. In den letzten Jahren waren die Herden allerdings nicht mehr so zahlreich gewesen und sie bestanden auch nicht mehr aus so vielen Einzeltieren wie früher. Die Jäger waren besorgt deswegen und es hatte lange, hitzige Streitgespräche am abendlichen Feuer gegeben.

Das Hauptziel der ganzjährigen Jagd aber waren die Pferde, die in großen Herden auf den vielerorts nur mäßig mit Birken, Kiefern und Wacholder bewachsenen Hügeln und in den wärmeren Niederungen grasten. Zusätzlich erlegte man auch die riesigen Rinder und die Hirsche und Rehe, die immer stärker in den kleinen Wäldern auftauchten. Pferd und Rind, Ren und Antilope boten viel Fleisch, ein großes Fellstück und große und kleine Knochen, die man zu vielen Dingen des täglichen Gebrauchs verarbeiten konnte und deren Mark köstlich schmeckte. Die benachbarten Clans taten sich mehrmals im Jahr zusammen und organisierten eine Treibjagd, die damit endete, dass man eine Pferde- oder Rinderherde über einen Hangabgrund stürzen ließ. Wenn das glückte, machten sich alle Mitglieder der beteiligten Clans auf den Weg zum Todesort der Tiere. Es gab natürlich nicht überall geeignete Klippen. Eine andere Lösung waren die am Zugweg der Tiere aufgebauten großen, meist in einem schmalen Seitental des Großen Flusses hinter einer Biegung versteckten, Einfriedungen aus Stein und Holzbarrikaden, in die ganze Herdenteile umgeleitet und dann abgeschlachtet wurden.

Direkt dort wurden danach die abgezogenen Felle sauber zum Gerben vorbereitet, die Fleischstücke klein geschnitten, luftgetrocknet oder über großen Feuergruben geräuchert.

Das getrocknete oder geräucherte Fleisch klopfte man klein und füllte es mit ausgelassenem Schmalz, Knochenmark, getrockneten Beeren und Kräutern vermischt in Lederbeutel ab. Wenn die Fettmischung abgekühlt und hart geworden war, hielt sie sich sehr lange auch ohne Kühlung. Kalt in Schnee- oder Eisgruben gelagert, die sich an den Nordhängen der Berge noch bis in den Sommer hielten, reichte dieser Vorrat bis weit ins Frühjahr hinein.

Für den Ijatiba-Kahu wurde ein Teil des Fettes besonders fein abgesiebt. Er verwendete es als Grundlage für seine heilenden Salben

Irilani tastete nach ihrem Giringha. Es pochte noch ein bisschen unangenehm, tat aber nicht mehr wirklich weh.

Ihre eigene Familie, die zusammen in einer Hütte lebte, bestand jetzt aus elf Personen. Da war der Oonu, der Vater ihres Vaters, nach Anzahl der Markierungen auf seinem Kalenderpfahl schon fünfzig Sommer alt und damit das älteste Mitglied der ganzen Lagergruppe. Die nächste Generation bestand aus ihrem Vater Onpu, seiner Frau Saina, Irilanis Tante Kirla und deren Mann Ermo, ferner Irilanis Schwester Irsa und ihr Bruder Koro und die Kinder ihrer Tante, Arila, Bohe und Tulo. Ähnlich war die Familienstruktur der anderen Familien des Clans, die ihre Häuser in jeweils zehn Schritten Abstand nebeneinander auf der Hanglinie errichtet hatten. So kam die Siedlung auf ungefähr siebzig Personen.

Alle Eingänge zeigten nach Süden. Der Hüttenboden war nahezu kreisförmig, nach hinten leicht in die Hangschräge einschoben und lief nach vorne, kaum wahrnehmbar, leicht hangabwärts aus. Der Fußboden war eng mit zugerichteten Schieferplatten ausgelegt, genauso wie das Vorfeld des Eingangs und die Wege zwischen den Hütten, was garantierte, daß das Regenwasser schnell ablief und man draußen ausreichend gerade und trockene Arbeitsflächen hatte, um die täglichen Handarbeiten und Handwerke sauber ausführen zu können. Die Schieferplatten erwärmten sich selbst im Winter in der Sonne und gaben die Wärme dann langsam wieder ab.
Um den Hausboden herum standen Schieferplatten senkrecht eingegraben. Sie dienten als Gegenstütze für die Holzstangen der Wandkonstruktion. An den Innenseiten der tragenden Pfosten wurden Lederbahnen befestigt, die vom Dachansatz bis fast zum Boden reichten und an den Sitzmattenpodesten nach innen geschlagen und befestigt wurden.

Die Grundlage des Daches bestand aus mittig zum haupttragenden Mittelpfahl hin ausgerichtet Kiefernstangen; die Zwischenräume waren mit grobem

Flechtwerk aus langen Zweigen ausgefüllt. Über diesem Reisiggeflecht fanden die großen, zusammengenähten Pferdefellplanen ihren Platz, die außen bis zum Boden hingen und dort von schweren Felsplatten gesichert wurden. Über der Dachplane stapelte man eine dichte, ellenhohe Schicht aus Kiefernzweigen auf, deren lange Nadeln sich miteinander verschränkten, Regen und Schnee erst gar nicht bis zur Lederplane vordringen ließen und außerdem die Zeltwärme drinnen hielten.

Auf dieser Dämmschicht brachte man überlappende, flach geklopfte und wasserdichte Birkenrindenmatten an. Damit nicht beim ersten Herbststurm alles davon flog, überspannte man das ganze mit einem Netz aus zusammengeknoteten Lederresten, das an mehreren Stellen bis zum Boden gezogen und dort fest verankert wurde. So abgedeckt und festgezurrt und mit langen Lederschnüren, Holzstiften und Knochenknebeln windsicher am Boden befestigt und zusätzlich mit Schieferplatten am Ende beschwert, hielten die Dächer jedem Wetter stand und die Hütten blieben innen trocken. Die durch Wand- und Dachplanen entstehende doppelte Hüttenwand hielt Wind und Kälte gut ab.

Über der Zeltfeuerstelle ließ man im Dach eine Stelle als Rauchabzug offen, die mit einer beweglichen Klappe und mit Hilfe einer langen Stange geöffnet oder geschlossen werden konnte. Im Boden gab es zwei Herdstellen, die aus einer großen Feuergrube und einer mit starkem Leder ausgeschlagenen Erdgrube bestanden. Die große Feuerstelle war mit Holzscheiten und einer Menge dicker Quarzsteine bestückt, die noch lange Wärme abgaben, wenn das Feuer schon längst heruntergebrannt war. Die Ledergrube war dazu da, Wasser mit Hilfe von erhitzten Steinen schnell zum Kochen zu bringen, um Heilkräutertees für die Kranken oder Suppen herzustellen.

Da es so aussah als würde das warme, sonnige Wetter anhalten, beschloss Irilani, ihr zweitbestes hirschledernes Hemd, ein paar Beinlinge und ihre Lendenschurze zu waschen. Sie würde ihre gesamte Ausstattung zum Shirolan-Zentrum mitnehmen und sich dort nicht gleich durch übermäßig schmutzige Kleidung lächerlich machen. Zwar besaß sie noch eine ganz neu genähte Kombination aus Hemd und Beinlingen, mit der sie sich viel Mühe gegeben hatte. Aber sie brauchte ja auch etwas zum Wechseln oder wenn es auf dem Berg da oben sehr kalt wurde, mehr zum unterziehen.

Also erhob sie sich, um zunächst die Glutreste des Vortages mit Holzspänen und trockenem Reisig anzufeuern, legte dann einige der Feuerquarze hinein und deckte diese wieder mit Holzstücken ab, damit sie sich im aufflackernden Feuer richtig erhitzen konnten. Dann nahm sie sich den Wasserbeutel, füllte ihn am Bach und goss das Wasser in die mit Leder ausgelegte und mit Schiefersteinen befestigte Feuergrube. Später zerklopfte sie mit dem Geweihhammer eine handvoll Wurzeln des Seifenkrautes, die sie auf dem Rückweg vom Bach aus dem Vorratszelt mitgenommen hatte.

Die Wasseranlage

Das Feuer war mittlerweile heruntergebrannt und die Quarzsteine heiß. Vorsichtig hob Irilani die Steine mit einer Elchgeweihschaufel aus der glühenden Asche, klopfte Glutreste ab und versenkte sie im Wasser der Feuergrube. Es zischte laut; die Steine erhitzen das Wasser schnell bis zum Brodeln. Mit einer Holzschale füllte sie das kochendheiße Wasser in einen Holzbottich um, fügte die zerklopften Wurzelfasern hinzu und rührte mit einem Holzstock um, bis das Wasser schlierig wurde und zu schäumen anfing. Dann kramte sie ihre Kleidungsstücke aus dem Aufbewahrungskorb hervor und strebte mit der ganzen Waschausrüstung dem Bach zu.

Irilani winkte auf ihrem Weg den Mitgliedern des Clans zu und erreichte dann die Palisadenwand, die quer über den gesamten Hang errichtet worden war. Sie diente dem Schutz der Clangemeinschaft und hielt vor allem Tiere ab, die vom Geruch der Nahrungsvorräte angelockt wurden. In die Palisadenwand waren mehrere kleine, verschließbare Tore eingebaut, die den Zutritt zur Siedlung gewährleisteten. Nur der kleine Bach, der am Westhang zum Fluss hinunterstürzte, durfte unter der Wand hindurchfließen. Irilani hatte die Wasserbecken seit ihrer Kindheit benutzt, doch jetzt, wo sie für einige Zeit Abschied nehmen sollte, beglückwünschte sie ihren Clan dazu, den Bach so sinnvoll in Stufen und Becken aus Schieferplatten gefasst zu haben. Zwar wurden Dauersiedlungen nur in der Nähe einer ergiebigen Quelle oder an einem Bach angelegt, aber bestimmt gab es nicht überall so gute Vorraussetzungen wie hier.
Direkt innerhalb der Palisadenwand hatten die Vorfahren den Bachboden flach ausgegraben, mit Schieferstücken ausgelegt und oberhalb des Zuflusses eine Reuse errichtet, die Blätter, kleine Äste, Stein-

chen und Erdstückchen zurückhielt. Durch diesen Schmutzfilter sprudelte der Bach in das darunter liegende Becken, dessen Schieferwände eine etwa ellentiefe Schale formten, in der sich der feine Sand ablagerte, den der Bach mitführte. Hin und wieder mussten Reuse und Becken gesäubert werden.

In die Absperrschieferplatte war an der Oberkante ein fünf Finger hoher Ablauf ausgebrochen, der das Wasser in das darunter liegende Becken entließ. So floss es ganz sauber und klar in das erste Nutzbecken. Dieses Wasser durfte nur zum Trinken und zur Zubereitung von Nahrung benutzt werden und es war bei höchster Strafe verboten, es irgendwie zu verschmutzen.

Das nächste Becken war der Reinigung von Gebrauchsgegenständen, Waffen und Kleidung vorbehalten, aber auch zum Baden geeignet, weil es viel größer, länger und tiefer ausgearbeitet war, damit mehrere Menschen gleichzeitig daran arbeiten konnten. Dieses Becken hatte ebenfalls einen ausgebrochenen Überlauf, aber auch einen seitlichen Ablauf bachabwärts in Form einer Schieferplatte, die als Schieber eingesetzt war und mit dessen Hilfe man das Becken bei Bedarf schnell ganz entleeren konnte.

Gleich neben das Becken hatten die Männer einen dicken flachen Stein hingewuchtet und dessen Fläche geglättet, damit man dort die Kleidung gut mit Seifenkraut bearbeiten konnte. Dorthin stellte Irilani den Holzeimer mit dem Waschwasser, ging zum zweiten Becken und nässte erst einmal gründlich ihre Kleidungsstücke. Dann wusch sie eines nach dem anderen mit der Wurzellauge aus dem Holzeimer, rubbelte hier und da einen Fleck aus dem Leder, spülte die Kleidungsstücke danach mehrmals gründlich im Wasserbecken aus und drückte das Wasser aus dem Leder. Irilani beschloss, sich ebenfalls gründlich zu reinigen, denn an ihr klebten noch die

Schweiß- und Rußreste der Giringha-Zeremonie vom Vorabend. Sie kippte das noch warme Waschwasser in das Becken, zog sich aus, löste die Zöpfe und versenkte sich langsam ins Wasser. Es war zwar immer noch eiskalt und verursachte anfangs ein frostiges Zähneklappern, aber warmes gab es hier eben nicht. Manchmal brachten mehrere Badewillige alle ihre Glühsteine heran und heizten das Wasserbecken auf erträgliche Temperaturen bevor sie sich gründlich wuschen.

Die andere Möglichkeit wäre gewesen zum Fluss im Süden zu wandern, in dessen Tal es eine heiße Quelle gab, die man aber üblicherweise nur zu den Vierteljahrfeiern aufsuchte. Mehrere Tage lang wurden dort dann sämtliche Kleidungstücke gereinigt und in einem Becken, dass mit Schieferplatten zu einem großen Oval ausgeformt war, ausführlich gebadet. Die älteren Clanmitglieder behaupteten, dass ihre Gelenke danach deutlich weniger schmerzten und knirschten.

Tapfer tauchte Irilani noch einmal unter und rubbelte Haare und Haut mit der Seifenkrautlösung sauber. Zum Schluss schöpfte sie mit dem nun leeren Holzeimer frisches Wasser und kippte es sich mehrmals über den Kopf. Sie schnappte nach Luft als das eiskalte Wasser an ihrem Körper herunter rann und ihre Haut sich überall zusammenzog. Eilig wrang sie ihre Haare aus, strich mit der flachen Hand sorgfältig überall das Wasser vom ihrem Körper und setzte sich zum Trocknen in die Sonne. Mit einem grobzinkingen Knochenkamm arbeitete sie sich durch ihre verstrubbelten Haare und flocht sie wieder zu ordentlichen Zöpfen.

Mittlerweile rundherum leidlich trocken, knotete sich Irilani ihren Lendenschutz um die Hüften, zog sich das frische hirschlederne Hemd über, schnappte sich den Holzeimer mit den ausgewrungenen Kleidungsstücken darin und marschierte zurück zur Hütte. Dort breitete sie die Hemden und Beinlinge über ein Holzgitter aus und stellte es in den Wind. Später würde sie noch alles mit einem Rundholz durchkneten müssen, damit das Leder wieder ganz weich wurde.

Irilani überlegte, was sie mit dem Rest des Tages anfangen sollte. Missmutig verzog sich ihr Mund; sie hatte noch Vorbereitung für ihre monatliche Blutung zu treffen, die wohl morgen beginnen würde. Sie griff sich einem Korb, trabte noch einmal zum Vorratszelt und füllte ihn mit verschiedenen Dingen aus den großen Behältern: Birkenrinde und Rindenbaststreifen, Rohrblütenfliese, Federn, getrocknetes Moos und Wollgraswatte. Diese Materialien verwob und verknotete sie zu kleinen Matten und Polstern, die sie in ihrem Lendentuch unterbringen würde, das sie an diesen Tagen mit Hilfe des Gürtels straff spannte. Dies würde ihre noch schwache Blutung problemlos auffangen. Zum Glück würde die lästige Angelegenheit schon zu Ende sein, wenn das Sommerfest anfing.

Die restlichen Tage bis zum Aufbruch zum Shirolan-Ring verbrachte Irilani mit Bruder und Schwester auf Sammelwanderungen mit der Suche nach frischen Knospen und frühen Salatpflanzen, ging mit ihren Altersgenossen am Fluss fischen und hoffte dabei vergebens darauf, auf Tomaru zu treffen. Sie wollte sich aber nicht die Blöße geben, einen der Jungs vom Bärenclan, die gerade die Fischreuse ausbesserten, nach Tomaru zu fragen. Wenn er noch in der Gegend war, würde er auf jeden Fall zum Sommerfest kommen. Dort würde sie nach ihm Ausschau halten. Der konnte etwas erleben; sich zwei Jahre nicht zu melden! Das nahm sie ihm wirklich übel.

Das Sommerfest

Am Morgen des vorletzten kalendermäßigen Winter-
tages kämpften sich die Clanmitglieder früh aus ihren
wärmenden Fellen, bändigten die unruhig herumzap-
pelnden Kinder und ermahnten die Jugendlichen,
möglichst wenig Unsinn anzustellen und den Alten
bei ihren täglichen Verrichtungen zu helfen. Sie pack-
ten ihre Sachen für drei Tage Wanderung und Aufenthalt am Shirolan-Ring, der jenseits des Flusses,
ein paar Stunden Fußweg entfernt, auf einem Hügel
lag. Im Gepäck ein noch lebendes Kleintier oder einen Vogel, wanderte die Clangruppe über den Fluss
und über die flachen Ausläufer und Hänge der Drachenzackenberge hinauf zum Bergkegel, wo der
große Sonnenkreis vor vielen Menschenaltern erbaut
worden war.

Die dortige Schule lehrte die Geheimnisse der heili-
gen Pflanzen und die Eingeweihten teilten den Lauf
Shirolans in je zwei Halbjahre und drei Nächte auf,
die die Grundlage des Kalenders darstellten. Wie das
genau gemacht wurde, war den meisten Clanmitgliedern nicht ganz klar. Dafür hatte man ja den Ijatiba-
Kahu, der den Kalender führte und die Zeit der Tier-
wanderungen, die Sammelzeit bestimmter Pflanzen
und die Feiertage richtig und rechtzeitig ankündigte.

Unterwegs stieß der Mohnclan zunächst auf die festlich und lustig gestimmten Mitglieder des Bärenclans,
die den gleichen Weg auf die Höhen nahmen wie der
Mohnclan selbst. Irilanis Hoffnungen sanken ins Bo-
denlose, als sie feststellen musste, dass sich Tomaru
nicht unter ihnen befand. Hoffentlich war ihm nichts
Ernsthaftes passiert. Jagdunfälle und Krankheiten
konnten einen schnell aus Shirolans Strahlen ver-
bannen. Auf dem Weg zum Shirolan-Kreis trafen sie
auf einige andere Clangruppen, die von Norden und
Süden her auf den Hauptweg stießen. Viele ver-

wandtschaftliche und freundschaftliche Beziehungen wurden fröhlich und lautstark aufgefrischt, junge Männer und Frauen warfen sich mehr oder weniger offene Blicke zu und schätzten ab, wer demnächst als Partner in Frage kommen könnte. Die Kahus verbrachten den größten Teil des Weges mit Gelehrtengesprächen über Kalender und Wetter und die Jäger verabredeten sich zu den nächsten Treibjagden. So ging die Zeit schnell herum, bis alle ein paar Stunden nach Sonnenhöchststand vor den Toren des Shirolan-Kreises ankamen.

Die Clanleute warfen vom Hauptweg her einen ehrfürchtigen Blick über die große Anlage, denn dieser Ort stellte den Mittelpunkt der Clankultur dar. Schon vor Menschengedenken hatten die Ahnen hier die Kreisanlage errichtet. Wie immer rätselte man auch zu dieser Gelegenheit darüber wie die Vorfahren genau diesen Platz gefunden haben mochten.

Nahe des südwestlich gelegenen Einganges des Ringwalles standen die Hauptgebäude. Da die Ehrwürdigen Eingeweihten dauerhaft hier wohnten, den Himmel beobachteten und die Schule ganzjährig betrieben wurde, gab es hier größere Gemeinschaftsbauten, eine große Küchenhütte, eine Krankenhütte, mehrere große Feuerstellen und eine Ansammlung von Wohnhütten. Die Eingeweihten wohnten entweder einzeln oder mit mehreren zusammen, manche auch mit ihren Familien in den üblichen Konstruktionen aus Holz, Lederbahnen und Schieferböden. Die Ehrwürdigen Eingeweihten unterlagen keinen besonderen Lebensvorschriften, außer einer einzigen, die befahl, sich am Ort des Shirolan-Ringes aufzuhalten und sich dem Messen der Zeit und dem Führen des Kalenders zu widmen, Erkenntnisse zu sammeln und sie an die Kahus der Clans weiterzugeben. Falls es Streitigkeiten oder gar Verbrechen gab, konnte der Fall den Eingeweihten vorgelegt und um eine Entscheidung gebeten werden. Wurde ein schweres Vergehen festgestellt, konnte hier eine Strafe ausgesprochen oder eine Wiedergutmachung auferlegt werden. Es hatte bisher nur ganz wenige und seltene Fälle von Missetaten gegeben, die die Eingeweihten dazu gezwungen hatten, ein Mitglied der Gesellschaft zu schwerster Strafe zu verurteilen.

Immerhin brauchte man die Fähigkeiten und Kenntnisse jedes erwachsenen Menschen, um das tägliche Überleben aller zu sichern. Vollzogen wurde diese Strafe nur im Shirolan-Kreis, um dem Täter einerseits die größtmögliche gesellschaftliche Ächtung vor den Augen aller zuteil werden zu lassen und auch, um den Geschädigten weitestgehende Genugtuung zu verschaffen, indem der Täter öffentlich bestraft wurde.

Zur Feier fand sich aus dem Umkreis eine große Menge Besucher zusammen. Deshalb hatte man in der Nähe des Ringes an mehreren Stellen Brennmaterial gesammelt, damit die vielen Menschen sich ein wärmendes Feuerchen anzünden konnten. An den Quellbecken standen Bedienstete der Anlage bereit, um die Lederbeutel oder Trinkhörner der Besucher mit frischem Wasser zu füllen. Außerhalb der Anlage waren mehrere Gruben ausgehoben worden, in die die Besucher ihre Notdurft verrichten konnten.

An den Zugangswegen säumten Händler die Wegesränder und boten die aus weit entfernten Gegenden herangeschleppten Waren an. Hier konnte man zum Beispiel die roten Schneckenhäuser bekommen, die als Schmuck sehr gefragt waren und die angeblich aus einem so weit entfernten großen Salzwasser kamen, dass man viele Wochen brauchte, um an dessen Ufer zu gelangen. Die Händler nahmen im Tausch vor allem wunderschön geschnitzte und verzierte Schmuckstücke und Figürchen aus Knochen oder Elfenbein und die immer seltener werdenden

weißen Winterfelle von Schneehasen, Schneefuchs und -wolf, von Hermelinen und Zobeln und die reinweißen Federn der Schneeeulen entgegen.
Irilani drehte nachdenklich Tomarus Anhänger zwischen ihren Fingern; den würde sie um keine seltene Muschel der Welt hergeben.

Am Haupttor gaben alle Besucher ihre mitgeführten Tiere ab, die später zu Ehren Shirolans geopfert werden sollten. Nachdem diese ihre Geistkörper mit Shirolan, den Göttersternen und den Akudari vereinigt hatten, wurden ihre weltlichen Körper auf den großen Feuerstätten zubereitet und dienten der Verköstigung der Feiernden. Mohn- und Bärenclan suchten sich in der Nähe der Wasserausgabe einen Lagerplatz und aßen ihre mitgebrachte Verpflegung aus hart gegarten Eiern und gebratenem Pferdefleisch auf. Danach rollten sich die meisten in ihrem Fellmantel zusammen und erholten sich von der doch recht langen Wanderung bergauf, um am Abend richtig feiern zu können.

Nach dem Essen forderte der Ijatiba-Kahu Irilani auf, ihre Bündel zu nehmen, die auf den Schultern mehrerer Clanmitglieder hierhergetragen worden waren und ihm zu folgen. Er brachte sie zum Bediensteten Sorotume, der für die Aufnahme neuer Schüler verantwortlich war. Während der Kahu mit Sorotume die Aufnahme besprach und für Irilani eine Unterkunft organisierte, ließ Sorotume immer wieder abschätzende Blicke über Irilanis jungen Körper wandern, die sie unsicher machten. Sie mochte den etwas schwammig wirkenden Mann mit den eng stehenden, stechenden Augen nicht.
Am Ende des Gespräches wurde ihr eine Hütte zugewiesen und sie brachte ihre Sachen dort unter. Für den Rest des Tages war sie entlassen. Erst am nächsten Tag sollte sie sich zum Gespräch bei den Ehrwürdigen Eingeweihten melden.

Zum Clan zurückgekehrt, wollte Irilani eigentlich bis zum Abend ruhen, aber das dauernde Kommen und Gehen und Lärmen der vielen Besucher hinderte sie am Einschlafen. Schließlich gab sie auf und beschloss, sich alles einmal etwas genauer anzusehen, schließlich sollte sie ja hier die nächste Zeit verbringen. Überall liefen Bedienstete geschäftig herum, die Irilani nur flüchtige Blicke zuwarfen, als sie in die eine oder andere Behausung hineinschaute und bei der Küchenhütte den Köchen beim Rupfen des bereits geopferten Federviehs zusah. Sie beobachtete die Grilltruppe bei der Bestückung der Erdbacköfen mit Brennmaterial, Quarzsteinen, Blätterabdeckung, Vögeln und Fleischstücken. Zum Schluss deckten sie alles mit einer Erdschicht ab, die gründlich festgeklopft wurde. Bis zum Abend würde alles gar sein, wenn das Fest beginnen würde. Als sie gerade eiligst um eine Hütte herum verschwinden wollte, rannte sie förmlich in einen Mann hinein, der erstmal, ebenso erschrocken wie sie selbst, Abstand zu gewinnen versuchte und sich gleichzeitig entschuldigte. Irilani rieb sich die Nasenspitze und wandte den Blick von der kräftigen nackten Brust ab, in der ihre Nase fast steckte und erkannte - Tomaru!

Wie vom Donner gerührt starrten sich beide an, Irilani von der Sorge befreit, Tomaru könnte etwas passiert sein. Und gleichzeitig war sie ein bisschen beleidigt, dass er nichts von sich hatte hören lassen, obwohl es ihm augenscheinlich wirklich prächtig ging.

Tomaru war einfach nur stumm vor Überraschung und Begeisterung. Ihm fehlten einfach die Worte, denn Irilani war mittlerweile eine ausgewachsene Schönheit geworden. Und der, wie sein Puls ihm plötzlich heftigst zuklopfte, immer noch sein Herz gehörte. Er verfluchte innerlich seine jungmännliche Lässigkeit, dass er ihr in letzter Zeit nicht wenigstens eine Nachricht hatte zukommen lassen.

Nach Irilanis Lehrzeitende beim Schnitzer des Bärenclans hatte er nur noch das Lehrjahr beim Heiler absolvieren müssen. Danach war seine Lehrzeit zu Ende gewesen. Er hatte seine Prüfung durch den Ijatiba-Kahu bestanden, sein drittes Giringha erhalten und an seinem ersten Sommerfest am Sonnenkreis teilgenommen. Die Beobachtung von Sonne und Mond und die Berechnung des Kalenders hatten ihn so beeindruckt und interessiert, dass er darum gebeten hatte, dort bleiben und lernen zu dürfen.

Er schmunzelte, während er auf die etwas zickig guckende Irilani heruntersah, als er seiner ersten Sommerfestnacht gedachte und verzog sein Gesicht zu einem breiten Grinsen, als ihm klar wurde, dass Irilani heute ihre erste erleben würde. Ganz klar, er musste sie unbedingt im Auge behalten, damit er zur Stelle war, wenn die Neulinge in der Nacht aufgerufen wurden.
Irilani entging dieses breite Grinsen nicht. Da sie Tomaru sehr gut kannte, wusste sie, dass er etwas ausheckte, was wahrscheinlich sie selbst betraf. Sie wollte schon eine aufmüpfige Bemerkung machen, als Tomaru sie überraschend an sich zog, ihr einen zärtlichen Kuss gab und ihr erklärte, warum er hier war.
Irilani wurde es ganz warm ums Herz und ganz weich in den Knien, schlang ohne zu zögern ihre Arme um seine Mitte und drückte sich an ihn. Mit etwas Stolz im Herzen sprudelte sie heraus, dass sie dazu ausersehen war, ebenfalls hier lernen zu dürfen und sie zur Ijatiba ausgebildet werden sollte.

Tomaru beglückwünschte sie ausführlich und wünschte ihr viel Erfolg, hielt lange ihre Hand, strich mit dem Zeigefinger zärtlich über ihre Stirn und Wange und hätte sie am liebsten den Rest des Nachmittags überallhin begleitet. Doch er war dazu eingeteilt worden, die Eingeweihten zur Zeremonie anzukleiden und war auf dem Weg zu den Vorbereitungen. Er versprach ihr, sie nach der Zeremonie zu treffen. Sich selbst versprach er innerlich: „Und nicht nur das!"

Frohen Mutes kehrte Irilani zu ihrem Clan zurück. Sie würde hier nicht ganz alleine unter Fremden sein und konnte Tomaru um Rat fragen. Allerdings machte sie sich Gedanken darüber, wieso Tomaru so schelmisch gegrinst hatte, als er über die Neulingszeremonie gesprochen hatte. Egal, sie würde die Feierlichkeiten genießen und am Ende der Nacht würde ein weiteres, bislang undurchdringliches Geheimnis gelüftet sein, der Sommer begonnen haben und ein neues Leben auf sie zukommen. Sie rollte sich neben ihrer Mutter zusammen und schlief dann doch noch eine Weile, bis die großen Hörner den Beginn des Festes ankündigten.

Gegen Abend stärkten sich Mohn- und Bärenclanmitglieder mit einer Mahlzeit aus den köstlich gebratenen Wildstücken der Erdbacköfen und löschten ihren Durst an der Wasserstelle, wo unter viel Geplapper und Gelächter einige Hörner gefüllt und getrunken wurden, bevor sie alle den Haupteingang durchschritten und sich um die Mittelplattform herum aufstellten. Das Rund füllte sich nach und nach mit Menschen aus allen möglichen Clans, deren Stirnzeichen man zwar kannte, die aber meist nicht mit dem Mohn- oder Bärenclan eng verwandt waren.
Alle starrten mit erwartungsvollen Gesichtern hoch, als die Eingeweihten und sämtliche Kahus der anwesenden Clans über den fackelerhellten Zugangsweg zum Walldurchgang schritten, dann würdevoll die Plattform emporstiegen, flankiert von Fackelträgern, die die ganze Szenerie beleuchteten und die die im Rund aufgestellten Feuerschalen entzündeten.

Die Kahus hatten sich am Nachmittag in einer großen Zusammenkunft gegenseitig Bericht erstattet und den Eingeweihten alle Neuigkeiten und Änderungen, die sie während des letzten Jahres festgestellt hatten, mitgeteilt. Daraus fügte sich ein Gesamtbild über die Wetter-, Lebens- und Jagdverhältnisse und auf dieser Grundlage bereiteten die Eingeweihten ihre Ansprache an die Clans vor.

In dieser Sitzung waren außerdem die Sterbefälle verdienter Clanmitglieder mitgeteilt und die Erstteilnehmer und die neuen Schüler namentlich vorgestellt worden. Die Kahus waren dieses Jahr darüber informiert worden, dass im Kalender ein zusätzlicher Tag eingefügt werden musste, um die Abweichung in den Beobachtungen von Mond und Sonne auszugleichen. Zu Hause machten die Kahus eine zusätzliche Kerbe in ihre Kalenderhölzer und alles lief für vier Sommer und Winter wieder auf korrekten Bahnen.

Nachdem sich die Fackelträger am Rand der Plattform im Kreis aufgestellt hatten, suchten die zwölf Eingeweihten ihre Plätze auf und stellten sich mit dem Rücken zum Mittelpfahl in Richtung der versammelten Menge auf. Mit erhobenen Händen priesen sie gemeinsam Shirolan und seine warmen Strahlen, die sie alle am Leben erhalten hatten. Sie dankten den Akudari und den Göttersternen dafür, die Tierherden zu ihnen geführt zu haben und dafür, dass die Winter nur mäßig kalt ausgefallen waren. Mit feierlichen Gesängen riefen sie alle Akudari an, auch das nächste Jahr gnädig zu sein und Herden von Pferden, Ren, Rindern und Antilopen durch die Täler und über die Hügel zu senden, auf dass alle ohne große Mühsal ein angenehmes Leben führen konnten.

Zum Schluss wurde jeder Erwachsene, der im letzten Jahr gestorben war, von den Eingeweihten namentlich erwähnt und mit einem letzten Gruß und Geden-

ken an seine Leistungen für immer aus der Gemeinschaft verabschiedet.

Eine leichte abendliche Sommerbrise spielte mit den
feder- und perlengeschmückten Umhängen der Ehrwürdigen und zupfte an den Spitzen der prächtigen
langen Raubvogel- und Rabenfedern, die zu Stirn-
kronen aufgereiht, die Köpfe der Ehrwürdigen zierten.
Die Eingeweihten umschritten gewichtig und würdevoll den Mittelkreis, während sie kleine Behälter in die
Feuerschalen entleerten. Die Flammen flackerten
empor und zerstoben knisternd in kleine farbige Feu-
ersterne. Irilani überlegte ganz unbeeindruckt, mit
welchen Pülverchen die Eingeweihten dieses Feuer-
werk wohl erzeugten und ließ dann ihren Blick suchend über die Menge schweifen. Schnell entdeckte
sie Tomaru, der nicht weit weg von ihr beim Bärenclan stand und sie aufmerksam beobachtete. Sie
lächelte ihm zu und winkte ihm unauffällig, was er mit
einem Augenzwinkern und einem breiten Grinsen
beantwortete.

Nun begann die Zeremonie für die jungen Männer
und Frauen, die das erste Mal am Sommerfest teilnahmen. Die Eingeweihten riefen den Clan und die
Erwachsenennamen der Neulinge auf, die daraufhin
einzeln die Plattform zu besteigen hatten, um sich
der gesamten Gemeinschaft als zukünftige Vollmitglieder vorzustellen. Irilani klopfte das Herz bis zum
Hals, als ihr eigener Name aufgerufen wurde. Sie
fühlte sich wie gelähmt. Ihr Vater gab ihr einen kleinen Schubs. Sie erklomm die Stufen, umkreiste tradi-
tionsgemäß die Plattform, grüßte jeden Eingeweihten
mit der vorgeschriebenen Geste und wandte sich
dann zur Menge hin, während ihr Clan und Name
noch einmal laut genannt wurde. In Zukunft würde sie
für alle anwesenden Clans keine Unbekannte mehr
sein und in jedem Falle überall als Gast aufgenommen werden, sollte dies einmal notwendig werden.

Nach und nach bestiegen die Neulinge die Mitte. Als alle vorgestellt worden waren, zählten die Ehrwürdigen ihnen ihre Verantwortung als Erwachsene und ihre Pflichten der Gemeinschaft gegenüber auf. Danach wurden endlich alle ausdrücklich zur Vollfrau oder zum Vollmann erklärt. In Zukunft durften sie in jeder Hinsicht ihre Entscheidungen frei treffen, mussten aber auch für jede davon geradestehen.

Der Eingeweihte sprach noch einen langatmigen Segen Shirolans über ihnen allen aus, während er mit einer feierlichen Geste die Stirnen aller neuen Vollmitglieder mit einem symbolverzierten Knochenstab nacheinander berührte. Ein Fackelträger führte sie daraufhin zu den Stufen und alle waren entlassen.

Als Irilani unten ankam, stand Tomaru schon erwartungsvoll dort, um sie zu empfangen. Vertrauensvoll nahm sie seine Hand, die er ihr anbot und er führte sie quer durch die Menge und dann am Rand des Ringwalles entlang nach draußen. Sie gingen kurz bei seiner Behausung vorbei. Tomaru nahm ein großes zusammengerolltes Fell unter den Arm und führte sie durch die jetzt vom Mondschein bläulichsilbern erhellte Landschaft, über eine mit Hecken und Wacholder bestandene Wiese zu einer Stelle mit dichtem Buschwerk und Birken, wo Tomaru das Fell ausbreitete und Irilani zu sich herunterzog.

Irilani schmiegte sich an ihn und Tomaru fragte sie mit belegter Stimme:

„Bist du gewillt, das Geheimnis des ersten Sommerfestes mit mir zu ergründen?"

Vor lauter Spannung und ängstlicher Erwartung konnte Irilani kaum sprechen, aber sie nickte, hauchte ein heiseres „Ja" und schmiegte sich noch fester an Tomarus Brust.

Tomaru war mehr als glücklich. Seit er heute im wahrsten Sinne des Wortes wieder auf Irilani gestoßen war, hatte er sich vorgenommen, dass keiner außer ihm selbst Irilanis Kindheit und Jungfernschaft beenden würde. Wenn es nach ihm ginge, sollte sie die Frau sein, mit der er sein Leben verbringen wollte. Er würde dafür sorgen, dass nichts auf der Welt sie jemals wieder für lange trennen sollte. Irilani riss ihn aus seinen verliebten Gedanken, indem sie ihre Finger ungeduldig auf Tomarus Brust trommeln ließ und ihn aufforderte zu tun, was zu tun sei, damit sie endlich, endlich hinter das Geheimnis komme.

Er hatte bei den beiden Sommerfesten, an denen er bisher teilgenommen hatte, so einiges an Erfahrung gewonnen und während seiner Besuche bei den Clans im Umkreis, die er im Auftrag der Eingeweihten durchführte, hatte sich die eine oder andere Schöne gefunden, die mit ihm ihr Lager teilen wollte. Sie hatten ihm beigebracht, wie er mit seinem Alikio und ihren Yongamis umzugehen hatte, damit sie der höchstmöglichen Freuden teilhaftig wurden.

Gerade als er mit seinen Zärtlichkeiten beginnen wollte, schwang sich Irilani ungeduldig auf seine Hüften, zog sich das Hemd über den Kopf und warf es ins Gebüsch. Tomarus Anhänger schaukelte zwischen ihren Brüsten und schimmerte im silbrigen Mondschein. Als sie nach seinem Gürtel griff und an seinem Lendenschurz nestelte, half Tomaru ihr eiligst, beides aus dem Weg zu schaffen. Noch verdeckte ihr Lendentuch das Wesentliche, aber schon hatte sie die Knoten geöffnet. Schelmisch ließ sie das Lederstück ein paar Mal um ihren Finger kreisen. Doch als Tomarus Hand die ihre ergriff, ließ sie es fallen und schmiegte sich an seine Brust, während sie an ihrem Bauch fühlte wie Tomarus Alikio anwuchs und ihr fast im Nabel kitzelte.

Der Gedanke brachte sie zum Kichern und sie alberte herum, doch Tomaru zog sie zu sich heran und küsste sie genüsslich und ausgiebig. Seine vollen Lippen hinterließen feuchte Spuren auf ihrem Hals und ihren Brustwarzen, die Irilani ihm begeistert entgegenstreckte. Kleine Wonneschauer liefen ihr den Rücken herunter. Ohne ihr bewusstes Wollen, fing sie an, mit ihrem Yongami an und auf Tomarus Alikio herumzurutschen. Das konnte Tomaru nicht allzu lange aushalten und er zog Irilani mit einem Griff um ihre Pobacken heran, bis ihr Kutuni direkt über seinem Mund schwebte. Irilani riss überrascht die Augen auf - und machte sie genüsslich wieder zu - als Tomaru mit seiner Zunge ihr Kutuni zu umkreisen begann. Es machte sie ganz verrückt, die Säfte begannen zu fließen und Tomaru musste ihre zitternden Hüften fest im Griff behalten.

Als er merkte, dass Irilani so weit war, zog er sie zu sich herunter, schwang sich über sie und ließ sein Alikio ein paar Mal durch die Feuchte zwischen ihren Schenkeln gleiten, um es gut vorzubereiten. Dann brachte er die Spitze an der noch verschlossenen Pforte in Stellung und durchbohrte Irilanis Torwache mit einem Stoß. Irilani keuchte überrascht auf, als sie den Schmerz fühlte, doch wurde dieser nach ein paar Augenblicken völlig zurückgedrängt und überrumpelt von den Wellen der Freuden, die ihren Unterleib erbeben ließen. Nun gab sich auch Tomaru seinem Drängen hin. Nach wenigen Stößen strömte es schon in Irilanis Schoß und beide umklammerten sich stöhnend, bis das Beben und Zucken von Alikio und Yongami langsam abklang.

Glücklich seine Arme um Irilani geschlungen, gab sich Tomaru seinen Gedanken hin. Irilani und er würden am Ring gemeinsam die nächsten Jahre verbringen. Sie als Ijatiba-Meisterlehrling und er als Reisender für die Eingeweihten. Seine Lehrzeit hier war schon zu Ende und er wusste alles, was es über die Visierlinien und Peilpunkte über den Ringwall hinweg zu den Bergen rundherum zu wissen gab, kannte die Akudari- und Göttersterne und ihre Wege am Himmel und konnte die besonderen Tage, wenn die Sonne über bestimmten Bergen ihren tiefsten oder höchsten Stand erreicht hatte, mit Sicherheit feststellen und in die Kalenderhölzer und Erinnerungssteine einkerben. Während Irilani in seinen Armen lag und sich an ihn kuschelte, erzählte er ihr von seinen Aufgaben.

Seine Pflicht war es, zu den verschiedenen Clans im Umkreis von mehreren Tagesmärschen zu reisen, um festzustellen, ob alles noch seinen üblichen Lauf ging, welche Veränderungen in der letzten Zeit aufgetreten waren und ob es größere Probleme zwischen den Clans gab. Die Beseitigung von Streitereien, die den Frieden zwischen den Clans gefährden konnten, war die zweite heilige Pflicht der Eingeweihten.
Deshalb hatte er seine Neuigkeiten den Eingeweihten regelmäßig zu jedem Vollmond während der Versammlung aller Wissenden mitzuteilen. Er war nicht der Einzige dieser Nachrichtensammler. Sein Zuständigkeitsbereich überzog das Gebiet zwischen dem Großen Fluss im Osten, dem Krummen-Knoten-Fluss im Süden und einem kleineren Fluss im Norden. Er hatte viele alte Drachenzackenberge zu umwandern oder zu überwinden, um sämtliche Clans seines Zuständigkeitsbereiches aufzusuchen.

Irilani umarmte ihn liebevoll und meinte, dass dann ihre Treffen etwas ganz Besonderes bleiben würden und sie sich dann eben lange auf ihr Wiedersehen freuen könnte. Mit einem neckischen Lächeln bedankte sie sich in offiziellem Ton und traditioneller Geste (die man eigentlich nur ehrwürdigen Kahus gegenüber ausführte) für die Auflösung des Geheimnisses des Sommerfestes, woraufhin Tomaru sie lachend an sich zog und ihr eine weitere Lehrstunde erteilte.

Von dem Fest, das abseits ihres Lagers seinen Lauf nahm, bekamen sie nur hin und wieder das dumpfe Dröhnen der Trommeln und den fröhlichen Lärm der Feiernden herübergetragen, die sich um die großen Feuer geschart hatten, um die vorher Shirolan und den Akudari symbolisch geopferten Vögel und Hirschteile zu verzehren, die über den großen Grillfeuern und in den Erdöfen gebraten worden waren.

Als besonderen Beitrag stellte das Shirolan-Zentrum während des Festes größere Mengen an gegorenem Birkensaft und gepressten Kräuterkügelchen zur Verfügung, was dazu führte, dass die Sommerfeier in einer extrem ausgelassenen Stimmung vollzogen wurde.

Sämtliche Männer und Frauen, die Lust dazu hatten, verzogen sich mit einem Partner in die Büsche, um die Götter mit einem körperlichen Gebet an die Fruchtbarkeit von Viehherden und Clans zu erfreuen, die grundlegend für das Weiterbestehen der Welt notwendig war. Das einzige Gebot, das man während dieser Nacht zu befolgen hatte war, dass man seinen Partner aus einem anderen als seinem mütterlichen Clan aussuchte, bestenfalls sogar mit einem Menschen aus einem möglichst weit entfernt lebenden Clan zusammenkam oder einen der anwesenden Reisenden und Händler mit ins rituelle Festgeschehen einbezog.

Die Entspannung und Befriedigung, die dieses erlaubte und sogar erwünschte Ausreißen aus dem normalen Leben brachte, trug viel zum friedlichen Alltagsleben und zur Vermischung der Clanfamilien bei. Denn wie man leider aus bitterer Erfahrung wusste, war es der Gesundheit und Stärke der Nachkommen gar nicht dienlich, wenn die Fortpflanzung unter zu nahen Verwandten zugelassen wurde. An den Clankennzeichen auf der Stirn erkannte man, wie weit entfernt man seinem Partner einzuordnen hatte.

Da bei Neugeborenen nicht wichtig war, welcher väterlichen Linie sie zuzuordnen und Kinder immer über Mutter und mütterliche Clanzugehörigkeit in die Familien aufgenommen waren, wurden alle unterschiedslos behandelt, zumal sich erst einmal herausstellen musste, ob die Kinder überhaupt das Erwachsenenalter erreichten und dann zu vollwertigen Clanmitgliedern ernannt wurden. Was ein Mensch an Charaktereigenschaften und Fähigkeiten mitbrachte und erwarb, war bedeutend wichtiger als eine nicht mit Sicherheit nachweisbare väterliche Ursprungslinie. Jeder war ein bisschen Vater und Mutter von allen Kindern im Clan. Sie wurden von allen gefüttert und geliebt, erzogen und ausgebildet, zum Sammeln oder zur Jagd mitgenommen wie es sich gerade im Leben des Clans ergab. Das sicherte auch jedem die gleichen Möglichkeiten im Leben und wer überlebte, der wurde auf Grund seiner Persönlichkeit und seiner Kenntnisse geachtet.

Da alle Kinder und Heranwachsenden eine mehr oder weniger erfolgreiche Ausbildung beim Ijatiba-Kahu durchliefen, wussten auch alle erwachsenen Männer und Frauen nach ihrem dritten Giringha, wie man es verhindern konnte, zur unpassenden Zeit schwanger zu werden. Der Kahu verteilte an die Frauen entsprechende pflanzliche Mischungen, die bei regelmäßiger Einnahme mit ziemlicher Sicherheit verhinderten, dass Kinder zu unpassenden Zeiten zur Welt kamen, wenn die Vorräte an getrockneten Beeren und Kräutern zu Ende waren oder der Clan schon mehr Nachwuchs zu betreuen hatte, als sinnvoll und machbar war.

Außerdem erlaubten diese Mittel auch den Frauen, eine Ausbildung auf höchstem Niveau zu erlangen, um ihrem Clan als Kahua zur Verfügung zu stehen und auf diese Weise seiner Zukunft zu dienen, wenn auch wenige tatsächlich diesen Weg nahmen und die Maßnahmen auch nicht immer sicher wirkten.

Tomaru unterhielt sich mit Irilani über ihre gemeinsame Zukunft. Sie kamen bald zu dem Schluss, dass Irilani ihrem Ijatiba-Kahu, der ab dem nächsten Tag ihr Lehrer werden sollte, um ein solches Mittel bitten sollte. Im Laufe ihrer Ausbildung würde sie auch selbst lernen, die Pflanzen und Wurzeln dafür zuzubereiten. Wenn sie später beide im Shirolan-Ringzentrum lebten und arbeiteten oder ein Leben in einem Clan als Kahu wählen würden, wäre immer noch Zeit, sich für Kinder zu entscheiden.

Nach all diesen Überlegungen und Übereinkünften schliefen Tomaru und Irilani noch ein paar Stunden bis die Hornbläser alle Gäste vor dem Morgengrauen in den Sonnenkreis zurückriefen, um gemeinsam den ersten Tag des Sommers mit dem Aufgang Shirolans über dem Peilstein auf den Drei-Berge-Drachenzacken zu beginnen. Danach suchten Irilani und Tomaru ihre Clans auf und verabschiedeten sich von ihren Bekannten und Verwandten.

Der Ijatiba-Kahu des Mohnclans sah Irilani an der Nasenspitze an, dass ihre Einweihungsnacht zufriedenstellend verlaufen war und ermahnte sie, sich nicht allzu sehr von den neuen Gefühlen ablenken zu lassen und fleißig zu lernen, damit sie bald ein fähiges und nützliches Mitglied der Gemeinschaft werden konnte. Irilani versprach ihm das alles leichten Herzens und frohen Mutes und nahm Abschied von Mutter, Vater und sämtlichen Clanmitgliedern des Mohnclans, die ihr viel Erfolg wünschten und auf ein baldiges Wiedersehen hofften.

Tomaru begleitete Irilani daraufhin zum Haus der Einweisung und verabschiedete sich von ihr, da er den Auftrag hatte, nach dem Ende des Festes einige der Clans zu ihren Heimatsiedlungen zu begleiten und zu beobachten, wann und in welcher Menge die

Rentier-, Pferde-, und Rinderherden ihren Zug durch die Täler und über die Höhen nehmen würden.

Irilani warf überschwänglich ihre Arme um Tomarus Hals und schmiegte sich fest an ihn. Lange standen die beiden in dieser Umarmung, um sich die Wärme und den Duft des anderen einzuprägen. Dann trennten sie sich widerwillig voneinander.

Tomaru begann damit, seine Werkzeuge und Messer, Knochenbehälter und Lederbeutelchen mit den für die Reise notwendigen Utensilien an seinem Gürtel zu befestigten oder in die dafür angebrachten Laschen zu stecken. Er rollte zusätzliche, warmhaltende Kleidung auf und brachte sie in seinen Lederrückensack unter, in dem er auch die Beutel mit seinem Feuerzeug, bestehend aus einem Feuerstein, einer Schwarzknolle, getrocknetem Brennpilz und leicht entflammbaren, getrockneten Pflanzenfasern unterbrachte. Er hing sich eine Tasche aus Fuchsfell um, die er später im Vorbeigehen in der Gemeinschaftsküche mit durchgebratenem Fleisch und einigen Beuteln voller getrockneter Beeren füllen würde.

Zum Schluss griff er sich seinen mehr als mannshohen, mit einer Spitze aus Hirschgeweih bekrönten Speer, der ihm zur Verteidigung gegen Tiere, aber auch als Wanderstab dienen würde. So ausgerüstet, konnte er die Tagesstrecken, die im Allgemeinen zwischen den einzelnen Clansiedlungen lagen, ohne größere Gefahren bewältigen.

Tomaru drückte Irilani noch einmal liebevoll und leidenschaftlich an sich und schritt dann entschlossen davon. Irilani winkte ihm zum Abschied hinterher, als er sich noch einmal umdrehte. Fast vergeblich versuchte sie, ihren Abschiedsschmerz zu zügeln und ihre Gedanken auf ihre eigenen Ziele zu lenken. Sie rief sich zur Ordnung. Als Erstes wäre es wohl sinnvoll, sich zu reinigen und zu kämmen, das neue Hemd anzuziehen und sich beim Einweisungshaus zu melden. Am Vorabend hatte man ihr gesagt, dass sie zum Mittag dort einzutreffen hatte, wenn die Hörner dreimal geblasen wurden. Sie überlegte, welche der Zelthütten ihr am Vorabend zugewiesen worden war und wo sie ihre Habseligkeiten verstaut hatte. Nach einigem Suchen in der ungewohnten Umgebung fand sie ihre zukünftige Unterkunft und die Vorratshütte wieder und machte sich mit Seifenkraut, Kamm und neuem Hemd unter dem Arm Richtung Badebecken auf den Weg. Ab heute würde sie ihre Haare zu einem einzigen Zopf flechten, ihn dann wie eine Krone um den Kopf legen und mit Knochennadeln feststecken, denn diese Art und Weise war die traditionelle Haartracht der erwachsenen Frauen.

Gierige Blicke

Am hiesigen Shirolan-Zentrum kamen mehrere gute Gründe zusammen, warum es gerade hier errichtet worden war. Der Hauptgrund war natürlich gewesen, dass die Landschaft die richtige Lage auf der Höhe bot und einige der uralten Drachenzackenberge genau die notwendige Ausrichtung hatten, die die erforderlichen Visierlinien für Sonnen- und Mondstand und die Kalenderberechnung zuließen. Ein weiterer Pluspunkt für den Standort waren die heißen und kalten Quellen gewesen, die unweit der Beobachtungs- und Schulungshütten entsprangen und die schon von den ersten Erbauern in Becken gefasst worden waren. Mit der Zeit war eine prachtvolle Badeanlage entstanden, die aus einigen kleineren Becken zur Reinigung von Gebrauchsartikeln und Kleidung bestand und zwei größeren Becken mit kaltem und warmem Wasser, in denen man sogar im Winter schwimmen konnte, wenn ringsherum Schnee lag und das warme Wasser in der kalten Luft dichte Nebelwolken bildete.

Die Becken waren mit flachen, hellen, unregelmäßig gebrochenen Steinplatten befestigt und die Flächen zwischen den Becken mit festgestampftem Flusskieselpflaster ausgelegt, damit die Wasserbecken nicht durch Erdbrocken verschmutzt wurden. Eine Palisadenwand schützte die Badeanlage vor dem Wind, der fast immer über die Höhe wehte und sie verwehrte auch allerlei Kleingetier den Zugang, damit das Wasser sauber blieb. Von den Quellen her hatte man zusätzlich eine Kalt- und eine Warmwasserrinne abgezweigt, die direkt neben dem Haus der Gemeinschaftsverpflegung in große Steinbecken mündeten und einen steten Strom von sauberem Wasser dort garantierte, wo es gebraucht wurde. Das überlaufende Wasser rann in eine in den Boden gescharrte Abwasserrinne, die sich später in Richtung der Notdurftstellen aufteilte, die um das Shirolan-Zentrum herum lagen. Man hatte über die langen Zeiten hinweg ein durchdachtes System von Zu- und Ableitungen erschaffen, die ein recht bequemes und sauberes Leben am Sonnenkreis zuließen.

Irilani öffnete das Palisadentor, streifte Hemd, Schurz und Lederschuhe ab und hing ihre Kleidungsstücke und Tomarus Amulettanhänger über die Spitzen der Palisadenwand. Aus dem immer bereitstehenden großen Holzbehälter schöpfte sie sich eine Schale Seifenkrautsud, kippte den Inhalt in eines der kleineren Warmwasserbecken und weichte sich genüsslich in dem gerade so noch erträglich heißen Wasser ein. Mit Mühe löste sie ihren zerzausten Zopf und tauchte dann mit genussvoll geschlossenen Augenlidern ganz in dem heißen Wasser unter. Dass gierige Augen ihr Geplätscher verfolgten, bemerkte sie nicht. Sorotume hatte sie beobachtet, als sie zur Badestelle schlenderte und war ihr nachgegangen, sobald sie hinter der Palisadenwand verschwunden war.

Es hatte ihn maßlos geärgert, als Tomaru ihm Irilani nach der Zeremonie vor der Nase weggeschnappt hatte und er sich mit einer anderen, viel weniger hübschen Frau, hatte begnügen müssen. Die hatte ihm zwar auch körperliche Befriedigung verschafft, aber Irilanis Jungfernschaft zu knacken hätte ihn sehr gereizt, kaum dass sie sich als Neuling bei ihm angemeldet hatte. Und diesem immer fröhlichen und allseits beliebten Tomaru hatte er sie nun gerade gar nicht gegönnt. Aber Tomaru war ja heute Morgen seinen Pflichten als Neuigkeiteneinholer gefolgt und hatte das Shirolan-Zentrum verlassen. Nun hatte er freie Bahn, um Irilani zu beobachten und sie vielleicht irgendwo alleine zu erwischen. Die Badestelle war dazu leider nicht geeignet, die lag zu nahe bei der Gemeinschaft. Eine Frau zu zwingen, und er nahm an, dass er sie würde zwingen müssen, sollte unter vier Augen und Ohren stattfinden, denn das war bei Strafe verboten. Aber Irilani beim Baden zuzusehen um sich einen Vorgeschmack zu holen, das würde er sich heute gönnen.

Irilani wusch sich die langen Haare und rubbelte sich die Rückstände der Nacht von der Haut, stieg aus dem einen Becken in das nächste, spülte die Reste des Seifenkrautwassers ab und hüpfte dann in das große Becken, um sich noch einige Zeit entspannt auf dem Rücken im heißen Wasser treiben zu lassen. Sorotume fielen schier die Augen durch die Ritze zwischen den Holzstämmen, durch die er Irilani betrachtete, als sich ihre Haare wie ein Kranz um ihren Kopf herum ausbreiteten und ihr zufrieden lächelndes Gesicht einrahmten. Was ihn aber eigentlich so aufregte, waren Irilanis Brüste, die mit glitzernden Tropfen bestäubt, aus dem Wasser guckten und ihre entspannt geöffneten Schenkel, die ihm einen Blick auf ihr Yongami vergönnten.

Sein Alikio, das zu seinem Leidwesen nicht gerade zu der prachtvollsten Sorte gehörte, pochte schon seit einiger Zeit in seiner Hand. Er malte sich aus, was er mit Irilani tun würde, wenn er die Gelegenheit dazu bekäme. Er musste sein befriedigtes Schnaufen mühsam unterdrücken, als er sich mit ein paar wilden Handbewegungen erleichterte und auf die Steinplatten entleerte. Missmutig betrachtete er sein kleines, kaum mehr als daumengroßes Alikio, das so einige seiner Sommerfestpartnerinnen mit wenig begeisterten Blicken abgeschätzt hatten. Um seine Chancen in der Festnacht nicht zu verderben, gab er sich mit den Frauen aber genügend Mühe und befriedigte sie mit seinen Fingern oder seiner Zunge, nachdem er sich in ihren Yongamis abreagiert hatte. Das hatte ihn bislang davor bewahrt, in einen schlechten Ruf als Festpartner zu geraten. Frauen redeten ja leider immer untereinander über die vorhandenen oder auch nicht vorhandenen Vorzüge der Männer.

Als Irilani mit einem plötzlichen Plätschern ihre entspannte Haltung aufgab, aus dem Becken stieg, um sich zu kämmen und ihre Haare zu einem Zopf flocht, warf er noch mal einen vorfreudigen Blick auf ihre vollen Brüste, die sich ihm darboten, als sie ihre Arme hob, ihren Zopf um ihr Haupt wand und feststeckte. Er machte sich eiligst davon, als sie sich anzog, um seine Aufgaben nachzuholen, die er gerade so höchst genüsslich vernachlässigt hatte.

Irilani knotete sich ihren Lendenschurz um die Hüften, zog sich ihr neues wadenlanges Hemd über, schlang sich den Gürtel aus Rindsleder um, zog sich ihre Stiefel über die Füße und legte sich zum Schluss Tomarus Anhänger wieder um den Hals. Sie rollte ihre benutzte Kleidung zu einem Bündel zusammen und kehrte zu ihrer Hütte zurück. Es wurde langsam Zeit, etwas zu essen und danach zum Mittagshörnerklang beim ersten Treffen der neuen Schüler in der großen Versammlungshütte einzutreffen.

Das Shirolan-Zentrum

Als sie die Gemeinschaftsküche betrat, musste sie sich erst einmal zurechtfinden. Gleich hinter dem Eingangsbereich trennte eine halbhohe Mauer aus geschichteten Steinen und einigen quer darüber gelegten geglätteten Stämmen den Durchgang nach hinten und zum seitlich gelegenen Küchenraum ab, in dem über großen Feuergruben verschiedene Fleischstücke und Vögel gebraten wurden. An einigen Stellen stiegen Rauchsäulen hoch und verschwanden durch die Abzugslöcher im Dach. Die arbeitenden Menschen sprangen zwischen den verschiedenen Feuerstellen und Arbeitsplätzen mal hierhin mal dorthin, um die Fleischstücke zu drehen oder aus dem Feuer zu nehmen, es in kleinere Mengen zu zerteilen und auf die Holzteller oder Schieferplatten der Wartenden zu legen.

In verschiedenen Behältern wurden gesammelte Blätter und Kräuter, Beeren, Knospen und Blütenstände bearbeitet, zerkleinert und gemischt, so dass eine Art Salat entstand, den man mit zerriebenen Wurzeln und Samen würzte.

Irilani ließ sich eine Holzschale mit einer Kelle voller Grünzeug und gebratener Ente füllen und setzte sich dann auf einen der großen Steine, die zur Einnahme der Mahlzeit draußen an der Hüttenwand aufgestellt waren. Sie zückte ihr Feuersteinmesser, das sie immer in einem ihrer Gürtelbeutel verwahrte und zerlegte und verspeiste ihr Mahl mit großem Appetit. Sie überlegte, dass die Massenzubereitung ihre Vorteile hatte, denn man musste sich nicht selbst um das Heranschaffen und die Zubereitung von Nahrungsmitteln kümmern und konnte sich ganz der Lehr- oder der Lerntätigkeit widmen. Im Zentrum lebten dauerhaft bestimmt fünfhundert Menschen. Neben den Lehr- und Wohnhütten für Eingeweihte und Schüler gab es auch viele Hütten von Kahus, die mit ihren

Familien fest am Ringkreis lebten und arbeiteten und für die Herstellung von Werkzeugen und allen Dingen des täglichen Gebrauchs verantwortlich waren. Deren Familienmitglieder gingen als Jäger und Sammler, als Köche und Verwalter ihren verschiedenen Aufgaben nach und sorgten für einen reibungslosen Tagesablauf für die Eingeweihten, die Kahus und ihre Schüler und für all die, die im Auftrag des Sonnenkreises tätig waren oder als Gäste herkamen.

Als Irilani drinnen ihre Schale abgegeben und noch ein Horn mit Wasser geleert hatte, reinigte sie ihr Feuersteinmesser im Wasserbecken neben der Hütte und verstaute es wieder in ihrem Gürtellederbeutel. So gestärkt und erfrischt schlenderte sie zum Versammlungshaus hinüber. Ein Blick zu Shirolans Standort am Himmel zeigte ihr, dass die Hörner bald zum Höchststand blasen würden. Sie trat ins Innere und gesellte sich eilig zu einer kleinen Gruppe aufgeregt tuschelnder Neuankömmlinge, die an der Rückwand der Hütte auf den Sitzpodesten saßen und ihr neugierig entgegenblickten. Das waren ihre zukünftigen Hüttengenossen, die wie sie selbst hier waren, um die Ausbildung beim Ijatiba des Shirolan-Zentrums zu durchlaufen. Sie hoffte, dass sie alle gut miteinander auskämen und sich keiner als ausgesprochene Nervensäge erweisen würde. Die Clanzeichen erkannte sie nicht alle auf Anhieb und wollte gerade nach der Herkunft der Schüler fragen, als die Mittagshörner erschallten und eine kleine Prozession von Eingeweihten durch den Hütteneingang schritt. Alle vier Schüler sprangen auf und erwiesen den Ehrwürdigen höflich ihren Gruß durch die Berührung ihres eigenen Giringhas und einer gleichzeitigen tiefen Verbeugung.

Die Ehrwürdigen nahmen auf ihrem Podest Platz und überließen dem Ijatiba des Rings die Ansprache an die neugierigen Schüler. Sie kannten den Inhalt der

Ansprache, die jedes Jahr an die Neulinge gerichtet wurde und konzentrierten sich darauf, die Schüler zu beobachten und ihr Wesen einzuschätzen.

Der Ijatiba hielt einen langen Vortrag über die Aufgabe und den Aufbau des Shirolan-Kreises, über die Beobachtung der Himmelsgeschehnisse und gab allen einen Überblick über die kommende Ausbildungszeit zum Heiler. Das Grundwissen würden sie zunächst in der Gruppe beigebracht bekommen und später in Einzellehrstunden in die Zubereitung und Verwendung der Heilmittel eingewiesen werden. Am Schluss der Ausbildung kam dann auch die Anwendung des Erlernten an den kranken Menschen dazu, die regelmäßig am Zentrum eintrafen und sich Heilung erhofften. Irilani ging bei dieser eindringlichen Ansprache erst richtig auf, welche Verantwortung später auf ihr ruhen würde. Sie schwor sich, eine gute Schülerin zu sein, jeden Handgriff des Kahus aufmerksam zu verfolgen und sich möglichst viel Wissen einzuprägen. Sie war sich klar darüber, dass es ein überaus ehrenhafter Vorzug war, als Schülerin hier zugelassen zu sein und dankte innerlich ihrem Clan-Kahu, sie eingeführt zu haben, zumal sie hier auch noch Tomaru wiedergetroffen hatte. Zum nächsten Vollmond würde er wieder hier ankommen sie ihn in die Arme schließen können.

Sie riss sich aus ihren Träumen, als der Kahu seine Stimme hob, die Schlussworte sprach und sie alle aufforderte, nach den Segensworten der Ehrwürdigen in seiner Ausbildungshütte zu erscheinen. Nachdem die Ehrwürdigen ihre weisen und wohlwollenden Worte gesprochen und gemessenen Schrittes die Versammlungshütte verlassen hatten, winkte der Kahu seine Schüler heran, ihm zu seiner Hütte zu folgen. Irilani war gespannt wie es darin aussehen würde.

Die Hütte des Ijatiba

Sie wurde nicht enttäuscht. Die Hütte des Kahu sah schon von außen viel größer aus als eine normale Clanhütte. Sie schätzte, dass der eiförmige Bau bestimmt zwanzig Schritte längs und acht Schritte in der Breite maß. Es fing damit an, dass es eine Art überdachten Vorraum aus senkrecht eingelassenen Kiefernstämmen gab, zwischen denen es einige Stufen in einen großen Raum hinabging. Die Hütte des Ring-Ijatibas war eine besondere Konstruktion, da er viele Behälter mit Pflanzenmaterial und Heilmitteln unterbringen musste, viel Platz für die Zubereitung auf Reibeplatten, in Mörsern und Feuergruben brauchte und außerdem noch Arbeitsplätze für seine Schüler zur Verfügung stellen musste.

Die mit geflochtenen Matten und Holzgittern befestigten Erdwände waren stufenartig aufgeteilt. Ganz oben an der Wand in der schmalsten Stufe waren kleine, fettgefüllte Steinbehälter eingelassen, deren geflochtene Dochte angezündet waren und den Raum überraschend hell ausleuchteten. In der Dachkonstruktion dienten mehrere aufklappbare Abdeckungen dazu, die Hütte zu lüfteten und den Rauch und alle Dünste der Heilmittelherstellung abzuführen.

Die nächste Stufe lief etwa auf Brusthöhe an den Wänden herum, die ellenbreit wie eine Rinne gearbeitet war, in der viele große und kleine, runde und eckige Behälter aus Rindenbast, aus Leder, Knochen und Hörnern und unterschiedliche Körbe mit getrockneten Pflanzen, Blüten, Wurzeln und Knospen, Blätter, Beeren, Flechten und Pilzen ihren Platz gefunden hatten.

Unterhalb dieser Behälterstufe befand sich etwa auf Ellbogenhöhe die breiteste Stufe. Diese war auf das sorgfältigste mit großen Schieferplatten ausgelegt, zwischen denen an beiden Längsseiten der Hütte jeweils ein tiefes Feuerbecken und eine Kochgruben eingelassen waren. Daneben boten sich die langen Schieferflächen als Arbeitsbereiche an und einige Reibeschalen, Reibsteine und Mörser warteten dort auf Arbeit.

Unter dem Hüttendach hing eine Gitterkonstruktion aus mit Leder verflochtenen Holzstangen, an der an Holzhaken alle möglichen Werkzeuge zur Behandlung der Rohstoffe hingen. An der Kopfseite der Hütte waren die üblichen Sitzbänke vor der Wand errichtet worden, vor denen einige aufgebockte Steinplatten als Arbeitsunterlagen dienten. Irilani bewunderte diesen stufenweisen Ausbau der Hütte sehr und wollte sich daran erinnern, falls sie irgendwann einmal ihre eigene Hütte errichten sollte.

Der Kahu bat seine vier Schüler, sich alles genau anzusehen, aber nichts zu berühren und Fragen zu stellen, falls sich ihnen welche aufdrängten. Irilani ging langsam an den Wänden vorbei und betrachtete all die unterschiedlichen Behälter und versuchte auf die Inhalte zu schließen, doch das war nicht immer möglich. Sie bemerkte jedoch, dass in viele Knochenbehälter und Hörner Zeichen eingeritzt waren, die Rindenbehälter mit Holzkohle gekennzeichnet und an den Körben Rindenstreifen befestigt waren, auf denen sich ebenfalls Markierungen befanden. Sie erinnerte sich, beim Ijatiba-Kahu ihres Clans ähnliche Zeichen gesehen zu haben und fragte ihren Lehrer nach ihrer Bedeutung.

Der Ijatiba war über die aufmerksame Schülerin erfreut und bedeutete ihr, dass es zum Lehrstoff gehörte, die Zeichen für die unterschiedlichen Pflanzen und Stoffe zu lernen. Sie dienten dazu, die Materialien oder Heilmittel genau zu benennen, da sie getrocknet oder zubereitet oft nicht mehr genau er-

kennbar seien. Der Kahu erklärte an diesem Nachmittag noch viele Dinge und entließ sie dann spät-
nachmittags mit vollgestopften Köpfen und dem Hinweis, dass sie am nächsten Tag nach dem
Frühstückshorn bei ihm zum Sammeln bestimmter
Knospen anzutreten hätten.

Irilani war froh, dass der erste Tag endlich vorbei
war. Während der aufschlussreichen Nacht mit Tomaru hatte sie nicht viel Schlaf bekommen und viele
neue Eindrücke waren im Lauf des Tages auf sie
eingestürmt. Als sie mit den anderen auf dem Weg
zu ihrer Hütte war, die sie gemeinsam während der
der Ausbildungszeit bewohnen sollten, fühlte sie
schon etwas Heimweh nach ihrer Familie. Vor allem
vermisste sie Tomaru unendlich, dem sie gerne von
ihrem ersten Tag am Sonnenkreis erzählt hätte. Zusammen mit den anderen Schülern nahm sie in der
Gemeinschaftsküche ein Abendessen ein und ver-
krümelte sich erschöpft auf ihr Schlaflager.

Tomarus Wanderung

Tomaru hatte sich pflichtbewusst den Clans angeschlossen, die zu ihren Siedlungen weiter nördlich zurückkehrten. Sein geplanter Weg führte mit dem Rotsteinclan zum Seeberg, dem höchsten Drachenzackenberg, in dessen Gipfel sich ein fast kreisrunder See befand. Etwas hangabwärts von dessen Außenwall entfernt hatten die Rotsteine ihre Hütten aufgebaut und lebten vom Fischfang und von der Jagd. Er würde sich dort mit den Clanmitgliedern abends zusammensetzen und sich alles anhören, was sie über ihre Umgebung, das Kommen und Gehen der durchziehenden Herden, das Wetter und den Fischfang zu erzählen hatten. Alles lief soweit seinen gewohnten Lauf, doch erschien es den Älteren so, als ob die Herden nicht mehr so dicht wären und sie befürchteten, dass sie dem frischen Gras hinterher immer weiter nach Norden zogen. Vielleicht würden sie ja irgendwann gar nicht mehr zurückkommen. Man musste den Akudari wohl größere Opfer bringen, um das zu verhindern. Die Pferde mieden ebenfalls die immer höher hinaufreichenden Wäldchen und zogen sich in die baumloseren Gebiete zurück.

Die Fischer erzählten, dass sich an einigen Stellen im See heftige Blasenströme zeigten, die Fische die betroffenen Uferzonen mieden und die Reusen dort leer blieben. Dieses bisher unbekannte Geschehen wollte sich Tomaru am nächsten Tag selbst ansehen und brach am Morgen mit den Fischern auf, um über den Zugangsweg über den Drachenbergrand zum See hinabzusteigen. Die Fischer führten ihn zu einer Stelle am Ufer, an dem das Wasser auf einigen zehn Schritten Länge und Breite nur so sprudelte. Tomaru fragte nach, seit wann das so ginge. Die Fischer meinten, dass es hier eigentlich schon immer etwas gesprudelt hatte, aber seit dem letzten Mal, dass sich der Drache bewegt und die Erde gezittert hatte, war die Blasenfläche schnell immer größer geworden. Man fand das nicht wirklich weiter schlimm, aber ärgerlich, weil die Fische sich davon fernhielten.

Tomaru fragte die Fischer, ob sie schon einmal untergetaucht waren, um nachzusehen, wo die Blasen herkamen. Entrüstet winkten die Fischer ab. Natürlich hatten sie das getan und wenn das Wasser klar war, konnte man auch sehen, dass die Blasen überall aus dem Boden des Sees strömten. Sie vermuteten, dass das bei den blubbernden Stellen weiter in der Seemitte genauso war. Insgesamt sah das alles nicht weiter gefährlich aus, doch Tomaru entschied, dass die Entwicklung dieser Angelegenheit im Auge zu behalten war.

Sie kehrten dem See den Rücken und als Tomaru den nahezu kreisförmigen Bergwall überquerte, genoss er den Ausblick auf die gesamte Gegend rundherum und warf einen sehnsüchtigen Blick zurück auf die südlicher liegenden Drachenberge, hinter denen der Sonnenkreis lag und wo Irilani auf ihn wartete. Nur zu gerne wäre er schnurstracks dorthin zurückgekehrt, doch seine Rundreise zu den Clansiedlungen hatte ja gerade erst angefangen. Bevor er seine Sachen zusammenpackte und schulterte, beauftragte er den Heiler-Kahu des Rotsteinclans, mindestens einmal pro Mondlauf höchstpersönlich einen Blick auf den See zu werfen und ihm beim nächsten Besuch umgehend zu berichten. So ganz geheuer war diese seltsame Blasenbildung nicht wirklich. Er bedankte sich für die Gastfreundschaft und machte sich auf die Tageswanderung zum nächsten Clan, der weiter weg in Richtung Sonnenuntergang seine Hütten aufgebaut hatte. Danach reiste er weiter zu anderen, die aufgereiht bis an die Kontaktgrenze zu den Stämmen siedelten, die die Feuersteinvorkommen jenseits des hohen Bergzuges im Westen ausbeuteten. Einige der dortigen Clanmitglieder hatten sich zum Teil auf die grobe Vorbehandlung des qualitativ hochwertigen Feuersteins und auf den Transport und Handel zum Großen Fluss hin spezialisiert. Auch die besten Hitzesteine kamen aus der Gegend.

Tomaru sah zu, dass er bis zum Abend die nächste Siedlung erreichte. Er war ein höflicher und gerngesehener Gast, der Neuigkeiten mitbrachte und am nächtlichen Feuer viele interessante Geschichten zu erzählen wusste. Die jungen Frauen des Clans warteten wie immer schon auf ihn, warfen begehrliche Blicke auf Tomarus breite Schultern, seine kräftige Brust und schlanken Hüften und boten ihm ihr Lager an. Doch Tomaru dankte ihnen dieses Mal mit einem freundlichen Lächeln, wickelte sich auf dem Gästelager alleine in die Felle und träumte von Irilani.

Mittlerweile hielt er sich beim westlichsten Clan seines Rundweges auf und wollte eigentlich am nächsten Tag die Wanderung zurück zum Shirolan-Kreis aufnehmen. Doch am Nachmittag war eine Gruppe von Händlern aus den westlichen Gebieten eingetroffen, die außer Feuer-, Hitze- und Specksteinen auch Muschelschalen und rote Schneckenhäuser mitgebracht hatten, die angeblich aus dem salzigen Wasser am Rande der Welt gefischt wurden. Tomarus Neugier war angefacht worden. Er hatte beschlossen, den Händlern auf deren Rückweg zu folgen und sich sowohl die Fundstätten für die Steine anzusehen, als auch dieses salzige Wasser. Den Rand der Welt wollte er von Nahem erleben. Bei aller Liebe, aber Irilani musste länger warten als gewünscht und vorgesehen. Solch eine Chance auf neue Erkenntnisse würde er sich nicht entgehen lassen. Die Ehrwürdigen Eingeweihten würden bei seiner Rückkehr sicher über ganz neue Dinge nachdenken können.
Ein Teil der Händler würde am Morgen zu den Clans am Großen Fluss weiterziehen und Tomaru beauftragte sie, am Shirolan-Zentrum oder beim Bären-

oder Mohnclan eine Nachricht abzugeben, dass seine Reise deutlich länger dauern würde und man damit rechnen solle, dass er erst zum Winteranfang zurückkehrte. Leider erreichte diese Nachricht die Eingeweihten und Irilani sehr verspätet, weil die Händler ihre Waren vorzeitig bei nördlicheren Stämmen verkaufen konnten und ohne Umweg über das Zentrum nach Hause zurückkehrten.

Irilanis Warten

Seit zwei Monden lernte Irilani fleißig am Ringkreis. Fast täglich begleitete die Schülergruppe den Ijatiba-Kahu mit Körben bewaffnet ins Gelände und sammelte manchmal früh morgens, manchmal spät abends, die verschiedensten Pflanzen, Kräuter, Rinden und Beeren ein, je nachdem, zu welcher Tageszeit der Gehalt an heilkräftigen Inhaltsstoffen am höchsten war. Während ihrer Kindheit hatte Irilani viele giftige Pflanzen erkennen lernen müssen und sie beim Sammeln ausgelassen; jetzt musste sie umdenken und lernen, wie man gerade die Pflanzen, Pilze und Flechten erkannte und einsammelte, die eine Wirkung auf verschiedene Beschwerden, Schwäche- oder Bewusstseinszustände hatten. Ihre Begeisterung hatte nicht nachgelassen. Sie sah jedem Tag mit frischer Neugier entgegen, wenn der Kahu wieder einen Teil seines Wissens an sie weitergab und sie ihm zuschauten wie er die unterschiedlichsten Pflanzenteile trocknete, zu Pulver zermahlte und mit anderen Kräutern oder Pilzen mischte. Manche Mischungen wurden auch im heißen Wasser der Kochgrube länger erhitzt, eingedampft und die Flüssigkeit den kranken Gästen zum Trinken gegeben.
Manche fein gestoßenen Kräuter wurden in flüssiges Fett eingerührt und das Ganze in sauber ausgekochte Knochenbehälter oder Hörner gefüllt, die mit Lederstreifen und Baumharz dicht verschlossen wurden. Verschiedene Pilze und Wurzeln landeten, zu feinem Pulver zerstampft und gemörsert in fest verschnürten Lederbeutelchen, die in unterschiedlichen Vorrats-körben gesammelt wurden.

Was die Lehrlinge auf Irilanis Wunsch hin als Erstes gelernt hatten, war die Zubereitung des Mittels, das das Kinderkriegen zur falschen Zeit verhinderte. Zu ihrer aller Überraschung wurde es aus Pflanzen hergestellt, die überall am Wegesrand wuchsen und deren Bestandteile nur richtig aufbereitet werden mussten. Zu kleinen Fladen gepresst, nahm Irilani jeden Tag die notwendige Menge davon ein, um Tomarus Rückkehr ohne Folgen ausufernd feiern zu können. Doch Tomaru kam zum nächsten Vollmond nicht nach Hause. Die Ehrwürdigen warteten auf seine Nachrichten; Irilani auf Liebe und Umarmungen. Sie stürzte sich in die Arbeit und konzentrierte sich auf das Lernen der Zeichen, mit denen der Kahu seine Behälter und Heilmittel kennzeichnete. Endlose Stunden verbrachte sie an der Sandgrube, in der sie die Zeichen mit einem Holzstöckchen übte, bis sie sie im Schlaf beherrschte.

Tomaru kam auch zum zweiten Vollmond nicht zurück und Irilani beschloss, ihren Kahu zu fragen, ob die Ehrwürdigen etwas über Tomarus Verbleib erfahren hatten. Der Kahu hatte schon bemerkt, dass Irilani mit ihren Gedanken manchmal ganz woanders war, wenn sie leeren Blickes in die Ferne starrte, während ihre Hände automatisch Kräuter im Mörser zerbröselten. Nach Irilanis Frage war ihm auch klar, woran sie dachte. Auch unter den Ehrwürdigen war Tomarus Verschwinden ein Gesprächsthema bei der Vollmondversammlung mit allen Kahus gewesen und man machte sich ernsthafte Sorgen, wo der normalerweise zuverlässige Nachrichtenwanderer aufgehalten worden war. Man befürchtete das Schlimmste und hatte andere Nachrichtenläufer aufgefordert, sich umzuhören, ob man bei den Clans etwas von Tomaru wusste. Als man endlich Neuigkeiten über Tomaru erfuhr, die der Ersatzmann für Tomarus Wanderbereich aufgeschnappt hatte, waren bereits mehrere Monde vergangen und das nächste Fest stand schon vor der Tür. Der Kahu teilte Irilani die Neuigkeiten mit. Als sie erfuhr, dass Tomaru es vorgezogen hatte, seinem Wissensdurst nachzugeben und Händlern weit in Richtung Sonnenuntergang gefolgt war, bekam sie einen mittleren Wutanfall, der ihre Befürchtungen und Ängste beiseiteschob. Sie konnte ihre Gefühle kaum im Zaum halten und rannte aus der Ijatiba-Hütte hinaus bis zu den Bestattungshügeln, wo die Ehrwürdigen ihre letzte Ruhe in einer rötelstaubgefüllten Erdkammer fanden. Der kleine Hügel war mit einer Steinplatte gekrönt, auf der an Feiertagen einige der Tiere geopfert wurden, die von den Feiernden mitgebracht worden waren.

Sie ließ sich an einem der nebenan liegenden unbearbeiteten Klötze zu Boden rutschen und weinte vor Enttäuschung und Zorn, bis sie ihre Gefühle wieder einigermaßen im Zaum hatte. Wütend auf Tomaru, der anscheinend wieder einmal keine Eile hatte, sie wiederzusehen, beschloss sie, sich beim nächsten Fest keinen Zwang anzutun und sich einen hübschen Mann für die Nacht auszusuchen und sich auch sonst zu vergnügen, wenn ihr danach war. Sie würde nicht darauf warten, dass er irgendwann wieder auftauchen würde. Das Leben konnte sehr kurz sein, wenn die Akudari es nicht gut mit einem meinten und sie wollte nichts versäumen. Sie wischte sich die letzten Tränen aus dem Gesicht und stapfte, immer noch mit einem zornigen Blitzen in den Augen, zur Ijatiba-Hütte zurück. Energisch widmete sie sich dem Zerreiben von Rötelstein, dessen Pulver, mit Fett vermischt beim Fest als traditionelle Körperbemalung verwendet werden sollte und den Teilnehmern in großen Schalen angeboten wurde. Im Lauf des nächsten Tages würden die Clans wieder aus der Umgebung herbeieilen und im Sonnenkreis das Fest des gleichgeteilten Tages stattfinden, mit dem man Shirolan bitten würde, die Herden durch die Täler und über die Hügel zu den Clans zu führen, damit man mit genügend Vorräten an getrocknetem und kalt eingelagertem Fleisch über den Winter kam.
Alle Feiernden würden sich zumindest das Gesicht mit Rötel einreiben und diejenigen, die die Feier mit vollem Einsatz mitmachen wollten, würden bis auf

ihre Lendenschurze nackt, von oben bis unten mit Rötelfett eingefärbt, zu den Trommeln tanzen, die zu diesem Anlass den Ring und die Nacht erbeben ließen. Irilani beschloss, dass sie zu den Tänzerinnen gehören würde. Der Kahu war schon seit einigen Tagen damit beschäftigt, eine bestimmte Art von Beeren und Wurzeln zu mischen und einen Sud daraus zu bereiten, der in großen Hörnern gesammelt wurde. Dieser Sud hatte eine stark berauschende und enthemmende Wirkung auf die Tänzer. Irilani wollte ihn ausprobieren. Der Rhythmus der Trommeln würde dazu beitragen, dass die Tänzer und Tänzerinnen in eine Art Trance verfielen und sie sich Shirolan und den Akudari, vertreten durch das jeweils andere Geschlecht, in die Arme werfen durften, was die Göttersterne hoffentlich dazu bewog, ihnen den Reichtum der Natur auch im nächsten Jahr zu schenken.

Die Ehrwürdigen Eingeweihten trugen zu diesem Fest keine Federkronen, sondern Masken aus Rentierschädeln oder Hirschgeweihen, die sie symbolisch in Tiergeister verwandelten, die mit den abwandernden Herden Verbindung aufnehmen konnten, um ihnen mit Beschwörungen und Opfern einzuprägen, dass sie zurückkehren mussten. Im zuckenden Schein der Flammenbecken sah das recht unheimlich und beeindruckend aus. Die Vorbereitungen zu dem großen Treffen liefen schon seit einigen Tagen. Alle Jagd- und Sammelgruppen waren rund um den Tag unterwegs gewesen, um zusätzliches Wild zu erlegen. Die Besucher würden wie immer alle ihre Opfertiere mitbringen und so zum Teil für ihre eigene Verpflegung sorgen.

Die zusätzlichen Feuer- und Erdgruben waren schon hergerichtet und Brennmaterial zusammengetragen worden, um für die Zubereitung und Verpflegung der Massen zu sorgen. Sämtliche Trinkhörner und Becher standen gereinigt bereit, um den Teilnehmern

Wasser aus dem Trinkbecken zu schöpfen und in der Nacht den Kräutersud an die Tanzwilligen auszugeben.

Irilani hatte am nächsten Tag keinen Unterricht und konnte bis weit in den Morgen hinein ausschlafen. Nach ihrem späten Frühstück in der Gemeinschaftsküche setzte sie sich oberhalb des Hauptzugangsweges in den Hang und beobachtete wie die Menschen aus allen Richtungen zum Ring strebten, um den Göttern zu huldigen und um wieder einmal gemeinsam richtig zu feiern. Als endlich ihre Mohnclanfamilie in der Ferne auftauchte, rannte Irilani los und fiel einem nach dem anderen zur Begrüßung stürmisch um den Hals. Ihre Eltern registrierten erstaunt, dass Irilani sich in dem einen Sommer sehr schnell entwickelt und eine ziemlich selbstbewusste Haltung angenommen hatte. Der Nachmittag im Clankreis verging mit vielem Hin und Her und Nachfragen nach jüngeren oder älteren Clanmitgliedern, die nicht mehr oder noch nicht an der Feier teilnehmen konnten. Der Ijatiba-Kahu ihres Clans unterhielt sich eindringlich mit ihr über ihre Ausbildung und ihre neu erworbenen Kenntnisse und überprüfte damit auch seinen eigenen Kenntnisstand auf Vollständigkeit und Neuerungen.

Nach dem gemeinsamen Abendessen, als es langsam dunkel wurde, zerstreuten sich die Clanmitglieder, um auf die eine oder andere Weise am Fest teilzunehmen. Die Älteren bemalten sich die Gesichter mit Rötelfett und stellten sich auf dem äußeren Ringwall auf. Die Trommler des Ring-Zentrums erstiegen das Mittelplateau und stellten ihre lederbespannten Instrumente am Kreisrand auf. Um die Visierpfähle herum flackerten in Steinschalen große Feuer, deren Licht über die Trommler hinweg bis in den runden Raum reichte, in dem hunderte von jungen Tänzerinnen und Tänzern zu Ehren Shirolans und der Akudari ihren Beitrag zum Fest leisten würden.

Irilani hatte sich beeilt, um zu ihrer Hütte zu gelangen und legte dort all ihre Kleidungsstücke ab. Sie zögerte, doch dann nahm sie auch Tomarus Anhänger und steckte ihn zwischen ihre Sachen. Heute Nacht wollte und würde sie nicht einen Moment an Tomaru denken! Sie nahm eine Handvoll Rötelfett aus der Schale und rieb sich vom Scheitel bis zu Sohle damit ein. Wie alle anderen Teilnehmer auch, wirkte sie damit wie ein roter Schatten, wenn das Fett etwas in die Haut eingezogen war und der Farbstoff einen stumpfen roten Erdton bekam. Dann knotete sie ihren Lendenschurz wieder um die Hüften. Sie löste ihre Haarkrone und schüttelte ihr hüftlanges Haar aus, das rotgolden den Schein der Ringfeuer reflektierte, der durch den Eingang drang und lief zum Kreis, wo die Trommler gerade zu einem dunkel schwingenden Rhythmus zusammenfanden. Zum Schlag der Trommeln gesellte sich das sirrend brummende Vibrieren der Schwirrhölzer, die von anderen Musikern geführt durch die Luft kreisten und je nachdem ein merkwürdig auf- und abschwingendes Surren, Pfeifen oder Heulen erzeugten. Die Teilnehmer, die nicht mittanzten, standen auf dem Ringwall und sangen die uralten Lieder zu Ehren Shirolans und der Akudari, klatschten mit den Händen, stampften im Takt mit den Füßen und waren so in das Geschehen eingebunden.

Zu allem entschlossen, nahm Irilani am Eingang gleich zwei Hörner voll des bereitgestellten Sudes zu sich und mischte sich dann unter die Menge, die schon anfing, sich im tiefen bebenden Dröhnen der Trommeln zu wiegen. Irilani fühlte wie das Mittel langsam zu wirken begann und sich all ihre Gedanken im Licht der flackernden Flammen auflösten. Ihr Körper war bereit, den Klängen der Trommeln bedingungslos zu folgen und sich den Göttern völlig hinzugeben. Die ausgelassene Bewegung, der Rhythmus der Trommeln, das Stampfen hunderter Füße und die gegenseitige Berührung der Tänzer und Tänzerinnen untereinander, brachten Irilani in Stimmung und erregten sie. Halb nur noch bewusst, erwartete sie das Ende der rituellen Tänze. Als die Trommeln zu Mitternacht nach einem gemeinsamen dröhnenden Schlussschlag plötzlich verstummten und gleichzeitig alle Feuer gelöscht wurden, nahmen sich die Tanzpartner, die sich im Kreis gefunden hatten, bei der Hand und verschwanden im Umkreis des Rings, um die Fruchtbarkeitsriten zu vollenden.

Irilani stand gerade noch wie vom Donner gerührt, als sie sich fest am Handgelenk gepackt und aus dem Kreis hinausgerissen fühlte. Egal, sie würde das Schicksal dieser Nacht einfach dem Willen Shirolans und der Akudari überlassen und über nichts nachdenken. Mit berauschtem Gehirn und umnebeltem Blick folgte sie dem mit Rötel eingeriebenen Mann, den sie nicht erkennen konnte, ins Gelände. Einige hundert Schritte vom Kreis entfernt tauchte im schwachen Licht des Viertelmondes die Baustelle bei den Steingräbern der Ehrwürdigen auf, wo sie noch am Vortag gesehen hatte, dass gerade Großsteine für den nächsten Todesfall zurecht geklopft wurden. Der Mann, der sie aus dem Kreis gezogen hatte, hob sie auf den Abdeckstein, der fast fertig bearbeitet im Gras lag. Dass sie nicht nur zu zweit waren, merkte sie erst, als jemand sie an den Schultern packte und auf den Stein presste, ihre Hände nahm, sie hinter ihrem Kopf zusammenlegte und festhielt, während ihr eigentlicher Nachtpartner sie auf der Steinplatte nach vorne zog und ihren Lendenschurz herunterriss.
Irilani hatte durchaus gemischte Gefühle. Einerseits wollte sie ihren Spaß haben, andererseits bekam sie es ein bisschen mit der Angst zu tun. Aber dann dachte sie daran, dass an diesem Fest nur Clanleute

aus dem Umkreis teilnahmen und sie noch nie gehört hatte, dass während der Rituale jemand zu Schaden gekommen war. Die beiden Kerle lachten sich übereinkommend zu, wie Männer das halt tun, wenn sie sich bezüglich einer Frau gerade sehr einig werden. Der, der ihre Hände festhielt, forderte seinen Kameraden auf, sich gefälligst zu beeilen.

Der Großstein hatte eine wirklich praktische Höhe. Irilani lag mit ihrem Yongami genau so, dass man ohne Weiteres im Stehen in sie eindringen konnte. Der eben Angesprochene streifte seinen Lendenschurz ab, zog Irilani noch ein Stückchen nach vorne, bis ihre Schenkel von der Steinplatte baumelten, trat dazwischen und versuchte sein rötelgefärbtes Alikio in Irilanis Yongami zu versenken. Irilani konnte kaum erkennen, was er trieb; sie spürte auch kaum etwas. Der Gute war anscheinend nicht besonders ausgiebig bestückt und war nach ein paar unbeherrschten Stößen schon fertig. Was Irilani beunruhigte, waren seine gehässigen Worte, mit denen er sein Tun begleitete und aus dem hervorging, dass er entweder Frauen im Allgemeinen nicht mochte oder Irilani im Besonderen beleidigen wollte. Irilani fragte sich, wer sich da gerade mit ihr verlustierte. In dieser Nacht würde sie wohl kaum das Erlebnis haben, das sie sich eigentlich gewünscht hatte und die Götter dazu bewegen sollte, die Fruchtbarkeit der ganzen Natur zu erhalten.

Mit ein paar abfälligen Worten versteckte der im bläulichen Mondlicht rotviolett erscheinende Mann sein winziges Alikio hinter seinem Lendenschurz und wollte sich zum Gehen wenden. Doch sein Helfer hielt ihn mit einem auffordernden Ruf zurück.

„He, du willst doch jetzt nicht einfach verschwinden. Ich will auch noch meinen Spaß haben. Und um noch eine Neue zu finden, dafür ist es jetzt ja wohl viel zu spät!"

Irilani wollte sich schon aufrichten und davonrennen, doch missmutig griff der angesprochene Kumpan nach Irilanis Händen und presste sie an Stelle des anderen wieder auf den Stein. Der Mann, der sie bisher festgehalten hatte, blieb kurz neben Irilani stehen und deutete auf sein Alikio, das sich beim Zuschauen sehr angeregt aufgerichtet hatte.

„Meine Liebe, mit diesem Liebespfeil wirst du bestimmt mehr Spaß haben, als mit dem von S…", beinahe hätte er den Namen verraten, „meinem Freund hier."

Dieser schnaubte missmutig und meinte, er solle bloß den Mund halten, hielt Irilani aber weiter fest. Irilani nuschelte undeutlich, vom Feiersaft leicht bedröhnt:

„Zeig mir erstmal, was du kannst. Ich bin schließlich nur das Beste gewohnt. Bisher war das Ganze ja eine ziemlich armselige Angelegenheit." Worauf hin sich die Hände des Ersten recht wütend und schmerzhaft um ihre Handgelenke spannten.

Leider konnte sie den rötelverschmierten Zweiten ebenfalls nicht erkennen, aber immerhin ließen sich kräftige Schultern, starke Arme und ein Schwall langer Locken erkennen, und seine Zähne leuchteten im Mondlicht weiß auf. Sie entspannte sich und hoffte auf eine befriedigendere Abfolge der nächtlichen Ereignisse.

Mit etwas abgezupftem Moos reinigte der Mann Irilanis Yongami gründlich von den Rötelresten und Körpersäften seines Vorgängers. Er hatte reichlich Erfahrungen mit Frauen gesammelt und wusste, dass man mit einem Alikio seiner Größe besser nicht mit Gewalt vorging, vor allem nicht, wenn es im Kreiszentrum keinen Ärger geben sollte. Also fing er an, Irilanis Yongami zu massieren und ihre Perle zu umkreisen, was die trunken-entspannte Irilani recht schnell in einen ziemlich feuchten Erregungszustand brachte.

Als er das bemerkte, kam er ohne Umschweife zur Sache, versenkte sein Alikio in ihrem nun mehr als willigen Yongami. Sie schlang ihre Beine um seine Hüften und gab sich seinen wilden Stößen einfach hin, bis er, sich selbst kaum beherrschen könnend, plötzlich innehielt und sie fragte, ob man sie noch weiter festhalten müsse. Irilani schüttelte den Kopf, jetzt wollte sie aber auch alles!

Er gab seinem Kumpan an Irilanis Kopfende ein Zeichen. Der ließ sie widerstrebend los, woraufhin sie umgehend nach vorne gezogen und umgedreht wurde, so dass sie zum Stehen, aber mit Brust und Bauch auf der Steinplatte zu liegen kam. Irilani stieß überrascht die Luft aus, aber schon drückte eine kräftige Hand ihren Rücken nieder, während der Mann ihre Beine mit seinen Füßen leicht auseinanderdrückte und sein prächtiges Alikio mit einem befriedigten tiefen Seufzer bis zum Anschlag hineingleiten ließ. Er langte mit der einen Hand um ihre Hüften herum und massierte ihr Kutuni mit seinen rauen Fingerkuppen, bis sie unter seinen Stößen immer schneller und tiefer atmete. Irilani spürte wie sein heißes Alikio sie mehr und mehr ausfüllte und sie den Höhepunkt heranfluten spürte, als die freundlichen Fingerspitzen die unglaublichsten Gefühle erzeugten. Irilanis orgiastische Muskelkontraktionen brachten auch das Alikio ihres Eroberers so außer Kontrolle, dass er mit ein paar letzten Stößen und einem heiseren Schrei zum Ende kam, während Irilani sich noch zuckend und stöhnend unter ihm wand.
Der Mann, der sie zuerst beglückt hatte, stand während dieses Schauspiels mit ärgerlich in die Hüften gestemmten Armen da und meinte gehässig:

„Eigentlich war es ja nicht vorgesehen, dass wir ihr auch noch eine Freude bereiten!"
Dann verschwand er wutschnaubend und vor sich hin fluchend zwischen den Sträuchern. Irilani stemmte

sich von der Steinplatte hoch und drehte sich um. Ihr rötelverschmierter Beglücker fasste sie mit beiden Händen an den Schultern.

„Beachte ihn gar nicht. Wir haben unseren Spaß gehabt, den Akudari unser körperlich Bestes gegeben und damit den Sinn des Festes mehr als erfüllt. Ich bin mir sicher, es hat auch dir Freude bereitet!"

Mit einer spielerisch übertriebenen Verbeugung und einer schwungvollen Armbewegung bedankte er sich bei ihr für ihre „freundliche Mitarbeit". Und schon verließ er sie und wurde von den nächtlichen Schatten der Büsche verschluckt.

Irilani lächelte ihm hinterher. Ein bisschen erinnerte er sie an Tomaru mit seiner Statur und seinem Grinsen. Ach ja, Tomaru. Eigentlich wäre er derjenige gewesen, mit dem sie diese Nacht hätte verbringen sollen. Aber, wie sie gerade feststellen durfte, konnte sie auch mit anderen ihren Spaß haben. Es war zwar gefühlsmäßig nicht so befriedigend wie es mit Tomaru gewesen wäre, aber immerhin hatte ihr Körper gerade überhaupt nichts dagegen gehabt, auch mit einem anderen zu hemmungslosen Höhenflügen anzutreten.

Was sie sich allerdings im Nachhinein fragte war, wer denn dieser missmutige Kerl mit dem winzigen Alikio gewesen war, der ihr die Nacht hatte verderben wollen. Sie nahm sich vor, in Zukunft doch weniger von dem Pflanzensaft einzunehmen, damit sie mitbekam, wer sie bei den Festen in die Dunkelheit abschleppte und sie die Stirn-Giringhas noch erkennen konnte.

Müde kehrte sie zu ihrer Hütte zurück und warf sich auf ihr Lager. Als sie am frühen Morgen aufstand, erhoben sich überall zwischen den Büschen die rötelgefärbten Festgäste von ihren nächtlichen Freuden und strebten entweder der Gemeinschaftsverpflegung zu und holten sich ein Frühstück ab oder sie wuschen sich gründlich in den Wasserbecken, was sich auch Irilani vorgenommen hatte. Es war noch empfindlich kühl an diesem Morgen, aber sie sehnte sich danach, Rötel und andere Überreste der Nacht abzuwaschen und warme Kleidung anzuziehen.

Auf dem Weg zur Wasserstelle zog sie schnell ihr gestern in der Hütte abgelegtes Hemd über, griff sich ihre Beinlinge und eine lange Jacke aus Hasenfellen aus ihrem Kleiderbündel, den Gürtel mit allen möglichen Utensilien samt Kamm und eilte zur Badestelle. Mit klappernden Zähnen wusch sie sich zusammen mit einigen anderen Frühaufstehern an den Waschbecken und drehte dann noch eine schnelle Runde im Warmwasserbecken, bevor sie in ihre Sachen schlüpfte und zu ihrer Hütte eilte, um sich noch ein paar Stunden Ruhe zu gönnen.
Bevor sie in den Schlaf sank, schlang sie sich Tomarus Anhänger wieder um den Hals. Sie hoffte inständig, dass ihm nichts geschehen war auf seiner Wanderung der Neugier. Zärtlich strich sie über die Rundung des Steins. Ja, sie liebte ihn immer noch und sehnte ihn herbei. Ohne ihn war ihr Leben nicht vollkommen. Nicht einmal der Lärm, den ihre zurückkehrenden Hüttenkameraden oder die abziehenden Festteilnehmer machten, konnte sie aus dem Schlaf reißen.

Als die Mittagshörner bliesen, fuhr sie erschrocken hoch und erinnerte sich daran, dass sie um diese Zeit zum Unterricht antreten musste. Oh je... und sie hatte keine Zeit mehr, noch eine Mahlzeit einzunehmen. Ein Zuspätkommen würde der Ijatiba-Kahu auch an diesem Tage nicht dulden. Das würde ein sehr, sehr langer Tag werden - mit knurrendem Magen!

Die lange Reise

Tomaru blickte zurück nach Osten über die hohen Berge, die er zusammen mit den Händlern überquert hatte. Die Abendsonne ging gerade hinter seinem Rücken unter und tauchte die Landschaft in rotgoldenes Licht. Es war ganz schön anstrengend gewesen, mit all den dicken Ballen auf dem Buckel über die zwar bekannten, aber doch steinübersäten Wege ins Tiefland hinunterzuwandern. Die Händler hatten ihm die tollsten und unglaublichsten Geschichten über entfernt liegende Siedlungen erzählt, die mehrere Monde Reise weit vom Großen Fluss entfernt im Süden lagen und von dem Salzwasser dort, in dem die roten Schneckenhäuser zu finden waren, die die Frauen so gerne zu Schmuck aufreihten. Mehrere Reisemonde - das war wirklich ein langer Weg!

Sie waren nach Westen gezogen und er stand jetzt am Ufer eines weiteren großen Flusses, den sie hier Lomondo nannten. Er kam von Süden her herangeflossen und ähnelte sehr dem Großen Fluss zu Hause, nur dass er nicht von Berghängen umgeben war, sondern durch eine Landschaft floss, die flach wie eine Schieferplatte war. Die Händler hatten sich am Abend im Gästezelt niedergelassen, um ein paar Tage zu ruhen, gut zu essen und zu trinken und sich mit den Frauen zu vergnügen, die sie versorgten und Willens waren, das Lager mit ihnen zu teilen.

Tomaru hatte sich schnell davon gemacht; er hatte in Ruhe darüber nachzudenken, ob er die Händler ziehen lassen oder ob er sich ihnen anschließen sollte, um die unbekannten Gegenden im Süden der Welt zu erkunden. Die Händler hatten ihm wohl doch nicht nur Unsinn erzählt, denn brennende schwarze Steine gab es hier tatsächlich. In den Clanhütten wurde das geheimnisvolle Zeug in Feuerstellen verwendet, da Holz hier Mangelware war. Es war schon erstaunlich, welche Hitze das Material entwickelte, wenn es erst einmal rot glühte. Diese Geschichte war also kein Händlerwitz gewesen und er konnte davon ausgehen, dass zumindest einige von den anderen Dingen, über die sie ihm unterwegs berichtet hatten, der Wahrheit entsprachen. Er war hin- und her gerissen zwischen seiner herzzerreißenden Sehnsucht und seinem Verlangen nach Irilani und der brennenden Neugier, die ihn immer weiter weg von ihr trieb. Aber eine solche Gelegenheit würde sich ihm wahrscheinlich sein ganzes Leben lang nicht wieder bieten.

Der Reiseweg der Händler würde sie erst an diesem Fluss entlang Richtung Mittagssonne, dann an einer Hochebene vorbei um ein ziemlich großes Bergland herum führen, um sich weit im Süden, an einer west-östlich verlaufenden hohen Bergkette vorbei nach Osten zu wenden zu einem gewaltigen Fluss hin, den sie Tanoro nannten und der von Norden her ins Südlichen Salzwasser mündete. Dort trafen sich die Händler aus allen Richtungen. Von hier aus führten alte Handelswege am Südlichen Salzwasser entlang in unbekannte Länder. Von dort kamen andere, sehr fremdartige Waren, die sie dann wieder nach Norden mitnehmen würden.

Für diese Reise brauchte man mehrere Monde, doch wie die Händler behaupteten, wäre es im Süden auch über den Winter hinweg sehr warm und die Wege ohne Probleme begehbar. Das war sehr praktisch und eine längere Pause am südlichen Handelszentrum eingeplant. Die Handeltreibenden freuten sich schon auf diesen Ruhepunkt und die Frauen des Südens. Im Frühling wollte man dann wieder erholt und gekräftigt erst nach Westen und später nach Norden ziehen, unterwegs tauschen und handeln. Mit Hilfe der Götter würde man zum Winteranfang wieder in Tomarus Heimat eintreffen.

Tomaru rang immer noch mit sich. Irilani war eine temperamentvolle Frau, die bestimmt nicht ewig auf ihn warten würde, zumal sie ja im besten Falle nur wusste, dass er mit den Händlern weiter gezogen war. Bestimmt war sie einigermaßen zornig gewesen, dass er nicht so schnell wie möglich seine Informationsrunde abgeschlossen hatte und zu ihr zurückgekehrt war. Er gab sich einen Ruck; er hatte sich entschieden. Irilani musste warten. Diese Gelegenheit würde nicht wiederkommen und die Ehrwürdigen Eingeweihten wären bestimmt höchst erfreut, wenn sie Tatsachenberichte und Einzelheiten aus weit entfernten Landen von ihm erzählt bekamen, sobald er wieder zurück war. Falls ihre Liebe diese Trennungszeit überstand, redete er sich ein, würde sie wahrscheinlich auch alles andere überstehen. Er würde dies als eine Prüfung ansehen.

Mittlerweile war Shirolan ganz in seinem Ruhebett versunken. Tomaru suchte sich seinen Weg zur Händlerhütte zurück und gesellte sich zu seinen Kameraden, die an einem wärmenden Feuer mit den schwarzen Glühsteinen saßen und über ihre Handelsergebnisse, ihre Erwartungen und Befürchtungen auf der weiten Reise diskutierten, die sie in ein paar Tagen nach Süden führen würde. Tomaru legte sich bald auf sein Lager und dachte an Irilani, die in einer der nächsten Nächte bestimmt am Fest zur Feier des gleichen Tages und der gleichen Nacht teilnahm. Während er schläfrig wurde, beneidete er seufzend den Glücklichen, der mit Irilani die Fruchtbarkeitsriten vollziehen durfte und träumte dann von nackten Leibern, die sich ekstatisch zuckend vor Feuerwänden die Seele aus dem Leib tanzten.

Am nächsten Morgen erwachte er erfrischt. Shirolans erste rosafarbene Finger reckten sich über den Horizont und tauchten die Flussnebel in der mit vielen Wasserarmen und Sandbänken durchzogenen

Flussaue in goldenes Licht und lösten langsam die Dunstschleier auf, die sich über dem Wasser gebildet hatte. Er nahm sein Bündel mit Wechselkleidung und Seifenkraut und machte sich auf, um sich im Fluss gründlich den Reisestaub vom Leib zu spülen. Noch war alles ruhig und er rubbelte seine Kleidungsstücke an einer dafür hergerichteten Stelle im Uferbereich sauber, spülte und wrang sie gründlich aus und hängte sie dann zum Trocknen über eine niedrige Weide in der Nähe.

Er suche sich eine tiefere Stelle im Uferbereich und begann damit, sich mit feinem Flusssand die Schweiß- und Schmutzschichten der Reise abzuschmirgeln. Das Morgenlicht, das gerade die Nebelschleier durchdrang, spielte auf seiner starken Brust, seinen muskulösen Schultern und Armen und brach sich golden in den Wassertropfen, die auf seiner Haut perlten und die er beim Ein- und Auftauchen prustend um sich herum spritzte.

Als er sich wieder dem Ufer zuwandte, musste er überrascht feststellen, dass man ihn beobachtet hatte. Ein sehr hübsches Mädchen hatte sich auf einem der größeren Ufersteine niedergelassen, musterte ihn von oben bis unten und schnippte flache Steinchen ins Wasser. So weit er sehen konnte, hatte sie nicht mehr an, als er selbst. Nur ihre langen hellgoldenen Locken bedeckten ihre Brüste.

Tomaru entstieg dem Fluss und trat näher, um sie zu grüßen und sich dann seine Kleidung vom Busch zu pflücken. Sie lehnte sich nach hinten und öffnete einladend die Schenkel, so dass er nicht umhinkam, einen Blick auf ihr golden umflaumtes Yongami zu werfen. Als seine Augen sich mühsam über ihren Bauchnabel zum Gesicht vorarbeiteten, das ihn schelmisch anlächelte, konnte er ihrem Angebot und dem recht eindeutig sichtbaren Befehl seines Alikios, das schon sehr eigenmächtig diesem Angebot folgen wollte, nicht mehr widerstehen. Er reichte ihr schweigend die Hand und zog die junge Frau vom Kiesel hoch an sich, bis ihre wohlgeformten üppigen Brusthügel sich gegen seine noch kalte Brust pressten und sein Alikio sich drängend gegen ihren Bauch drückte. Sie lächelte, machte sich frei und bedeutete ihm, ihr zu folgen. Eiligst schritt er hinter ihr her zu einer Gruppe aus Weiden, die ihre langen Zweige bis zum Wasser herunterhängen ließen.

Ihre Pobacken waren wirklich eine Wonne. Er konnte den Blick kaum von der Stelle abwenden, wo sie sich trafen. Sie winkte ihm mit einer einladenden Geste zu, hinter den Weidenzweigvorhang zu treten. Als er ihr folgte, fand er einen kleinen Platz vor, der mit feinstem Flusssand bedeckt und durch die lang und dicht herabhängenden Weidenzweige vor fremden Blicken geschützt war. Ihr Bogen und ein Köcher voller Pfeile standen an den Baumstamm gelehnt und sie selbst hatte sich auf ihrem Umhang niedergelassen.

Als er sie dort so liegen sah, erwartungsvoll auf ihre Ellbogen aufgestützt, mit leicht angewinkelten Knien und einladendem Augenaufschlag, dachte er, eine Sternengöttin könnte bestimmt nicht schöner sein. Tomaru ließ sich nicht zweimal bitten. Er hatte jetzt viele Tage keine Frau mehr gehabt. Diese war eine wirkliche Schönheit mit wundervollen Brüsten und einem Körper, dessen straffen Kurven man ansah, dass sie viel Zeit auf der Jagd verbrachte. Ihr Giringha war so abenteuerlich fremd, dass er glaubte, es müsse sie aus einer weit entfernten Gegend hierher verschlagen haben. Es würde ihm eine Freude sein, sein Alikio in ihr zu versenken. Sie lachte, als sein Alikio bei diesem Gedanken zuckte und reckte ihm ihre straffen Brusthügel entgegen.

Dieser Fremde mit den himmelblauen Augen und den langen, fast blauschwarzen, vollen Haaren, dem immer noch einige Wasserperlen in den langen Wimpern hingen, war ein so leckerer Happen, dass sie ihren Jagdausflug einfach verschieben musste und ihren Tag mit einem aufregenden Erlebnis beginnen wollte. Als er sie zu sich heranzog und seine vollen Lippen ihren Hals hinunterwanderten, ihre Brust mit Küssen bedeckte und seine warme feuchte Zunge um ihre kalten steifen Brustwarzen kreisen ließ, wusste sie, dass sie eine gute Wahl für diesen Morgen getroffen hatte.

Seine Hände glitten über ihre helle Haut und als seine Finger zwischen ihre Schenkel glitten und ihr Kutuni zart bearbeitete, ergab sie sich völlig und erwartete sein Alikio. Doch Tomaru war sich völlig dessen bewusst, dass er nach längerer Zeit der Enthaltsamkeit jetzt schon fast am explodieren war und hielt sich zurück, bis die blonde Göttin sich unter seinen Liebkosungen wand, er die ersten Muskelzuckungen fühlen konnte, ihr Schenkel sich weit öffneten und ihr Körper ihm fordernd entgegenkam. Mit einigen wilden Stößen brachte er sie dazu, sich unter leisen Schreien und wilden entgegenkommenden Bewegungen völlig gehenzulassen und folgte ihr dann mit befriedigtem Stöhnen nach, als sich ihre Arme schon fast wieder entspannt um seinen Hals legten.

Als sie beide zu Atem gekommen waren, stiegen sie gemeinsam in den Fluss, um sich den Sand abzuwaschen, der überall an ihren Körpern klebte. Nachdem sie ihre Jagdkleidung übergestreift und Köcher und Bogen über die Schulter geworfen hatte, umarmten sie sich noch einmal freundschaftlich zum Abschied und Tomaru wandte sich zur Händlersiedlung hin, um diesen genüsslichen Tagesanfang mit einem ausufernden Frühstück zu krönen, dann seine Kleidung zu Ende zu trocknen und sein Reisegepäck zusammenzustellen.

Die Händler würden tags darauf nach Süden weiterziehen und die abgelegeneren Regionen außer Acht lassen. Das Sonnenzentrum der Westclans lag weit ab an den Küsten des westlichen Salzwassers. Der lange Umweg machte keinen Sinn, wenn man deswegen zu spät dran war und im Herbst in schlechtes Wetter geriet.

Mit ausreichenden Reisevorräten versehen und mit voll gepackten großen Rückenbeuteln machte sich die Händlerkarawane beim nächsten Tagesanbruch auf den Weg. Tomaru entkam der Schlepperei von Waren durch eine Vereinbarung, die er mit den Handelsreisenden geschlossen hatte. Er sollte unterwegs in der Umgebung jagen und wenn möglich, noch ein paar Beeren und Kräuter auf seinem Weg einsammeln, um den Speiseplan der doch recht großen Gesellschaft mit frischem Fleisch zu versorgen. Die Ebenen, die sie überquerten, waren kaum besiedelt und das Wild lief ihm schier in Speer und Pfeile hinein. Er hatte genügend Zeit, sich Landschaft, Pflanzen und Tiere genauer anzusehen. Je weiter sie nach Süden zogen, desto mehr gingen die baumarmen und strauchbewachsenen Steppen, Moosfelder und Wiesen in dichter mit Wald bewachsene Gebiete über.

Ganze Höhenzüge waren mit kniehohen Beerensträuchern überzogen und Tomaru sammelte verschiedene Früchte ein, um sie abends mit den Händlern zu teilen, die an einem kleinen Wasserlauf oder einer Quelle ihr Lager aufschlugen und die fruchtig süßsaure Abwechslung willkommen hießen. Es gab hier überall genügend trockenes Gesträuch und Holz, um ein prasselndes, wärmendes Lagerfeuer anzuzünden.

Jeder der Wanderer trug seinen Feuerzeugbeutel am Gürtel, in dem er einen Brocken Feuerstein, eine Schwarzknolle und zusammengeknüllte trockene Riedwolle oder andere Pflanzenfasern aufhob. Durch das Gegeneinanderschlagen von Feuerstein und Schwarzknolle entstanden Funken, die man möglichst gezielt in ein kleines Bett aus getrockneten Material lenkte, das sie mit ihrer lebenslangen Übung ohne Probleme mit gekonntem Pusten zu einem kleinen Feuerchen aufleben ließen. Das Lagerfeuer gab Wärme und Licht und hielt vor allem auch größere Tiere davon ab, den Händlern allzu neugierig oder auch hungrig zu nahe auf den Pelz zu rücken. Vor dem Einschlafen griff manch einer zu seinem geschnitzten Clansymbol, dass er mit sich führte und bat die Geister darum, ihn am nächsten Morgen unbeschadet wieder aufwachen zu lassen.

Wenn Tomaru sein müdes Haupt auf seinem zusammengerollten Bündel lagerte, betrachtete er den Nachthimmel, dessen hell leuchtende Lichter und Milchflecken in der Vorstellung der Clans Bilder der Tierahnen darstellten. Wie immer bewunderte er den feierlich stillen, leuchtenden Sternenteppich der Götter und bat alle Akudari, sich Irilanis und seiner selbst anzunehmen und ihn wohlbehalten zu ihr zurückzubringen.

Wo die Flüsse aus den Tälern des Bergmassivs zusammenflossen, lagen immer wieder kleinere und größere Siedlungsgemeinschaften und die Händler machten dort Rast und handelten. Tomaru ließ sich von den Clans alles Wissenswerte über die Clankultur im Süden und Westen erzählen. Im Westen gab es am Salzwasser das westliche Sonnenzentrum, das an der Mündung eines größeren Flusses lag. Doch es gab Probleme, weil das Wasser dort langsam anstieg und den Kreis zu überfluten drohte. Die Eingeweihten dort forschten schon in den östlicher liegenderen Gebieten nach brauchbaren Höhenzügen für eine neue. Wieso das Wasser langsam aber nachhaltig anstieg, konnte sich niemand erklären.

Weiter im Süden führte ihn ein Clan-Kahu zu einer großen Höhle. Tomaru war zutiefst beeindruckt, denn die größeren Flächen der Höhlenwände waren mit farbigen Abbildungen von Tieren bedeckt, die im Fackelschein wie lebendig wirkten. Auf seine Frage hin, ob der Clan selbst diese Bilder gemalt habe, bekam Tomaru zur Antwort, dass man nicht wisse, wer die Höhle so ausgemalt hatte, man aber vermutete, dass die Vorfahren, die vor Urzeiten hier gelebt hatten, das Werk vollbracht hatten. Die Kahus hatten festgestellt, dass die aufgemalten Tiere nicht nur die Wände und Decken der Höhle schmückten, sondern dass die Linien, Hörner, Hufe und Augenpunkte der dargestellten Tiere im Deckenbildkreis mit den überlieferten Tiersterngruppen am Himmel fast genau übereinstimmten. Selbst das Siebengestirn hatten die Alten abgebildet, das die Tag- und Nachtgleichen im Frühling und Herbst ankündigte. Mit Ehrfurcht besuchten die Kahus der Gegend die Höhle für geheime Zusammenkünfte und besondere Riten. Und den Tag, an dem Shirolans Licht bis ans Ende der Höhle reichte, konnten sie überraschenderweise zum Abgleich mit ihren Kalenderdaten nutzen.

Die Vorfahren mussten ein ganz erstaunliches Wissen angehäuft haben und zwar schon vor langer Zeit, denn die Kahus erzählten, dass die Zeichnungen mit einer Ablagerung überzogen waren, die darauf hinwies, dass die Malereien uralt sein mussten und weit in die allertiefste Vergangenheit der Clans reichten, aus der das Wissen der Sonnenkreise und Kahus überliefert worden war.

Noch andere Höhlen im weiteren Umkreis waren den Kahus bekannt, die ähnlich nach der Sonne ausgerichtet und ausgemalt waren. Der Kahu und Tomaru besuchten die verschiedenen Höhlenkammern und Tomaru war immer wieder zutiefst beeindruckt wie die Künstler der Vergangenheit die Tiere so lebendig dargestellt hatten. Es fanden sich auch Tiere in den Bildern, die es mittlerweile hier nirgendwo mehr gab, von denen die Alten aber noch in ihren Sagen und Legenden erzählten. Zutiefst beeindruckt überlegte Tomaru nachts auf seinem Lager, dass der Kreis des Lebens aus Vergangenheit, Gegenwart und Zukunft wohl doch größer war, als der nur kurz unter den Akudari-Sternen wandelnde Mensch erfassen konnte.

Bald würde die Händlergesellschaft am Südlichen Salzwasser ankommen und sich über den Winter dort einrichten. Er war gespannt auf dieses Salzwasser. Sie hatten ihm zwar alles im Voraus beschrieben, aber er konnte sich nicht wirklich vorstellen, vor einem Gewässer zu stehen, dessen Ende man nicht sehen konnte. Ob er allerdings wirklich dort überwintern würde, wusste er noch nicht. Seine Sehnsucht nach dem Großen Fluss, nach Irilani und seiner Familie wurde langsam recht schmerzhaft. Er wollte, bei allen interessanten Neuigkeiten, die es unterwegs noch zu sehen gab, so bald wie möglich zurückkehren; er hatte ein ganz schlechtes Gefühl, dass irgend etwas schiefgehen würde, wenn er sich nicht beeilte.

Entspannt an die Außenwand der Gemeinschaftsküche zurückgelehnt in der Sonne sitzend, knabberte Irilani genüsslich einen gegrillten Vogelschenkel ab, den sie sich in der Pause zwischen zwei anstrengenden Lehrstunden hatte geben lassen. Vorsichtig löste sie mit den Fingern das zarte Fleisch von den Knochen und zum Schluss zerknackte sie die Gelenkknorpel zwischen den Zähnen, wobei sie versuchte, keine unanständig lauten Geräusche zu machen, was ihr aber nicht wirklich ganz gelang. Wenn sie Geflügel aß, blieb von dem Vogel nichts als schiere Knochen übrig.

Am Sonnenkreis ging derweil jeder seiner täglichen Aufgabe nach. Die Jäger und Fallensteller machten Streifzüge in der Umgebung und brachten genügend Fleisch für die Gemeinschaftsküche heran. Die Sammler waren mit Körben unterwegs und suchten nach hellroten, säuerlichen Beeren, die gerade in den Hecken reif wurden. Die Fischer brachten am Nachmittag ihren Fang herauf, den sie aus dem Krummen-Knoten-Fluss gezogen hatten und sie plünderten bestimmt auch die Nester der Wasservögel am Fluss.

Irilani beobachtete belustigt wie einige Halbwüchsige die ihnen übertragenen Aufgaben mürrisch erfüllten und unter halblauten Unlustbekundungen die große Versammlungshütte mit Reisigbesen auskehrten. Im Wasserbecken neben der Küche schrubbten junge Mädchen die Schiefertafeln und Holzschalen und in einigen Hütten, deren Eingänge in ihrem Blickwinkel lagen, konnte sie den Kahus zusehen. Der Steinmeister bearbeitete Feuersteinknollen, aus denen er Schaber und Klingen herausschlug und die Kanten so bearbeitete, dass sie gefährlich scharf waren. Die weiß umrindeten großen Feuersteinknollen betrachtete er genauestens von allen Seiten und schätzte kundig ab, an welcher Stelle er den ersten Schlag mit Geweihstück oder Schlagstein ansetzen musste. Mit einem hell klingenden Schlag auf die Kante sprang bald der erste schmale Abschlag davon, dem einige andere folgten. Dann glättete der Kahu die obere Abschlagkante so zurecht, dass die nächste Reihe von Klingen heruntergeschlagen werden konnten. Je nachdem, wozu diese Klingen dienen sollten, drückte der Kahu die Abschläge mit einem Geweihstück oder Stein so in Form, dass sie als kleine Pfeilspitzen oder als Einsätze in Holzgeräten oder auch einfach so für den täglichen Schneidegebrauch taugten.

Für die wunderschönen großen Lanzen- oder Dolchspitzen brauchte er besonders geeignete Feuersteinknollen, aus denen er die Klingen durch immer feinere Abschläge herausschälte. Wenn diese Feuersteinkunstwerke fertig waren, schien das Sonnenlicht, je nach Steinfarbe, von grau bis feuerfarben durch die Klingen hindurch. Diese magisch leuchtenden Klingen wurden natürlich nicht für die tägliche Arbeit benutzt, weil sie dabei leicht zu Bruch gingen. Sie wurden hauptsächlich als Krönung der reich mit Federn und Gravierungen versehenen Zeremonialspeere und als in Holz gefasste Dolche bei den Opferriten während der Sonnenkreisfeste verwendet.

In einer anderen Hütte saß eine ältere Frau und verzierte ein neues Hemd aus Hirschleder für einen der Eingeweihten mit einem Muster aus weißen, grünen und schwarzen Federn und dunklen und hellen Perlen. Schicht auf Schicht nähte sie die Federkiele auf die feine Hirschhaut auf und in rhythmischen Abständen dazwischen die Perlen. Die dunklen Perlen bestanden vermutlich aus dem harten, nachtdunklen Schwarzholz, das man hier und dort in den Lehmschichten am Fluss fand und zu Schmuckstücken und Perlen verarbeitete. Für die Eingeweihten verwendete die Näherin wahrscheinlich auch Perlen aus Elfenbein, die aus dem Norden eingehandelt wurden.

Die Händler behaupteten, die Tiere, die es dort im nördlichen Salzmeer gäbe, lieferten die wasserdichten weiß-graublau gefleckten Felle und größere Verwandte dieser Tiere trügen auch die elfenbeinernen Stoßzähne. Irilani konnte kaum glauben, dass es ein solches Tier im Wasser geben könnte, aber immerhin, es gab diese Stoßzähne und aus ihnen konnte man wunderschöne Perlen schnitzen, die mit einem Drehstab durchbohrt wurden.

Nun fing die Näherin an, den ganzen Halsausschnitt des Gewandes mit Bärenzähnen zu verzieren, die mit einem gezwirbelten Faden aus Pflanzenfasern und Mähnenhaar einzeln angenäht wurden. Bärenzähne waren besonders wertvoll, weil ein Bär nur unter erheblicher Lebensgefahr erlegt werden konnte und die Jäger mit ausgesprochener Vorsicht vorgehen mussten. Als die Näherin aufblickte und Irilani zulächelte, winkte Irilani fröhlich zurück und stand dann auf, um ihre eigenen Aufgaben in Angriff zu nehmen. Sie bewaffnete sich mit einem Korb und einigen Rindenbehältern, um sich auf die Suche nach einem niedrig wachsenden Kraut zu machen, dessen Sporen bei Hautkrankheiten halfen. Die Ehrwürdigen Eingeweihten benutzten sie außerdem bei Festen, um sie in die offenen Flammen zu werfen, worin sie sehr effektvoll mit kleinen Lichtexplosionen zerplatzten. Die Arbeit am Sonnenkreis hatte schon so einige ihrer Vorstellungen zerstört, die sie sich über die magischen Fähigkeiten der Kahus und Ehrwürdigen früher gemacht hatte.

Doch egal wie viel von den Geister- und Götterbeschwörungen nur für das unwissende und hoffende Volk inszeniert wurden, ihre Achtung vor den Ehrwürdigen Eingeweihten war nicht gesunken. Denn die dauernden Beobachtungen von Shirolans Lauf und den wechselnden Stellungen des Mondes und der Göttersterne verlangten weitreichende Kenntnisse und Geduld. Irilani hatte erkannt wie wichtig und aufwändig es war, die Beobachtungen, Messungen und Berechnungen zu einem Kalender zu gestalten, der das Leben der Clans regelte und in feste Bahnen lenkte.

Die Rindenbehälter, die an Schnüren befestigt in ihrer Hand baumelten, waren echte Kunstwerke. Ein komplett rundherum vom Baum abgeschältes Stück Birkenrinde wurde dazu überlappend mit Rindenbast zusammengenäht und bekam auch einen Boden aus passgenau zugeschnittener Rinde. Passend dazu fertigte man einen Deckel an, der sich gerade so über den oberen Rand schieben ließ. Irilanis Rindenbehälter waren besonders gut und dicht schließend verarbeitet, damit das feine Pulver aus den Pflanzen nicht durch kleine Löcher oder Ritzen hinausrieseln konnte.

Die Pflanzen mussten an sehr warmen und trockenen Tagen eingesammelt werden und die Sonne brannte auf Irilanis Nacken, als sie in gebückter Haltung die Wiesen um den Sonnenkreis herum absuchte und ihre Behälter sich nur langsam füllten. Als ihr jemand von hinten auf die Schulter tippte, erschrak sie heftig. Sie fuhr auf und ließ ihren mühsam zusammengetragen Pflanzenschatz fallen. Ihr schoss durch den Kopf:
„Oh nein, schon wieder ist mir dieser blöde Sorotume gefolgt!"

Sorotume fragte Irilani mit höchst scheinheiligem Blick, ob sie vielleicht etwas verloren hätte. Sorotume fand es sehr befriedigend, wie sie sich aufregte und ihn beschimpfte, weil sie durch den Schreck den Inhalt eines Behälters zum Teil verstreut hatte und ein Gutteil der Arbeit umsonst gewesen war. Irilani bedachte ihn mit wütenden Blicken und fand das hämische Grinsen, das sich in seinem Gesicht breit machte, einfach unglaublich dreist und widerlich. Er griff blitzschnell nach Irilanis Oberarm und zog sie überraschend heftig an sich. Er dachte:

„Ob dieses überhebliche Stück Lehrling nicht klein beigibt, wenn ich meine männliche Kraft einfach einmal ausspiele?"

Er schloss die sich zunächst nur schwach wehrende Irilani in seine Arme, zwang ihr einen Kuss auf und griff ihr roh zwischen die Beine. Irilani wurde mit einem Male innerlich ganz kalt. Sie fasste sich, knallte Sorotume ihr Knie in die Alikio-Zone und hörte mit tiefster Befriedigung zu, wie Sorotume aufheulte, sie heftig von sich stieß und mit schmerzhaft verzerrtem Gesicht auf seine Knie einknickte. Sie warf ihm einen schadenfrohen Blick zu, klaubte ihre halbgefüllten Behälter zusammen und raunte ihm mit blitzenden Augen zu:

„Ich werde dir auch noch den letzten Spaß mit deinem Ding verderben, wenn du mir noch einmal zunahe trittst! Immerhin bin ich bald Ijatiba; ich habe die Mittel und kenne die Rezepte. Noch einmal so ein Übergriff und ich sorge dafür, dass du dir jeden Tag überlegen musst, was du mit deinen Speisen vielleicht zu dir nimmst!"

Sorotume warf ihr einen hasserfüllten Blick hinterher, als sie sich stolz erhobenen Hauptes zurück zum Sonnenkreis entfernte. Er wusste, falls sie sich bei ihrem Kahu über diese Angelegenheit ausließ, würden seine Tage am Kreis gezählt sein. Obwohl, würde jemand einem Lehrling glauben oder ihm, dem langjährigen zuverlässigen Verwaltungsorganisator? Sie würde wohl nichts davon sagen. Selbst wenn, stand dann Aussage gegen Aussage. Das war bei anderen Mädchen auch schon so gelaufen.

Irilani schnaubte vor Wut. Wie konnte sich dieser Wicht erlauben, sie einfach anzufassen? Mit welchen Zeichen der Zustimmung oder auch nur der Aufmerksamkeit hatte sie ihn jemals ermutigt? Sie schüttelte zweifelnd ihren Kopf. Wenn sie seine Stimme hörte, meinte sie immer, diese schon einmal woanders gehört zu haben und bekam eine Gänsehaut, weil sie ganz zwiespältige Gefühle bei dem Gedanken bekam.

Ach! Sie verbannte ihn aus ihren Gedanken; er würde sich nicht noch einmal trauen, ihr über den Weg zu laufen und zu versuchen, sie gegen ihren Willen zu nehmen. Wenn doch, dann würde sie dafür sorgen, dass er seine Sachen packen musste oder er sich Dank ihrer Pflanzenkunde so schlecht fühlen würde, dass er freiwillig ginge. Doch schnell schob sie die im Zorn entstandenen Gedanken von sich. Ihre Kahu-Aufgabe war es nicht, Leuten zu schaden, auch wenn sie es noch so verdient hatten! Bis sie die Hütte des Ijatiba-Kahus erreichte, hatte sie sich weitgehend wieder beruhigt. Sie grüßte den Kahu ehrerbietig und setzte sich an den Tisch am Ende des Raumes.

Sie nahm sich eines der hirschknöchernen Gefäße von der Wand, öffnete vorsichtig die Rindenbehälter, klopfte die Pflanzenteile aus und ließ den feinpudrigen Inhalt, der sich fast wie eine Flüssigkeit verhielt, in das gesäuberte und ausgekochte Beinknochenendstück rieseln. Dann verschloss sie die Behälter mit einem Stückchen Leder, umwickelte es mit Baststreifen und versiegelte das Ganze mit Baumharz, das neben der Feuergrube für solche Zwecke flüssig gehalten wurde. Dann ritzte sie mit einer feinen Feuersteinspitze die Bezeichnung der Pflanzenpollen auf den Knochen und hing ihn an einen Holzhaken im Deckengitter.

Außer dem Sammeln der Pflanzen hatte sie heute den Auftrag bekommen, für einen der Kranken einen Aufguss gegen einen hartnäckigen Husten zuzubereiten. Irilani legte zunächst ein paar der Quarzsteine in die Feuergrube zwischen die noch rotglühenden Holzstücke und ging dann hinaus, um mit einem großen Holzbecher frisches Wasser zu holen, das sie in die Kochgrube schüttete.
Während die Steine in der Feuergrube langsam heiß wurden, nahm sie die Behälter mit den wirksamen Pflanzenteilen und Wurzelstücken aus den Vorratsbehältern und fing an, sie in einem schwarzsteinernen Mörser zu zerkleinern. Sie bemerkte gar nicht, dass der Kahu sie aus dem Augenwinkel heraus aufmerksam beobachtete und kontrollierte, ob sie auch die richtigen Vorratsgefäße öffnete und welche Mengen sie von den verschiedenen Zutaten verwendete.

Als die Glühsteine im Feuer zu knacken anfingen, waren auch die Zutaten genügend klein gerieben und Irilani trat, mit einer Geweihgabel ausgerüstet an die Feuergrube, hob die heißen Steine heraus, kehrte mit einem kleinen Reisigbesen die Asche ab und ließ sie vorsichtig in die Kochgrube gleiten. Es zischte laut und das Wasser fing an zu sprudeln und zu dampfen. Zwei Steine zersprangen beim Abkühlen in Stücke, aber das war das Schicksal dieser Glühsteine, wenn sie mehrmals erhitzt und abgekühlt worden waren. Das Wasser brodelte und Irilani verrührte die zerriebenen Zutaten. Sie achtete darauf, dass das Wasser weiter heiß blieb, indem sie nach und nach noch ein paar frisch erhitzte Glühsteine nachlegte.

Sie wischte sich den aufsteigenden Wasserdampf von der Stirn, wo sich ihre Stirnhärchen zu kräuseln anfingen und rührte immer weiter in ihrer Zubereitung, bis alle Glühsteine verbraucht waren und das Wasser in der Kochgrube langsam abkühlte. Mit erhitzen Wangen wartete sie, bis die ausgekochten Reste der Zutaten auf die Glühsteine gesunken waren und hob dann vorsichtig alles zusammen aus der Flüssigkeit. Bis auf einige schwebende Reste blieb nur eine grün-bräunliche Brühe zurück. Die füllte sie mit einer Holzkelle in eine Reihe Antilopentrinkhörner ab, die sie mit der Spitze in die dafür vorgesehen Aussparungen im umlaufenden Erdregal versenkte.

Der Kahu betrachtete immer noch Irilanis Werk und entschied, dass sie heute auch erstmals selbst das zubereitete Mittel an den Kranken verabreichen durfte. Irilani freute sich, als der Kahu ihr den Auftrag dazu erteilte, denn das war das unausgesprochene Urteil über ihre Kenntnisse. Die Kranken selbst zu betreuen bedeutete, dass man sozusagen befördert worden war.

Irilani nahm eines der Trinkhörner und strebte der Krankenhütte zu, die etwas abseits am Rande der Kreissiedlung errichtet worden war, um einerseits den Kranken Ruhe zu gewährleisten und andererseits, um den normalen Tagesablauf der Ehrwürdigen und der Handwerker nicht zu stören. Sie betrat die Hütte und begrüßte den jungen Mann, der etwa siebzehn Sommer zählte, mit einem fröhlichen und aufmunternden Zuruf. Der arme Kerl hieß Rohento und war wie Tomaru vom Bärenclan. Er sah wirklich mitgenommen und übernächtigt aus, weil er seit Tagen kaum geschlafen hatte und ohne Unterlass hustete und krächzte. Auf die Jagd konnte man mit einem solch verräterischen Geröchel natürlich nicht gehen; alles jagdbare Wild würde sich schleunigst in seine Verstecke verdrücken, sobald es ihn von Weitem kommen hörte.

Als Irilani ihm das Trinkhorn auffordernd hinhielt, beäugte er erst einmal misstrauisch die grünbräunlich schimmernde Brühe und sah mit gerunzelter Stirn zweifelnd zu Irilani auf. Die setzte sich zu ihm und redete ihm gut zu.

„Hör mal, Rohento. Diesen Trank habe ich höchstpersönlich für dich zubereitet. Ich bin fest davon überzeugt, dass du völlig gesund wirst, wenn du sechs Tage lang die Trinkhörner leerst, die ich dir bringen werde. Allerdings musst du auch jeden Morgen und jeden Abend einen Spaziergang um den Sonnenkreis herum machen und noch einige andere Behandlungen durchhalten, damit du gleichzeitig mit der Heilung auch wieder zu Kräften kommst."

Rohento verzog das Gesicht, als er die verdächtig aussehende Brühe in kleinen Schlucken aus dem Horn trank. Irilani passte auf, dass er es auch völlig leerte, fühlte dann noch mal seine Stirn, die ziemlich warm war und befahl ihm, sich gut zuzudecken. Sie kündigte ihm an:

„Du wirst heute Abend an einer Sitzung in der Schwitzhütte teilnehmen. Der mit Kräuterduft gesättigte Dampf wird dir gewiss sehr guttun."
Dann deckte sie Rohento mit wärmenden Felldecken zu.
„Falls die Wirkung des Mittels wie gewünscht eintritt, wirst du müde werden. Versuche zu schlafen. Ich verspreche dir, dich am Abend zu wecken, wenn die Schwitzhütte für dich fertig vorbereitet ist."

Die Schwitzhütte war eine allgemein von allen Clans genutzte Einrichtung, die vor allem im Winter der Reinheit und Gesundheit des Körpers diente und auch ein verbindendes Gemeinschaftserlebnis darstellte. Zu diesem Zweck hob man eine flache Grube aus und errichtete ein niedriges Zelt, in dem man sich nur gebückt aufhalten konnte. Das verkleinerte den

Raum, der mit dem Dampf gefüllt werden musste und hielt die Hitze besser. Wenn die Teilnehmer an einer solchen Schwitzsitzung vollständig in der Hütte im Kreis saßen, wurde eine Menge stark erhitzter Glühsteine von draußen hereingebracht, die ihren Platz in der Vertiefung in der Mitte des Zeltbodens fanden. Über den Steinen schichtete man dem Anlass entsprechend unterschiedliche Kräuter auf, deren Aroma sich sofort im Zelt verbreitete und sich mit dem Wasserdampf mischte, wenn endlich einige Becher Wasser über die heißen Steine gegossen wurden. Da das Zelt von außen mit Leder, Kiefernzweigschichten und Pelzen gut abgedichtet worden war, entstand im Zelt ein heißer Nebel, der die Hautporen öffnete und in vielen Fällen von Husten das Atmen erleichterte.

Falls Kranke mit dieser Methode behandelt wurden, nahm nur der Kahu oder die Kahua selbst an dieser Reinigungszeremonie teil und versuchte die Heilung mit Einfühlungsvermögen und Menschenkenntnis durch ein Gespräch zu beschleunigen. Das klappte überraschend oft, wenn andere Behandlungen nichts gebracht hatten.

Abends nahm Irilani das gefüllte Trinkhorn für Rohento aus seiner Halterung. Mit einem Korb voller getrockneter und frischer Kräuter unter den Arm eilte sie zur Krankenhütte. Rohento war gerade erwacht, und sie fragte ihn, wie es ihm ginge. Er hatte ein paar Stunden geschlafen, demzufolge hatte die Medizin gewirkt; er fing aber schon wieder an zu husten. Irilani stützte ihn beim Aufstehen und geleitete ihn bis zur Schwitzhütte.

In der Feuergrube vor dem Schwitzzelt hatte Irilani bereits ein Feuer entfacht und die Glühsteine hineingelegt, die jetzt heiß waren. Sie stellte den Wasserbecher und die Kräuter in der Hütte ab und füllte dann die Grube im Zelt mit Hilfe einer Geweihgabel mit den Glühsteinen.

Sie bat Rohento, sich bis auf seinen Lendenschurz auszuziehen, die Kleidung draußen liegen zu lassen und entkleidete sich dann ebenfalls bis auf ihr Lendentuch. Rohento bekam Stielaugen, als er seine Ijatiba-Kahua fast nackt vor sich stehen sah, aber er konnte sich leicht beherrschen, denn es ging ihm eh nicht gut genug, um auf Gedanken zu kommen. Irilani musste innerlich grinsen, als sie die Befangenheit des Jungen bemerkte. Normalerweise schwitzten Männer und Frauen getrennt, eine Heilungssitzung war die Ausnahme.

Leise eine für die Heilung vorgeschriebene Melodie summend, flocht sie aus einigen der Kräuterbüschel und Moose einen Kranz, den sie Rohento um den Hals legte, als Symbol ihrer Bitten an die Akudari, dem Kranken beizustehen und ihn zu heilen. Sich selbst setzte sie ebenfalls eine Krone aus Kräutern auf den Kopf. Der Duft der Pflanzen sollte ihre Gedanken nur auf den Heilungsprozess ausrichten und jegliche Ablenkung ausschließen. Sie bedeutete Rohento, sich etwas entfernt von der Glühsteingrube niederzulassen. Einerseits wurde es Rohento etwas mulmig bei dieser Zeremonie, anderseits konnte er kaum die Augen von Irilanis Körper abwenden. Doch schnell goss Irilani Wasser über die Steine und verschloss hinter sich den Zelteingang.

Der Dampfausbruch, der sich in der Dunkelheit über den glühenden Steinen bildete, raubte Rohento zunächst völlig den Atem. Er musste furchtbar husten und keuchen, als die Aromen der Kräuter durch seine Atemwege zogen. Doch nach und nach merkte er, wie sich seine Brust entspannte und der Hustenreiz nachließ.

Irilanis Poren öffneten sich und kleine Sturzbäche von Schweiß rannen an ihrem Körper herab. Leise forderte sie Rohento auf, sich ihrem Summen und dem Gesang anzuschließen, der in diesem Behandlungsfall traditionell aus möglichst tiefen Tönen zusammengesetzt war und Bauch und Brust zum Vibrieren brachten. Meistens lösten sich dadurch die Verkrampfungen des Kranken und zusammen mit den Kräuteraromen trat schnell eine Besserung ein. Nach einiger Zeit öffnete Irilani den Zelteingang und holte frische Glühsteine von draußen herein, begoss sie noch einmal mit Wasser und brummelte sich zusammen mit Rohento durch eine Folge von Medizingesängen.

Nun kam der nächste Teil der Behandlung. Sie begann, Rohento nach seinem Leben im Bärenclan und seinen letzten Erlebnissen vor den Hustenanfällen zu befragen. Nacktheit und Dunkelheit schaffen Vertrauen und Rohento berichtete Irilani über seine Verliebtheit in eines der Nachbarclanmädchen, die aber absolut kein Interesse an ihm zu haben schien und ihm offensichtlich aus dem Weg ging, wenn er auf sie traf. Er war abgrundtief verzweifelt, fühlte sich abgelehnt und insgesamt ganz furchtbar. Irilani ließ all ihre Kenntnisse spielen, die der Ijatiba-Kahu ihr zur geistigen Betreuung eines Kranken mitgegeben hatte und brachte Rohento dazu, eine etwas entspanntere Einstellung einzunehmen.
Nach einiger Zeit waren alle Glühsteine abgekühlt, der Dampf und die Kräuteraromen hatten sich in Rinnsale auf ihren Körpern verwandelt und Irilani beendete die Sitzung. Sie klappte die Türfelle beiseite und forderte Rohento auf, seine Kleidung mitzunehmen und ihr zum Warmwasserbecken zu folgen, wo sie noch ein reinigendes und entspannendes Bad nehmen wollten.

Auf dem Weg dorthin hatten Irilanis Pobacken, die von ihrem Lendentuch kaum verhüllt wurden, eine starke Anziehungskraft auf Rohentos Augen und als sie sich zuerst reinigten und dann in das Warmwasserbecken hüpften, war Rohento schon gar nicht mehr so locker entspannt um die Hüften. Irilani bemerkte dies wohl, doch wollte sie vermeiden, dass Rohento sich jetzt in sie verguckte und er gleich wieder an neuen, unerfüllbaren Träumen litt. Sie befahl ihm, das Wasserbecken mehrmals hin und zurück zu durchschreiten; das würde ihn anstrengen und ihm seine lüsternen Gedanken aus dem Kopf schlagen. Rohento musste sich recht abmühen, um das ihm aufgetragene flotte Arbeitspensum im brusttiefen Wasser zu bewältigen. Er war todmüde, als Irilani ihn aus dem Wasser scheuchte und sie gemeinsam zu seiner Hütte gingen, nachdem sie sich angezogen hatten. Rohento verzog sich schleunigst auf sein Lager und fiel in erholsamen Schlaf.

Die Behandlung war für diesen Tag abgeschlossen, Irilani musste nur noch die Schwitzhütte aufräumen, die Glühsteine wieder nach draußen in die Feuergrube verfrachten und die Zeltbahnen zum Trocknen zurückschlagen, damit sie nicht schimmelten. Später erstattete Irilani dem Ijatiba-Kahu Bericht über die Sitzung. Der Kahu wusste aus eigener Erfahrung, wie anstrengend eine Schwitzhüttensitzung auch für junge gesunde Menschen war, entließ sie wohlwollend. Er würde am nächsten Morgen vor Irilanis Besuch dem Kranken seine Aufwartung machen und den Behandlungsfortgang überprüfen.

Irilani ließ sich nicht lange auffordern und lief eilig zu ihrer Hütte hinüber, die sie jetzt alleine bewohnte. Die anderen Lehrlinge hatten das erste Jahr nicht erfolgreich abgeschlossen, waren faul gewesen oder konnten sich einfach nicht alles merken, was ihnen beigebracht wurde. Sie waren entweder zu ihren Clans zurückgekehrt oder leisteten als Jäger, Fallensteller, Köche und Holzsammler am Kreis ihre Dienste.

Holz war wertvoll. Es gab zwar Bäume, insbesondere Kiefern, aber die musste man erst einmal umlegen und dann noch transportieren. Das meiste Nutzholz wurde am Großen oder am Krummen-Knoten-Fluss angeschwemmt. Im Süden gab es anscheinend andere, größere und dickere Bäume, deren Stämme und Äste nach einem Sturm oder mit einem Hochwasser herangetrieben kamen und auf den Kiesbänken hängen blieben. Das Holz wurde geborgen, getrocknet und nachher in der Nähe der Feuergruben gestapelt. Aus besonders geeigneten Hölzern stellten die Schnitzer die Griffstücke für Feuersteingeräte her, aber auch Holzbecher und -schalen, Schöpflöffel, Schmuckanhänger oder Holzperlen, die sie mit Pflanzen- oder Tiermotiven verzierte.

Dass es weit im Süden ganz andere Bäume gab, erzählten auch die Händler, die von dort die begehrten Eibenbögen mitbrachten und gegen die weißen Felle eintauschten, die es im Süden anscheinend nicht gab. Der Süden! Ob Tomaru wohl den Süden erforschte? Bevor sie einschlief, dachte Irilani daran, dass sie den Jungen vom Bärenclan noch fragen musste, ob mittlerweile vielleicht Nachricht von Tomaru eingetroffen war. Wie immer vor dem Einschlafen nahm sie Tomarus Anhänger in die Hand, rieb und streichelte ihn zärtlich und hoffte, dass Tomaru endlich zu ihr zurückkehren würde.

Die Zahmwölfe

Tomaru war mittlerweile auf dem Rückweg. Mit den Händlern hatte er noch einige erholsame Tage und Nächte mit vergorenen Getränken und Frauen verbracht. Aber es zog ihn zu seinen Clans und Irilani zurück. Anstatt mit den Händlern über den viel längeren Weg zurückzuwandern, den sie hergekommen waren, nahm Tomaru den direkteren Weg am Fluss Tanoro entlang, der vom Salzigen Südwasser direkt nach Norden führte. Er musste eigentlich nur immer dem sich nie bewegenden Ankerstern am Himmel folgen. So jedenfalls hatten ihm die erfahrenen Reisenden den Weg beschrieben. Und mit den Himmelszeichen kannte er sich selbst nun wirklich gut aus.

Das Salzige Südwasser war erstaunlich gewesen. Es war tatsächlich salzig und Tomaru hatte einen Beutel mit dem Salz in der Tasche, das aus dem Wasser herausgetrocknet worden war und das bei den Clans ein extrem seltenes Gut war. In diesem salzigen Wasser fing man ganz andere Fische als im Fluss. Es gab hier scheußlich aussehende, riesig große, gepanzerte Wassertiere, deren weißes Fleisch aber zart war und gut schmeckte. Die Schalen dieser vielfüßigen Zappelviecher verfärbten sich rot, wenn man sie erhitzte. Die roten Schneckenhäuser wurden ebenfalls in diesem Salzwasser gefunden und er hatte eine Handvoll dieser begehrten Schmuckstücke für Irilani mitgenommen.

Bei den Feiern der Händler, die sich mit anderen Reisenden aus dem Osten in der Südstadt am Meer im Spätherbst trafen, hatte er die wildesten und unwahrscheinlichsten Geschichten über ferne Länder im Osten gehört und über ein Land, das weit im Süden hinter dem großen Salzigen Südwasser lag, wo auf den grünen Ebenen angeblich gefleckte Tiere mit so langen Hälsen lebten, dass sie von hohen Bäumen fraßen. Und von Menschen hatten sie erzählt, deren Haut von der Sonne schwarz verbrannt war.

Tomaru hielt ja vieles für möglich, aber das mit den schwarzen Menschen glaubte er einfach nicht. Das war bestimmt einer der übelsten Händlerwitze, die sie jedem Neuling bei ihrem Feiern auftischten und sich dann heimlich über seine Leichtgläubigkeit schieflachten. Wenn Irilani nicht gewesen wäre, er hätte sich den Händlern aus dem Osten angeschlossen und herauszufinden versucht, was es mit diesen Geschichten auf sich hatte. Er entsagte seinem Drang nach Wissen nur schweren Herzens, aber jetzt war vorerst Schluss mit weiteren Wanderungen. Erst musste er unbedingt Irilani wiedersehen. Später konnte er sich immer noch auf eine neue und vor allem gut geplante Reise begeben und seiner Neugier Befriedigung verschaffen.

Er hielt sich die meiste Zeit seiner Rückreise in der Nähe des Flusses auf, der breit und wasserreich gen Süden floss. Mit dem Speer oder der Angel war es hier am einfachsten, an ausreichend Nahrung zu kommen. Ein kleines Feuer ließ sich ohne Schwierigkeiten aus dem trockenen Schwemmholz entzünden, das über der Hochwasserlinie auf dem Ufer lag. Über Nacht legte er einige dickere Baumstücke ins Feuer, das so bestückt sicher bis zum Morgen brannte, um sich unerwünschte vierbeinige Besucher vom Leib zu halten, die seinen Schlaf gefährlich stören konnten.
Nach zwanzig Wandertagen, knickte der Tanoro-Fluss plötzlich nach Sonnenaufgang ab, doch von Norden her mündete ein kleinerer Fluss in das Flussknie. Wie die Händler ihm versichert hatten, würde dieser Fluss ihn weiter nordwärts führen. Die Quelle des Flusses war einige Tagesmärsche vom Quellgebiet des Krummen-Knoten-Flusses entfernt und von dort aus war es nicht mehr weit bis zum Shirolan-Kreis. Im Mündungsdreieck dieses Tanoro-

Nebenflusses mit dem Hauptfluss, der von Osten her herangerauscht kam, traf Tomaru endlich einmal wieder auf eine Clansiedlung und er beschloss, dort eine mehrtägige Rast einzulegen, falls er dort willkommen war.

Tomaru näher sich vorsichtig der Palisadenschutzwand und wollte schon freudig die Siedlung betreten, als ihn direkt am Eingang Tiere anbellten, die wie die wilden Rudelwölfe aussahen. Diesen Tieren musste man aus dem Weg gehen, denn sie konnten sehr gefährlich werden, wenn sie nicht genügend Aas fanden und versuchten, ein Tier oder einen Menschen aufzustöbern, um die Beute gemeinsam zu jagen und niederzubeißen. Diese Biester machten einen Höllenlärm. Sie knurrten, geiferten und zerrten an den Riemen, mit denen sie festgebunden waren. Tomaru wartete schwer beeindruckt, bis eines der Clanmitglieder auf ihn aufmerksam wurde und herbeikam, um ihn nach seinem Begehr zu fragen.

Tomaru nannte seinen Namen und Clan und erklärte, dass er auf der Reise nach Norden zu seinem Heimatclan wäre und gerne ein paar Tage ausruhen wollte, bevor er seine Wanderung fortsetzte. Der Clanmann stellte sich seinerseits als Bahuto vor, griff nach den geflochtenen Lederleinen der Tiere, die er als Hunde bezeichnete und zog sie soweit aus dem Eingangsbereich, dass Tomaru ungefährdet eintreten konnte. Tomaru fragte sich, wie sie diese wilden Bestien gezähmt hatten und welchen Zweck, außer der Bewachung des Einganges, sie noch hätten, denn schließlich musste man sie ja durchfüttern. Bahuto erklärte es ihm abends am Lagerfeuer:

„Vor einigen Generationen haben unsere Jäger Jungtiere gefunden. Sie beschlossen, sie selbst großzuziehen. Die Kinder haben mit den Tieren gespielt und es hat sich gezeigt, dass man sie abrichten kann, um zum Beispiel gejagtes Kleinwild zu suchen und es nach einem Abschuss zum Jäger zurückzubringen. Sie sind bei den Jagden auf die Pferde besonders nützlich, wenn eine ganze Herde über einen Felshang getrieben werden muss oder wenn man die Tiere in die Fangkessel treibt. Die Hunde verängstigten die Pferde dermaßen, dass es keine Schwierigkeit ist, die in Panik versetzten Tiere in die richtige Richtung zu lenken. Es lohnt sich schon, sie das ganze Jahr über mit Knochen- und Fleischresten durchzufüttern, die wir sonst doch nur vergraben müssten."

Tomaru fand, dass man das zu Hause auch einmal ausprobieren müsste und beobachtete während seines Aufenthaltes wie man diese Tiere behandeln musste, bis sie sich so verhielten, wie der Jäger es wollte. Die Hunde waren am Ende schuld daran, dass er sehr viel länger blieb, als er es sich vorgenommen hatte.

Zunächst nahm er freudig die Gastfreundschaft des Clans an und bezog das Gastlager in einer der Hütten. Er unterhielt sich am abendlichen Feuer mit den älteren Clanmitgliedern ausführlich über die Jagd und das Fallenstellen. Als man auf die Pferdetreibjagd zu sprechen kam, erzählte der älteste Sohn Bahutos, dass sie zum nächsten Vollmond die Pferdeherden erwarteten, die regelmäßig ihre Weiderunden um die örtlichen Hügelregionen zogen. Sobald die Kundschafter meldeten, dass die Herde sich im passenden Bereich bewegte, würde man sich mit den Hunden auf die Treibjagd begeben. In der näheren Umgebung lagen mehrere Steilhänge und über einen von ihnen wollte man wieder einmal eine ganze Herde in den Tod schicken, um sich ausgiebig mit neuen Fellen und Nahrung zu versorgen.

Tomaru fragte sich immer noch wie diese Hunde wohl dabei besonders hilfreich sein sollten, doch

Bahuto erklärte ihm, dass die Tiere so abgerichtet waren, dass sie wie die Wölfe die Pferde erst weitläufig einkreisten und die Pferde der Gefahr instinktiv nach vorne ausweichen würden. Die Zahmwölfe sahen noch weitgehend wie die wilden Wölfe aus und rochen wohl auch so und die Pferde gingen durch, wenn sie fast eingekreist waren. Die Treiber hatten nur noch dafür zu sorgen, dass die Zahmwölfe ihren Kreis in die gewünschte Richtung zuzogen, damit die Pferde zum Steilhang getrieben wurden. In ihrer Panik würde die ganze Herde in vollem Galopp über die Kante stürzen und der Clan brauchte unten den verletzten Tieren nur noch den Gnadenstoß zu geben. Die Hunde ersparten den menschlichen Jagdtreibern ungeheuer viel Herumrennerei und waren auch deutlich erfolgreicher in der Erzeugung panikartigen Fluchtverhaltens als der Mensch mit viel Geschrei und Herumgefuchtel.

Viele Jäger hatten sich auch angewöhnt, die Hunde mit auf die Jagd mit Pfeil und Bogen zu nehmen, da man sie dazu abgerichtet hatte, angeschossene Vögel und kleine Felltiere zu verfolgen, was das Auffinden der verletzten Tiere im dichten Gebüsch deutlich vereinfachte. Zur Not konnte man die zahmen Wölfe auch auf wilde Tiere hetzen, die einem überraschend über den Weg liefen und sein eigenes Heil in der Flucht suchen, solange der Hund das Biest beschäftigte. Manchmal bekam der Jäger sogar noch die Gelegenheit, das wilde Tier zu erlegen.

Tomaru hörte höchst interessiert zu. Die Treibjagd auf Pferde war immer eine Glückssache gewesen und man braucht eine ganze Menge Leute, um eine Herde einzukreisen und in die richtige Richtung zu lenken. Oft genug hatten die Pferde nicht genügend Respekt vor den Treibern und entkamen. Und einen zähnefletschenden Begleiter zu haben, wenn man alleine unterwegs war, der zur Verteidigung oder gar zum Angriff fähig war, war auch nicht zu verachten. Er dachte an den langen Weg, den er hinter sich und an den ebenso langen, den er noch vor sich hatte.

Bahuto bemerkte, wie Tomaru tiefgründig ins Feuer starrte und vor sich hin überlegte. In diesem Frühjahr waren besonders viele Hundewelpen geboren worden und der Clan hatte sich schon überlegt, welche von ihnen sie behalten und durchfüttern würden. Ihm widerstrebte es immer, die Überzähligen oder die, die sich als zu harmlos herausstellten, umzubringen. Deshalb bot er Tomaru an, sich doch mit seinem ältesten Sohn zusammenzutun, der dafür zuständig war, die jungen Zahmwölfe nach der Entwöhnung zu füttern und ihnen die Befehle beizubringen, die man für die Jagd brauchte. Wenn er es schaffte, sich selbst einen Zahmwolf heranzuziehen, der ihm auf das Wort gehorchte, könne er ihn mitnehmen. Tomaru war begeistert und doch seufzte er. Wenn er sich darauf einließ, würde es wieder drei, vier Monde länger dauern, bis er zu Irilani zurückkehren konnte. Aber er dachte auch daran, dass die Hügel nördlich von diesem Clan bald eingeschneit waren und sein einsamer Weg nach Hause dann recht gefährlich sein konnte.

Er gab seinen vernunftbedingten Gründen nach und schob seine herzzerreißende Sehnsucht mühsam beiseite. Sie reichten sich die Hände und Bahuto nickte zufrieden. Dieser hatte nämlich auch noch etwas anderes im Sinn; er hatte einige junge Frauen im Clan, die sich nach einem Partner umsahen. Aber die Clansiedlung lag wie ein Außenposten gelegen recht weit entfernt von den anderen Clangruppen. Die Gelegenheiten für die jungen Frauen waren mehr als selten. Er hoffte, dass dieser kräftige, gutausse- hende junge Mann ein gefundenes Fressen für seine Mädchen und Frauen wäre und eine ihn vielleicht sogar dauerhaft fesseln könnte. Frisches Blut hatte noch keinem Clan geschadet und es war dringend notwendig, erwachsene Jäger in den Clan zu bekommen, der im letzten Jahr gute Männer durch Unfall und Krankheit verloren hatte.

Das reichliche Essen und die entspannende Wärme des großen Feuers hatten Tomaru schläfrig gemacht; er verabschiedete sich ehrerbietig und höflich und warf sich auf sein Lager. Ab und zu hörte er im Halbschlaf einen der Hunde merkwürdige Schnauf- und Knurrgeräusche von sich geben, doch sie weckten ihn nicht aus seinen Träumen von Irilani.

Winter am Shirolankreis

Am Sonnenkreis war der Winter eingezogen. Praktisch über Nacht waren die Temperaturen gefallen und der Boden hart gefroren. Die Ehrwürdigen Eingeweihten hatten den Winterbeginn schon vor Tagen ausgerufen, als Shirolan seinen tiefsten Jahrespunkt erreicht hatte Alle waren benachrichtigt worden, ihre zusätzliche Winterausrüstung bereit zu halten und für genügend Feuerholz in ihren Hütten zu sorgen. Eigentlich hatte jeder vernünftige Mensch diese Dinge immer in ausreichender Menge zur Hand oder als Vorrat bereit liegen. Aber es gab ja immer welche, die nicht so aufmerksam waren. Der Winter auf den Höhen des Kreises war deutlich kühler und windiger, als in den Niederungen des Großen Flusses.

Im Winter gab es aber auch nicht viele Gründe, sich länger in der Kälte draußen herumzutreiben. Das Leben und Arbeiten fand dann in den Hütten statt, in denen es warm genug war, wenn die Lederabdeckung dick war und dichtgehalten wurde, die Feuergruben Wärme spendeten, die Glühsteine und Schieferfußböden die Hitze speicherten und langsam wieder abgaben. Man rückte im Winter näher zusammen und auch Irilani war aus ihrer Schülerhütte in die kleine Wohnhütte des Ijatiba-Kahu gewechselt, die als eine Art Anbau neben seiner Heilerhütte errichtet war.

Irilani hatte sich schon vor Wochen in ihrer spärlichen Freizeit daran gemacht, aus vielen Kleintierfellen ein bodenlanges Hemd zusammenzunähen, dessen Fellseite wunderbar wärmte. Dazu trug sie im Winter lange Beinlinge und Pelzstiefel, die mit Fell gefüttert waren. Darüber zog sie ihr übliches langärmeliges Hirschlederhemd. Wenn sie länger nach draußen musste, streifte sie noch ihren langen Fellmantel mit Kapuze über. In mehrere Schichten Kleidung verpackt, überstand man auch eisig kalte Tage. So geschützt sah man zwar recht unförmig aus und der Fellmantel war auch ein bisschen steif, aber das machte nichts. Wichtig war, dass er winddicht war und warmhielt.

Irilani und der Kahu hatten sich warm eingemummelt und erledigten zusammen den täglichen Rundgang durch die Hütten, um alle Bewohner kurz zu sprechen und danach zu fragen, ob es allen gut ginge oder ob jemand krank wurde. So ergab sich immer eine Gelegenheit zu langen Gesprächen. Manchmal konnten sie den Alten zuhören, wenn sie die Überlieferungen von hunderten Clangenerationen an die Jüngeren weitergaben. Während die anderen damit beschäftigt waren, mit dem übers Jahr gesammelten und gelagerten Materialien alles Mögliche zu reparieren oder neu herzustellen, das man im nächsten Frühjahr und Sommer brauchen würde, hörte man gerne den Geschichten zu.

Die Bruchstellen an kleinen und großen Körben mussten ausgebessert werden, die Nachwuchsjäger schnitzten aus den Abwurfstangen der Hirsche neue Speerspitzen und sägten Harpunen. Aus Pflanzenfasern, Leder, Rindenbast und Tiersehen wurden Schnüre und Seile gezwirbelt, gedreht und geflochten. Einer der Jäger hatte sich im Sommer von den Händlern aus dem Süden einen Eibenholzbogen eingetauscht. Die Sehne des Bogens aus einer Mischung von Pferdeschwanzhaaren und Tiersehen lag schon fertig vorbereitet da und würde eine ganz hervorragende Zugkraft entwickeln. Andere waren damit beschäftigt, Feuersteinklingen verschiedener Größen und verschiedene kleinere Abschläge in die unterschiedlichsten Werkzeuge einzupassen und mit Birkenpech zu verkleben.

Das schwarze Birkenpech stellte der Kahu regelmäßig immer wieder in besonders dafür hergerichteten, weit abseits der Hütten eingerichteten Erdöfen her. Die geraspelten Birkenrindenstückchen dazu zu bewegen, ihre Inhaltsstoffe bei einer bestimmten Temperatur freizugeben, war ein Geheimnis, das nur den Männern vermittelt wurde. Denn dabei entstanden giftige Dämpfe, die Auswirkungen auf die Gesundheit hatten und die Kahus wollen vermeiden, dass sich Frauen oder Kinder damit versehentlich vergifteten. Für die Herstellung benötigte man zwei gleichgroße Weidenkörbe, die man auf der Innenseite gründlich und gleichmäßig mit einer feuchten Mischung aus dem Ton, Lehm und Sand der Gegend bedeckte und dann ein paar Tage gut austrocknen ließ.

Dann hob man eine gerade so passende Grube aus, versenkte den Schlammkorb darin und stellte in den Boden des Lehmkorbes eine passend große Holzschale. Ein festes Lederstück mit einem drei Finger breiten Loch genau in der Mitte wurde über das Lehmgefäß gezogen und man dichtete alles bis zum Rand mit Erde ab. Das zweite, gleich große Lehmweidengefäß füllte man dicht gepackt mit Birkenstückchen, überspannte die Öffnung mit einem Gitter aus kleinen Ästen, damit die Holzstückchen nicht gleich herausfielen, wenn man den Topf kopfüber auf den anderen kippte, der schon in der Erde stak. Um alles luftdicht abzuschließen, überdeckten die Teerkocher die Verbindungsstellen mit dichten feuchten Lehmpackungen. Über dem Lehmkorb entfachte man ein starkes Feuer und ließ es eine bestimmte Zeit brennen. Mit der Erfahrung vieler vergeblicher Versuche und den Überlieferungen der Vorfahren hielt man die Hitze und Brennzeit ausreichend lange aufrecht.

Nachdem das Feuer niedergebrannt und ausgekühlt war, trennten die Birkenpechkocher die beiden Lehmkörbe voneinander. Wenn das Verfahren erfolgreich war, und das war es nicht wirklich immer, hatte sich in der Holzschale das begehrte Birkenpech gesammelt. Abgekühlt und zu handlichen Klumpen geformt, konnte man es gut aufbewahren und in kleineren Mengen für den Gebrauch wieder aufwärmen.

Höchste Kenntnisse und Aufmerksamkeit verlangte auch die Herstellung der Pfeile. Die Schwierigkeiten fingen schon damit an, dass der Pfeilschaft gerade und sehr glatt sein musste, wenn er geradeaus fliegen und sein Ziel auch treffen sollte. Für diesen Zweck benutzte man ein Paar flache Sandsteine, zwischen denen der Pfeilschaft rund und glatt gerieben wurde. In das vordere Pfeilende wurde ein Schlitz geschnitten, in die kleinere oder größere Feuersteinspitzen eingesetzt und eingeklebt wurde, je nachdem, auf welches Wild man es abgesehen hatte. Die Verbindungsstelle umwickelte man mit Bast, solange das Birkenpech noch nicht ganz fest war. So erhielt man eine stabile Pfeilspitze. Das hintere Ende des Pfeilschaftes wurde ebenfalls eingekerbt, damit der Pfeil gut auf der Sehne saß und nicht abrutschen konnte. Viel Fingerspitzengefühl erforderte das Anbringen der Federn, die den Pfeil auf der Flugbahn halten und tragen mussten.

Zunächst wurde das Pfeilende etwa handbreit mit Birkenpech bestrichen. Dann suchte man sich schöne große Federn aus den Vorratskörben, die man vorsichtig genau am Federkiel entlang teilte und zwar möglichst so, dass die fein verzahnten Federrippen nicht auseinandergerissen wurden. Dann wurden die Federhälften passend auf Länge und Breite gestutzt. Nun wärmte man das Birkenpech am Pfeil kurz wieder auf und klebte drei zugeschnittene Federn in gleichmäßigem Abstand längs auf den Birkenpechstreifen. Um die Federn dauerhaft zu befestigen, wickelte man vorsichtig, aber fest und gleichmäßig quer durch die Federn dünne Schnüre. Wenn man Zeit hatte, gab man sich viel Mühe und befestigte alles in ganz engen Wicklungen. Musste man einen alten Pfeil reparieren, taten es auch deutlich weniger.

Auf Speerenden wurden Knochenspitzen eingepasst oder Harpunenspitzen eingesetzt, die aber meist nur eingesteckt und mit einer längeren Schnur versehen waren, die dazu diente, zum Beispiel einen Fisch auch dann noch aus dem Wasser zu ziehen, wenn der mit der Harpunenspitze davon zischte. Harpunenspitzen schnitzen machte sehr viel Arbeit und die Spitzen wollte man, möglichst samt prächtigem Fisch, auch wieder zurückbekommen.

Eine viel genutzte Jagdkonstruktion war auch die Speerschleuder. Die bestand aus einem etwa ellenlangen kräftigen Holzstück, das an einem Ende eine Art spitzzulaufenden Haken besaß. In diesen Haken setzte man den Speer und hielt beides zusammen fest, bis man mit einer ausholenden Armbewegung den Speer vom Haken zischen ließ. Durch die Verlängerung des Armes über die Schleuder bekam der Speer soviel mehr Kraft und Geschwindigkeit, dass er mühelos auch größere Tiere wie Pferde und Rinder tödlich traf.
Eine ganze Menge Zeit verbrachten die Männer im Winter damit, die Speerschleudern zu verzieren und ihre Giringha-Zeichen oder auch Abbildungen von Tieren und Fantasiewesen hineinzuschnitzen, während sie sich immer wieder die Jagdabenteuer der vergangenen Jahre erzählten.

Der Steinmetz-Kahu hatte im Winter ebenfalls viel zu tun. Hinter einer senkrecht aufgestellten, halbhohen Matte richtete er Feuersteinknollen zu. Unter Zuhilfenahme von größeren Arbeitssteinen und Geweihspitzen erzeugte er mit gezielten Schlägen Rohlinge für die Bestückung von Pfeilen und Speeren, die in die jeweiligen Werkzeuge und Waffen eingepasst wurden. Die aufgestellte Matte war ein Schutz für alle anderen Hüttenbewohner, denn die scharfen Absprengsel flogen mitunter sehr weit und konnten zu Schnittwunden führen. Die abgeschlagenen Rohlinge für anspruchsvollere Werkzeuge wurden teilweise an den Kanten mit einem Geweihstück bearbeitet und so feine Bruchstücke abgeknipst, dass Messerschneiden entstanden, die ohne Mühe durch Fell und Fleisch hindurch glitten. Die Klingen wurden dann mit Birkenpech in handlich vorbereitete Holzstücke eingesetzt und geklebt, damit man sich bei der Anwendung nicht die Handflächen verletzte. Über den Winter hinweg entstanden körbeweise die Standardfeuersteinklingen und -schaber, die für die tägliche Arbeit beim Gerben, Kochen, Jagen und Pflanzensammeln genutzt wurden und die man einfach wegwarf, wenn sie unbrauchbar wurden.

In der dunklen Jahreszeit nahm man sich auch die Zeremonialspeere und -dolche regelmäßig vor und schmückte sie neu mit Streifen von besonders schönen Tierfellen, mit Federbüscheln oder verzierte sie mit Schnitzereien, die den Clan-Giringhas entsprachen.

Aus dem abgelagerten Holz wurden Becher, Schalen, Löffel und Eimer geschnitzt, aus den abgeschälten Baumrinden stapelweise kleinere und größere Behälter hergestellt und aus den weichen fettigen Steinen, die die Handelsreisenden gegen die weißen Winterfelle getauscht hatten, entstanden Schalen für Fettlampen. Einige schnitzten und schmirgelten aus den Steinen auch ihre Clanzeichen, die in den Akudari-Nischen ihren Platz fanden oder als Anhänger oder Ohrstecker getragen wurden. Manche Clans stachen den Kindern bei der ersten Giringha-Zeremonie die Ohrläppchen und in die Löcher wurden abgerundete kleine, später auch größere Schmuckstücke aus geschnitztem Geweih oder Knochen eingesetzt. Manche Clans trugen auch ein Schmuckstück quer durch die Nasenwand.

Im Winter hauptsächlich wurden auch die Federmäntel hergestellt, die die Ehrwürdigen Eingeweihten während der Zeremonien trugen.

Es gab den Winter über wirklich genug zu tun, um das man sich im Sommer nicht kümmern musste, konnte oder wollte. Man erzählte sich seine guten und schlechten Erlebnisse und die Alten die überlieferten Legenden. Die Frauen tuschelten endlos untereinander über die Männer des eigenen oder fremder Clans, die sie von den Festen her kannten und spekulierten darüber, wer mit wem demnächst eine Hüttenbeziehung beginnen wollte, wer ein Kind erwartete und hechelten im großen und ganzen sämtliche Menschen durch, die sie kannten.

Alte Legenden

In der Hütte der Knochenschnitzer war einer der Krankheitsfälle zu kontrollieren und der Ijatiba-Kahu und Irilani besprachen leise den Fortgang des Heilungsprozesses. Der Junge war gestürzt und hatte sich eine Beule am Kopf zugezogen, woraufhin der Ijatiba ihm absolute Lagerruhe verordnet hatte. Die Beule war mittlerweile fast ganz abgebaut und ihr ehemaliges Vorhandensein zeigte sich nur noch in grüngelb unterlaufenen Hautstellen. Da gerade zufällig die Teile eines gut gerupften Schneehuhns auf den Grillstangen über der Glut der Feuergrube staken und bald ihr knuspriges Verzehrstadium erreichen würden, blieben Irilani und der Ijatiba-Kahu sitzen und hörten der Naona des Jungen zu, die diesem die Zeit der Genesung mit Geschichtenerzählen verkürzte.

Es gab sehr viele lustige Überlieferungen, die man immer wieder gerne hörte. Wilde und unglaubhafte Jagdgeschichten aus der Vergangenheit, in der angeblich riesenhafte Herdentiere mit langen Fellen und riesigen, gebogenen Stoßzähnen über die Berge und durch die Täler gezogen waren und über andere große schwere Tiere mit Hörnern auf ihren Nasen, die die Ahnen angeblich zur Strecke gebracht haben wollten.

Im Umkreis gab es ein paar Höhlen, auf deren Wänden und Decken begabte Clanmenschen der Vergangenheit mit Holzkohle und Steinfarben die Tiere aufgemalt hatten. Immer, wenn die Jäger dort vorbeikamen und über Nacht ihr Lager aufschlugen, waren sie hingerissen von den Darstellungen, die im Feuerschein so lebensecht in Bewegung schienen und sie überlegten, wohin diese gewaltigen Tiere seit damals wohl verschwunden sein mochten. Die Naona erzählte auch von den alten Tagen, dass es viel kälter gewesen sei als heutzutage und dass fast das ganze Jahr über Schnee und Eis geherrscht hätten, weshalb man die meiste Zeit viel weiter im Süden gelebt hatte und nur zu Jagdzügen in den Norden aufgebrochen war. Sie erzählte die Legenden über die Akudari und Göttersterne, die am Himmel wohnten und wanderten und kam dann auf die Überlieferungen, die sich mit den Drachenzackenbergen und ihrer Entstehung beschäftigten. Irilani hatte diese Geschichten als Kind schon oft gehört, doch als zukünftige Ijatiba wollte sie doch noch einmal aufmerksam zuhören und sich Gedanken darüber machen, ob und welche wahren Kerne vielleicht in diesen Geschichten aus fernen Zeiten enthalten sein könnten.

Die Naona bat um einen Becher Brühe mit zerstoßenen Fleischstückchen, die in der Kochgrube warmgehalten wurde. Irilani füllte ihr eine Schale und setzte sich dann wieder an die wärmende Feuergrube, sah dem Vogel beim knusprig werden zu und bat die alte Naona darum, doch weiterzuerzählen.

Die alte Dame begann damit, dass die Merólia-Karánga-Berge zu Zeiten entstanden waren, bevor die allerersten Ahnen der Clans in dieses Gebiet eingewandert waren und dass sie hier überraschenderweise andere Clans angetroffen hatten, die die überaus kalten Zeiten, die die Göttersterne immer wieder über das Land legten, an Ort und Stelle überlebt hatten. Zunächst war die Verständigung mit ihnen mühsam gewesen, doch dann erzählten sie eine Geschichte, die wegen ihrer Unglaublichkeit für immer im Clangedächtnis behalten worden war.

Angeblich sollten die Drachenzackenberge die Münder eines vielköpfigen Ungeheuers der Tiefen sein, das dort unten in einer riesigen Kammer voller Feuer und Glut wohnte und sich immer dann erhob, wenn es hungrig oder zornig war, da und dort die Erde durchstieß und die ganze Umgebung mit seinem Glutatem zerstörte. Vor ewig lang vergangenen Zeiten soll es glühende Steine in den Himmel gespieen und rot-heiße Flüsse ausgeblutet haben, die später zu den schwarzen Steinsäulen erstarrt waren, die an vielen Stellen aus dem Boden ragten.

Irilani dachte darüber nach, an wie vielen Drachenzacken im näheren Umkreis sich das Sonnenzentrum ausrichtete und dass das wohl ziemlich viele Feuerlöcher gewesen sein mussten. Am Sonnenzentrum war durch die Clanläufer bekannt, dass es in Richtung Sonnenuntergang eine weitere Landschaft mit unzähligen solcher Berge gab, die wie hier in der Gegend auch, stellenweise mit Wasser gefüllt waren. Und auf dem Ostufer des Großen Flusses, etwas weiter nördlich von der Mohnclansiedlung, zierte ebenfalls eine Reihe Drachenzacken den Flusslauf. Sie überlegte, ob es eines oder mehrere dieser Ungeheuer gab und ob und wann sie wieder erwachen würden.

Mit zitternden Händen hob die Naona ihre Suppenschale, schlürfte und sabberte ein bisschen Brühe durch ihre restlichen Zähne und fuhr dann fort.

Die alten Clans hatten den Neuen berichtet, dass der Zorn des Ungeheuers sich durch immer stärkere Bewegungen und durch rollende Donner in der Erde ankündigte und die alten Clans ihren Jagdtieren folgen mussten, als diese die Gegend angstvoll verlassen hatten. Deshalb empfahl die Überlieferung auch, dass man schleunigst das Weite suchen sollte, wenn sich das Ungeheuer ganz stark bewegte und sich sein Zorn ankündigte.

Bestürzt dachte Irilani an die Bemerkungen ihres Kahus, der sie damals zu Hause unterrichtet hatte, als die starken Erdstöße aufgetreten waren und sie mächtig erschrocken gewesen war. Wie sie sich erinnerte, hatte er davon geredet, dass es doch recht beängstigend sei, dass dieses Grollen und Rucken des Untergrundes viel häufiger auftrat als früher. Sie wollte sich wappnen und gewarnt sein, wenn das Ungeheuer sich wieder regte.

Die Naona schloss ihre Erzählung mit der trockenen Bemerkung, dass der Vogel jetzt gar genug sein müsste und forderte die Gäste auf, sich doch bitte zu bedienen. Darauf hatten Irilani und der Kahu gewartet.

Irilani nahm die Vogelteile von den Grillstangen und zerteilte sie mit einer Feuersteinklinge in mundgerechte Stücke. Aus ihrem Gürtelbeutel nahm sie einige der salzigen Körner, die sie bei den Händlern im Sommer gegen Heilmittel eingetauscht hatte und streute sie über die Fleischstücke.

Dem kranken Knaben brachte sie die leicht verdaulichen Bruststücke ans Lager und der Naona zerklopfte sie einige Fleischstückchen mit einem runden Stein, bis sie so faserig zerteilt waren, dass die alte Frau es nicht mehr kauen musste. Der Ijatiba-Kahu und Irilani teilten sich Flügel und Schenkel und genossen unter viel Geknabber und Geknusper das würzige Geflügel. Nachdem beide ihrer Gastgeberin ausführlich und ehrerbietig für das Mahl und die interessante Unterhaltung gedankt hatten, brachen sie auf, um ihren Rundgang abzuschließen und zu ihrer Hütte zurückzukehren.

In der Ijatiba-Hütte war im Winter nicht allzu viel zu tun. Die gesammelten Pflanzen und Kräuter waren längst verarbeitet und in allen möglichen Behältnissen verstaut. Nur wenn jemand krank wurde, mussten Mischungen bereitet und Tränke hergestellt werden. Somit hatte Irilani Zeit, sich vom Ijatiba-Kahu alle überlieferten Krankheitssymptome und ihre Behandlungsmöglichkeiten und Heilmittelrezepte beibringen zu lassen, die sie in endlosen Wiederholungen und Reimen auswendig lernte, bis sie sie im Schlaf hätte aufsagen können. Außerdem übte sie auf großen glatten Schieferstücken die Ijatiba-Zeichen, mit denen die verschiedenen Pflanzen und Heilmittel in ihren Behältern gekennzeichnet wurden.

Hin und wieder wurde ihr das aber auch zu langweilig und sie ritzte Szenen von den Sonnenkreisfeiern in den Schiefer, die die tanzenden Teilnehmer zeigten. Dabei kam ihr in den Sinn, dass sie später ihren eigenen schiefernen Hüttenboden vielleicht einmal mit einem flächendeckenden Ritzmuster verzieren könnte. Geistesabwesend malte sie die Mohn- und Bärenclansymbole auf die blauschwarzen Schieferplatten und erwischte sich dabei, schon wieder an Tomaru zu denken. Er war schon so lange weg und niemand hatte mehr von ihm etwas gehört oder gesehen. Mit dem Kopf glaubte sie nicht mehr daran, dass sie ihn wiedersehen würde. Sie machte sich ernsthaft Gedanken darüber, wie ihr Leben weitergehen sollte, wenn sie in ein paar Monden ihre Prüfung bestehen würde und sich entscheiden musste, ob sie am Sonnenzentrum bleiben oder die Aufgabe eines Clan-Ijatiba übernehmen wollte. Auf jeden Fall musste sie sich klar darüber werden, ob sie Kinder bekommen wollte, mit welchen Mann und wo sie einen passenden finden konnte, falls Tomaru bis zum Sommer nicht zurückkam.

Irilani gähnte ausgiebig und beschloss, das Thema bis zum Sommeranfang zu vertagen und sich auf dem Clantreffen zum Fest ausgiebig umzusehen. Ihre flehentlichen Wunschgedanken, die sie an die Akudari richtete, drehten sich darum, Tomaru vorher zu ihr zurückzuschicken, damit ihr die Qual der Wahl und die Entscheidung erspart blieben.

Tomaru beim Wolfsclan

Es war schon spät, als Tomaru sich mühsam den Schlaf aus den Augen rieb und sich aus den Felldecken schälte. Erschrocken fuhr er hoch, als er auf Augenhöhe in das Gesicht eines Hundes guckte, der ihn wie ihm schien, mit einem hungrigen Grinsen und seitlich aus dem Maul hängender Zunge anhechelte. Doch dann sah er, dass dieser Zahmwolf einen breiten Lederriemen um den Hals trug, an dem eine starke, mehrfach geflochtene Lederschnur angeknotet war, die in der Hand eines hübschen Mädchens endete. Fragend runzelte Tomaru die Stirn und hob die Augenbrauen. Und schon antwortete die Schönheit, ohne auch nur einmal Luft zuholen:

„Ich bin die Tochter von Bohatu und heiße Eletana. Ich soll dir den Zahmwolf, den du bekommen sollst, vorstellen. Er ist noch ein ganz junges Tier, aber es kann schon Dinge auf Befehl suchen und zurückbringen und ganz vernünftig an der Leine bei Fuß gehen."

Dabei ließ sie offensichtlich interessiert ihre Augen über Tomarus nackte Brust wandern.

Tomaru fand das Mädchen sehr anziehend. Sie hatte wundervoll glatte, glänzend schwarze Haare, trug ein mehrfach geflochtenes Lederband um die Stirn, in das sie rundherum weiße Daunenfedern gesteckt hatte. Unter ihrem hirschledernen Hemd zeichneten sich junge feste Brüste und schön geschwungene Hüften ab, deren Kurven das Auge gerne folgte. Eigentlich fand Tomaru die Unterhaltung wirklich nett und aufschlussreich, aber er musste dringend zur Notdurftstelle und sein Alikio wippte morgendlich gestrafft unter seinem Lendenschutz. In Anwesenheit einer fremden jungen Dame wollte er so nicht aus den Fellen steigen. Endlich bemerkte Eletana seine Verlegenheit, trollte sich mit dem jungen Zahmwolf nach draußen und nahm Tomaru im Hinausgehen das Versprechen ab, sich zum Mittagsmahl in der Hütte ihres Vaters einzufinden.

Tomaru legte sich schnell ein warmes Fell über, kaum dass sie die Hütte verlassen hatte und eilte, um seine Verrichtung zu erledigen und sich am Bachlauf zu reinigen, der auch hier in Steine gefasst war und ein kleines Becken mit Ablauf hatte. Das Wasser war eisig kalt und Tomaru schwor sich, beim nächsten Mal einen Eimer mit erhitzen Wasser mitzunehmen, um sich dann richtig zu waschen und seine Zähne mal wieder mit einem Ästchen zu reinigen, dessen Fasern an einem Ende aufgespalten waren und mit denen man gut die Fleischreste herausbekam. Auf seiner langen Wanderung hatte er damit geschludert und jetzt hatte er Nachholbedarf.

Nach der kurzen Waschung zog er sich ordentlich an, kämmte grob mit den Fingern durch sein lang gewordenes Haar und band es mit der, von Wind und Wetter mürbe gewordenen und mehrfach zusammengeknoteten Lederschnur im Nacken zusammen. Auf dem Weg zu Bohatus Zelt beobachtete er wie die Siedlungsbewohner ihren täglichen Aufgaben nachgingen. Im Zentrum des Siedlungsplatzes arbeiteten Jäger an einen toten Rehbock, den sie in handliche Stücke zerteilten. Vor der Hundehütte stritten sich die Hunde um die Eingeweide. Bestimmt würden sie später auch noch die Knochen bekommen, die nicht für Schnitzereien oder Werkzeuge bestimmt waren. Eigentlich eine gute Verwendung für die Reste, die man sonst vor der Siedlung vergraben musste, damit die wilden Fleischfresser nicht angelockt wurden.

Als Tomaru die Eingangsfelle beiseiteschob und Bohatus Hütte betrat, empfing ihn eine warm strahlende Feuergrube. Er begrüßte Bohatu und seine versammelte Sippe, die aus einem älteren Paar, Bohatus

Frau, ihrer Schwester und fünf Kindern bestand, die nach Alter aufgereiht um das Feuer saßen. Bohatu stellte ihm noch einmal offiziell seinen ältesten Sohn vor, seine Töchter Eletana und Misoni, die Tomaru auf etwa achtzehn und sechzehn Sommer schätzte und Sohn und Tochter seiner Schwägerin, die den Fremden aus neugierigen Kinderaugen beobachteten. Bohatu machte eine befehlende Handbewegung und Eletana reichte Tomaru eine Platte mit gebratenem Fisch. Alle Familienmitglieder sahen geduldig zu wie ihr Gast das schmackhafte Mahl verschlang. Eletana reichte ihm ein großes Horn voll Wasser, das er durstig leer trank.

Bohatu berichtete Tomaru nun einiges über die Lage des Clans und seine männlichen Verluste in der Vergangenheit. Ein älterer Jäger war durch einen bösen Sturz und eine Schädelverletzung ums Leben gekommen und einer der jüngeren von der Bauchschmerzkrankheit zu den Akudari geschickt worden. Sein fast erwachsener Sohn hatte sich beim letzten Sommerfest in eine der Töchter des Schneehuhnclans in der weiteren Nachbarschaft verguckt und wollte seinen Clan im nächsten Frühling verlassen. Der Wolfsclan brauchte dringend männliche Verstärkung bei der Jagd und als Partner für die jungen Frauen. Bohatu schüttelte traurig den Kopf; wenn sich nicht kurzfristig Verstärkung fand und männlicher Nachwuchs in größerer Anzahl geboren wurde, musste er die Siedlung auflösen und seine Gruppe mit einem der Nachbarclans vereinen, um das weitere Überleben zu sichern. Bohatus Augen wiesen eindeutig auffordernd hinüber zu seinen Töchtern.

Tomaru musste innerlich lächeln. Das war ja wohl eines der offensichtlichsten Angebote, das ihm jemals angetragen worden war. Bohatu bat ihn ja fast flehentlich darum, hier zu bleiben und seine Töchter und wohlmöglich die anderen freien Frauen so lange zu beglücken, bis es sich abzeichnete, dass sie Kinder bekamen oder eine ihn so beeindrucken konnte, dass er auf Dauer blieb. Wenn er ehrlich zu sich selbst war, musste er sich eingestehen, dass er diesem Gedanken zumindest teilweise überhaupt nicht abgeneigt war.

Es war mittlerweile ziemlich kalt geworden und auf den weit entfernten Bergspitzen, die er von der Siedlung aus sehen konnte, lag schon seit längerem Schnee und Eis. Auf seiner Wanderung nach Norden musste er noch einige Höhenzüge überwinden, bis er in die Niederungen des Großen Flusses zurückkehren konnte. Bei reiflicher Überlegung war es eindeutig besser, hier bequem ohne Gefahr zu überwintern und sich erst im Frühjahr auf den Weg zu machen. Außerdem wollte er unbedingt einen Hund an sich binden und ausprobieren, inwieweit so ein Tier ein Jagdgehilfe sein konnte. Die sinkende Zahl der Ren- und Pferdeherden und der stärker verbreitete Birken- und Föhrenwald machten es nötig, mehr mit Pfeil und Bogen zu jagen. Da konnte er sich vorstellen, dass ein Hund im Gebüsch und Unterholz eines Wäldchens ein guter Gehilfe beim Auffinden angeschossener Vögel, Hasen und Rehe sein konnte.

Er seufzte innerlich. Irilani würde noch ein paar Monde länger warten müssen. Sie würde bestimmt auf ihn warten, auch wenn er länger fortbliebe, hoffte er. Er liebte sie ja auch, obwohl er schon so lange unterwegs war. Die Mädchen und Frauen hier würden ihn zwar verführen können, aber an seiner Liebe zu Irilani würde das absolut nichts ändern.

Als Bohatu mit einem Stock in der Feuergrube herumrührte und Wolken von Funken aufstoben, schreckte Tomaru aus seinen Überlegungen. Er nickte Bohatu zustimmend zu, der ihn gleichzeitig bittend und erwartungsvoll ins Gesicht blickte. Tomaru bot

Bohatu an, bis zur Frühlingswende Shirolans zu bleiben, bei der Jagd auszuhelfen und erbat sich als Gegenleistung ein Pärchen abgerichteter Hunde aus, die er zum Großen Fluss mitnehmen wollte. Das dankbare Nicken Bohatus und das erwartungsvolle Leuchten in den Augen der beiden Töchter waren Tomaru fast peinlich.

Bohatu bestimmte daraufhin, dass seine beiden Mädchen eines der leerstehenden Zelte zu bewirtschaften hatten und dass Tomaru dort als ihr Dauergast untergebracht werden sollte. Die beiden Mädchen liefen sofort los, um das seit längerem unbewohnte Zelt auszukehren, auszubessern, die Feuergrube zu füllen und die Lagerstätten mit Matten, Schlafsäcken und Felldecken zu bestücken. Bohatu teilte Tomaru mit, dass die Jägergruppe gleich losziehen würde, um am Nachmittag in der Umgebung einige Fallen aufzustellen. Dann würden sie versuchen, am Abend vielleicht einen Hirschen oder ein Rind zu erwischen.

Seinem Sohn erteilte er den Auftrag, Tomaru ab dem morgigen Tag in die Fütterung und Abrichtung der Hunde mit einzubeziehen und herauszufinden, welche der Zahmwölfe zu Tomaru passten. Bohatu nickte den beiden wohlwollend zu und wandte sich dann seinen alltäglichen Aufgaben zu. Hinomo forderte Tomaru auf, ihm zu folgen. Er zeigte Tomaru auf dem Weg zum Hundegehege die Hütte, die er beziehen sollte und tuschelte Tomaru verschwörerisch zu, dass seine Schwestern ja sehr eifrig bemüht wären, eine bequeme Unterkunft für ihn einzurichten. Tomaru lächelte und fragte sich, was ihn wohl in nächster Zeit in dieser Unterkunft erwartete.

Den ganzen Nachmittag verbrachte er damit, sich unter Anleitung von Hinomo mit den Hunden anzufreunden, die den wilden Wölfen doch sehr, sehr ähnlich sahen und ihm anfänglich großen Respekt einflößten. Bis zum Abend hatte er sich mit den Zahmwölfen so gut bekannt gemacht, dass sie ihn nicht mehr als Fremden betrachteten. Der eine oder andere näherte sich ihm schon zutraulich, um sich kraulen zu lassen. Hinomo war zufrieden.

Nach einem kurzen Abendessen machte sich der kleine Jägerhaufen des Clans auf den Weg in die Wäldchen. Zwischen Sträuchern bauten sie Schlingenfallen auf, die sie in ein paar Tagen absuchen würden. Dann schlichen sie vorsichtig tiefer in ein Waldstück hinein und duckten sich hinter Büschen und abgebrochenen Ästen in der Nähe eines Wildpfades, der an einem Bach entlang zu einem kleinen Teich führte. Hier hatten sie eine gute Möglichkeit, in der Dämmerung einen Hirsch oder eines der langhaarigen Rinder zu erwischen. Zwei der Jäger waren mit Speerschleudern und Speeren bewaffnet, die aber nur taugten, wenn man einigermaßen freies Feld vor sich hatte und man für größere Tiere die höhere Durchschlagskraft brauchte. Bohatu, Hinomo und Tomaru hatten Pfeil und Bogen vorgezogen, die sich im dichteren Gehölz besser handhaben ließen, falls man nah genug an das Wild herankam.

Plötzlich knisterte es ganz leise zwischen den Bäumen und auf dem Wildpfad tauchte eines der Horntiere auf, die normalerweise in großen Verbänden umherwanderten. Dieses hier war noch lange nicht ausgewachsen und musste wohl von der Herde getrennt worden sein. Tomaru bezweifelte, dass er mit einem Pfeil allein etwas ausrichten konnte, es sei denn, er traf das Tier in den Hals und erwischte es richtig. Ganz leise erhoben sich die Jäger und legten an. Das Horntier blieb beunruhigt stehen, sah und witterte die Jäger aber nicht, die ganz still in der abgehenden Windrichtung zwischen den Sträuchern standen.

Als die Speerschleuderer ausholten und ihre Speere losschickten, ließen Tomaru, Bohatu und Hinomo ihre Pfeile abfliegen; dann liefen alle los, um das Ergebnis von Nahem zu besichtigen. Das Horntier war noch einige Längen weit gelaufen und dann zusammengebrochen. Ein Speer hatte seinen Brustraum seitlich durchstochen, zwei Pfeile steckten in seinem Hals und aus seinen Nüstern fing das Blut zu tropfen an. Dieses Tier war so gut wie tot. Die Jäger stellten sich rund um das Rind herum auf und hoben die Handinnenflächen vor sich nach oben und neigten die Köpfe. Sie dankten den Akudari für die erfolgreiche Jagd und dem Geist des Horntieres, das vor ihren Füßen verblutete, dass es sein Leben in die Hände der Jäger gegeben hatte, um ihnen Nahrung zu spenden.

Bohatu als Ältestem kam die Aufgabe zu, dem Horntier mit einem großen Feuersteinmesser endgültig die Kehle durchzuschneiden. Einen Großteil des Blutes fing man in Lederbeuteln auf, trank sofort einen Teil und ließ den Rest später im niedergebrannten Feuer stocken. Danach machten sich die Jäger daran, das Rind auszuwaiden und das Fell abzuziehen. Herz und Leber legten die Jäger sorgfältig beiseite, sie würden noch in der gleichen Nacht ein kräftemehrendes Mahl abgeben. Mit erfahrenen, schnellen Schnitten in die Gelenke trennten die Jäger die Keulen und die großen Fleischteile mit Feuersteinklingen vom Körper des Rindes ab.

Aus einigen brauchbar starken Ästen und Lederriemen zurrten die Jäger eine Trage zusammen, mit der das schwere Fell und die Fleischstücke zur Siedlung transportiert werden sollten. Den Kopf legten sie obendrauf, denn das Hirn brauchte man später für die Fellgerbung. Über die Jagd und die Schlachtung war es dunkel geworden. Hinomo hatte ein recht großes Feuer entzündet, das die Aasfresser fernhalten würde und an dem sich die Jäger trocknen konnten, nachdem sie sich am Teich notdürftig von Blut-, Fett und Knochenresten befreit hatten.

Herz und Leber des Rindes schnitt man in mundgerechte Stücke, fädelte sie aufgereiht auf Ruten und steckte sie nah am Feuer so in den Boden, dass die Flammen es gerade so braten konnten. Nachdem die lecker gebräunten Innereien verzehrt waren, rollten sich die Jäger in ihre Felle und warteten auf den Morgen. Das Fleisch bis zur Siedlung zu bringen würde eine anstrengende, aber lohnende Aufgabe sein, denn die Menge würde einige Tage für den ganzen Clan reichen.

Als die Jäger am frühen Vormittag mit ihrer Last in die Siedlung zurückkehrten, warteten schon alle darauf, sich über die Teile des Horntieres herzumachen. Tomaru war als erfolgreicher Jäger an diesem Tage von weiteren Aufgaben befreit und machte sich auf den Weg zu seiner Hütte.

Die beiden Mädchen standen schon erwartungsvoll vor dem Eingang, Eletana mit einem großen Holzeimer mit heißem Wasser zu ihren Füßen, das noch von der Zugabe der Glühsteine dampfte und Misoni mit einer Holzsschale, die wohl mit Seifenkrautwurzellauge gefüllt war. Außerdem klemmte ein sauberer Lendenschutz und ein frisches Lederhemd unter ihrem Arm. Sie setzten sich in Richtung der Quellbecken in Bewegung und Tomaru folgte ihnen willig.

Wie in allen größeren und auf Dauer angelegten Clansiedlungen war auch hier der Bach in verschiedene Becken geleitet worden, die sich mittels Pfropfen aus Leder oder Steinschiebern füllen oder leeren ließen. Die beiden Mädchen hatten schon einige Vorbereitungen getroffen, Tomaru nach der Jagd wirklich sauber zu bekommen. Der Boden eines der großen Becken war mit einer Ansammlung von Glühsteinen bedeckt, die das Wasser auf brauchbare Temperatur gebracht hatten. Tomaru ließ sein verklebtes Hemd und den blutverschmierten Lendenschutz fallen und tauchte sofort in dem Becken unter, ohne sich um die vorwitzigen Blicke der Mädchen zu kümmern. Eletana ließ die letzten der Glühsteine vorsichtig um ihn herum ins Becken sinken und Misoni kippte ihm einen Teil der Wurzellauge über den Kopf. Unter viel Gekicher, Gerubbel und Gestrubbel wuschen sie Tomarus Haare und schrubbten gründlich seinen muskulösen Rücken. Eletana zückte eine lange schmale Feuersteinklinge und schabte vorsichtig Tomarus Barthaare ab.

Als Eletanas Hände später in das schon recht schmutzige Wasser abtauchten und anfingen, Tomarus Alikio zu säubern, überließ er sich einfach den Händen der beiden Mädchen. Misoni knetete ihm einfühlsam den Nacken und die Schultern und was Eletanas neugierige Finger unter der Wasseroberfläche trieben, führte innerhalb kürzester Zeit dazu, dass er sein Alikio fordernd zwischen ihre Hände drückte und sein Tukuru nach einigen heftigen Atemstößen zwischen ihren Fingern davon trieb. Er scherzte mit den beiden erhitzt wirkenden Schwestern:

„Solche Reinigungszeremonien lasse ich mir liebend gerne öfter gefallen. Und jetzt wascht mich endlich fertig!"

Etwas später baten ihn Eletana und Misoni aufzustehen und schütteten ihm lachend jeweils einen Kübel eiskalten Wassers gegen Rücken und Bauch, so dass Tomaru von dem Schock schier die Luft wegblieb. Leise auf die beiden frechen Gören fluchend, stieg Tomaru aus dem Becken und warf seine schmutzige Kleidung ins Wasser. Die konnte da erstmal ein Weilchen einweichen. Später würde er sich um die Reinigung kümmern.

Er wrang sein Haar aus, streifte die meisten Wassertropfen von seinem straffen Körper, rubbelte sich mit dem bereitgestellten Heu ab, band sich den Lendenschutz um, zog das frische Hirschhemd über und marschierte zu seiner Gasthütte hinüber, um den beiden unverschämten Biestern eine Standpauke zu halten. Dann musste er sich erst einmal in Ruhe die Haare kürzen und richtig kämmen; er sah ja ganz verwildert aus!

Die beiden Mädchen hatten ihm ein Frühstück bereitet und guckten beide dabei so harmlos, als könnten sie kein Wässerchen trüben. Nach der ausgiebigen Mahlzeit überließ sich Tomaru den geübten Händen der Mädchen. Misoni zückte ihre Feuersteinklinge und hielt einen Knochenkamm bereit. Sie stutzten seine Haare um eine gute Handbreit und arbeiten sich mit dem Kamm durch zahlreiche Knoten und Verfilzungen, bis das Haar wieder glatt und glänzend in seinen Nacken fiel. Tomaru war nach den Spielchen im Wasserbecken nicht allzu sehr überrascht, dass Misoni näher rückte, ihn in den Nacken küsste, von hinten umarmte, zärtlich über seine Brust strich, ihre Finger unter seinen Lendenschutz krabbelten, seine Ausstattung in die Hand nahmen und vorsichtig kneteten.

Eletanas Blicke wanderten über Tomarus Schultern und verfolgten Misonis Bewegungen unter seinem Lendenschurz, der sich merklich hob. Tomaru erinnerte sich an Bohatus Worte und dessen unausgesprochene Genehmigung bezüglich der Clanfrauen und erhob sich, um die Schlaflagerfelle nahe bei der wärmespendenden Feuergrube auszulegen und forderte die beiden Mädchen auf, sich zu ihm zu legen.

Während Tomaru seinen Lendenschutz aufknotete und sein Alikio freudig emporsprang, entkleideten sich auch die beiden Mädchen und legten sich rechts und links neben ihm nieder. Beide hatten ihre Sechzehn-Sommer-Feier hinter sich und waren selbstbestimmende Vollmitglieder ihres Clans. Was also auch immer die beiden mit ihm treiben mochten - es war ihr freier Wille.

Tomaru hatte auch gar nichts dagegen, einige der Frauen zu schwängern. Für ihn hatten Kinder keine größeren Auswirkungen auf sein Leben, denn Kinder gehörten ausschließlich zur mütterlichen Linie der Clans und die Männer hatten nur die allgemeine Verpflichtung, für alle Nahrung herbeizuschaffen und ihr Wissen an alle Kinder weiterzugeben. Also gab sich Tomaru freudig seiner Aufgabe hin, die er zu vollster Zufriedenheit für Eletana und Misoni erfüllte, die sich erst nach einigen Stunden entschließen konnten aufzustehen, um ihren täglichen Pflichten nachzukommen. Nach einem derartig befriedigenden Zwischenspiel hatten die beiden auch nichts dagegen, Tomarus schmutzige Kleidung aus dem Becken zu fischen und sie gründlich zu reinigen, zum Trocknen aufzuspannen und nachher weich zu kneten. Tomaru gönnte sich ein ausgiebiges Schläfchen und traf sich dann mit Hinomo bei den Hunden.

Der Winter zog über das Tanorogebiet, doch er war längst nicht so hart wie im Norden. Tomaru jagte mit dem Clan im schneeüberpuderten Land und machte sich mit den Eigenarten der Hunde und mit den nötigen Befehlen vertraut, auf die die Tiere hörten.

Zu seinem Erstaunen fanden sich nach und nach alle Töchter und Frauen ohne Dauerpartner in seinem Zelt ein und verbrachten mit Tomaru so manche Stunde oder Nacht damit, sein Alikio und ihre Yongamis auf Hochtouren zu bringen und sich mit ihm auf die unterschiedlichste Art und Weise zu vergnügen. Als die ersten grünen Spitzen der Frühlingspflanzen aus dem Boden lugten, beruhigten sich seine Nächte wieder, denn eine nach der anderen erwartete ein Kind und blieb seiner Hütte fern. Tomaru hatte ganz Arbeit geleistet. Eletana und Misoni trugen schon kleine Bäuchlein vor sich her, als Tomaru beschloss, seinen Weg zum Großen Fluss und zum heimatlichen Sonnenkreis bald fortzusetzen. Hinomo hatte ihm mittlerweile die Hunde Nono und Kara übergeben, mit denen sich Tomaru besonders gut verstand und die ihm treu ergeben waren.

Bevor er die Siedlung verließ, machte er sich mit Bohatu und Hinomo zu zwei benachbarten Clans auf und warb dort einige der überzähligen jungen Jäger ab, um dem Wolfsclan eine gesicherte Versorgung zu gewährleisten. Die neuen Clanmitglieder sollten ihren Platz an der Seite der jungen Frauen einnehmen, sobald die zu erwartenden Säuglinge aus dem Schlimmsten heraus waren, weitere Kinder zeugen und den Clan verstärken.

Als Tomaru Abschied nahm, rollte so manche Träne über zarte Wangen; doch Tomaru blieb hart und ließ sich nicht länger erweichen. Nach einigen tränenreichen Abschiedsküssen von Eletana und Misoni, einigen kräftigen Schulterklopfern von Bohatu und Freund Hinomo, schulterte Tomaru Tasche und Rückenbeutel und machte sich auf den Weg, ohne sich noch einmal umzudrehen. Einerseits brach es ihm fast das Herz, die doch recht tief gewordene Bindung an den Wolfsclan zu durchtrennen; doch bei aller Liebenswürdigkeit und sogar Verliebtheit, die er vor allem Eletana gegenüber empfand, kamen diese Gefühle nicht gegen das an, was an Sehnsucht und Verlangen in ihm brodelte, wenn er an Irilani dachte. Bei allen Akudari! Hoffentlich hatte sie auf ihn gewartet, hoffentlich war sie ihm nicht ewig böse, hoffentlich liebte sie ihn noch!

Er beschleunigte seine Schritte und machte sich auf den beschwerlichen Weg nach Norden am Fluss entlang. Am Morgen musste Shirolan an seiner rechten Schulter aufgehen, am Abend zu seiner linken versinken. Nachts konnte er seine Richtung mit Hilfe der Himmelslichter überprüfen und sich am immer bewegungslos blinkenden Ankerstern ausrichten. Nono und Kara halfen ihm bei der Jagd auf kleinere Tiere. Wie Hinomo versprochen hatte, fanden sie die angeschossenen, nur halbbetäubten Vögel und Hasen ohne Probleme dort, wo sie sich zum Sterben versteckt hatten und brachten sie sogar zu ihm zurück. So kam er sehr schnell vorwärts und traf schon nach einem Mond auf den Krummen-Knoten-Fluss, dem er aber nur so lange folgte wie er durch sein anfangs gar nicht so krummes Bett floss. Erst als die Flussschleifen immer enger wurden, und sein Weg sich durch die vielen Windungen und Biegungen um ein Vielfaches verlängert hätte, stieg er auf die Höhen des Flusstales.

Er durchquerte das Gebirge direkt nordwärts und besichtigte im Vorbeiwandern das südliche Drachenzackengebiet. Hier lagen die Drachenzackenberge und ihre kreisrunden, wassergefüllten Gipfel teilweise direkt nebeneinander, die Wasserspiegel der unergründlichen Seen darin aber auf unterschiedlichen Höhen. Wie blaue Augen schauten die Gewässer in den Himmel. Den Rest seines Weges dachte er darüber nach, wie solch eine Landschaft wohl entstanden sein mochte; als einzige Überlieferung gab es nur die Geschichten, die die Alten im Winter erzählten.

Nachdem er einige beschwerliche Wegstücke überwunden hatte, kam Tomaru ein paar Tage vor dem

Sommerfest bei seinem Bärenclan an. Es gab einen aufgeregten Menschenauflauf, als Tomaru mit seinen beiden Zahmwölfen in die Clansiedlung schritt. Seine Verwandten trauten kaum ihren Augen, als sie den lange Vermissten lebend und guter Dinge ankommen sahen, der als erstes die Hütte seiner Mutter aufsuchte und sie in die Arme nahm. Rohento, der mittlerweile gesund und munter und ohne Husten seiner Jägertätigkeit nachkommen konnte, erinnerte sich an die Worte seiner Heilerin vom Sonnenkreis, die ihm aufgetragen hatte, ihr sofort Meldung zu machen, wenn es Nachricht von Tomaru gab. Er fackelte nicht lange, packte sich etwas zu essen in den Beutel, verabschiedete sich von seiner Mutter und machte sich auf den Weg.

Irilanis Prüfungen

Irilani war erschöpft. Drei Tage lang hatte sie dem Ijatiba-Kahu in endlosen Stunden unglaublich viele Fragen beantworten müssen, bis dieser sich sicher genug war, dass sie wirklich restlos alles über Pflanzen, ihre Wirkung, Zubereitung, Aufbewahrung und Anwendung auswendig wusste. Sie hatte ihr Wissen an vielen Prüfungsaufgaben auch praktisch beweisen müssen. Als der Ijatiba-Kahu endlich zufrieden war und Irilani zur bestandenen Prüfung gratulierte, fühlte sie sich so ausgequetscht wie einige der Samen, die sie stundenlang bearbeitet hatte. Doch sie konnte sich erst ausruhen, wenn die Krönung der Sonnenkreisprüfung erledigt war, denn die bestand daraus, ihr Giringha mit dem Shirolan-Zeichen des besonders ausgebildeten Kahus zu vollenden.

Der Ijatiba hatte sie am Abend in die große Versammlungshütte befohlen, denn bei dieser Giringha-Zeichnung würden alle Ehrwürdigen Eingeweihten persönlich zugegen sein und sie als Sonnenkreis-Kahua aufnehmen. Sie versuchte, würdevoll und sicher zu wirken als sie eintrat, doch innerlich flatterte ihr wieder einmal das Herz bis zum Hals. Für die Zeremonie war schon alles vorbereitet, die Farbe schon fertig angemischt, der Ijatiba-Kahu erwartete sie mit seinem Ritzwerkzeug und die Eingeweihten saßen sehr ehrwürdig, mit auf die Knie gestützten Handflächen, auf ihren Sitzen und beobachteten den Ablauf der Zeremonie.

Dieses Mal würde es keine Betäubungsmittel geben; sie musste die Schmerzen ohne Regung aushalten. Der Zusatz zu ihrem Giringha bestand aus einem Kreis mit angedeuteten Strahlen direkt unterhalb des Scheitels. In diesem Kreis zeigten sich einige wie versehentlich verstreute Punkte, die die Positionen der im Mittelkreis aufgestellten Pfosten des Sonnenkreises markierten und die für jeden Sonnenkreis etwas anders ausfielen.

Irilani biss die Zähne zusammen und ertrug tapfer das endlose Hämmern auf ihrer Stirn. Der Ijatiba sang leise ein zur Zeremonie gehörendes Lied und als er es beendete, war auch das Giringha fertig. Er tupfte die frische Tätowierung vorsorglich mit einer schützenden Flüssigkeit ein, half ihr dann auf die Beine und führte sie zu den Ehrwürdigen, die bereits aufgestanden waren, um ihre Glückwünsche und Segnungen über Irilanis gebeugtem Haupt auszusprechen und sie in die Gemeinschaft der Sonnenkreis-Kahus aufzunehmen. Sie baten Irilani, sich nach den anstrengenden Prüfungen zu erholen, das Sommerfest mitzufeiern und sich nach dem Fest zu erklären, ob sie bleiben wollte oder ob sie ein Leben bei einem der Clans vorziehen würde.

Jetzt schlug die Stunde der Entscheidung! Irilani würde sich gründlich überlegen müssen, wie und wo sie ihr weiteres Leben verbringen wollte. Aber erst einmal wollte sie sich richtig ausschlafen und erholen und sich dann noch einmal, völlig ohne Last und Verantwortung für andere, beim Sommerfest austoben und vorübergehend keine weiteren schwerwiegenden Gedanken wälzen. Als sie auf ihre Hütte zuging, sah sie schon von Weitem einen jungen Mann im Schneidersitz vor dem Eingang sitzen. Als sie näherkam, sprang er auf und kam aufgeregt winkend auf sie zu.
„Rohento! Was machst du denn schon hier? Das Fest beginnt doch erst in ein paar Tagen!"

Rohento versuchte, ihr mit hektischen und unklaren Worten zu berichten, dass er ihr etwas ganz furchtbar Wichtiges zu erzählen hatte und Irilani bat ihn in die Hütte. Rohento konnte sich kaum beherrschen, schnellstmöglich mit seiner Neuigkeit herauszurücken, bekam sogar ein paar klare Sätze zusammen und platzte mit der Nachricht heraus, dass Tomaru am Vortag beim Bärenclan eingetroffen war. Dann wartete er atemlos und gespannt auf Irilanis Reaktion.

Die war wie vom Donner gerührt. Tomaru! Nach den letzten anstrengenden Tagen und der Giringha-Zeremonie war sie so überanstrengt und zittrig, dass sie einfach in Tränen ausbrach, was Rohento sichtlich verunsicherte. Auf Irilanis Bitte hin erzählte er weiter, dass er gesund und munter ausgesehen hätte und dass er zwei Tiere mitgebracht hatte, die eigentlich wie Wölfe aussahen, sich aber nicht so gefährlich verhielten.

Tomaru war wieder da. Irilani konnte es kaum fassen. Ihr Herz schlug wie verrückt vor Freude und sie wäre am liebsten sofort aufgebrochen, um sich ihm an die Brust zu werfen. Doch der kleine Stachel des Zweifels hinderte sie daran. Die erlittene Angst um ihn, die Unwissenheit über seinen Verbleib und der Zorn darüber, dass er freiwillig so lange auf sie verzichtet hatte, ließen sie trotzig werden. Nein! Sie würde sich ihm nicht an den Hals werfen! Erst sollte er zu ihr kommen und sich entschuldigen; das war das Mindeste, das sie erwartete. Sie fasste sich mühsam und bedankte sich bei Rohento für die sofortige Erledigung der ihm damals aufgetragenen Bitte. Rohento fragte sie nun seinerseits noch ein bisschen aus, als er ihr neues Giringha sah und Irilani erzählte ihm von der letzten Zeremonie und von der anstehenden Entscheidung, ob sie blieb oder zu einem Clan wollte, wo ein Ijatiba gebraucht wurde.

Dann bat sie Rohento zu gehen, da sie sich dringend erholen musste und machte ihm den Vorschlag, bis zum Fest in einer der Gästehütten unterzukommen; aber Rohento lehnte dankend ab und machte sich umgehend auf den Heimweg. Er dachte sich nämlich, dass Tomaru bestimmt auch schnellstmöglich Neuigkeiten über Irilani wissen wollte, bevor er sie zum Fest am Sonnenkreis treffen würde. Und damit hatte er auch vollkommen Recht. Als er beim Bärenclan eintraf, suchte er sofort Tomaru auf und bat ihn um ein Gespräch von Mann zu Mann unter vier Augen. Er berichtete ihm, dass er Nachricht von Irilani hatte, die ihn im letzten Jahr gesund gepflegt hatte.

Tomaru runzelte die Stirn, als Rohento ihm von den gemischten Gefühlen erzählte, die Irilani bei der Nachricht von seiner Rückkehr gezeigt hatte. Aber er sagte sich ehrlicherweise, dass es ganz normal war, wenn sie sich über sein langes und nicht mit ihr abgesprochenes Fernbleiben ärgerte. Sie konnte sicherlich nicht ohne Zweifel glauben, dass er sie immer noch wie verrückt liebte und dass seine lange Reise ihn nur noch sicherer darüber gemacht hatte, dass sie die Einzige war, die er wirklich wollte. Er würde sich vielleicht Mühe geben müssen, wenn er sie noch einmal und dann für immer erobern wollte. Und er würde vollkommen ehrlich sein, wenn er ihr von seiner Reise erzählte. Nun ja, fast ganz vollkommen ehrlich; einige der intimeren Abenteuer würde er weglassen. Er würde auch nicht nach ihren Erlebnissen fragen, die sie zweifellos gehabt hatte, zumindest zu den Festtagen.

Rohento erzählte ihm auch, dass Irilani ihm ziemlich angestrengt vorgekommen war und sie sich bis zum Fest erholen wollte. Tomaru beschloss daraufhin, einen Tag früher aufzubrechen und sich bei Irilani zu entschuldigen und zu sehen, ob sie ihn überhaupt noch mochte. Inbrünstig schickte er seine diesbezüglichen Wünsche an die Akudari, bat sie um Hilfe bei dieser schwierigen Mission und flehte und hoffte, dass Irilani ihn noch liebte.

Angelausflug

Während die Clans sich auf die Reise zum Shirolan-Zentrum vorbereiteten, saßen die Ehrwürdigen Eingeweihten zusammen im großen Besprechungsraum und berieten über die Zeichen, die sich am Himmel zeigten. Einige schüttelten bedenkentragend die Köpfe, andere gestikulierten aufgeregt und malten immer wieder Sonnen- und Mondstände und die zu erwartenden Wanderungen der Akudari- und Göttersterne in den Sand. Seit ein paar Wochen war zudem erst ein, dann sogar ein zweiter Drachenstern mit Flammenschweif am Himmel aufgetaucht und diese Zeichen bedeuteten einfach nur Schlimmes. Immer wieder hatte es, den Überlieferungen nach, Wettereinbrüche gegeben oder Krankheiten, oder die Tiere waren nicht so zahlreich erschienen, wie man sich das gewünscht hätte, nachdem diese Drachensterne am Himmel aufgetaucht waren. Ein ganz schlechtes Vorzeichen war außerdem, dass sich die Göttersterne, der Berechnung nach, so bewegten, dass im nächsten Jahr eine Zeit lang kein einziger am Himmel stehen und über die Clans wachen würde. Das war in der Gesamtheit schlichtweg eine ganz grauenhafte Vorausschau, die noch nie vorgekommen war.

Alle überlegten hin und her, ob und wie sie dem Clanvolk die schlechte Nachricht überbringen sollten. Sie entschieden sich dazu, die Clan-Kahus beim Ringfest einzuweihen, damit diese sofort Nachricht über besondere Ereignisse zum Ring senden und möglichst vorbeugend und lenkend im Clan eingreifen konnten, wenn besondere Maßnahmen notwendig sein würden. Größere Aufregung oder gar Angst wollte man vermeiden; dem gesamten Clanvolk würde man bei der Feier mitteilen, dass sie im folgenden Jahr besonders vorsichtig und aufmerksam bei der Jagd und der Beschaffung von Vorräten sein sollten, weil die Zeichen nicht so günstig wären wie in den vielen Jahre zuvor. Man beschloss, zusätzliche Läufer zu beauftragen, um eine zeitlich dichtere Nachrichtenüberbringung zu gewährleisten. So hofften die Ehrwürdigen, die Bedrohung rechtzeitig abwenden oder wenigstens abmildern zu können.

Als Tomaru sich am nächsten Tag am Shirolan-Zentrum zurückmeldete, bekam er erst einmal von den Ehrwürdigen eine gewaltige Predigt über sein nicht abgemeldetes Verschwinden gehalten. Doch da der Sonnenkreis dringend zusätzliche Läufer brauchte und Tomaru einen außerordentlich wertvollen Beitrag zum Wissen der Ehrwürdigen hinzufügte, nahm man ihn gnädig wieder auf und teilte ihm sein altes Aufgabengebiet wieder zu. Tomaru war erleichtert. Diese Klippe hatte er umschifft. Er würde weiterhin Irilani regelmäßig sehen, egal ob bei den Clans oder am Kreis, falls sie es nicht vorzog, die Gegend ganz zu verlassen und an einem anderen Sonnenkreis ihre Arbeit zu leisten, was er aus tiefsten Herzen und mit aller Kraft zu verhindern gedachte.

Nachdem er von den Ehrwürdigen entlassen worden war, suchte er nach Irilani. In ihrer Hütte war sie nicht. Auf seine Anfrage bei der Gemeinschaftsverpflegung hin, schickte man ihn zum Krummen-Knoten-Fluss den Berg hinunter. Irilani hatte sich nach dem Essen zum Angeln verabschiedet und versprochen, ein paar schöne große Fische aus dem Wasser zu ziehen. Bewaffnet mit einem Korb, Angel und Harpunenspeer war sie den steilen Bergweg hinunter losgezogen, hatte einige Kiesbänke der Uferzonen übersprungen und sich am Rande einer der breiteren Wasserrinnen auf einem großen, zerfaserten, silberweiß gebleichten Baumstamm niedergelassen, der sich auf einer Sandbank verfangen und seine Reise hier erst einmal beendet hatte.

Sie bestückte ihre knöchernen Angelhaken mit Ködern und rammte die Angelruten in die Sandbank. Am anderen Ende der Sandbank stelle sich Irilani mit einem harpunenbewehrten Speer auf und wartete still auf einen großen Fisch. Das dauerte und Irilani geriet ins Grübeln. Tomaru war also zu Hause und sie dachte mit Recht, sie könne erwarten, dass er schnurstracks am Sonnenkreis auftauchte, ihr seine Geschichte erzählte und sich bei ihr entschuldigte. Ihre hübschen Augenbrauen zogen sich zusammen. So einfach würde sie ihm nicht verzeihen, sie so lange verlassen zu haben. Würde er erst nach dem Fest auftauchen, nachdem er sich ausgetobt hatte... Allein bei dem Gedanken schnaubte sie missmutig.

Bevor sie die dunklen Gedanken weiterspinnen konnte, zeigte sich der Schatten eines Fisches direkt unterhalb ihrer Harpunenspitze. Mit geübter Hand stieß Irilani zu und erwischte den Fisch vor dem Schwanzende. Der suchte erschrocken das Weite, wurde aber von der Leine ausgebremst, die an der Harpunenspitze befestigt und mit dem Speerschaft verbunden war. In aller Seelenruhe konnte Irilani den Fisch zu sich heranziehen. Sie beendete seinen Überlebenskampf schnell durch einen gezielten Schlag mit einem größeren Flussstein und warf ihn in den Korb.

Um ihre Glieder zu lockern, die beim Fischauflauern etwas steif geworden waren, streckte sie sich gründlich, drehte den Kopf ein paar mal genüsslich hin und her, um ihre Nackenmuskeln zu entspannen und setzte sich hin, um ihre Füße warm zu massieren, die doch einige Male von kaltem Wasser überspült worden waren. Ein kurzer Blick zu den ausgelegten Angeln zeigte ihr, dass noch kein Fisch am Haken zappelte. Sie legte sich bäuchlings auf den dicken Baumstamm und ließ sich die warme Frühsommersonne auf den Rücken scheinen. Das Vogelgezwitscher, das Plätschern des über die Kiesel springenden Wassers und die Lichtreflexe auf den kleinen Wellen machten sie schläfrig. Als ihr gerade die Augen zuzufallen drohten, spürte sie, wie sich jemand rittlings auf ihre Pobacken setzte und ihr ein gehässiges „Erwischt!" in den Nacken spuckte.

Sorotume! Irilani erschrak zutiefst. Er hatte sich nach ihren Drohungen, ihn zu vergiften, von ihr ferngehalten. Sie hatte gehofft, dass sich sein Interesse anderen Frauen zuwenden würde. Doch offensichtlich war dem nicht so und sie befand sich jetzt in einer fast aussichtslosen Lage. Noch einmal bekam sie bestimmt nicht die Gelegenheit, ihm ein Knie in seinen männlichen Juwelen zu rammen. Sie musste auch nicht damit rechnen, dass gerade jetzt zufällig jemand vorbeikäme, um ihr zu helfen. Siedend heiß schoss ihr durch den Kopf, dass sie schon vor Längerem aufgehört hatte, die empfängnisverhütetenden Pflanzen einzunehmen und sie fürchtete, ausgerechnet Sorotume könnte sie schwängern, falls er das durchführte, was er sich offensichtlich vorgenommen hatte.

Sorotume zerrte sie auf die Füße, fesselte ihr die Hände auf dem Rücken und schleppte sie in die Uferzone, wo er den Sichtschutz einiger Büsche ausnutzen wollte, um sich ausführlich mit ihr zu beschäftigen. Irilani versuchte, Sorotume umzustoßen und wollte flüchten. Doch Sorotume war dieses Mal gewappnet und stand wie eine Wand. Irilanis Fluchtversuch machte ihn nur wütender. Zähneknirschend und mit stechendem Blick drohte er ihr, sie hinterher umzubringen, wenn sie nicht aufhörte. Irilani sparte sich daraufhin ihre Kräfte und hoffte, auf trockenem Untergrund eine bessere Gelegenheit zur Flucht zu bekommen, aber sie hatte Pech, denn Sorotume war vorsichtig.
Er legte Irilani bäuchlings und kopfüber über einen großen ausgeblichenen Baumstamm und fesselte sie

so, dass sie sich nicht mehr bewegen konnte, ihre Hüften und Beine aber über das Holz baumelten. Irilani war sich klar, dass sie hier nicht mehr wegkam, bevor Sorotume sein Ansinnen in die Tat umgesetzt hatte. Und der ging auch sofort ans Werk. Er riss Irilanis Hemd hoch, ihren Lendenschurz beiseite und betrachtete genüsslich das Gebiet, dass er gleich zu beackern trachtete. Doch so schnell wollte er sich nicht zufriedengeben; zuerst wollte er diese aufmüpfige Neu-Ijatiba noch ein bisschen mehr erschrecken und seine eigene Erregung zusätzlich anstacheln.

Er streifte seine Kleidung ab und begann, vor Irilani herumzuhüpfen und mit seinem Feuersteinmesser Scheinangriffe auf Irilanis Gesicht zu führen. Doch Irilani war zornig. Ihre Wut vertrieb die Angst. Sie konnte nicht einmal das Lachen unterdrücken, dass in ihr hochstieg, als sie Sorotumes daumengroßen Alikio auf und nieder hüpfen sah. Damit würde er ihr zumindest nicht wehtun können. Vor Wut und Angst konnte sie ihr hysterisches Kichern nicht unterdrücken und Sorotume blieb wutentbrannt stehen. Jetzt packte ihn der Zorn auf dieses alberne Stück Weib und er stapfte zielstrebig um den Wurzelstock herum und stellte sich in Positur, um Irilanis Yongami zu erobern. Zutiefst erschrocken hielt er im entscheidenden Moment inne, denn es legte sich ihm eine schwere Hand auf die Schulter. Mit entsetzt aufgerissenen Augen stand er wie gelähmt.

Irilani konnte nicht sehen, was hinter ihr vorging, strampelte mit den Beinen und wand sich mit hochrotem Kopf fluchend in ihren Fesseln. Sie konnte nicht erkennen, dass Sorotumes Schulter sich unter Tomarus wütendem Griff schmerzhaft zusammenzog, Sorotume herumgedreht wurde und Tomaru ihm die Faust ohne zu zögern geradewegs ins Gesicht rammte. Benommen und aus der Nase blutend sackte Sorotume zusammen. Tomaru band ihm mit dessen eigenem Lendenschutz die Hände auf dem Rücken.

Dann wandte er sich Irilani zu und genoss einen kurzen Augenblick die Aussicht auf Irilanis Yongami, bevor er um den Wurzelstock herumging und ihre Fesseln löste. Während er dies tat, neckte er sie mit einigen anzüglichen Bemerkungen:

„Meine Liebste, sind das deine neuerdings bevorzugten Spielarten? Und der Partner, den du dir dazu ausgesucht hast, glänzt auch nicht gerade mit überragenden Werten!"

Irilanis Herz schlug wie verrückt. Tomaru war da und hatte sie vor Sorotumes Angriff gerettet. Aber was redete dieser Blödmann für einen Schwachsinn? Irilani war ganz schön wütend, als Tomaru sie vom Wurzelstock pflückte und auf die Füße stellte. Sie trommelte mit ihren Fäusten auf seine Brust und beschimpfte ihn halb lachend, halb weinend, bis Tomaru ihre Fäuste einfing, sie zärtlich aber bestimmt in den Arm nahm und sie ausführlich küsste. Da schmolzen Wut, Zorn und Angst dahin und Irilani umarmte Tomaru inbrünstig, während alle Zweifel der letzten Monate davonflogen. Tomaru hütete sich wohlweislich, die Lage jetzt auszunutzen, obwohl er das dringende Bedürfnis dazu spürte.

Er meinte, sie müssten jetzt darüber beraten, was sie mit Sorotume anstellen wollte. Dieses Mal hatte Irilani für Sorotumes Überfall einen Zeugen. Und dieses Mal würde sie dafür sorgen, dass Sorotume ihr nicht noch einmal gierig über den Weg lief. Sein Vergehen, eine Clanfrau, gar eine Kahua, zwingen zu wollen, war schwerwiegend. Irilani beschloss, zusammen mit Tomaru die Ehrwürdigen Eingeweihten aufzusuchen und eine Strafe einzufordern. Wie die ausfallen mochte, mussten sie den Eingeweihten überlassen.

Irilani und Tomaru beschlossen, Sorotume, so nackt wie er war, mit zusammengedrehten Angelschnüren an den Wurzelstock zu fesseln und einfach dort sitzen zu lassen, bis der Sonnenkreis ihn abholen ließ. Das war gar nicht so ungefährlich, weil sich hin und wieder Bären am Fluss herumtrieben, denen man besser aus dem Weg ging, wenn sie auf Futtersuche waren. Doch Sorotume sollte auch ein bisschen Angst aushalten und ein wenig frieren, das gönnten sie ihm beide von ganzem Herzen.

Tomaru holte Irilanis Fischkorb von der Sandbank, während Irilani sich das zerrissene Lederhemd überzog und ihre Haare ordnete. Als sie den Berghang hoch und über die Höhe zum Shirolan-Zentrum zurückwanderten, gab Tomaru Irilani einen kurzen Bericht über seine Reise und seine Erlebnisse. Er erzählte ihr mit glühendem Herzen wie sehr er sie unterwegs vermisst hatte und schwor ihr, sie nie wieder länger und schon gar nicht ohne vorherige Absprache alleine zu lassen. Irilani nahm die Entschuldigung und das Versprechen an. Sie wollte später mit Tomaru ausführlich darüber reden, wie ihre gemeinsame Zukunft aussehen sollte. Nach dem Fest musste sie sich entscheiden, wohin sie in jeder Beziehung wollte. Doch als Erstes stand der Gang zu dem Ehrwürdigen an, der für den Frieden zwischen den Clans und den Clanleuten zuständig war.

Nach einer kurzen Anmeldung wurden sie eingelassen und Irilani schilderte sowohl Sorotumes Angriff auf der Wiese vor längerem und den Überfall, der gerade erst stattgefunden hatte. Tomaru bestätigte rückhaltlos Irilanis Bericht. Der Ehrwürdige schickte umgehend vier kräftige Leute zum Fluss. Als sie nach einiger Zeit mit dem fast nackten und zähneklappernden Sorotume ankamen, wurden sie ebenfalls ausgefragt, wie sie die Lage vorgefunden hatten.

Sorotume seinerseits behauptete, Irilani hätte sich freiwillig auf das Spielchen eingelassen und stritt jeden unrechtmäßigen Zwang ab. Irilani und Tomaru mussten sich sehr beherrschen, um nicht aufzuspringen und Sorotume an den Hals zu gehen. Doch sie wahrten beide mühsam die Fassung und hofften auf eine offizielle Bestrafung.

Nachdem Sorotume weggebracht worden war, stellte der Eingeweihte noch ein paar Fragen zu den Einzelheiten des Hergangs und bedeutete Irilani und Tomaru, dass er sich mit den anderen Ehrwürdigen besprechen müsse und dann ein gemeinsames Urteil gefällt werde sollte. Schon am kommenden Festtag sollte es öffentlich verkündet und ausgeführt werden. Dann waren sie entlassen.

Irilani war so aufgeregt und angespannt, dass sie am ganzen Leib zitterte. Tomaru versuchte sie mit Umarmungen und vielen lieben Worten zu beruhigen. Er machte den Vorschlag, die zerrissene Kleidung auszutauschen und ein ausgiebiges Bad im Heißwasserbecken zu nehmen. Als Ijatiba wusste Irilani, dass das ein sehr guter Gedanke war. Hand in Hand schlenderten sie zur Badeanlage hinüber. Da alle anderen am Sonnenkreis um diese Zeit mit den Festvorbereitungen beschäftigt waren, lagen die Becken völlig verlassen innerhalb ihres Holzzaunes in der Sonne und über dem heißen Wasser kräuselten sich kleine Dampfschwaden im Mittagslicht.

Irilani und Tomaru betrachteten sich ausgiebig als sie ihre Kleidung ablegten, sich mit Seifenkrautwurzelwasser im kleinen Becken reinigten und sich gegenseitig den Rücken schrubbten. Ihre Hände suchten die schon vertraut gewesenen Stellen wieder auf und machten sich mit den Veränderungen bekannt. Irilani staunte über Tomarus muskulös veränderten Körper, den er sich durch die lange Wanderung und Jagd erworben hatte und Tomaru erfreute sich an Irilanis voll gewordenen Brüsten, den angenehm kurvigen Hüften und ihren runden Pobacken, die wunderbar in seinen kräftigen Händen lagen. Zärtlich schlüpften seine seifigen Finger durch Irilanis Yongamifalten. Als ihre seifenglatten Hände sich um sein Alikio legten, entschloss er sich, das Ganze schnellstens abzubrechen, um nicht sofort auf der Stelle seinem Begehren nachgeben zu müssen. Plantschend und prustend zerrte er Irilani mit sich ins Vorbecken und unter viel Gespritze und Gelächter wuschen sie sich die Seife vom Körper. Danach sprangen sie in das große heiße Becken, wo sie sich mit langsamen Bewegungen umkreisten und sich immer wieder zu zärtlichen Küssen trafen. Irilani war ja nicht blind. Sie hatte sein offensichtliches Begehren bemerkt. Alles in ihr wollte ihn mindestens genauso wie er sie, so nah wie möglich, so tief wie möglich, und das alles unbedingt sofort.

Als Tomaru sie spielerisch zum Beckenrand jagte, drehte sie sich um, lehnte sich rücklings an die sonnen- und wassererwärmten schrägen Schieferplatten, zog ihn zu sich heran und empfing ihn mit geöffneten Schenkeln; keine wirkliche Chance für Tomaru mehr, sich zurückhalten zu wollen und abzuwarten. Aber, das wollte er ja auch gar nicht wirklich, denn mit Irilani nach so langer Zeit endlich vereint zu sein, darauf hatte er seit einigen Monden gebrannt.
Irilani war entspannt und erregt zugleich. Tomarus erfahrene Hände und Finger und sein heißes Alikio, dass sich gleitend und drängend in ihr bewegte, brachten sie in kürzester Zeit dazu, sich an ihn zu klammern und willig seine heftigen Stöße entgegenzunehmen. Den Kopf zurückgeworfen, stöhnend und wirre Liebesbezeugungen stammelnd, kam sie zuckend zum Höhepunkt. Jetzt konnte Tomaru sich auch nicht mehr beherrschen, ließ sein Alikio ausströmen und drückte Irilani so unbeherrscht und außer sich vor überschäumenden Gefühlen an sich,

dass sie kaum noch Luft bekam. Mit erhitzten Gesichtern und eng umschlungen ließen beide die Wellen der Erregung im warmen Wasser abklingen. Sie
lächelten und lachten sich an und sagten sich, dass
sie sich auf der körperlichen Ebene wohl schon ganz
wiedergefunden hatten.

Von Bad zurückgekehrt, verabredeten sich Irilani und
Tomaru vor seiner Gästehütte zu einem abendlichen
Gespräch, in dem Irilani Tomaru ihre Erlebnisse während der Trennungszeit erzählen und ausloten wollte,
ob ihre Zukunftsvorstellungen in Einklang zu bringen
waren. Tomaru verabschiedete sich zärtlich von Irilani und ging dann, um den Sonnenkreisleuten bei der
Vorbereitung für das Fest zu helfen. Irilani suchte
ihren Ijatiba-Meister auf, um sich mit ihm zu besprechen.

Sie war entsetzt, als der Ijatiba ihr eröffnete, dass
man zum Fest die Clans vor schlimmsten Zeiten
warnen wollte, da die Zeichen am Himmel so unglaublich ungünstig aussahen, dass irgend etwas
ganz Furchtbares in absehbarer Zeit geschehen
musste. Außerdem eröffnete er Irilani, dass er noch
einmal etwas von der Welt sehen wollte. Der Bericht
Tomarus hatte seine verdrängten Wünsche wieder-
belebt und so manches wollte er sich selbst noch
ansehen, bevor er zu alt dafür wurde. Demzufolge
würde der Platz eines Ijatibas am Sonnenkreis demnächst frei werden. Er wollte Irilani als seine Nachfol-
gerin vorschlagen, so sie denn Willens war, diese
Verantwortung auf sich zu nehmen.

Irilani bedankte sich höflich für das Vertrauen, dass
der Ijatiba in sie setzte und bat sich eine Bedenkzeit
bis zum nächsten Tag aus. Nur mit Tomaru zusammen würde sie diese Entscheidung treffen. Sie konnte sich schon fast vorstellen, dass es ihn ganz furchtbar in den Füßen jucken würde, wenn der Ijatiba sich

auf eine Forschungsreise begeben wollte. Im Endeffekt hing es von ihr ab, ob der Ijatiba sich guten Gewissens für längere Zeit auf die Reise machen konnte. Am nächsten Tag würde sie ihm ihre Entscheidung vorlegen.

Als Tomaru am Abend den Eingang zu Irilanis Hütte zurückschlug, erwartete sie ihn mit einer vorbildlich gesäuberten Hütte. Sie hatte seitlich mit Hilfe halbwüchsiger Clankinder eine doppelt breite Lagerstätte aus quer- und längsgerichteten dünnen Stämmen errichtet, frische verschlungene Weiden- und Haselruten zu groben Untermatten aufgeschichtet, ein großes Kissen und mehrere, mit wohlriechenden Kräutern prall gefüllte Schlafmatten und zum Schluss eine Decke aus feinstem weißen Fellen von Schneehasen und Zobeln darüber gelegt. Tomaru bemerkte das und musste innerlich Lächeln; da stand ihm wohl eine heiße Nacht bevor.

Irilani erwartete ihn im Schneidersitz vor der Grube, in der ein lustiges Feuer brannte und Glühsteine heiß wurden. Auf zwei größeren Schieferplatten hielt sie einige gebratene Fleischstücke warm. Mehrere große Trinkhörner, wohlgefüllt mit Wasser oder Vergorenem, hingen in Basthalterungen von den Holzstreben der Hüttenwände.

Irilani trug ihr neuestes, knielanges Gewand aus gebleichtem Hirschleder, dessen Nähte von der Hüfte ab offenblieben und darunter, am Ledergürtel befestigt, schlichte Hirschlederbeinlinge. Der Halsausschnitt und alle Säume waren mit weißem Fell eingefasst. Ein breiter Rand von abwechselnd aufgenähten, grün schillernden Enterichfedern und durchbohrten Hirschzähnen zog sich um Irilanis Halsausschnitt. Auf den Flächen des Hirschhemdes rankten sich mit Pflanzenfarben aufgemalte Beeren- und Blütenranken, deren Fruchtstände durch aufgestickte schwarze und weiße Perlen angedeutet wurden.

In ihren aufgesteckten geflochtenen Zopf trug Irilani reihum abwechselnd blaue und gelbe Blütenstände und weiße Daunenfedern eingeflochten, das ganze gekrönt mit senkrecht eingesteckten schwarzen Rabenfedern. Tomarus Anhänger ruhte auf ihrer Brust. Für Tomaru sah sie aus wie die Verkörperung aller Geister der Natur, was einer Ijatiba wahrlich gut stand.

Irilani bat ihn zu sich auf die ausgelegten Felle. Tomaru erkannte an ihrem konzentrierten Gesicht, dass sie erst den ernsthaften Teil des Abends hinter sich bringen wollte. Auf Irilanis Hinweis hin beschäftigte er sich zunächst mit der Vernichtung der schmackhaft zubereiteten Keule. Während sie nach und nach gemeinsam einige Hörner austranken, schilderte Irilani ihm den Vorschlag des Ijatiba-Kahus, der ihr am Morgen gemacht worden war.
Es gab natürlich die andere Möglichkeit für Irilani, zu einem der Clans zu gehen, die keinen Ijatiba hatten, um dort ihre Arbeit aufzunehmen. Auch für diesendiesen Fall hatte der Kahu ihr schon einige Clans genannt, die in Frage kamen, deren Hütten aber einige Tagesmärsche weit weg vom Sonnenkreis standen, wo der Krumme-Knoten-Fluss seine Windungen entspannte und dann nach Süden abfloss.

Tomaru berichtete ihr, dass die Ehrwürdigen nach dem Fest engere Nachrichtenketten aufbauen würden, weil ihnen die Himmelzeichen nicht geheuer waren und sie mögliche Veränderungen schneller zur Kenntnis gebracht haben wollten. Die Ehrwürdigen hatten die Entschuldigung für sein unvorhergesehenes Fernbleiben angenommen, sein ehemaliges Laufgebiet unter mehreren aufgeteilt und ihn für den nord-östlichen Teil eingeteilt. Das bedeutete, dass er sein Gebiet innerhalb von sieben Tagen bewandern konnte und in kurzen Abständen für zwei Tage am Sonnenkreis Bericht erstatten musste. Er warf Irilani einen erwartungsvollen Blick zu. Würde sie den offensichtlichen Köder schlucken und ihre Entscheidung danach ausrichten?

Irilani sah ins Feuer und versuchte, ihre wirbelnden Gedanken zu bremsen, die sich vor lauter Glück kaum einfangen ließen. Das passte ja alles ganz wunderbar: Tomaru war regelmäßig hier, der Ijatiba konnte seine Reise machen und sie brauchte nur noch zuzustimmen, als Ijatiba-Kahua am Shirolan-Kreis zu bleiben. Tomaru beobachtete wie sich ihre Überlegungen auf ihrem Gesicht abzeichneten. Als ein glückliches Lächeln ihre bezaubernden Mundwinkel hochzog und sich unglaublich süße Grübchen in ihren Wangen bildeten, dachte er sich, dass die Schicksalsweber einen geraden Weg für ihn und Irilani beschlossen hatten.

Irilani sprang auf, warf die Arme jubelnd hoch und blickte mit leuchtenden Augen auf ihn herab:
„Den Göttersternen sei Dank! Das passt ja alles ganz wunderbar!"
Da sprang auch Tomaru auf und Irilani warf ihm glückstrahlend ihre Arme um seinen Hals.
„Ich bleibe hier als Ijatiba und wir können zusammensein!"

Für sich selbst entschloss sie sich, frühestens im übernächsten Sommer Kinder zu bekommen, wenn sie sich in die Ijatiba-Aufgaben als Sonnenkreis-Kahua voll eingearbeitet hatte. Was sie selbst nicht wissen konnte war, dass die Natur ihr die Entscheidung über den Zeitpunkt ein paar Stunden vorher schon abgenommen hatte.

Tomaru sah überglücklich zu, wie Irilani ihre Hüllen fallen ließ, geschmückt mit ihrer Federkrone, überhaucht vom roten Schein des verglimmenden Feuers zum Lager schritt und sich anmutig niederließ. Keinen Moment länger zögerte Tomaru, warf seine Kleidung von sich und folgte ihr. Unter tausend Liebkosungen zerzupfte er Irilanis Flechtfrisur, bis ihre Ijatiba-Krone sich in lange rotbraune Locken und umherstiebende Federn und Blütenreste auflöste und nur noch Irilani vom Mohnclan in seinen Armen lag. In dieser Nacht feierten Tomaru und Irilani ihr Wiedersehen immer wieder liebe- und lustvoll, bis sie erschöpft im Morgengrauen in den Schlaf sanken.

Sie erwachten erst, als es heftig an ihrem Hütteneingang rüttelte und man hereinrief, dass die Ehrwürdigen zu einer Entscheidung über Sorotume gekommen wären und man sie nach dem Mittagshorn in der Versammlung erwartete. Eilig richteten sich Tomaru und Irilani ordentlich her, nahmen sich die Reste vom Abendessen vor und trafen pünktlich zum Hornsignal in der Versammlungshütte ein. Sorotume stand zwischen zwei Clanleuten, die ihn gut festhielten, während er wütend blitzende Blicke zu Irilani und Tomaru herüberwarf.

Als die Ehrwürdigen eintrafen, verbeugten sich alle und warteten ungeduldig auf die Entscheidung. Der Sprecher der Ehrwürdigen erhob sich endlich und gab den Richtspruch ab. Sie hatten entschieden, dass Sorotume zu Recht beschuldigt worden war. Es hatten sich auch schon früher andere Frauen über Sorotumes Übergriffe beschwert, doch hatte immer ein schlagkräftiger Beweis zu diesen Anschuldigungen gefehlt. Jetzt jedoch hatte sich Sorotume erwischen lassen. Sein Angriff hatte zum Glück dieses Mal nicht zum endgültigen Ziel geführt. Der Ehrwürdige sprach das Urteil:

„Irilani ist nicht geschändet worden. Erschwerend ist aber, dass Sorotume sich an einer Kahua vergriffen hatte, die praktisch den Status der Unantastbarkeit trägt. Die wiederholten Übergriffe auf andere Frauen zeigen zudem, dass Sorotume seine Mitmenschen und die Gesetze missachtet. Das können wir nicht ungestraft dulden. Es wird kein Todesurteil geben, aber Sorotume wird entmannt. Das Urteil wird morgen in aller Öffentlichkeit während des Festes ausgeführt. Sorotume wird seinen Alikiobeutel an die Akudari, die Göttersterne und an Shirolan opfern, die sich mit einem solchen Opfer vielleicht dazu bewegen lassen, die grauenhaften Ereignisse, die sich durch die schlimmen Himmelszeichen ankündigten, abzumildern und uns zu verschonen. Danach werden wir ihn vor aller Augen aus seinem Clan verstoßen. Kein Mensch ist zukünftig verpflichtet, ihm Hilfe, Unterkunft und Nahrung anzubieten."

Jedem war klar, dies stellte ein Fasttodesurteil dar. Tomaru und Irilani sahen sich an. Das war eine harte Strafe, aber angemessen, wobei sich Tomaru dachte, dass er lieber tot wäre, als für den Rest seines Lebens entmannt zu sein. Er konnte nachvollziehen, dass Sorotume entsetzt die Augen aufriss, sich den Händen seiner Wächter entriss, auf die Knie fiel und um Gnade flehte. Doch die Ehrwürdigen bedachten ihn mit keinem weiteren Blick und verließen gemessenen Schrittes die Versammlungshütte.

Sorotumes hasserfüllte Augen versprachen Tomaru und Irilani, dass er weiterhin eine Gefahr für sie beide blieb, solange sie am Leben waren. Auch entehrt und entmannt, konnte er einen Speer werfen oder einen Pfeil abschießen. Tomaru seufzte. Warum konnte es kein vollkommenes Glück geben?

Sommer im Glück

Irilani und Tomaru warteten auf ihre Bären- und Mohnclansippen und beobachteten zusammen vom Hang des Drachenberges, der einige Schritte entfernt vom Sonnenkreis aufragte, das Ankommen der Festgäste und den Trubel, der sich rund um den Kreis bildete. Als ihm auffiel, dass Irilani seinen Anhänger nicht um den Hals trug, fragte er sie nach dem Warum. Auf diese Frage hatte Irilani nur gewartet. Sie war schon früh am Morgen zum Stein-Kahu gegangen und hatte ihn gebeten, den Anhänger genau in der Mitte zu teilen, was dieser auch vorsichtig getan hatte. Danach bohrte er in jeden Anhänger ein Loch in den Rand. An jeder Hälfte hatte Irilani ein Lederband befestigt und beide Teile in ihrem Gürtelbeutel verstaut.

Während eines Rauchopfers hatte sie die Akudari und Göttersterne angefleht, die beiden Hälften immer vereint zu bewahren, wenn nötig die Amuletthälften durch Zeit und Ewigkeit zu schicken, um sie in einem anderen Leben noch einmal zusammenzubringen. Sie schlang sich die eine Anhängerhälfte um den Hals und streifte Tomaru die zweite über den Kopf, während sie feierlich versprach:

„Diesen Anhänger werde ich als Zeichen unserer Liebe immer und ewig tragen und bis zum Ende meines Lebens niemals hergeben! Trage deine Hälfte mit der gleichen Liebe wie ich."

Dieses Versprechen rührte Tomaru zutiefst im Herzen. Er nahm ihre Hand und versprach seinerseits:
„Irilani, ich werde meine Hälfte des Anhängers auf ewig hüten und ihn immer in der Nähe der anderen Hälfte bewahren."

Er umarmte sie inniglich.

„So, und nun komm! Lass uns nachsehen, welche unbekannten Dinge die Händler wieder aus der ganzen Welt hierhergeschleppt haben!"

Sie rannten übermütig den Berg hinab und mischten sich unter die Menge, die zum Sonnenzentrum strömte.

Wie immer gab es viele Reisende, die aus allen Himmelsrichtungen herbeigeeilt waren und die fremdartigsten und außergewöhnlichsten Waren anboten: Stosszähne von Walrössern, wasserdichte Robbenfelle, rote Schneckenhäuser, besondere Farbsteine und brennende, goldgelbe, fast schwerelose Steine, in die manchmal Insekten und Pflanzenteile eingeschlossen waren wie in verfestigtes Sonnenlicht. Ins Feuer gehalten, brannten sie und verbreiteten ein süßes Aroma.

Eingetauscht wurden die begehrten Dinge gegen die immer seltener werdenden weißen Felle von Eisfüchsen, Schneehasen und gegen Kleintierpelze. Einer hatte sogar leuchtend blaue Steine mitgebracht, von denen er lauthals behauptete, man würde sie weit im Osten und jenseits des großen Südlichen Salzwassers in Felsen finden. Tomaru wurde sich schmerzlich bewusst, wie viel es auf der Welt noch zu entdecken gab.

Er begutachtete neugierig die fremdartigen Dinge und meinte zu Irilani, dass er irgendwann eine Reise nach Norden machen wollte, um herauszufinden, wie diese Walrösser und Robben aussahen und wo der gelbe Brennstein zu finden sei. Oder auch nach Süden und dann nach Osten, um herauszufinden, ob diese wilden Geschichten der Händler auch nur annähernd der Wahrheit entsprachen. Irilani nickte zustimmend, doch in ihrem Innersten glaubte sie nicht daran, dass sie als Sonnenkreis-Ijatiba eine solch lange Reise machen konnte. Jedenfalls nicht, bevor sie nicht für ausgebildeten Ersatz gesorgt hatte, und das konnte dauern.

Sie schreckte aus ihren Gedanken. Die Menschen um sie herum waren plötzlich still geworden. Alle spitzten nervös die Ohren, doch kein Vogel war mehr zu hören oder zu sehen. Entsetzt bemerkte Irilani wie sich unter ihren Füßen die Erde bewegte. Das Ruckeln und Schwanken wurde immer stärker und schüttelte die Menschen von den Beinen. Ein tiefes, bösartig pulsierendes Donnern rollte heran, über Irilani hinweg und entfernte sich mit dumpfem Rumpeln in der Ferne. Doch schon rollte die nächste Welle heran und stürzte alle in Furcht.
Verwirrt und erschüttert sahen sich Irilani und Tomaru nach dem Abebben der Erschütterungen an, rappelten sich auf und halfen ringsum anderen auf die Beine. Die Händler sammelten hektisch ihre Waren wieder ein, die aus verschiedenen umgestürzten Behältern gefallen waren.
Vor allem Irilani war aus tiefstem Herzen bange. Das war nun schon die dritte und heftigste Drachenbewegung, die sie in ihrem Leben mitgemacht hatte. Sie besprach sich mit Tomaru und erzählte ihm zur Erinnerung die alten Geschichten, die meist einen wahren Kern enthielten. Eindringlich bat sie ihn, bei seinen Rundläufen ein offenes Auge für Veränderungen im Lebensraum der Clans zu haben, jeder Merkwürdigkeit nachzugehen und alles haarklein jede Woche in der Versammlungshütte den Kahus und Ehrwürdigen zu berichten.

Zusammen betrachtet, mit den schlechten Zeichen, die die Ehrwürdigen geschaut hatten und die zudem jeder mit angstvollem Blick nachts am Himmel beobachten konnte, bekam Irilani ein mulmiges Gefühl und Angst vor dem Kommenden. Doch, was blieb ihr und allen anderen, als abzuwarten? Sie würde sich in

Tomarus Liebe sonnen, sich in ihre Arbeit stürzen und konnte nur hoffen, dass das Schicksal es gut mit ihnen meinte. Zum Fest würde sie den Akudari einen besonderen Kräuterkranz aus ganz seltenen und wertvollen Heilpflanzen als Opfer darbringen und mit dem Rauch ihre Hoffnungen und Wünsche aufsteigen lassen.

Mittlerweile hatten sich die Clans wieder beruhigt, man sprach sich Mut zu und wollte das Fest jetzt erst recht genießen. Alle erwarteten gespannt die Ansprache der Ehrwürdigen Eingeweihten, die die Zeichen deuten konnten. Die erschrockene Natur hatte sich auch wieder aufgerappelt und den üblichen Geräuschvorhang aus Rascheln, Gezirpe und Vogelstimmen über das Land gelegt.

Am Abend drängten sich die Massen innerhalb des Sonnenkreiswalles um das Mittelplateau herum und warteten auf den Einmarsch der Ehrwürdigen Eingeweihten. Auch an diesem Abend standen die Trommler am Außenrand der Mittelplattform zwischen den Feuerschalen und aufgestellten Fackeln, die die Szenerie erhellten. Die Eingeweihten bewegten sich gemessenen Schrittes zum Mittelkreis. Mit ihren federgeschmückten Kronen und den bodenlangen, schillernden Federumhängen schienen sie im Feuerschein fast zu schweben.

Irilani und Tomaru gesellten sich zu ihren Clansippen auf den Ringwall, um dem Fest beizuwohnen. Den Mitgliedern des Bären- und Mohnclans hatten sie am Nachmittag ihren Entschluss mitgeteilt, dass sie beide zusammenbleiben und am Sonnenkreis ihre Aufgaben erfüllen würden. Irilanis Mutter beglückwünschte sie stolz unter Lachen und Weinen, bedauerte es aber, dass Irilani vorerst nicht zum Clan zurückkehren würde. Irilani tröstete sie mit der Aussicht, dass sie nicht für immer am Kreis arbeiten wolle und nach einigen Jahren bestimmt ihren Platz als Clan-Kahua antreten würde, wenn sie als Shirolan-Ijatiba weitere Lehrlinge ausgebildet hatte und sie sich entschloss, Kinder zu bekommen.

Irilani konnte ihre Mutter verstehen. Sie wollte, dass sie die mütterliche Linie in der Clansiedlung schnellstmöglich mitvertrat, Kinder bekam, die Zahl der Sippenmitglieder vermehrte und den alternden Clanfrauen und -männern Arbeit und Verantwortung abnahm. Doch Irilani wollte sich einige Jahre ohne Belastung durch Kinder und Familie in die Arbeit am Sonnenkreis stürzen, ihr Wissen anwenden und weitergeben und mit Tomaru die Zweisamkeit genießen. Dass das Schicksal einen ganz anderen Weg vorbereitet hatte, konnte keiner der Sommerfestteilnehmer ahnen.

Die Festzeremonie begann und die Eingeweihten vollzogen ihre Rituale. Sie wirkten besorgt. Unter den Festgästen wurde darüber getuschelt und gemurmelt, dass das erschütternde Ereignis vom Nachmittag wohl der Grund dafür wäre. Die Ehrwürdigen ließen nicht lange auf eine Antwort warten. Sie verkündeten in wohlgesetzten Worten, dass sich böse Zeichen zeigten, wie die Clans wohl mit einem Blick gen Himmel bereits selbst bemerkt hätten und das Rütteln der Erde stellte ein zusätzliches, schweres Omen dar. Weil auch andere Zeichen und Berechnungen höchst beunruhigend ausfielen, gab man den Clans mit auf den Weg, ihre Jagd auszudehnen und die Bevorratung für das kommende Jahr auszuweiten, um auf schlechte Bedingungen vorbereitet zu sein. Sie sollten sich vertrauensvoll an ihre Clan-Kahus wenden, die regelmäßig vom Shirolan-Zentrum aus über die Lage auf dem Laufenden gehalten wurden. Um die Göttersterne, die Akudari und Shirolan günstig zu stimmen, wollte man zudem ein besonderes Opfer bringen. Da einer der Sonnenkreisbeschäftigten eine schwere Schuld auf sich geladen und versucht hatte, eine Frau gegen ihren Willen zu nehmen, wolle man seinen Alikiobeutel den Göttern opfern.

Das Raunen der Menge schwoll an und jeder unterhielt sich aufgeregt mit seinen Nachbarn darüber, wer wohl der Böswillige sein könnte, wer die Beleidigte und ob das Urteil gerecht oder zu hart war. Jedenfalls waren alle gespannt auf das, was gleich geschehen würde.

Der Ehrwürdige Rechtsprecher, dessen Aufgabe es auch war, die Urteile auszuführen, trat vor und forderte die Ringwächter auf, Sorotume auf die Plattform zu bringen. Sorotume hatte eingesehen, dass es keinen Sinn mehr machte, sich zu wehren. Das Urteil würde ausgeführt werden und dann war er kein richtiger Mann mehr. Jeder würde auf ihn herabsehen, weil auch sein Giringha entweiht wurde und Schuld und Strafe für jeden sichtbar auf seiner Stirn prangen würden. Tief in seinem Inneren brannte der heißeste Zorn und bohrende Angst. Er schwor sich, an Irilani und Tomaru Rache zu nehmen, falls er die Folgen des Urteils überlebte.

Der Ehrwürdige Rechtsprecher wies die Wächter an, Sorotume an den Mittelpfosten zu binden. Und so geschah es. Zur Menge gewandt, nannte der Rechtsprecher noch einmal den Grund der Strafe und forderte die Clans auf, Sorotume in Zukunft als Ehrlosen zu betrachten und zu bedenken, dass sie ihm keinerlei Hilfe anbieten mussten, wenn er darum bäte. Der Ehrwürdige vollzog die Riten der Bestrafung und rief die Akudari und die Göttersterne an, das Opfer gnädig anzunehmen und ihre Freigiebigkeit über allen Clans walten zu lassen. Dann zog er mit der scharfen Feuersteinklinge zwei schräge Linien quer über Sorotumes Stirn-Giringha um es auszulöschen, nahm danach entschlossen Sorotumes Beutel in die Hand, trennte ihn mit einem Schnitt der großen rituellen Feuersteinklinge ab und warf ihn in die Flammen des Opferfeuers.

Ein überraschtes Raunen durchlief die Menge, als Sorotume aufjaulte und vor Schmerzen kaum wahrnahm wie die Wächter ihn zur Ijatiba-Hütte schleppten, wo der Kahu schon auf den Bestraften wartete, um ihn zu vernähen und mit Heilpackungen zu versehen. Einige Tage würde er unter Aufsicht in der Krankenhütte genesen dürfen und dann den Shirolan-Kreis als Entehrter verlassen.

Irilani bekam große Augen, als ihr bewusst wurde, dass auch dies eine ihrer Aufgabe sein würde, falls sie als Ijatiba-Kahua für solch einen Fall alleine die Heilung übernehmen musste. Sie schauderte und hoffte inständig, dass sie in Zukunft keine Straffälle in die Heilerhütte bekam. Für diesen Fall hier war zum Glück noch der alte Ijatiba-Kahu zuständig.

Die Ehrwürdigen führten die Sommerfestzeremonien weiter aus und als die Trommler begannen, die Nacht zum Beben zu bringen, verließen Tomaru und Irilani den Wall und verbrachten in ihrer Hütte eine Nacht voller Liebe und Leidenschaft, die die Akudari fast von einer Änderung im Lauf der Gestirne und dem Muster der Lebensknoten hätten überzeugen können. Doch das Schicksal der Clans am Großen Fluss war besiegelt und die Steine der Zukunft bereits geritzt.

Am nächsten Tag verabschiedete sich Tomaru schweren Herzens von Irilani und machte sich auf, um mit dem Rotsteinclan wieder einmal seine Rundreise zu beginnen, die jetzt allerdings nur fünf Tage dauerte und ihn schnell wieder zurückführen würde.

Irilani stürzte sich in ihre tägliche Arbeit, unterstützte den Ijatiba-Kahu, wo sie nur konnte und ließ sich in alle seine aktuellen Aufgaben einweisen, auch in die, die sich mit den Beratungen und Entscheidungen in den Versammlungen mit den Ehrwürdigen befassten. In dieser Funktion musste sie auch wöchentlich ganz offiziell die Nachrichten von Tomaru mit den anderen zusammen entgegennehmen, wenn er sich regelmäßig von seinen Rundreisen zurückmeldete und am Sonnenkreis, zusammen mit den anderen Nachrichtenläufern, Bericht erstattete. Es bereitete ihr immer allergrößte Mühe, Zurückhaltung zu bewahren und ihre Blicke und ihr Lächeln im Zaum zu halten, bis der offizielle Teil beendet war und die Versammlung aufgelöst wurde. Kaum konnte sie es erwarten, sich mit Tomaru in ihrer Hütte zu treffen und sich ihm in die Arme zu werfen.

Irilani war sich schon einige Wochen nach dem Sommerfest fast sicher gewesen, dass ihre Maßnahmen zur Empfängnisverhütung zu spät gekommen waren und sie ein Kind bekam. Wenn sich ihre Vermutung bewahrheitete, musste sie sich wohl davon verabschieden, als Sonnenkreis-Kahua die nächsten Jahre hier zu verbringen. Es war schwierig, einen Säugling lebend und gesund über die ersten Jahre zu bringen. Am Kreis konnte sie diese Aufgabe wohl nicht mit der Arbeit eines Kahus teilen, vor allem nicht, wenn der Ijatiba eine Weltreise antreten wollte. „Oh, der Arme", dachte sie, „er wird seine Reise wohl um ein, zwei Jahre verschieben müssen."

Den Ijatiba informierte sie sofort. Der angegraute Mann umarmte und beruhigte sie, sie solle keine Gewissensbisse haben, er könne auch ein bisschen später seine Erkundungsreise antreten, wenn sie zurückkehrte oder ein anderer Lehrling sich als Zukunftsträger für den Kreis erwies. Irilani dankte ihm aus tiefstem Herzen und machte sich bereit, Tomaru von der Änderung ihrer Zukunftspläne zu berichten. Doch sie wartete noch einige Zeit, bis sie sich ganz sicher war. Zum Fest des gleich geteilten Tages im Herbst teilte sie Tomaru die Neuigkeit mit. Der werdende Vater nahm die Nachricht einerseits mit überschäumender Freude auf, andererseits machte er sich Gedanken wie sich ihre Liebe entwickeln würde, wenn Irilani zu ihrem Mutterclan zurückkehrte und dort ihr gemeinsames Kind großziehen würde. Doch seine Zweifel wurden von Irilani zerstreut, die sich sicher war, dass Kind und Mutter beim Clan am besten aufgehoben waren und sie ihr Wissen, zwar auf niedrigerer Ebene, im Mohnclan anwenden und weitergeben konnte.

Irilani wollte sich und ihr Kind vertrauensvoll dem Ring-Ijatiba in die Hände geben und dann einige Wochen nach der Geburt zu ihrem Clan zurückkehren.

Veränderungen

Die Nachrichten, die Tomaru den Ehrwürdigen Eingeweihten und den Kahus von seinen wöchentlichen Wanderungen zurückbrachte, waren zutiefst besorgniserregend. Beim Rotsteinclan hatte der Kahu dringende Meldung gemacht. Tomaru war mit ihm zum Seebergsee hinauf gegangen und entsetzt gewesen, als er sah, wie mittlerweile der gesamte See zu kochen schien, als hätte man ihn mit zahllosen Glühsteinen gefüllt. Es sah aber nur so aus, denn das Wasser war bisher nicht wärmer geworden. Allerdings wurden die Fische immer seltener und der Clan hatte sich ganz auf die Jagd verlegt. Der Kahu berichtete, dass die Blasen nun überall aus dem Seeboden aufströmten und es stellenweise sehr schlecht roch. Tomaru kam mit ihm überein, dass der Kahu sofort jemanden mit Nachrichten an den Sonnenkreis schicken sollte, falls sich an der Lage etwas änderte. Er sollte nicht darauf warten, bis Tomaru wieder vorbeikäme. Tomaru machte sich auf den Weg zu den nördlichen Clans und kehrte dann am Großen Fluss entlang zum Shirolan-Kreis zurück.

Unterwegs berichteten ihm die Clan-Kahus, dass einige der schon immer warmen Quellen mittlerweile so heiß geworden waren, dass man das Wasser nur noch mit Kaltem gemischt nutzen konnte. Sie setzten sich am Lagerfeuer zusammen und beratschlagten wie dieses Phänomen zu erklären sein konnte. Die Kahus wollten sich mit uralten Legenden eigentlich nicht lächerlich machen und doch brachten sie vorsichtig vor, dass das Ganze sich eigentlich nur damit erklären ließe, dass der Drache sich wieder bewegte. Auch wenn dies in den Bereich der Überlieferungen gehörte, schienen die Zeichen doch genau dorthin zu weisen und Schlimmes anzukündigen.

Auch hier vereinbarte Tomaru mit sämtlichen Kahus, dass sie bei einer weiteren Änderung der Lage sofort den Sonnenkreis benachrichtigen sollten und sich ansonsten an die allgemeinen Ratschläge des Zentrums vom letzten Fest halten und ihre Vorräte aufbauen sollten. Man wusste ja nie...

Auf seinem Rückweg zum Sonnenkreis fasste Tomaru all die neuen Erkenntnisse im Geiste zusammen: Heiße Quellen wurden heißer, die Erderschütterungen wurden häufiger und heftiger und der Seeberg war in Wallung. Alles in allem sah es wirklich so aus, als würde der Merólia-Karánga-Drache aus dem Schlaf erwachen. Wenn er daran dachte, was für furchtbare Geschehnisse dann eintreten mochten, wenn die Legenden auch nur einen Hauch von Wahrheit in sich trugen, wurde ihm ganz mulmig in Bauch. Er würde den Ehrwürdigen gegenüber mit seinen Vermutungen nicht hinter dem Berg halten, denn sie trugen die endgültige Verantwortung für die Clans und mussten entscheiden wie es weitergehen sollte. Dies tat er dann auch.

Die Gesichter der Ehrwürdigen Eingeweihten legten sich in sorgenvolle Falten und eine ausnahmsweise recht lautstarke Diskussion begann, ob man die Legenden ernst nehmen musste und wie die Vorzeichen auszulegen seien. Denn auch die Himmelsdrachen wurden immer größer und länger und strahlten hell in der Nacht.

Tomaru hatte seine Aufgabe erfüllt und entfernte sich ehrerbietig hinaus zu Irilani, die vor der Versammlungshütte gleich in seine Arme sank. Sie trug mittlerweile ein kleines Bäuchlein vor sich her, was sie aber nicht daran hinderte, ihren Winterpflichten als Ijatiba nachzukommen. Der alte Ijatiba schonte sie, so dass sie nicht mit den Schwerkranken in direkten Kontakt kam und sie sich allein den Führungsaufgaben eines Kreis-Ijatibas und der Zubereitung gängiger Heilmittel widmen konnte.

Irilani machte sich mittlerweile schwere Sorgen, da sie sich noch genau an die Worte der Naona erinnerte, die ihr die Legende der Drachenzackenberge erzählt hatte, als sie deren kranken Enkel versorgen musste. Sie war hochgradig beunruhigt. Um sich abzulenken, schickte sie Tomaru zum Krummen-Knoten-Fluss hinunter, um die Reusen zu überprüfen und ein paar frische Fische heraufzubringen. Sie wollte sich unterdessen mit der Zubereitung eines Heilmittels aus Weidenrinden beschäftigen, dass gegen Kopf- und Gliederschmerzen half und im Winter sehr gefragt sein würde. Als Tomaru mit seinem Fischkorb den Hang hinunter verschwand, betrat sie die Hütte des Ijatiba und zerklopfte nach und nach einen Stapel Pflanzenteile mit einem knorrigen Geweihende.

Voller Angst bemerkte sie plötzlich, wie ihre Sitzbank und die steinerne Platte zu zittern begannen und ein Knirschen und Knacken durch den Schieferplattenfußboden der Hütte lief. Die ganze Hütte fing an, sich zu heben und zu senken und aus den Stufenwänden kippten Knochendosen und Birkenbehälter. Das eingehängte Holzgitter an der Decke begann zu knirschen, einige Glühsteine kamen in Bewegung und rollten polternd über den Rand der Feuergrube und krachten auf den Boden.
Als ein unerträglich lauter Knall sich an den Wänden brach und die Erde zu rieseln anfing, sprang Irilani entsetzt auf und rannte zum Ausgang. Noch immer zitterte die Erde und Irilani kroch fast die paar Stufen zum Ausgang hoch und hinaus, als hinter ihr das Holzgitter mit den vielen dort befestigten Holzwerkzeugen und Behältern zu Boden krachte. Irilani dachte, die Welt ginge unter und versuchte erst gar nicht aufzustehen, sondern klammerte sich an den Boden,

der unter ihr immer noch zuckte und zitterte, grollte und polterte, während die letzte Schallwelle sich pochend entfernte und die Erde wieder zur Ruhe kam.

Als sie sich aufrichtete und sich umschaute sah sie, dass alle vor ihren Hütten saßen, lagen oder standen, sich gegenseitig in den Arm nahmen und sich halfen, das Entsetzen und die Angst abzuschütteln, die dieses unglaubliche Ereignis ausgelöst hatten.

Bei allen Akudari, wo war Tomaru?! Irilani lief den Hang zum Knoten-Fluss hinunter und war maßlos erleichtert, als Tomaru ihr auf halbem Weg atemlos entgegenkam und sie schweigend fest umarmte. Beide dankten in ihrem Innersten den Akudari, dass sie sich unverletzt in die Augen sehen konnten und fassten sich fest an den Händen, als sie den Berg wieder hinaufstiegen.

Einer der Sonnenkreisbewohner zeigte plötzlich ganz aufgeregt mit wilden Gesten in Richtung des Seeberges. Allen verschlug es die Sprache als sie feststellten, dass dieser Drachenzackenberg eine Wolke in die Luft stieß. Alle beobachteten gebannt eine Weile diesen außergewöhnlichen Anblick. Doch als sonst nichts Furchtbares mehr geschah, wandten sie sich wieder ihren Hütten zu und begannen mit den Ausbesserungsarbeiten. Sie ersetzten die gebrochenen Holzstreben, vernähten gerissene Fellbahnen und richteten die Beschwerungssteine. In den Hütten waren einige Feuergruben auseinandergerüttelt worden, doch dank der schieferbedeckten Fußböden war nirgendwo ein Feuer ausgebrochen. Irilani und der Ijatiba gingen hilfsbereit sämtliche Hütten ab und erkundigten sich überall, ob sich jemand verletzt hatte, doch bis auf ein paar Abschürfungen und Beulen hatte sich niemand etwas Ernsthaftes zugezogen.

Tomaru erzählte ihr später, dass es am Fluss beängstigend gewesen war, als die durchgeschüttelten Sand- und Kiesbänke praktisch zu fließen begonnen hatten; größere Baumstücke und Steine waren langsam im Untergrund eingesunken. Er hatte Glück gehabt, weil er die Reuse schon geleert hatte und mit dem Korb gerade am Ufer angelangt war, als es losging. Unter einer Gruppe alter Weidenköpfe hatte er Zuflucht gefunden, als vom Berghang eine Steinlawine herunter prasselte.

Irilani seufzte tief auf; wie leicht hätte Tomarus Leben beendet sein können! Tomaru war sich ebenfalls bewusst wie schnell ihr Glück ein Ende haben konnte, wenn die Göttersterne es so beschlossen. Beide erkannten sie, dass jeder Tag und jede Stunde zählte. Den ganzen Abend kümmerten sie sich ganz besonders aufmerksam umeinander. Als Irilani ihn überzeugte, dass ihr Zustand absolut kein Hindernis war, stürzten sich Irilani und Tomaru in eine zärtliche und leidenschaftliche Nacht, als gäbe es kein Morgen mehr und schliefen später eng umschlugen ein. Den kleineren Erdstoß, der am Ende der Nacht die Gegend noch einmal in leichtes Zittern versetzte, bemerkten sie nicht in ihrem tiefen Schlaf.

Irilani warf dem Berg jeden Morgen einen misstrauischen Blick zu, wenn sie ihre Hütte verließ und mit Nono und Kara einen Morgenspaziergang machte, bevor sie sich in der wieder hergerichteten Ijatiba-Hütte einfand und mit dem Alt-Ijatiba zusammen ihrer Arbeit nachkam. Bald würde sie ihr Kind bekommen, ihr Bauch spannte mittlerweile ihr Hirschhemd ganz bedenklich und sie hoffte inständig, dass Tomaru da sein würde, wenn es soweit war. Diesen Wunsch erfüllten ihr die Akudari und dank eines mildernden Trankes empfand Irilani keine großen Schmerzen bei der Geburt. Es gab auch keine der immer wieder auftretenden Schwierigkeiten, die manche Kinder tot auf die Welt kommen ließen. Es wäre Irilani schwergefallen, ihr erstes Kind dem Opferfeuer zu übergeben, um seine Seele direkt zu den Göttersternen zurückzuschicken.

Tomaru hatte seine Tochter, die man liebevoll in weiche Felle gewickelt hatte, in den Arm genommen und gleich mehrere Bitten an die Akudari gerichtet und Rauchopfer gebracht, um die Göttersterne zu bewegen, Irilani und sein Kind zu schützen und zu behüten. Mit einem liebevoll glücklichen Lächeln stellte er fest, dass seine Kleine dieselben merkwürdig abgewinkelten kleinen Finger geerbt hatte, die Irilani seit ihrer Kindheit so ärgerten. Dann saß er die nächsten Tage und Nächte an Irilanis Lager und wachte, um bei den ersten Zeichen der Geburtskrankheit den Ijatiba rufen zu können. Doch der hatte äußerste Vorsicht walten lassen und Irilani mit schützenden Heilkräuterbädern behandelt. So erholte sich Irilani innerhalb weniger Tage.

Wenn Tomaru zusah, wie Irilani ihre Tochter stillte, dankte er dem Schicksal aus tiefstem Herzen. Nicht jeder Mann hatte das Glück, seine Frau und sein Kind gesund und munter nach der Geburt in die Arme nehmen zu können. Und noch einmal beschwor er die Akudari, seine kleine Familie zu beschützen und sie alle vor Unheil zu bewahren. Doch das Schicksal hatte bereits andere Knoten geknüpft.

Der Seeberg hatte sich wieder beruhigt und stieß nur hin und wieder ein paar Dampfwölkchen in den Himmel. Bald gingen alle zur Tagesordnung über und glaubten und hofften, dass das Beben und die Dampfwolken die von den Zeichen angekündigten Schwierigkeiten gewesen waren.
Der Alt-Ijatiba vom Sonnenkreis hatte Irilani inständig gebeten dazubleiben und trotz Kind ihre Aufgabe hier wahrzunehmen. Mit fast vierzig Sommern blieb ihm

nicht mehr viel Zeit, eine anstrengende Reise durchzuführen und seinen Wissensdurst zu löschen. Irilani hatte sich breitschlagen lassen.

Ihre Kleine, die mittlerweile auf wackligen Beinchen von einer Hütte zur anderen tappste, mit noch ungeschickten Stolperern ihr Gleichgewicht zu wahren suchte und mit ihren fuchtelnden Ärmchen kleinere Zerstörungen anrichtete, konnte auch von den Kahu-Familien des Sonnenkreises beaufsichtigt und gefüttert werden. Abends holte Irilani sie zu sich in ihre Hütte und widmete sich stundenlang liebevoll ihrem Kind. Wenn Tomaru regelmäßig nach ein paar Tagen am Sonnenkreis eintraf, hatte sie ihre Aufgaben so an ihre neuen Lehrlinge verteilt, dass sie sich zwei Tage und Nächte Tomaru widmen konnte.

Ihr fiel mit der Zeit auf, dass Tomaru sich immer eindringlicher mit dem Ijatiba unterhielt, der seine Reisevorbereitungen durchführte. Der Kahu hatte sich eine mehrere Schritte große Sandfläche ausgelegt und sämtliche Nachrichtenläufer dazu angehalten, in diese Fläche die Besonderheiten ihrer Regionen einzuzeichnen, insbesondere wichtige Flussläufe, Bergzüge, die Clansiedlungen und was es sonst noch Wissenswertes festzuhalten gab. Die Bergzüge waren durch unterschiedlich große Steinbruchstücke angedeutet, die Clansiedlungen durch rote Sandsteinbröckchen und die Flüsse und Bäche hatten sie mit einer Rute in den Sand gezogen.

Tomaru bestaunte den Fortgang dieses Werkes, erweiterte die Karte bis hinunter zum Südlichen Salzwasser und fügte die Merkmale der Gegenden, die er durchwandert hatte hinzu. Der Kahu beabsichtigte, nach Norden zu reisen und über die bekannten Flächen hinaus zu erforschen, was es mit den Robben und den Brennsteinen auf sich hatte. Später wollte er dann nach Westen, um die Regionen zu besuchen, die sich dort an Tomarus Karte anschließen mussten. Immer, wenn Tomaru am Sonnenkreis weilte, saßen die beiden einige Stunden beisammen und fachsimpelten über dem Kartenwerk. Als sie sich sicher waren, dass sie nichts vergessen hatten, holten sie sich ein großes, fein gegerbtes, seidig glattes Lederstück und übertrugen die Karte mit einem färbenden Pflanzensaft auf die Lederfläche. Von sich selbst schwer beeindruckt redeten sie sich zu, die restlichen drei Viertel in der nächsten Zeit mit Erkenntnissen füllen zu wollen. Irilani machte sich innerlich darauf gefasst, dass Tomaru sie demnächst fragen würde, ob es ihr etwas ausmachen würde, wenn er den Kahu auf dieser Reise begleitete.

Natürlich würde es ihr etwas ausmachen; es würde ihr sogar sehr viel ausmachen! Doch die zwei Jahre mit Tomaru zusammen hatten ihr auch die Einsicht geschenkt, dass dieser wissbegierige Mensch niemals ganz glücklich sein würde, wenn er nicht neue, spannende Herausforderungen in Angriff nehmen konnte. Seine Unruhe hatte sie längst bemerkt; die Aufgabe als Nachrichtenläufer für den Sonnenkreis befriedigte ihn nicht mehr. Irilani wollte ihn nicht hier anbinden und ganz bestimmt wollte sie ihn nicht zu einem gelangweilten und griesgrämigen Mann werden lassen, der sich später fragte, wieso er dies oder das in seinem Leben nicht getan hatte. Sie würde ihn ziehen lassen, doch nicht leichten Herzens, dafür würde sie ihn zu sehr vermissen. Die Gefahr, dass er nicht zurückkehrte war nicht unerheblich; doch letztendlich konnte der Tod jeden überall treffen. Das Einzige, dessen sich Irilani absolut sicher fühlte war, dass ihre gegenseitige Liebe nur durch den Tod beendet werden konnte und vielleicht nicht einmal dadurch.

Ihr Gefühl hatte sie nicht getrogen. Ein paar Tage, bevor der Ijatiba seine Abreise geplant hatte, bat Tomaru sie um ein ernsthaftes Gespräch. Nachdem er seinen Wunsch vorgetragen hatte, war er mehr als erstaunt, als Irilani ganz gefasst die Dinge beim Namen nannte und ihm den Weg frei machte. Wohl sah er, dass sie sich nur mit aller Kraft beherrschen konnte, um nicht ihren traurigen Gefühlen nachzugeben. Er liebte sie umso mehr dafür, dass sie seinem Herzenswunsch ohne Kampf nachgab, die Qual der Ungewissheit und des längeren Getrenntseins auf sich nahm und zusätzlich seinen eigenen Gewissensnöten noch dazu die Spitze nahm. Eine ganze Lawine fiel ihm von Herzen und Irilani befahl im, unter Tränen lächelnd, nun endlich zum Kahu zu gehen und sich mit ihm zusammen mit den notwendigen Reisevorbereitungen zu beschäftigen, damit sie zumindest beruhigt sein konnte, dass er alles dabeihatte, was er auf einer langen Reise brauchen würde.

Irilani besprach noch am gleichen Abend die Übergabe aller Ijatiba-Pflichten mit dem Kahu, der ihr Mut zusprach und ihr versicherte, dass sie absolut fähig war, die vielfältigen Ijatiba-Aufgaben am Sonnenkreis alleine übernehmen zu können. Er versprach ihr, immer ein aufmerksames Auge auf Tomaru zu richten. Darüber hinaus hatte er absolut nicht vor, unterwegs zu Schaden zu kommen und sie solle sich nicht allzu große Sorgen machen. Clansiedlungen gab es überall, er war immer noch ein guter Jäger und Tomaru sowieso. Sie würden wohlbehalten zurückkehren. Irilani dachte sich insgeheim, dass wohl eher Tomaru auf den Kahu aufpassen musste!

Der Kahu teilte ihr aber auch mit, dass diese Reise vermutlich mindestens zwei Shirolan-Doppelwellen dauern würde, vielleicht auch noch etwas länger, falls sich unterwegs herausstellte, dass die unbekannten Wege länger waren als angenommen. Irilani nickte ergeben. Wieder einmal stand ihr eine lange Wartezeit bevor. Doch dann reckte sie entschlossen ihr Kinn und wischte sich die aufsteigenden Tränen aus den Augenwinkeln. Sie hatte eine Trennung von Tomaru schon einmal überstanden und sie würde es auch dieses Mal schaffen!

Der Kahu musste bei Irilanis sichtbarem Kampf lächeln, nahm sie väterlich in den Arm und streichelte ihr tröstend über den Rücken, bis sie sich frei machte. Sie meinte, dass sie jetzt zu den Ehrwürdigen Eingeweihten gehen könnten, um deren endgültigen Genehmigung und Segen für alle Entscheidungen einzuholen. Tomarus und des Kahus Reise wurden genehmigt.

Irilani hatte mit brennender Seele, sämtlicher Macht der Liebe und glühender Leidenschaft einige Nächte lang von Tomaru Abschied genommen und Tomaru hatte sich jede Haarspitze, jedes Grübchen und jede Hautfalte Irilanis ins Gedächtnis eingeritzt.

Mit seiner Tochter befasste er sich stundenlang und spielte ausgiebig mit ihr in der Hoffnung, dass sie sich später an ihn erinnern würde und nicht zuletzt auch, um sich selbst ihr Kindergesicht einzuprägen, in dem sich seine und Irilanis Züge langsam deutlich abzeichneten.

Hin und wieder fragte er sich zweifelnd, ob seine geplante Reise wirklich so dringend und wichtig genug war, um seine große Liebe und seine Tochter so lange zu verlassen. Aber er wusste auch, dass er innerlich zu Grunde gehen würde, wenn er seinen Wissensdurst unter den alltäglichen Anforderungen begraben musste und dass selbst Irilanis Liebe ihm kein vollständiger Trost und Ausgleich sein konnte.

Wenige Tage später war der Kahu mit Tomaru auf dem Weg in die Ferne. Tomaru winkte und warf Irilani tausend abschiednehmende Kusshände zu. Er sah aus der Entfernung nicht, wie Irilanis Selbstbeherrschung allmählich zusammenbrach und ihr heiße Tränen in Sturzbächen aus den Augen quollen, während sie mit der zappelnden Liadara an der Hand am Hauptweg stand und den beiden bepackten Reisenden abgrundtief traurig hinterher winkte.

Tomarus und Ayubos Nordreise

Kahu Ayubo und Tomaru hatten während der gründlichen Reisevorbereitung Freundschaft geschlossen. Ayubo gefiel die schnelle Auffassungsgabe Tomarus, die kameradschaftliche Unterstützung und die Begeisterungsfähigkeit für alles Neue und Fremde, die er selbst fast zwanzig Sonnendoppelwellen lang hintangestellt hatte. Genau wie Tomaru kribbelte ihm die Vorfreude auf unbekannte Regionen, seltsame Tiere, wildfremde Menschen und unvorhersehbare Ereignisse und Erkenntnisse in der Magengegend. Fröhlich schritten die beiden weit aus und zogen den Hauptweg vom Sonnenkreis hinunter in die Niederungen des Großen Flusses. Sie folgten den wohlbekannten Pfaden an den Ufern entlang und als der Fluss einige Tagesreisen später nach Westen abknickte und sich über die weite Ebene in zahllose Kies- und Sandbänke auffächerte, verließen die beiden Reisegefährten seinen Lauf und folgten dem Ankerstern nach Norden.

Die Gegend wurde immer karger. Das flache und windige Land gab nur noch knorrigen Zwergkiefern eine Heimat, deren Stämme und Äste sich unter dem Wind am Boden duckten. Nur hinter Bodenwellen bot die weite Fläche noch Deckung hinter niedrigem Buschwerk und vereinzelten flechtenüberwachsenen Felsbrocken. Heidekraut und Moosteppiche bedeckten die Weite bis zum Horizont und sie durchpflügten endlose Felder aus schneeweißen, flauschigen Wollgrasköpfen die der Wind zu wogenden Schaumkronen zusammenblies. Abends schlugen sie ein niedriges Reisezelt auf, das im Wesentlichen aus einer leichten, aber ziemlich wasserdichten Rindenmatte und einer Lederplane bestand, die gerade ausreichten, um die beiden vor dem allgegenwärtig wehenden Wind und vor gelegentlichen Regen- oder Schneeschauern zu schützen. Beeindruckt waren Ayubo und

Tomaru von den riesigen Rentierherden, die hier noch in dichter, breiter, bis zum Horizont reichender Masse ihren uralten Wanderwegen folgten.

Tomaru hatte sich von der windabgewandten Seite an eine Herde herangeschlichen und mit Speerschleuder und Speer ein Renjungtier erwischt, das der Herde als Nachzügler hinterherhinkte. Am Abend brieten sie sich diesen Fang über einem lustig flackernden Feuer. Das Schwierigste bei der Zubereitung dieses üppigen Mahles war es gewesen, genügend Feuerholz im Umkreis zusammenzusuchen. Womit Tomaru und Ayubo nicht wirklich gerechnet hatten war die Tatsache, dass ihr weithin sichtbares Feuerchen Menschen anlocken würde, denn sie waren bisher niemandem begegnet und rechneten schon damit, dass so weit im Norden vielleicht niemand lebte. Dass dem nicht so war, merkten sie, als plötzlich und ganz lautlos drei in lange Fellhemden gehüllte Fremde in den Lichtschein des Feuers traten und die Reaktion der beiden abwarteten.

Ayubo konnte man sein Erschrecken ansehen, doch Tomaru handelte ganz kühl und überlegt, bat die drei Besucher mit einer einladenden Geste näher zum Feuer und bot ihnen unverzüglich die noch auf dem Spieß brutzelnden Reste des Rentiers an. Er dachte nicht einmal im Traum daran, nach seiner Feuersteinklinge oder seinem Speer zu greifen, denn es wäre mehr als aussichtslos gewesen, diese gebrauchen zu können, bevor die drei höchst misstrauisch und aufmerksam beobachtenden Besucher nicht ihrerseits ihre Speere benutzt hätten.

Nachdem die drei Neuankömmlinge sich gegenseitig einige sprechende Blicke zugeworfen hatten, setzten sie sich ans Feuer und nahmen das Angebot an. Sie aßen alles auf, was Tomaru nicht weiter störte. Ayubo und er selbst waren bereits gesättigt. Später begannen die Fremden, sie auszufragen. Nach einigem Hin und Her zur Klärung der Wörter der voneinander abweichenden Dialekte war es mit kleineren Schwierigkeiten möglich, sich über das Woher und Wohin zu unterhalten. Tomaru überlegte die ganze Zeit, wieso ihm die Clan-Giringhas der Männer so bekannt vorkamen, aber er kam vorerst nicht darauf.

Die Nordmänner waren erstaunt, dass sich die Jäger aus den südlichen Gebirgen bis in den deutlich kühleren Norden hinaufwagten. Tomaru und Ayubo bekräftigten ihr eigenes Erstaunen, auf ihrer Forschungswanderung hier in der weiten Landschaft auf eine Gruppe Jäger zu treffen. Die Jägergruppe meinte, dass dies gar nicht so befremdlich wäre, denn sie gehörten den Clans an, die hoch im Norden bis zur Eisgrenze noch die großen Tiere jagen konnten, die weiter im Süden schon nicht mehr existierten.
Tomaru und Ayubo warfen sich überraschte Blicke zu und besprachen sich kurz miteinander. Wenn das wahr war, dann würden sie dort vieles sehen können, dass zu ihrer eigenen Clanvergangenheit gehörte, aber schon fast im Reich der Legenden verschwunden war.

Die Nordmänner sahen in einem älteren Kahu und einem einzigen jungen Jäger keine Gefahr und nahmen Tomaru und Ayubo mit zu ihrer Clansiedlung im Norden. Gemeinsam überquerten sie ein Wirrwarr von breit gefächerter Flusslandschaft mit hunderten von kleineren und größeren Wasserarmen, mit Einsprengseln von lang gezogenen, niedrig bewachsenen oder auch öden Inseln, Sand- und Kiesbänken. Tomarus scharfe Augen vermeinten hin und wieder in der Ferne größere, dunkel behaarte Tiere zu erkennen. Die Nordmänner nickten und meinten, das wären die gewaltigen, mit elfenbeinernen Stoßzähnen bewaffneten Riesen der eisigen Steppen. Tomaru wäre gerne auf einen Jagdzug gegangen, doch die

Nordmänner erklärten, dass man für eine erfolgreiche Jagd ein paar Männer mehr brauchte und sie erst einmal ihre Clansiedlung aufsuchen sollten, um neue Vorräte einzupacken und eine größere Jagdgruppe zusammenzustellen. Die Reisegruppe wandte sich etwas östlich, um eine sandig-kiesige Hochebene zu umgehen, bis sie auf einen Strom stießen, der sich von Südosten heranwälzte und dank seiner Fließgeschwindigkeit, Breite und Tiefe ziemlich unüberwindbar aussah.

Zu Tomarus und Ayubos Erstaunen, stieg hinter dem gegenüberliegenden Flussufer eine Landschaft an, wie sie ihresgleichen noch niemals zu sehen bekommen hatten. Dort türmten sich, so weit das Auge nach rechts und links reichte, in mehreren ansteigenden Geländestufen unglaublich große Felsbrocken zwischen kleinen und größeren Geröllwänden auf, ein wildes Durcheinander von Steinen und Felsen, durchsetzt mit hunderten quirliger Wasserläufe, die sich spritzend und im Wind verstäubend über Stock und Stein in Wasserfällen zum Fluss hinunter stürzten. Über diesem Felswall erhob sich eine graue Wand. Tomaru musste seinen Kopf in den Nacken legen, um ihr oberes Ende sehen zu können. Den fragenden Blick an die Nordmänner gerichtet, bekam er zur Antwort, dass dies der Anfang des Eises sei, dass sich, ihres Wissens nach, bis zum Ende der Welt im Norden hinzog. Sie waren vor einiger Zeit an einer zugänglicheren Stelle auf diese Eiszunge hinaufgestiegen und hatten nicht anderes gesehen, als Schnee und Eis, durchzogen von tiefen Spalten und ausgedehnten Schmelzwasserseen, über die ein stetiger Wind pfiff.

Diese Eiswand gab es schon seit undenklichen Zeiten, doch hatte sie früher noch weit über den heutigen Fluss gereicht und war erst während der Lebenszeit der letzten Generationen auf breiter Front deutlich zurückgewichen. Das Schmelzwasser bildete den Wasserstrom, der an der Eisgrenze entlang nach Norden floss und später nach Westen abbog, um in das Nordsalzwasser zu münden. Die Nordclans beobachteten das Geschehen mit heftigem Misstrauen. Das Schmelzwasser überflutete in den nordwestlichen und westlichen Gebieten mittlerweile die tieferliegenden Steppen und die Stoßzahnriesen bekamen anscheinend nicht gerne nasse Füße. Sie verließen die Gebiete, in denen sie immer wieder im Matsch herumwaten mussten und orientierten sich an der Eiskante entlang nach Osten, wo es noch kälter und der Boden fester war. Aus diesem Grund waren die Nordmänner überhaupt auf Tomaru und Ayubo gestoßen, denn sie hatten herausfinden sollen, wohin die Riesen zogen, wenn sie die angestammten Weidegebiete verließen.

Am nächsten Morgen machten sich alle auf den Weg zur Clansiedlung der Nordmänner, die sich an den nördlichen Rand des breiten, aber flachen und kargen Höhenrückens schmiegte, an dem sie schon mehrere Tage entlang gezogen waren. Die Siedlung war nur ein Sommer- und Jagdstandort wie Tomaru unschwer an der Form der aufgestellten Zelte erkennen konnte. Er dachte sich, dass es wohl auch noch eine Wintersiedlung weiter im Süden geben müsste, denn so nah am Eis waren die Winter bestimmt fürchterlich kalt. Ayubo und er hofften, dass die Nordmänner so viel Vertrauen haben würden, um sie dorthin mitzunehmen, wenn die Jagdsaison beendet war.

Nachdem die Nordmänner ihrem Clan-Kahu und den Clanmitgliedern die beiden Fremden vorgestellt hatten, vertiefte sich Ayubo erst einmal länger mit dem örtlichen Kahu in ein Gespräch über die Gebräuche der Nordclans und tauschte das gegenseitige Wissen mit ihm aus. Die Frauen und Mädchen des Clans hatten die beiden Neuankömmlinge bereits mehr oder weniger unauffällig betrachtet. Sie waren ganz gespannt darauf, wie Tomaru und Ayubo ohne ihre unförmige Leder- und Pelzverpackung aussehen würden und tuschelten und flüsterten miteinander über die neuen Möglichkeiten, die sich da vielleicht überraschend auftaten.

Bis zum Abend hatten die Nordleute den Umkreis der Siedlung durchstöbert und genügend Krüppelholz für ein größeres Feuer zusammengesucht. Der Sommer ging bald zu Ende und man wollte nur noch einen Jagdzug auf Stoßzahnriesen machen, falls sich eine günstige Gelegenheit ergab, um sich mit Elfenbein zu versorgen, das sie über den Winter zu Schmuckstücken schnitzen und im Frühling bei den Händlern eintauschen wollten.

Es wurde eine ausgelassene Feier. Der Kahu erzählte von den Lebensbedingungen am heimischen Sonnenkreis und den deutlich leichteren Lebensbedingungen der Clans in den geschützten Niederungen des Großen Flusses. Tomaru gab einige Geschichten seiner Südwanderung zum Besten und erzählte die unglaublichsten Händlergerüchte, die man ihm auf der Reise aufzubinden versucht hatte. Vor allem die jüngeren Männer hingen an seinen Lippen, wenn er von den unbekannten Ländern im Süden erzählte.

Die Augen der jungen Mädchen folgten jeder seiner Bewegungen und hätten seine vollen Lippen gerne geküsst. Doch keine konnte Irilani das Wasser reichen und Tomaru verzichtete auf einige Angebote, die ihm im Laufe des Abends gemacht wurden. Er entschuldigte sich auf liebenswürdige Weise mit den Anstrengungen der zurückliegenden Reise und fragte sich auf seinem Nachlager wieder einmal, ob er mit dieser Reise nicht zu selbstsüchtig handelte und wie es Irilani und seiner Tochter am Sonnenkreis wohl

erginge. Nur schwer konnte er seine Gedanken einfangen und zählte im Geiste Schneeflocken, bis er
endlich einschlief.

Onpu

Am Sonnenkreis ging alles seinen gewohnten Gang. Irilanis erste Nächte nach Tomarus Abschied waren schier unerträglich gewesen. Ihr Trennungsschmerz hatte Ströme von lautlosen Tränen über ihre Wangen rinnen lassen, wenn Liadara endlich eingeschlafen war und selig träumend neben ihr lag. Das eine Jahr, in dem Tomaru den Süden bereist hatte, war Irilani schon endlos vorgekommen, doch die Ansage Tomarus und Ayubos, dass diese Wanderung vermutlich sehr viel länger dauern würde, machte ihr schwer zu schaffen.

Sie war jetzt zwanzig Sommer alt und die nächsten Jahre würden aller Erfahrung nach die körperlich besten ihres Lebens sein, jedenfalls was Gesundheit und Fruchtbarkeit anbelangte. Danach ging es mit den meisten Menschen unaufhaltsam abwärts. Den fünfunddreißigsten Sommer erlebte kaum die Hälfte der Erwachsenen und noch älter zu werden, war ein Vorzug, den die Akudari nur ganz wenigen vergönnten und wohl auch manchmal als Strafe auferlegten.

Irilani verschloss ihre Liebe zu Tomaru im Laufe der Zeit tief in einer Ecke ihres Herzens, um nicht jeden Tag und vor allem in der Nacht am Kummer um Tomarus Abwesenheit zu leiden. Ihre ganze Liebe widmete sie Liadara, die mit Tomarus blauen Augen neugierig in die Welt guckte, am Sonnenkreis mit ihrem Lockenkopf wie ein kleiner Wirbelwind frische Luft in so manche Hütte brachte, in der sie große Teile ihrer Kinderzeit verbrachte, während Irilani ihren Aufgaben als Sonnenkreis-Kahua nachging.
Auch dieses Mal war die Arbeit Irilanis Rettung vor der Verzweiflung. Sie lenkte sie genügend ab. Vor allem, wenn Irilanis Verlangen nach männlicher Gesellschaft, das Tomaru sehr gekonnt geweckt hatte, zu groß wurde, stürzte sie sich in Versuche mit

Pflanzenauszügen und tierischen Zubereitungen, die sie gelegentlich auch an sich selbst ausprobierte. Es gab auch wieder Lehrlinge, die sie manchmal schier zur Verzweiflung trieben.

Wenn sie einmal freie Zeit hatte, kümmerte sie sich um die Aufzucht des zweiten Wurfes von Noro und Kara, die den Jägern bisher gute Dienste geleistet hatten und von denen der ganze Sonnenkreis weiteren Nachwuchs herbeisehnte. Die Kinder waren ganz begeistert von den kleinen Hundeknäueln und spielten so lange mit ihnen, bis sie alt genug waren, um von den Jägern abgerichtet zu werden. Einige Jahre noch und dann würde der Sonnenkreis den Nachwuchs der Tiere an andere Clans abgeben können.

Das Fest des Gleichen Tages und der Gleichen Nacht zum Winteranfang bedeutete Irilani zum ersten Male überhaupt nichts. Pflichtgemäß bereitete sie die Rauschgetränke und Rauschkügelchen vor und rührte zusammen mit ihren Lehrlingen größere Vorräte an Rötelpaste an. Sie besuchte nur die Versammlung der Clan-Kahus mit den Ehrwürdigen Eingeweihten und traf sich danach lieber mit ihrer gebrechlich gewordenen Mutter, während die meisten Festbesucher sich mit den üblichen Festgebräuchen die Nacht versüßten.
Irilanis Vater war nicht mitgekommen. Er hatte sich eine Verletzung am Bein zugezogen, die nicht heilte, obwohl der Kahu vom Bärenclan alles versuchte. Der Mohnclan hatte den eigenen Kahu vor kurzem an eine schwere Lungenkrankheit verloren und ihn auf dem Berg oberhalb der Siedlung verbrannt, die Knochen- und Aschereste unter Schichten von Rötelstaub begraben und einen flachen Gedenkstein über seiner letzten Ruhestätte angebracht, auf der die, die ihn gekannt hatten, noch lange ihre Opferfeuer brennen lassen würden. Irilani war traurig. Sie hatte den Kahu noch vor zwei Monden auf der Kahu-

Versammlung getroffen und sich lange mit ihm unterhalten. Sie war bestürzt, wie schnell dieser eigentlich gesund wirkende Mann seine letzte Reise angetreten hatte.

Koro und ihre anderen Clanfamilienmitglieder hatte sie fast vollständig im Vorfeld des Festes angetroffen und es schien allen gut zu gehen. Aber dass ihr Vater krank in seiner Hütte litt, beunruhigte sie so stark, dass sie sich vornahm, ihren Clan nach dem Fest aufzusuchen, um ihren Vater auf jeden Fall noch einmal zu sehen. Noch am nächsten Morgen beriet sie sich mit einem der Clan-Ijatiba-Kahus und fand ihn bereit, sie für einige Tage am Sonnenkreis zu ersetzen. Liadara übergab sie der Obhut der Familie des Schnitzermeisters, die das Kind schon oft beaufsichtigt hatte. Mit dieser Rückendeckung machte sich Irilani mit ihrem Clan auf dem Weg zurück zu ihrer Heimatsiedlung.

Nichts hatte sich dort in den paar Jahren verändert, die sie am Sonnenkreis verbracht hatte, weder die Landschaft der Flussniederung, noch die Siedlung selbst, außer dass die Hütte des Kahu jetzt nicht mehr bewohnt war. Von den wenigen Älteren und ihren Alterskameraden, die sich noch gut an Irilani und ihre Kinderstreiche erinnerten, wurde sie herzlich begrüßt. Die Kleinsten krabbelten und wuselten neugierig um die Fremde herum. Irilani nahm jedes Kind auf den Arm und prüfte unauffällig den Gesundheitszustand des Nachwuchses.

Ihr Bruder Koro war seit einigen Jahren einem Bärenclanmädchen in ihre Familienhütte gefolgt. Irilanis Schwester hatte einen Jäger aus dem Rotsteinclan dauerhaft in ihre Mohnclanhütte aufgenommen und drei Kinder in die Welt gesetzt, von denen aber bisher nur eines das erste Jahr überlebt hatte. Irsa erwartete aber schon wieder Nachwuchs und nahm das Schicksal aller Mütter auf sich, einige ihrer Kinder an unüberwindbare Krankheiten zu verlieren.

Irilani scheuchte die Kleinen davon und folgte ihrer Mutter zur Hütte, die der Vater seit seinem Unfall kaum noch verlassen hatte. Schon als Irilani die Hütte betrat und den fauligen Geruch bemerkte, wusste sie, dass das Schicksal ihres Vaters besiegelt war. Sie kannte diesen Geruch des Todes, der anzeigte, dass das Fleisch sich langsam auflöste und sich böse Säfte im Körper des Kranken verbreiteten. Den Kampf gegen dieses Unheil sah Irilani ihrem Vater an. Abgehärmt und fiebrig lag er auf seinem Lager. Von seiner Beinwunde, die der Kahu des Bärenclans mit heilenden Umschlägen umwickelt hatte, gingen dunkelrote, fast schwarze Streifen aus, die wie giftige Ranken seinen Unterschenkel zu umklammern schienen.
Irilani setzte sich an das Lager und ergriff die heiße Hand ihres alten Vaters. Ihrer Mutter warf sie mit einem fast unmerkbaren Kopfschütteln einen traurigen Blick zu und diese verstand sofort. Seine Tage waren gezählt.

Noch drei Tage währte Onpus Kampf mit dem Tod. Sämtliche Clanmitglieder nahmen von Irilanis Vater Abschied, wenn er aus seinen Fieberphasen kurz erwachte und sein verschleierter Blick sich klärte. Letzte liebe Worte wechselten Irilani und ihre Mutter mit dem Menschen, der ihnen ein guter Hüttengenosse und Vater, ein guter Jäger und überhaupt ein nützlicher und beliebter Mensch gewesen war. Frau und Tochter hielten seine Hände, als sein Leben endgültig verrann und sein Schicksal sich erfüllte.

Zum ersten Mal musste Irilani sich der traurigen Aufgabe widmen, einen nahen Verwandten für seine letzte Reise vorzubereiten. Wer in Ehren alt geworden war, verdiente eine festliche Verbrennung. Auf dem Hügel oberhalb der Siedlung errichtete der Mohnclan einen neuen Holzstapel neben der Einäscherungsstelle des Kahus, hob Onpus Leiche darauf und setzte den Scheiterhaufen in Brand. In der Nacht verging der Körper Onpus, während die Clanmitglieder das Feuer umringten und die Totengesänge anstimmten, die Onpu die Reise zu den Akudari erleichtern sollten. Als der Stapel niedergebrannt und die Asche und Knochenreste ausgekühlt waren, sammelten Irilani und ihre Mutter die Überbleibsel ein und versenkten sie in einer kleinen Erdgrube, die sie weiter nördlich unter der senkrecht anstehenden Schieferplatte ausgehoben hatten. In der Trauernacht hatte der Mohnclan einige Rötelsteine zerrieben. Der Rötelstaub würde Onpu nun an Stelle von Shirolans Licht auf ewig erwärmen, bis die Reste seines Körpers vergangen und sein Geist, zusammen mit allen vorausgegangenen Ahnen, die Geschicke der Clans beschützen und lenken würde.

Irilanis Mutter suchte Trost in den Armen ihrer Tochter, als die letzten Rituale beendet waren. Mit Bestürzung merkte Irilani, dass auch ihre Mutter nur noch Haut und Knochen war und bereitete sich innerlich darauf vor, auch sie in absehbarer Zeit zu den Ahnen gehen zu sehen.

Nach Onpus Bestattung blieb Irilani nicht mehr viel Zeit. Ihre Vertretung vom Bärenclan musste abgelöst werden und Irilani sehnte sich schmerzlich nach Liadaras pummeligen Ärmchen um ihren Hals. Einen kurzen Abstecher zum Bärenclan wollte sie noch machen; die Siedlung lag sowieso fast auf dem direkten Weg. Sie wollte den Schnitzer-Kahu dort besuchen und Rohento grüssen, der ihr immer wieder einmal persönliche Nachrichten von Mohn- und Bärenclan überbrachte.

Rohento hatte sein unglückliches Verliebtsein völlig überwunden und war dabei, seinen Clan zu verlassen, um sich einer Hübschen aus dem Feuerclan anzuschließen, der auf den Höhen südlich des Knotenflusses eine Siedlung bewohnte. Irilani beglückwünschte ihn herzlich und bot ihm an, sich ihrer Hilfe zu bedienen, wann immer er den Rat einer Kahua benötigte.

Beim Bärenclan waren Jäger vom Rotsteinclan zu Besuch; man plante einen größeren Jagdzug. Abends bewirtete man Irilani und die anderen Besucher gastfreundlich an einem gemeinschaftlichen Lagerfeuer. Über die Flammen hinweg wurde Irilani von einem der Rotsteinjäger aufmerksam beobachtet, dem ihr Gesicht im rötlichen Schein des Feuers irgendwie bekannt vorkam. Irilani bemerkte diese abtastenden Blicke. Irgendwie kam auch ihr dieser großgewachsene Mann mit dem breiten Lächeln bekannt vor. Woher nur? Doch abgelenkt von den Scherzen und Geschichtchen, die ihr die Bärenclanleute erzählten, dachte sie nicht mehr weiter darüber nach und bemerkte nicht, dass ein Lächeln des Erkennens über die Züge des Mannes glitt.

Nach einigen freundschaftlichen Besuchen bei Tomarus Verwandten und Bekannten aus ihrer Lehrzeit verabschiedete sich Irilani am späten Vormittag und wanderte zügig in Richtung Sonnenkreis. Unterwegs ging ihr der Gedanke kaum noch aus dem Kopf, dass das Leben und Überleben eines Clanmenschen doch hauptsächlich von Glück oder Unglück oder auch dem Willen der Akudari und Göttersterne abhing und man sich keineswegs sicher sein konnte, auch nur den nächsten Tag zu erleben. Der Verlust eines Menschen, den man liebte, geschah immer zu früh, viel zu früh!

Wie schon während Tomarus erster Reise sagte sich Irilani, dass das Leben nicht nur Pflicht und Arbeit sein musste, sondern dass sie ihr Leben auch wirklich mit allen Fasern leben sollte - mit oder ohne Tomaru. Sie war sich sicher, dass Tomaru nicht von ihr erwartete, in der Zeit seiner Abwesenheit Trübsal zu blasen. In einem großen, sehr großen Winkel ihres Herzens würde immer für Tomaru Platz sein. Wenn er irgendwann zurückkehrte, sie richtete eine kurze Bitte an die Göttersterne, dann würde sie ihm jede Gelegenheit geben, sie von dort aus wieder ganz zurückzugewinnen.

Irilanis Gefühle kamen auf dem Weg zurück langsam wieder in ein Gleichgewicht, die durch Tomarus Abwesenheit und den Tod ihres Vaters empfindlich gestört worden waren. Das Leben ging weiter, und sie wollte es genießen!

Shirolans Strahlen erfüllten rotgolden die schon winterlich kühle Luft, als Irilani am Sonnenkreis ankam, Liadara in die Arme schloss und den Kahu vom Bärenclan aus seinen Vertretungspflichten entließ.

Watenko

Shirolans Doppelwelle senkte sich langsam ihrem Tiefpunkt entgegen. Der Schnee lag knietief über dem Land. Nur die Jäger verließen gelegentlich die Hütten, um einer vielversprechenden Spur im Schnee zu folgen und frisches Fleisch auf die Grillspieße zu bekommen. Manchmal hatte man das getrocknete Zeug einfach satt. Die anderen Bewohner des Sonnenkreises verschliefen, in ihre wärmenden Felle um die Feuer und Glühsteine versammelt, die langen dunklen Stunden der Wintertage und kümmerten sich wie all die Jahre zuvor während der hellen Stunden mit Vorrang um die Ausbesserung aller Geräte und um die Herstellung neuer Dinge, die man im Frühjahr und Sommer zur Jagd und zum Sammeln brauchen würde.

Auch für Irilani war es eine Zeit der Ruhe und Erholung. Wenn sie manchmal mit den Hunden im Schnee herumtobte, Schneeballschlachten mit ihren Lehrlingen veranstaltete und „furchtbare Geister" aus Schnee und Aststückchen mit Liadara baute, wünschte sie sich aus tiefstem Herzen, dass Tomaru dabei sein könnte. Irilani vermisste ihn, nicht nur als Gesprächspartner, der sich ihre leichten und schweren Entscheidungsfindungen als Kahua in aller Ruhe anhörte, sondern auch als Liebhaber. Sie kam fast um vor körperlichem Verlangen und wollte sich doch nicht einfach auf den Festen an irgendwen verschenken, auch wenn die Akudari dies noch so wohlwollend betrachteten. Manches Mal erwachte sie mit den prickelnd abklingenden Gefühlen einer vollzogenen Vereinigung zwischen ihren Schenkeln aus ihren wilden Träumen, in denen sie sich in Tomarus Armen lustvoll wand. So konnte es nicht ewig weitergehen!

Nur zögernd wich die Kälte und Shirolan stieg allmählich wieder über den Drachenzackenbergen empor. Die Südseiten der Berge zeigten sich schon wieder schneefrei und erste Frühlingsboten streckten ihre grünen Fähnchen durch die letzten Schneeflecken, als sich zwei Menschen dem Sonnenkreis näherten. Der eine stützte den anderen, der immer wieder stehen blieb und sich nach vorne krümmte. Von aufmerksamen Kindern benachrichtigt, lief Irilani den Besuchern entgegen und erkannte, dass jemand ihren Bruder Koro brachte, der sich vor Schmerzen beugte und stöhnte, obwohl er die Zähne zusammenbiss und sein Elend nicht zeigen wollte.

Irilani kannte die Anzeichen. Ihr wurde schlecht bei dem Gedanken, dass das Schicksal ihr ihren kleinen Bruder so früh nehmen wollte. Den Helfer, dem sie vor lauter Aufregung kaum einen Blick zuwarf und der Koro immer noch stützte, wies sie an, ihr mit Koro zur Krankenhütte zu folgen. Sie lief voraus und schleppte sofort Holz und schon angewärmte Glühsteine herbei, um die Hütte schnellst möglich warm zu bekommen, brachte Stapel von Lederdecken und Pelzen heran, damit Koro sich bequem hinlegen konnte.

Als Koro erst einmal gut untergebracht war, fragte Irilani nach dem Namen von Koros Helfer, in dem sie bei näherer Betrachtung den Mann erkannte, der sie vor einigen Monden beim Bärenclan am Lagerfeuer so aufmerksam betrachtet hatte und der ihr immer noch irgendwie bekannt vorkam. Watenko hieß er. Sie waren mit einer Jagdgesellschaft unterwegs gewesen, als Koro immer stärker unter Schmerzen gelitten und er sich bereit erklärt hatte, ihn zum Bärenclan zurückzugeleiten. Doch Koro hatte unterwegs darauf bestanden, direkt zum Sonnenkreis gebracht zu werden, weil er sich durch Irilanis Kenntnisse der Heilkunst am ehesten Besserung versprach.
Irilani bedankte sich herzlich bei Watenko. Sie gab ihrer Neugier nach und fragte ihn, woher sie sich

wohl kennen konnten. Watenko beantwortete die Frage nicht ganz wahrheitsgemäß und behauptete, dass sie ihn wohl vom Bärenclantreffen im Herbst kannte. Doch Irilani war sich da ja schon sicher gewesen, dass sie ihn vorher irgendwo getroffen hatte und war mit der Antwort nicht ganz zufrieden.

Koro lenkte sie von ihren Überlegungen ab. Sie fragte sich, ob sie ihm wohl helfen konnte, wenn die Göttersterne entschieden hatten, sein Dasein in der Clanwelt zu beenden. Tagelang beschäftigte sie sich mit der Zubereitung von stärkenden Getränken; essen wollte Koro nichts. Sie reichte ihm nach und nach die ganze Auswahl an Kräutern und Auskochungen, die sonst gegen Fieber und Schmerzen halfen, doch Koro ging es immer schlechter. Er hielt sich immer wieder den Bauch, krümmte sich und knirschte mit zusammengebissenen Zähnen, wenn Wellen von Schmerzen ihn erschütterten. Hilflos saß Irilani an seinem Krankenlager und hielt ihm die Hand, legte ihm Schnee auf Beine, Bauch und Stirn und hoffte so sehr, seinen heißen Körper damit abkühlen zu können.
Watenko sah wohl genauso wie Irilani, dass Koro mit der Bauchwehkrankheit auf Leben und Tod kämpfte, und dieser Kampf wurde in grauenhafter Regelmäßigkeit verloren. Sie tat ihm leid.

Koro und Irilani sprachen in den Tagen an seinem Krankenbett viel miteinander über die glücklichen Zeiten der Kindheit und ihre Jugendzeit beim Mohnclan. Zwischen den letzten Fieberschüben legte Koro seinen letzten Wunsch in Irilanis Hände. Irilani war erschüttert, als sie seinen letzten Willen hörte. Koro trug ihr auf, nach seinem Tod seinen Körper zu öffnen und nachzusehen, was bei dieser Krankheit so furchtbar falsch lief und vielen Clanmenschen den sicheren und oft frühen Tod brachte. Wenn Irilani dies tat, verletzte sie eines der ältesten und stärksten

Clangebote, nämlich das Gesetz, einen Toten unversehrt zu begraben oder zu verbrennen. Doch sie versprach Koro schweren Herzens, seinen Wunsch auszuführen.

Watenko war ihr behilflich gewesen und hatte mehrere Krankenwachen übernommen, damit Irilani einige Stunden schlafen konnte. Der groß gewachsene Mann mit den hellbraunen, welligen Haaren und den aufmerksamen Augen war ihr eine große Hilfe. Er brachte Nahrung und Wasser und immer wieder Schnee herein, um Irilani bei Kräften zu halten und Koro Kühlung zu bringen. Doch alles nützte nichts. Koro verfiel nach einigen Tagen des Kampfes in Bewusstlosigkeit und starb. Nach einigen Minuten der Fassungslosigkeit rannte Irilani wie von Sinnen hinaus; weg von den Hütten, hinauf zu dem Gräberfeld der vergangenen Ehrwürdigen. Dort warf sie sich über einen Deckstein, trommelte wie verrückt mit den Fäusten auf die Steinplatte und schrie ihre Verzweiflung über Koros Tod und ihre Wut auf die Ungerechtigkeit des Schicksals in die kalte Luft, bis sie völlig ausgepumpt und halb erfroren langsam wieder zu sich kam.

Watenko war ihr mit einem großen Fellmantel langsam gefolgt und wartete in einiger Entfernung ab, bis sie sich wieder einigermaßen gefasst hatte. Als sie endlich aufstand, innerlich und äußerlich fast ein Eiszapfen, war er zur Stelle, hüllte sie fürsorglich in den warmen Mantel und geleitete sie zu ihrer Kahua-Hütte zurück. Sie lud ihn ein, noch dazubleiben und etwas Warmes zu trinken, denn sie hatte sich überlegt, wie sie Koros letzte Bitte erfüllen wollte. Dazu brauchte sie aber Watenkos Hilfe und sein Schweigen. Die Ehrwürdigen Eingeweihten würden ihr niemals genehmigen, Koros Körper zu öffnen wie man einen Hasen oder ein Reh öffnete, um die Gedärme zu entfernen. Wenn sie vorhatte, Koros Bauch aufzuschlitzen, um nach den Ursachen seiner Krankheit zu forschen, dann nur so, dass niemand davon etwas mitbekam.

Watenko hörte ihr aufmerksam zu. Er hatte schon lange eine tiefe Zuneigung zu Irilani gefasst. Da sie alleine und Tomaru für längere Zeit unterwegs war, wie man ihm beim Bärenclan erzählt hatte, sah er eine Chance, Irilani für sich zu gewinnen.
Als Irilani ihm den Vorschlag machte, den Eingeweihten zu erzählen, dass Koro unbedingt beim Mohnclan bestattet werden wollte und Watenko den Toten dorthin zurücktragen würde, stimmte er Irilanis Plan zu. Irilani, als engste Verwandte, würde den Bruder auf seinem letzten Weg nach Hause begleiten. Unterwegs wollte sie abseits eine Pause einlegen, Koros Leiche öffnen und nachher wieder zunähen. Die Toten wurden in ihrer zuletzt getragenen Kleidung verbrannt und niemand würde auf die Idee kommen, Koro vor der Verbrennung noch einmal auszuziehen.

Und so führten sie diesen Plan auch durch. Als Irilani, die schon hunderte von kleinen und größeren Tieren ausgewaidet hatte, die schärfste ihrer Feuersteinklingen durch Koros Bauchhaut führte, sträubten sich ihr sämtliche Härchen am Körper. Aber sie kämpfte ihre rituellen Befürchtungen nieder und dachte an den Erkenntnisgewinn. Schon der erste entsetzte Blick in Koros Bauchraum, der von grüngelbem Eiter und Darminhalt gefüllt war, machte Irilani klar, warum ein Mensch diese Krankheit nicht überlebte. Vorsichtig bewegte sie die Gedärme mit einem Stöckchen zur Seite und fand bald die Ursache des Eiters überall, nämlich ein blind verlaufendes, jetzt geplatztes Darmanhängsel, geschwollen und immer noch mit eitrigem Kot gefüllt, der aus einem Riss in den Baumraum rann. Watenko guckte schon seit längerem zur Seite und kämpfte mit dem Brechreiz. Das war etwas anderes, als gesunde Rinder- oder Hirscheingeweide beiseite zu räumen.

Irilani schüttelte verzweifelt den Kopf. Solch eine Verwüstung würde kein Kahu der Welt behandeln können. Sie wusste nun zwar wie die Krankheit am Ende aussah, aber wie sie den Ausgang verhindern sollte, ohne den Kranken zu töten, würde bis auf Weiteres ein Rätsel bleiben. Sie konnte doch keinen Lebenden aufschneiden, bevor es zu spät war!
Vorsichtig schob sie Koros Gedärme wieder in seinen Bauchraum zurück, zückte eine Knochennadel und einen Bastfaden und machte sich daran, den Bauch-schnitt wieder dicht zuzunähen. Die Lehrstunden beim Kleidungs-Kahu traten ihr in die Erinnerung und sie machte sich vor, dass sie gerade zwei Lederstü-cke zusammennähte.

Mit Watenkos Hilfe hüllte sie Koro wieder ordentlich in seine Kleidung. Watenko trug den Toten in ehrer-bietigem Schweigen den ganzen Weg zum Mohn-clan, wo Irilani ihren Bruder mit den üblichen Ritualen zu den Geistern schickte. Irilanis Mutter hatte den frühen Tod ihres einzigen Sohnes zum Glück nicht mehr erleben müssen. Sie war mitten im Winter im Schlaf gestorben und ihre Knochenreste warteten darauf, zusammen mit denen Koros, neben den Res-ten Onpus im Frühling vergraben werden, wenn der Boden wieder aufgetaut war.

Niedergedrückt zog Irilani unter Watenkos Begleitung zum Sonnenkreis zurück. Er versuchte, Irilani aufzu-heitern, doch Irilani hatte allerhöchste spirituelle Schwierigkeiten und haderte mit den Akudari und dem Schicksal, das sie den Clans auferlegten. Wa-tenko ließ sie ausreden und sich austoben. Bis sie am Sonnenkreis ankamen, war Irilanis Zorn abgeflaut und sie war nur noch müde und erschöpft. Watenko verabschiedete sich von Irilani und versprach, sie bald wieder aufzusuchen und nachzuhören, wie es ihr ginge. Irilani sah ihm nachdenklich hinterher und meinte zu sich selbst:

„Nun weiß ich immer noch nicht, woher ich Watenko zu kennen glaube."

Frühling

Endlich brach sich der Frühling Bahn und die Höhen überzogen sich mit frischem Grün. Die Rituale zum Frühlingsanfang lagen schon hinter Irilani. So langsam bereitete sich der Sonnenkreis wieder auf ein Shirolan-Sommerfest vor. In Irilanis Herz war eine gewisse Ruhe eingekehrt. Sie hatte sich damit abgefunden, so wie alle anderen auch, dass das Schicksal unerbittlich war und geliebte Menschen starben. Persönliche Schwierigkeiten hatte sie immer noch mit dem Alleinsein und immer wieder scheuchten sie wilde Träume aus dem Schlaf. Sie hatte sich entschlossen, an diesen Festtagen nicht nur pflichtgemäß die Kahu-Arbeiten auszuführen, sondern sich auch abends ins Getümmel zu stürzen und wieder einmal richtig ausgelassen ihren Gefühlen freien Lauf zu lassen. Ein Befreiungsschlag war einfach nötig, um wieder ausgeglichen und freudig für alle Hilfebedürftigen bereitzustehen und Liadara eine unbeschwerte Mutter zu sein.

Am Festtag erledigte sie ihre Aufgaben, nahm an der Vollversammlung der Eingeweihten und Clan-Kahus teil, stellte die berauschenden Mittel bereit, räumte ihre Kahua-Hütte auf und spielte dann mit Liadara, bis sie sie wie verabredet bei einer älteren Sonnenkreisbewohnerin für den Rest des Tages und der Nacht in Obhut geben konnte.

In ihrer Hütte bereitete sie sich auf die Rituale vor. Als sie sich entkleidet hatte, forschte sie ihren Körperformen nach. Sie war zwar keine sechzehn mehr und die erste Frische der Jugend war dahin, doch stellte sie befriedigt fest, dass die Geburt Liadaras kaum Spuren hinterlassen hatte und die viele Bewegung im Gelände beim Kräutersammeln die Festigkeit ihrer Schenkel und Hüften bewahrt hatte.

Wie damals bei ihrem ersten Sonnenkreisfest rieb Irilani sich mit der Rötelpaste ein. Dann zog sie die Knochennadeln aus ihrer Zopfkrone und schüttelte das Haar aus, bis es lang und lockig, im Feuerschein rötlich schimmernd über ihren Rücken floss. Mit einem letzten bedauernden Blick auf Tomarus Amulett, das sie zwischen ihren Kleidungsstücken abgelegt hatte, band sie sich den Lendenschurz um und schlenderte hinüber zum Sonnenkreis. Sie nahm dort nur kleine Menge des Rauschtrankes zu sich, die ausreichte um sich ein wenig zu entspannen. Die Kontrolle würde sie mit dieser Dosis diesem Mal nicht verlieren.

Die Ansprache der Ehrwürdigen fiel wie immer sehr wohlgesetzt und langatmig aus, doch immerhin waren die bösen Drachensterne wieder vom Himmel verschwunden und die ersten Göttersterne zogen wieder durch den Sternenteppich der Akudari. Demzufolge waren die Zeichen beruhigend und die Ehrwürdigen versprachen gute Zeiten und Jagdglück, falls die Clans den Akudari und den Göttersternen genügend Brandopfer brachten. Ungeduldig wartete Irilani in der Menge auf das Ende des Vortrages und der Vorstellung der Ersttteilnehmer. Sie erinnerte sich wehmütig an ihre erste Teilnahme am Sommerfest, als Tomaru sie... Ach! Irilani wollte nicht an damals denken, sondern sich freuen, gesund und am Leben zu sein und feiern bis zum Umfallen!
Endlich zogen die Ehrwürdigen ab. Die Trommler, Schwirrholzkreiser und Flötenspieler eroberten sich die Mitte und begannen mit ihrer musikalischen Darbietung. Hinter Irilani stand der ganze Kreiswall besetzt mit Menschen, die händeklatschend und mit den Füßen stampfend in den Takt einfielen und die alten Gesänge schmetterten.

Im Kreisrund des Wallinneren begannen sich die rötelgefärbten Tänzer und Tänzerinnen in den

Rhythmus der Trommeln einzufinden. Irilanis Bauch-decke bebte mit jedem Schlag der nahen Riesen-trommel und sie schloss die Augen, um sich der Mu-sik ganz hinzugeben. Als sie sich zwischendurch umschaute, bemerkte sie, dass sich Watenko zu ihr durchgetanzt hatte und ihre hüftschwingenden und kreisenden Tanzbewegungen verfolgte und mit den eigenen begleitete. Sein Lendenschurz sah schon mächtig gespannt aus und Irilanis Gefühle, die von der Tanzerei schon ziemlich in Wallung gebracht worden waren, brachten sie dazu, mit Watenko ein höchst aufregendes Spielchen zu treiben. Sie berühr-te immer wieder tänzerisch Watenkos Hüften und Pobacken mit ihren eigenen und ließ ihre Brüste wie versehentlich an seiner Brust und seinen Armen ent-lang huschen.

Watenko sah wirklich gut aus, breit in den Schultern, schmal um die Mitte und seine Arme waren vertrau-enerweckend stark. Mit ausgelassen blitzenden Au-gen, die zwar verlangend aber nicht gierig in die Irila-nis schauten und seinem breiten Lachen war er wirklich ein hübsches Stück Mann und Irilani dachte sich, wenn er sich in dieser Nacht weiter traute, sie würde ihm folgen. Bis Mitternacht strengten sich die Musiker an, die wogende Menge, die sich den Klän-gen ganz ausgelassen hingab, in glückselige Zustän-de zu versetzen und sie sich die Seele aus dem Leib tanzen zu lassen. Wie immer endete dieser Teil des Festes mit einem gemeinsamen Donnerschlag aller Trommeln.

Watenko griff nach Irilanis Hand und blickte ihr fra-gend in die Augen. Vor dem Erlöschen der letzten Feuerschalen erhaschte er ihr zustimmendes Nicken. Freudig zog er sie mit sich in die Dunkelheit, die nur von einem knappen Halbmond schwach erhellt wur-de, in Richtung der uralten Grabstätten. Irilani kam es so vor, als erlebte sie etwas zum zweiten Mal und als sie ihren Blick hob, um in Watenkos rötelverziertes Gesicht zu schauen, fiel es ihr schlagartig wieder ein, woher sie ihn kannte. Sie musste lachen. Sie bog sich vor Lachen und hielt sich kichernd die Hand vor den Mund, während der etwas verwirrt blickende Watenko auf sie heruntersah. Ja, Watenko kannte sie wirklich schon! Sie kicherte weiter und teilte ihm dies unter Lachen mit, bis Watenko sie in seine Arme riss und meinte, dass es aber reichlich lange gedauert hatte, bis sie ihn als den erkannt hatte, der sie mit der hilfreichen Mitarbeit eines anderen bei dem Fest vor einigen Jahren auf der Steinplatte des Grabhügels zu Ehren der Akudari vernascht hatte.

Auf die Frage hin, ob sie ihm darüber noch böse sei, antwortete sie mit einer leidenschaftlichen Umarmung, woraufhin Watenko sie mit sich riss, ein moosgepolstertes Plätzchen zwischen den Kiefern suchte und zusammen mit Irilani zu Boden sank. Irilani konnte sich kaum beherrschen; zu lange hatte sie den Ruf ihres Körpers unterdrückt. Durch die stundenlange Tanzerei und das Rauschmittel angeregt und in Hitze gebracht, ließ sie Watenko nicht mehr die geringste Gelegenheit, zärtlich auf sie einzugehen. Sie riss sich ihren Lendenschurz vom Leib, öffnete Watenkos sparsamen Festlendenschurz und warf ihn beiseite. Sie überfiel den mehr als überraschten Watenko geradezu, eroberte mit ihrem Yongami sein prachtvoll erregtes Alikio, stütze sich auf seiner Brust ab und brachte sich in kürzester Zeit stöhnend in höchste Raserei, während Watenko ob dieses Anblickes nur mühsam die Kontrolle behielt, bis Irilani ihre Lust in die Nacht hinausschrie und er sich gehen lassen konnte, einen Arm um Irilanis Rücken geschlungen, die andere Hand auf Irilanis zuckende Pobacken gepresst.

Lange lagen sie so da, bis Watenko Irilani neben sich zog und sie fragte, ob sie ihm wegen dieser merkwürdigen, halb erzwungenen Nacht vor Jahren wirklich nichts nachtrug. Irilani meinte, dass er ja der lustvolle Retter dieser Nacht gewesen war und seine Anwesenheit vielleicht sogar verhindert hatte, dass das andere Ekelpaket ihr wehgetan hätte. Nein, sie bedauerte nichts von den Geschehnissen der damaligen Nacht und ganz bestimmt nichts von der jetzigen!

Watenko nickte zufrieden und in seinen weit geöffneten Augen spiegelten sich die Sterne. Er hatte sich damals in Irilani verliebt, doch ihre Liebe zu Tomaru war so offensichtlich und untrennbar gewesen, dass er sich bis jetzt zurückgehalten hatte. Von seiner Seite aus gesehen, konnte Tomaru bis ans Ende aller Tage durch die Welt reisen und den Platz frei halten für freundschaftliche Beziehungen und körperliche Freuden mit Irilani, falls sie diese über die Festnacht hinaus fortführen wollte. Über eines war sich Watenko allerdings völlig im Klaren. Sobald Tomaru sich wieder meldete, musste er ohne Umschweife das Feld räumen. Denn an Irilanis Liebe zu Tomaru würden höchstwahrscheinlich auch Trennungszeiten und lustvolle Vereinigungen nichts ändern können. Dafür kannte er Irilani gut genug. Allerdings die Frage war, ob Tomaru alle Gefahren dieser Reise überstand und überhaupt zurückkehrte.

Irilanis Finger strichen zärtlich über seine Wangen, wanderten hinunter über seine prachtvollen Brust- und Bauchmuskeln und beschäftigten sich dann in höchst aufregender Weise mit seinem Alikio, bis es sich willig unter ihren Händen spannte. Watenko schob liebevoll ihre Hände beiseite und begann damit, Irilani von Kopf bis Fuß durchzuküssen und nachdem er bei den Innenseiten ihre Fußknöchel angekommen war und Irilanis Haut von Wellen wohliger Gänsehaut überzogen war, krabbelten sein Mund und seine Zunge bis zu ihrem Allerheiligstem vor und bearbeiteten es mit Hingabe, bis er sich sicher war, dass Irilani kurz vor dem nächsten lustvollen Ausbruch stand. Willig empfing sie sein Alikio und klammerte sich mit Armen und Beinen um seinen Körper, als er immer tiefer in sie eindrang und all ihre inneren Nervenspitzen zum Klingen und Vibrieren brachte. Gemeinsam schrien sie ihre überbordende Lust in den sternenübersäten Nachthimmel.

Am Morgen waren beide erschöpft. Mehrmals in der Nacht hatten sie ihre Körper zum Höhepunkt getrieben und Irilani hatte ihr ganzes, seit langem unterdrücktes körperliches Verlangen fürs Erste abgebrannt. Watenko war wirklich ein sehr angenehmer, leidenschaftlicher und ausdauernder Liebhaber.

Als sich Irilani vor ihrem Hütteneingang von Watenko verabschiedete, gab sie ihm zu verstehen, dass er ein gern gesehener Gast - und mehr - in ihrer Hütte sein würde. Sie genoss seine Ruhe und hilfsbereite Stärke und vor allem war er eben ein großartiger Partner für die Befriedigung ihrer körperlichen Bedürfnisse. Sie vertraute ihm ehrlicherweise an, dass sie niemals eine feste Hüttenbeziehung mit ihm eingehen würde, solange Tomaru lebte oder sie nicht wusste, dass er tot war. Und wenn er zurückkehrte, müsse ihm klar sein, dass Tomaru den allerersten Platz in ihrem Herzen und in ihrem Leben haben würde. Watenko war sich darüber im Klaren gewesen, dass sich ihre Beziehung in diese Richtung entwickeln würde. Aber die Hoffnung stirbt zuletzt. Er bekam von Irilani alles, was sie zu geben bereit war. Damit musste er sich erst einmal zufriedengeben. Als Freund würde er ihr immer zur Seite stehen und - er lächelte vor sich hin - als Mann, so oft sie wollte.

Irilani war froh, dass Watenko auf diese Art ihres zukünftigen Verhältnisses einging, ohne die Lage unnötig schwierig zu machen oder gar beleidigt zu sein. In bestem Einvernehmen verabschiedeten sie sich voneinander und Watenko eilte zu seinen Clan- und Jagdkameraden zurück, die sich nach dem Fest zur Gemeinschaftsjagd treffen wollten.

Irilani befreite ihre Tochter aus der Obhut der Alten aus der Nachbarhütte und verbrachte einen gefühls- mäßig sehr ausgeglichenen Tag mit ihrer Kleinen beim Spielen und brachte ihr neue Wörter und Sätze der Clansprache bei.

Eisbären und Robben

Der Stoßzahnclan brach sein Sommerlager ab und packte alles zusammen, um in das südlicher gelegene Winterlager zu ziehen, das an einem Ausläufer des gewaltigen Flusssystems lag. Dieses Gewirr von Wasserläufen entwässerte, der Kenntnis der Nordmänner nach, das riesige Gebiet im nördlichen und östlichen Innenland und vielleicht auch noch die südlicheren Gebiete bis hin zu Tomarus und Ayubos Heimat, denn die vielen hundert Haupt- und Nebenarmen vereinigten sich zu mehreren großen Flüssen, die nach Süden abknickten. Tomaru bestätigten den Stoßzahnleuten diese Überlegung, denn sie waren ja den umgekehrten Weg hergekommen und vom Großen Fluss weggewandert, als er nach Westen abbog und sich verzweigte.

Mit einer Jägergruppe hatte Tomaru eine kleine Forschungsreise nach Norden vereinbart, die sie antreten wollten, während der Clan nach Süden zog. Tomaru war brennend neugierig darauf, wie die riesigen Stoßzahntiere von Nahem aussahen und wie man sie zur Strecke brachte. Außerdem hatten die Jäger von weißen Bären erzählt, die sich im Gebiet zwischen Eisrand und Salzmeer herumtrieben. Tomaru hatte beschlossen, einen solchen Bären zu erjagen und das Fell als Geschenk mit nach Hause zu bringen, auch wenn er es den ganzen Weg dorthin schleppen musste. Während der Hauptteil des Clans sich nach Südwesten aufmachte, zogen Tomaru und Ayubo mit einigen Jägern nach Nordwesten zum Eisrand.

Tomaru stellte fest, dass der Boden hier teils noch über den Sommer gefroren war, sich aber überall breite Felder von sumpfigem Gelände bildeten, die man besser nicht betrat. Am Hauptentwässerungsfluss entlang, der von den Schmelzwassern gespeist wurde, zog der Jägertruppe nach Norden, bis die

Eiswand, an der entlang der Fluss ins Meer schäumte, sich über die Fläche des Salzmeeres weiter hinauszog. Die Jäger rieten Tomaru und Ayubo, sich ausreichend weit von Eiskante und Ufer fernzuhalten, weil dort immer wieder riesige Brocken abbrachen, ins Wasser klatschten und größere Flutwellen über die Uferzone schickten.

Gefesselt betrachteten Tomaru und Ayubo die grünblau schillernde Eiswand, über deren himmelhohe Kante sich Wasserfälle herabstürzten und sich viele kleinere Schmelzflüsse ihren Weg durch den bröckelnden Gletscher zum Meer suchten. Die Eiswand und das sich anschließende Land bildeten hier eine große Bucht, auf deren Wasserspiegel bis zum Horizont Herden von abgebrochenen Eisbergen und Eisplatten schwammen. Zwischen und auf dem Eis meinte Tomaru manchmal eine Bewegung zu sehen und die Jäger bestätigten ihm seinen Eindruck. Die Felder aus Eis waren der Lebensraum für die Eisbären, die dort nach ihrer Lieblingsspeise jagten, den Robben.

Robben? Tomarus fragender Blick wurde beantwortet. Robben waren Tiere, die hauptsächlich im Wasser lebten, keine Beine hatten, sondern Flossen und eine dicke Fettschicht. Das Beste an den Robben war nicht nur das Fleisch, sondern vor allem das wasserdichte Fell, das insbesondere für Stiefel und Übermäntel verwendet wurde. Tomaru und Ayubo hatten solche Stiefel vom Stoßzahnclan geschenkt bekommen, denn ihre Ren- und Rindledersstiefel waren nach der langen Wanderung in schlechtem Zustand und für Jagdausflüge am Eisrand nicht mehr tauglich gewesen.

Die Jäger berieten, wie sie Tomaru und Ayubo sowohl ein Robbenfell, als auch ein Eisbärfell verschaffen konnten. Sie beschlossen, mit Fischködern eine

Robbe zu fangen und abzuziehen und mit dem Fleisch einen Eisbären anzulocken und abzuschießen. Die Jagd auf die Robbe war nicht weiter schwierig, da hatten die Jäger genügend Erfahrung. Kaum, dass sich eine Robbe für den Fischköder interessierte, den die Jäger an einer Eisscholle ausgelegt hatten, flogen auch schon die harpunenbewehrten Speere, an denen luftgefüllte Lederblasen befestigt waren, die die Robben daran hinderten, abzutauchen. Das mehrfach getroffene schwere Tier zogen sie gemeinsam aus dem Wasser und töteten es schnell. Nachdem der rituelle Dank an die Göttersterne verrichtet worden war, zogen sie das Fell ab, reinigten es mit Schnee und rollten es zusammen.

Dann beratschlagten die Jäger ihre Jagdtaktik für den Eisbären. Sie kamen überein, dass sie ganz in der Nähe der Eiskante hinter heruntergebrochenen Eisblöcken etwa halbkreisförmig Stellung beziehen sollten. Den blutigen Robbenfleischköder schleppten sie durch den Schnee und legten ihn etwa in der Mitte der Versteckstellungen ab. Eisbären witterten Robbenblut über weite Entfernungen und es dürfte nicht lange dauern, bis sich einer an der Blutspur entlang zu dem ausgelegten Köder heranschlich. Nur wenige Stunden mussten die Jäger ausharren, bis sich ein Eisbär bequemte, der Spur zu folgen und in die Falle zu tappen. Kaum beschäftigte er sich mit dem Robbenköder, erhoben sich die Jäger und ließen ihre Speere von den Speerschleudern zischen. Es war ein glücklicher Jagdtag, denn ein Speer hatte den Eisbären tödlich getroffen und ließ ihm schnell keine Kraft mehr dazu, wie sonst über die treibenden Eisschollen hinweg zu flüchten, wo die Jäger ihn nie hätten erreichen können.

Kurz vor dem vereisten Strand brach er zusammen und erhielt den Todesstoß. Tomaru hatte sich selbstverständlich an dieser Jagd beteiligt. Da er der Gast war und sich die Jagd erbeten hatte, bekam er die Bärenklauen herausgeschnitten, die er im Meerwasser mit seinem Feuersteinmesser von Blut- und Geweberesten reinigte und in einem Lederbeutel verstaute. Das war eine großartige Jagdtrophäe, vor allem für ein Bärenclanmitglied. Dann schnitten sie vorsichtig den Bären aus seinem Fell, säuberten grob mit Schnee die blutbefleckten Stellen, rollten auch dieses Fell zusammen und machten sich auf den Heimweg zum Südlager.

Tomaru hatte mit der Eisbärfellrolle im Rücken ordentlich zu schleppen, aber ein paar Tage würde er das schon aushalten; wenn das Fell richtig behandelt und trocken war, würde es deutlich weniger wiegen.
In der Nacht schrak Tomaru auf. Unter der Lederplane neben Ayubo liegend, eingewickelt in warme Pelze, hörte er schweres Stampfen und Tierschreie, die merkwürdig hohl über die gefrorene Landschaft dröhnten und sich Richtung Südosten entfernten. Wie ihm die Jäger am anderen Morgen bestätigten, waren das die Schreie der Stoßzahnriesen gewesen, die auf ihrer immerwährenden Suche nach Essbarem die Landschaft durchwanderten. Wenn sie sich beeilten, konnten sie die Riesen noch überholen und beobachten, wenn sie das große Flusstal im Süden erreichten von dort aus nach Osten abzogen. Also nahm man ein schnelles Frühstück aus getrocknetem Fleisch- und Beerenmischmasch ein, packte sich die Ausrüstung auf den Rücken und bewegte sich so rasch wie möglich gen Süden. Nach einigen strammen Tagesmärschen erreichte die Gruppe das Flussschwemmland. Tomaru und Ayubo stellten fest, dass sie solch ein riesiges Schwemmland noch nicht gesehen hatten. Es war, als hätten sich tausende von heimischen Flussniederungen aneinander- und nebeneinander gereiht.

Vor ihren Füßen begann eine Landschaft, die sich nach allen Seiten hin in Flussläufe, Rinnsale und tote Flussarme aufteilte und deren unzählbare Wasserläufe unüberschaubar vielfältig mit Inselchen und Inseln, Sandbänken, Kieshaufen und angeschwemmten Vegetationsresten bis zum Horizont durchsetzt war. Wo das Wasser Steine und Moosflächen berührte, bildeten sich schon Eisränder und die nur noch flach über dem Horizont stehende Sonne warf silbrig kühlen Glitzer über die Eis- und Wasserflächen.

An diesem Ort wechselten die Stoßzahntiere normalerweise ihre Wanderrichtung und die Jäger wollten sie hier, vermutlich in den nächsten eins, zwei Tagen, erwarten. Die Jäger schlugen ihr Jagdlager auf und warteten geduldig auf die Herde. Am übernächsten Nachmittag war es soweit. Zuerst hörten sie von Weitem das Tröten und Trompeten der Stoßzahntiere und später auch das dumpfe Geräusch, wenn die riesigen Fußsohlen den Boden trafen. Zu Mehreren nebeneinander und hintereinander bewegten sich die mächtigen, mit langem dunklem Fell behangenen Tiere in einiger Entfernung vom Lager der Jäger zum Flussufer. Die Stoßzahnjäger beobachteten die Herde genau und meinten dann zu Tomaru, dass keine Chance bestünde, einen Stoßzahn zu erjagen. Normalerweise versuchten sie, die Tiere zu erwischen, die sich neben oder hinter der Herde herschleppten, weil sie zu alt oder krank waren oder Jungtiere, die zu schwach oder zu dumm waren, um mit der Herde mitzuhalten. Diese Herde jedoch bestand hauptsächlich aus ausgewachsenen weiblichen Tieren, aber auch die ungemein angriffslustigen und auch schnellen Bullen hatten sich der Herde auf dem Weg zu anderen Weidegründen angeschlossen. Das war einfach zu gefährlich. Wenn die männlichen Tiere gereizt wurden, gingen sie blindlings auf alles los.

Mit den Männern eines ganzen Clans hätte man vielleicht die Möglichkeit gehabt, die Herde auseinanderzujagen und sich dann ein einzelnes Tier vorzunehmen, aber nur eine handvoll Jäger würde keinen Erfolg haben und dabei nur riskieren, totgetrampelt zu werden. Tomaru und Ayubo sahen es ein und nahmen es so hin. Die Tiere mussten einige Manneslängen hoch sein und Tomaru konnte sich lebhaft vorstellen, was es bedeutete, unter solch baumstammartigen Beinen zermalmt zu werden. Er zollte den Nordmännern seine allerhöchste Achtung und meinte, dass es wohl großen Wagemut verlangte, sich solchen Riesen mit dem Speer zu stellen.

Die Jäger blickten der gemächlich abziehenden Herde hinterher. Jeder von ihnen fragte sich, ob diese Tiere wohl wiederkommen würden, falls das Eis weiter schmolz und der Boden noch matschiger wurde und ob ihre eigene, altüberkommene Lebensweise weiter fortgeführt werden konnte.

Einige Tagesmärsche später erreichte der Jagdtrupp endlich die Wintersiedlung der Nordmänner, die weit in Richtung Sonnenuntergang auf einem, eigentlich schon mehr in einem, Hügel über einem sandigen Strand des Flusssystems lag. Die Nordmänner hatten kaum mannshohe Gänge in die Kreidefelsen gehauen und sie weiter innen zu Wohnhöhlen verbreitert und dann wieder einen Durchbruch nach draußen durchstochen. Es gab mehrere kleine Kammern für die Lagerung von getrockneten Vorräten und eine größere Höhle, in der die Arbeits- und Schlafplätze rundherum als breite Stufe ausgehauen waren. Die Mitte des Raumes wurde von einer großen, eingetieften Feuergrube eingenommen.

Der Durchgang konnte doppelt verschlossen werden; an der Außenöffnung und am Eingang zur Wohnhöhle war jeweils ein pfropfenartiges, mit Leder überzogenes Flechtwerk aus Schwemmholzstücken und Moosschichten angebracht, das die kalte Luft gut abhielt. Über den Feuerstellen gab es einen Rauchabzug durch die Decke, der bei Bedarf ebenfalls mit einem Pfropfen abgedichtet wurde.

Allein durch die Körperwärme der acht bis zehn Menschen, die im Winter darin wohnten, wurde die Höhle auf erträgliche Temperaturen gebracht und ein paar Glühsteine machten es sogar behaglich, wenn draußen die Winterstürme tobten. Das nahe Meer mit seinem Fischreichtum, die Robben und Walrösser, die sich überall auf Stränden und Sandbänken ausruhten, garantierten den Nordmännern über den Winter hinweg ausreichend Nahrung.

Zum Erstaunen Tomarus traf er hier auf eine ganze Anzahl von Nordmännern und -frauen, denen das Haar leuchtend rot und gar sonnengolden wuchs. Als er die erste hübsche Nordmannfrau mit langem, goldenem Haar und das Clan-Giringha auf ihrer Stirn zusammen sah, kam ihm auch schlagartig die Erinnerung zurück, wo er diese Zusammenstellung schon einmal gesehen hatte. Nämlich auf seiner Südreise, als er mit den Händlern am Lomondo eine Pause gemacht und im dortigen Fluss sein Morgenbad genommen hatte.

Bei der abendlichen Empfangsrunde fragte Tomaru den Clan-Kahu ob er sich erklären konnte, wieso sich eine goldhaarige Frau mit dem hiesigen Giringha so weit im Süden aufhielt. Die Antwort war, dass die Händler aus dem Süden, die alle paar Jahre auch bis in den Norden heraufkamen, gelegentlich eines der jungen Mädchen mitnahmen, wenn der Clan zu viele weibliche Mitglieder hatte und die Höhlen zu klein wurden. Etwas verschämt und peinlich berührt gab er zu, auch wenn man etwas Wertvolles von den Händlern eintauschen wollte, das man sonst nicht bekam.

Tomaru konnte das missbilligende Schnauben, das ihm schon im Halse steckte, gerade noch zurückhalten. Das war die Sache des Nordclans; er würde dazu nichts sagen, ändern konnte er an diesem Verhalten als Gast kaum etwas. Ayubo und Tomaru zogen sich alsbald in ihre Gästehöhle zurück. Ayubo fand, dass dieses Winterquartier vielleicht etwas langweilig werden würde, nur mit Fisch und Robbenfleisch und zusammen überlegten sie, ob und wie sie sich noch vor dem Winterbeginn nach Süden absetzen konnten. Gemeinsam beschlossen sie, einige Tage die Gastfreundschaft zu genießen und dann nachzufragen, auf welchem Weg man das Flussgewirr gefahrlos überqueren und nach Süden reisen konnte.

In der Nacht, fast schon am Morgen, träumte Tomaru von Irilani, merkte dabei aber nicht, dass sich eines der Nordclan-Goldhaarmädchen vorsichtig zu seinem Lager schlich, die Felle anhob, unter die Pelze schlüpfte und sich an ihn kuschelte. Halb im Traum glaubte Tomaru, Irilani in den Armen zu halten. Als das Goldlöckchen ein Bein über Tomarus Hüfte legte und sein Alikio ihre Feuchte zwischen den Schenkel erspürte, stieß er freudig zu und glaubte sich mit Irilani wiedervereint. Mit den letzen Zuckungen seines Alikio zwischen den Schenkeln seines Schlafgastes erwachte Tomaru aus seinem höchst befriedigendem Traum und sah halb entsetzt, halb belustigt im schwachen Licht des verglühenden Feuers, dass er ganz bestimmt nicht Irilani im Halbschlaf genossen hatte.

Auch unter Ayubos Fellen regte sich mehr als ein Körper in eindeutiger Weise und Tomaru wartete, bis er Ayubos befriedigtes Grunzen hörte und scheuchte dann sein blondes Gastgeschenk nach einigen freundlichen Dankesworten von seinem Lager. Ayubos Schlafgast wickelte sich ebenfalls aus den

Fellen und gemeinsam schlüpften die beiden Mädchen kichernd und flüsternd hinaus. Tomaru und Ayubo drehten sich noch einmal um und schliefen, bis man sie zum ersten Essen weckte. Noch einige Tage und Nächte genossen die beiden die warme Unterkunft und die Mädchen, die sich nachts zu ihnen gesellten. Doch selbst unter diesen Bedingungen mochten sie nicht Monate in diesen fensterlosen Steinkammern verbringen. Das Klima weiter im Süden würde auf jeden Fall angenehmer sein.

Am nächsten Morgen folgte Tomaru einer Verabredung mit einigen Jägern. Die Jagdkameraden hatten ihm für diesen Anlass ein paar wasserdichte und mit Fell ausgefütterte schenkelhohe Stiefel hingestellt, die Tomaru nach einer halben Stunde draußen auch sehr zu schätzen wusste. Denn der Wind pfiff über den flachen, mit Eis überkrusteten Strand und weiter draußen sichtete er strahlend weiße Eisschollen, die mit den Wasserflächen dazwischen ein Labyrinth bildeten, so weit das Auge reichte. Streckenweise war die Eisfläche schon zusammengewachsen und mit dem Strand verbunden und die Jäger machen sich auf, sie zu überschreiten und sich am Rande des Eises mit ihren Speeren auf die Lauer zu legen.

Tomaru merkte schnell, dass seine Füße die feuchte Kälte in den Robbenhautstiefeln mit der Fellfüllung sehr gut überstanden. Nach seiner Rückkehr würde er sich darum kümmern und sich ein dazugehöriges Robbenfellhemd besorgen.

Kleine Wellen kräuselten die Wasseroberfläche vor dem Eisrand. Die beiden Jäger standen mit ihren Speeren wie in Stein gehauen da und beobachteten das langsame Auftauchen einer Robbe. Schon wollte die Robbe nach einem Atemzug wieder in der Tiefe verschwinden, da flogen die beiden Speere und gruben sich tief in die Seite der Robbe. Die großen Harpunenspitzen saßen tief im Fleisch, dennoch versuchte die Robbe, in die Tiefe zu entkommen, wurde jedoch durch die Schnüre mit den Lederblasen daran gehindert, die die Harpunenspitze in ihrem Fleisch mit den Speerschäften verbanden, die die Jäger fest im Griff hielten. Die Robbe war schwer getroffen und ihr Todeskampf nach kurzer Zeit beendet. Die Jäger holten die Leinen ein, zogen die tote Robbe halb aufs Eis und ließen sie ins Meer ausbluten.

Einige Stunden verbrachten sie mit der Robbenjagd, wechselten ein paarmal den Standort und sogar Tomaru erwischte zusammen mit einem der anderen Jäger im dritten Anlauf seine erste Robbe, worauf er sehr stolz war.

Nun galt es, die schweren Tiere in die Nähe der Siedlung zu schleppen, wo die Familien der Jäger schon darauf warteten, die Robben aus ihrer Haut zu schälen und auseinander zu nehmen. Für den Transport benutzten die Jäger große alte Lederstücke, damit die wertvollen Robbenfelle keinen Schaden erlitten, wenn sie die Tiere über das Eis zogen. Man vermied es, die Robben aus ihrem Fell zu schneiden und sie blutig über den Strand zu schleppen; das hätte nur die Eisbären zur Siedlung gelockt. Die übers Eis ausgeschwärmten Jägergruppen kamen nach und nach alle entweder mit Fisch oder mit Robben im Schlepp zum Strand zurück.

Mit großen, geschwungenen Feuersteinklingen, die in Holz eingeklebt waren, machten sich die Frauen der Jäger an die Arbeit und schnitten die Robben aus ihren wärmenden Mänteln. Das Fett wurde gesammelt und diente später den üblichen Zwecken. Die Leber wurde gleich bei der Schlachtung klein geschnitten, unter den Frauen und Kindern verteilt und roh gegessen. Ein Teil des Fleisches schnitten sie in Streifen und stellten es auf Holzgestellen zum Trocknen in den kalten Wind. Der Rest wanderte am Abend auf die Feuerstellen.

Tomaru erbat sich die Robbenfelle der Tagesjagd für die Herstellung zweckmäßiger Kleidung. Doch die Jägerfamilien waren am Abend so großzügig, ihm nach dem Robben- und Fischmahl eine vollständige Zusammenstellung bereits fertiger Kleidungsstücke zu schenken, so dass er nicht warten musste, bis Neue aus den gerade erjagten Robbenfellen genäht waren.

Begeistert strich Tomaru über das silbrig graugescheckte, sanft glänzende Kapuzenhemd aus Robbenfell. Die Kapuze und die Säume waren mit Eisbärfell umrandet und schützten so vor kalter Zugluft. Zudem ließen sich die Ärmel über den Handgelenken mit breiten Lederschnüren enger binden, um der kalten Luft den Weg zu versperren. Im Gegensatz zu den im Landesinneren üblichen Beinlingen trugen die Einheimischen hier brusthoch reichende Hosen aus Robbenfell, deren Beinlängen in die Stiefel gesteckt wurden, von unten her doppelt warmhielten und völlig winddicht waren.

Bei extrem niedrigen Außentemperaturen trug man mehrere Felle und Kleidungsschichten übereinander. Eine Felllage nach innen bildete eine wärmende Schicht über der Haut, während die anderen Lagen Wind und Kälte abhielten. Tomaru war begeistert von der Robbenfellkleidung, die auch nicht so steif war, wie so manches Pferde-, Ren- und Rinderfell. Was Irilani wohl zu diesem angenehmen Material sagen würde, schoss es Tomaru durch den Kopf.

Er ließ beschämt den Kopf sinken und starrte in die glühenden Holzreste des Feuers. An Irilani hatte er die letzten Tage überhaupt nicht mehr gedacht. War seine Liebe geringer geworden? Waren es nur die vielen neuen Eindrücke, die ihn beschäftigten? Er forschte in seinem Herzen. Nein. Wenn er wie jetzt an Irilani und Liadara dachte, wurde ihm ganz warm ums Herz und schon kam auch der Schmerz darüber, von ihnen getrennt zu sein. Ein unbändiges Verlangen stieg in ihm auf, Irilani in die Arme zu schließen und sie ganz zu besitzen. Mit einiger Anstrengung schob er seine Gefühle wieder in seine Herzensecke zurück, wo er sie bewahrte und vor allem schützte, was rundherum an ihn herangetragen wurde. Seine Augen wurden ihm feucht bei dem Gedanken an seine unverbrüchliche Liebe zu Irilani und ihrer Liebe zu ihm. Unauffällig wischte er die Tränen weg, die ihm aus den Augenwinkeln zu tropfen drohten. Seine Liebe würde er tief in seinem Herzen bewahren, bis er wieder zu Irilani zurückkehrte. Doch wollte er auch möglichst viele fremde Dinge kennen lernen und auf seiner Reise mit Ayubo alles Neue ausprobieren, das sich ihm darbot.

Er schüttelte die wehmütigen Gedanken ab und beteiligte sich an der mittlerweile angeregten Unterhaltung der um das Feuer sitzenden freundlichen Gastfamilie und scherzte mit den Kleinkindern, die sich gelegentlich an ihn heranpirschten und mit ihm spielen wollten.

Zum Glück waren die unzähligen, meist flachen Wasserläufe schon weitestgehend zugefroren und es erwies sich als nicht allzu schwierig, das gegenüberliegende feste Ufer in drei Tagesmärschen zu erreichen. Das Robben- und das Bärenfell waren von den Nordclanfrauen gereinigt und luftgetrocknet worden und wogen jetzt nicht mehr so stark auf Tomarus Schultern. Ganz praktisch konnten die beiden Wanderer sich jetzt schon in das Bärenfell einwickeln, wenn sie unterwegs in der mittlerweile klirrenden Nachtkälte lagern mussten. Dadurch lohnte es sich schon, es den ganzen Weg mitzuschleppen.

Ayubo wollte unbedingt die Malereien in der Höhle besichtigen, die Tomaru auf seiner ersten Reise entdeckt hatte, also wanderten sie erst stramm nach Südwesten, überquerten einige raue Höhenzüge und erreichten wieder eine Flussmündung, an der sie auf eine außergewöhnliche Clanansiedlung stießen. Tomaru und Ayubo staunten; hier wohnten mehr Menschen auf einem Haufen als die beiden jemals irgendwo zusammen gesehen hatten. Die Lage des Ortes war aber auch außerordentlich günstig. Einerseits lag das Meer direkt vor der Stadt, andererseits kam der Fluss durch eine weite Niederung herangeflossen, die sich zwischen Wellen von flachen Höhenzügen erstreckte.

Die Hänge waren dunkelgrün von Kiefern und da und dort blitzten die silbrig hellen Rinden von jetzt blattlosen Birkenwäldchen. Niedrige Hecken überzogen die Landschaft mit Ranken, ließen im Sommer auf essbare Früchte hoffen und boten bestimmt jeglicher Art von Kleinwild Zuflucht. In windgeschützten Bereichen des Flusstales standen Haselnussbüsche. Zudem konnte man einen großen Teil des Nahrungsbedarfes dem schier unerschöpflichen Meer entreißen.

Als Tomaru und Ayubo sich der Stadt näherten und die langen Reihen von Steinmarkierungen und Pfahlsetzungen betrachteten, die sich von Ost nach West ausgerichtet auf mehreren Wiesen Richtung Strand dahinzogen, wurden Tomaru und Ayubo ganz aufgeregt. Dies konnten nur Anlagen sein, die der Beobachtung von Sonne, Mond und Göttersternen dienten und sie waren ganz gespannt, ob sie Neues über dieses Spezialgebiet des Sonnenkreises herausfinden konnten.

Die große Siedlung war bewacht. Nicht nur das, sie war auch rundherum von einem Doppelwall geschützt, in dessen Graben das Wasser bestimmt zwei Manneslängen hoch stand. Auf dem inneren Wall war zusätzlich noch eine Palisadenwand aus Kiefernstämmen eingerammt. Zum Meer hin und in die anderen drei Himmelsrichtungen gab es Tore und Zugbrücken, mit denen bei Bedarf die Eingänge geschlossen werden konnten. An den Durchgängen überwachten jeweils zwei Männern mit Speeren das Kommen und Gehen von Einheimischen und Besuchern und so wurden Tomaru und Ayubo dort auch angehalten und mussten erklären, wer sie waren und was sie wollten. Zwar erkannten die Wächter das weithin genutzte Symbol für die Sonnenkreisangehörigen, doch sicher war sicher. Tomaru und Ayubo wurden freundlich doch bestimmt durch die Stadt zu den hiesigen Ehrwürdigen Eingeweihten geführt und Tomaru und Ayubo hatten ausreichend Zeit, sich den Aufbau der Siedlung genauer anzusehen; und die war wirklich interessant!

Innerhalb des riesigen Schutzwalles hatten die Einwohner hier drei weitere ringförmige Gräben mit großem Durchmesser angelegt, die mit Stegen überwunden wurden. Zwischen den Wasserringen lief jeweils ein breiter Wall mit Rundweg, an dem die Hütten standen, so dass jede davon Zugang zu den Wassergräben hatte und die Bewohner sich dort in aller Gemütlichkeit Fische, Krebse und Austern fangen konnten. Vor jeder Hütte stand ein ausgehöhlter Stein, in dem Fett und Docht darauf schließen ließen, dass die Wege nachts beleuchtet wurden. Tomaru vermutete, dass am Hauptgraben zum Meer hin eine große Reusenanlage in den Wasserweg eingebaut war, was sich später auch als richtig herausstellte.

In der Mitte der Wallanlage hatte man das Zentrum der ganzen Siedlungsanlage auf einem natürlichen kleinen Hügel errichtet und es bildete dort eine ähnliche Anlage wie der Sonnenkreis zu Hause. Auf dem Plateau stand ein zentraler dicker Pfahl, der mit allerlei mystischen Schnitzereien und Zeichen bedeckt und rot und weiß bemalt war. Auch hier gab es einige der wie willkürlich an verschiedenen Stellen eingerammten dünneren Pfosten, die sich wie Tomaru richtig vermutete auf einige der größeren Steine am Rande des Siedlungsvorfeldes ausrichteten, die scheinbar willkürlich in der Landschaft standen. Wahrscheinlich hatte man hier zu dieser Notlösung gegriffen, weil es im sanftwelligen Umkreis keine vernünftigen Peilgipfel gab. Um die Mittelplattform herum waren außerdem einige flache Feuerschalen aufgestellt.

Die beiden Wachen führten Tomaru und Ayubo über das Plateau hinweg zu einem größeren Gebäude, dass jenseits des Wassergrabens neben dem Brückenübergang stand und dessen symbolträchtiger Feder- und Fellschmuck an den aufgestellten Lanzen neben dem Eingang auf ein Versammlungshaus der Eingeweihten schließen ließ. Die Wachen forderten die Beiden auf, sich hinzusetzen und darauf zu warten, bis dass einer der hiesigen Sonnenkreis-Kahus sich mit ihnen unterhielt. Ayubo und Tomaru tuschelten aufgeregt miteinander; Tomaru war sich sicher, dass dies hier das hochangesehene Sonnenkreiszentrum der westlichen Clans war, das die Händler damals links liegen gelassen hatten, weil es sie zu weit von ihrem Handelsweg abgebracht hätte. Sie erhoben sich ehrerbietig, als der Ijatiba-Kahu des Zentrums hereintrat.

Dieser erkannte natürlich sofort das Sonnenkreiszeichen auf den Stirnen der beiden Besucher und konnte es, dank der besonderen Stellung der Visierpunkte in diesem Zeichen in etwa der richtigen Gegend zuordnen. Er versicherte sich durch einige tiefergehende Fragen zum Sonnenkreis und der Kalenderberechnung der Richtigkeit seiner Annahme und der tatsächlichen Ränge der Ankömmlinge und bot den Gästen an, vorerst die Gasthütte des Zentrums zu nutzen, bis sie sich entschieden hatten, in welcher anderen Behausung sie sich möglicherweise länger einrichten wollten.

Die Wachen schickte er in befehlsgewohntem Ton wieder zum Walldienst. Tomaru und Ayubo fragten den Kahu ein wenig aus und erfuhren, dass das nächste große Fest zur Wintersonnenwende bald stattfinden sollte; außerdem vereinbarten sie mit dem Kalender-Kahu einen Ortstermin um Sonnenuntergang herum bei einer der Steinreihen außerhalb der Stadt. Sie waren ganz heiß darauf zu erfahren, was es mit den Steinsetzungen auf sich hatte.

Steinreihen und Steinkreise

Tomaru und Ayubo richteten sich vorerst in der Gästehütte des Sonnenkreises ein. Die Bediensteten
waren sehr liebenswürdig darauf bedacht, dass die
Gäste schnellstmöglich alles bekamen, um sich ein
bequemes Nachtlager herzurichten und ein wärmendes Feuer anzünden zu können. Ein Korb mit getrocknetem Fisch und Rindfleisch und eine Schale
mit getrockneten Beeren wurde ihnen gereicht und
man zeigte ihnen die Badeeinrichtungen, die außerhalb des Hauptwalles am Flussufer lagen.

Zum Erstaunen Ayubos und Tomarus gab es hier
sogar ständige Betreuung, zumeist weibliche. Sie
waren die meiste Zeit damit beschäftigt, in großen
Feuergruben Glühsteine zu erhitzen und damit das
Wasser einiger mit Steinen ausgekleideten Sitzbade-
gruben anzuwärmen und Schalen mit Seifenwurzel-
lauge zu reichen.Tomaru und Ayubo schrubben sich
darin gründlich ab und Tomaru trieb sich, trotz der
schon ziemlich grausam kalten Wassertemperaturen,
plätschernd und spritzend ein paar Runden in einem
mit Holzpfählen abgesperrten Flussteil herum. Er
fand, dass dies eine sehr gute Absicherung war und
Kinder und Ältere davor schützte, abgetrieben zu
werden. Die Ideen, die die Siedlungsbauer hier ver-
wirklicht hatten, wollte er sich merken und am heimischen Sonnenkreis vortragen.

Ayubo guckte Tomaru nur zu; er meinte, dass seine
alten Knochen keine größeren Mengen kalten Wassers mehr vertrügen und schäkerte während der
Wartezeit lieber mit den Mädchen, die sich neugierig
am Ufer gesammelt hatten, um einen Blick auf Tomarus Pobacken oder auf noch interessantere Körper-
teile zu erhaschen.
Tomaru musste innerlich grinsen und gönnte den
hektisch miteinander Flüsternden ein paar ausführli-

che Blicke auf seinen gut gebauten Körper, als er aus dem Fluss stieg und das Wasser aus seinen Haaren und von seinem Körper strich, bevor er in ein frisches Lederhemd stieg. Ayubo musste herzhaft lachen; Tomaru war ja manchmal etwas sehr stolz auf seinen prächtigen Körper. Nach dieser Vorstellung seiner körperlichen Vorzüge würde er bestimmt kein Problem damit haben, die nächsten Nächte in Gesellschaft zu verbringen.

Zunächst trafen sich Tomaru und Ayubo aber mit dem hiesigen Kahu an der nördlichsten Steinreihe. Bevor der Kahu eintraf, schritten Tomaru und Ayubo die endlosen Reihen ab und versuchten, die Stellung der Steine mit der Ausrichtung nach den Himmelsrichtungen in Zusammenhang zu bringen. Die Ausrichtung nach Sonnenauf- und untergang zu den Winter- und Sommersonnwenden fiel ihnen sofort ins Auge. Allerdings fragten sie sich, wieso die Reihen so lang waren und auf welche Bezugspunkte, sofern es welche gab, die eingerammten großen Steinblöcke an den Enden und zwischen den Steinreihen hinwiesen.

Der Kahu erklärte ihnen, dass die kleineren Steine, die in mehreren langen Steinreihen nebeneinander auf dem Feld standen, nur einen Zweck hätten, nämlich die Tage zu zählen. War eine Shirolan-Doppelwelle voll, setzte man einen Großstein ans Ende der Reihe. So errichtete man nach und nach an den Kopfenden zwölf Jahressteine. Waren zwölf Reihen voll, wurde eine neue begonnen und in die Mitte zwischen den beiden Anlagen ein größerer Stein gesetzt, der für sich zwölf Jahre symbolisierte. Das erleichterte das Zusammenzählen. So wuchsen die Steinreihen mit den Jahren nebeneinander nach außen. Eine Reihe nach der anderen wurde gesetzt und für jedes Zwölferjahr ein großer Stein in die Mittelreihe gestellt. Waren zwölf Zwölferreihen beendet, war auch die Steinsetzung komplett und ein wirklich großer Stein musste herangeschafft werden, der einhundertvierundvierzig Jahre symbolisierte. Dann begann man ein ganz neues Steinfeld.

Tomaru und Ayubo waren beeindruckt. Diese Monumente waren ein unübersehbarer Ausdruck der vielen Menschengeschlechter, die hier seit der Errichtung der Siedlung gelebt hatten und übertrafen bei Weitem den Aufwand, den die Kahus mit Hilfe von Schnitzpfählen und Zählsteinen am Sonnenkreis zu Hause anwendeten. Einige der Steinreihen reichten bis zum Strand, wurden dort vom Meer umspült und standen schon zur Hälfte im Wasser. Ayubo sprach den Sonnenkreis-Kahu der Siedlung darauf an und fragte nach der Anzahl aller Steinreihen, die sich auf die Siedlung bezogen und nach dem Grund für die halb im Meer versunkenen.

Der Kahu zog unangenehm berührt die Augenbrauen zusammen, antwortete zögernd. Im näheren und weiteren Umfeld der Siedlung gab es acht beendete Steinreihen und eine halb fertige. Ayubo rechnete nach und kam zu dem Ergebnis, dass hier seit mindestens eintausendzweihundert Sonnen Menschen lebten und die Steine setzten. Wie lange vorher sie hier schon gesiedelt hatten, ohne sich solch ein Denkmal der vergangenen Zeit zu setzen, konnte er nur erahnen.

Aufmerksam hörte er dem Kahu zu, der jetzt in seiner Erklärung fortfuhr. Der Grund für die halbversunkenen Steinreihen war, dass etwa seit der Beendigung der letzten Steinsetzungsphase der Wasserspiegel unaufhaltsam stieg und die vordersten und ältesten Steinreihen überspülte. Die Siedlung, die vor Zeiten in einigem Abstand vom Strand am Fluss errichtet worden war, litt mittlerweile oft unter hohen Wasserständen. Insbesondere bei Vollmond stieg der Meeresspiegel so hoch an, dass der obere Rand der kreisförmigen Wallplateaus fast erreicht wurde.

Tomaru erinnerte sich an die Probleme der Nordmänner und der großen schweren Tiere. Er meinte, dass im Norden das Land am Meer ebenfalls langsam immer nasser und matschiger wurde und die großen schweren Stoßzahnriesen deshalb abwanderten. Der Kahu runzelte die Stirn, schaute noch nachdenklicher über die Steinreihen hinweg zur See. Er flüsterte fast, als er sagte, dass auch die Sonderopfer, die man Shirolan und den Akudari seit einigen Jahren zu den Festzeiten darbrachte, keine Änderung der Lage bewirkt hatten.

Tomaru und Ayubo warfen sich betroffene Blicke zu. Welche Sonderopfer? Ayubo fasste sich ein Herz und bohrte nach. Mit tief bedrückter Stimme gab der Kahu zur Antwort, dass die Siedlungsbewohner wirksamere Opfer forderten. Der Rat des Sonnenkreises hatte dem Druck nachgegeben und seit einigen Jahren zu den Frühlings- und Herbstfesten einen Menschen geopfert. Man glaubte, mit einem menschlichen Blutopfer die Götter des Meeres - und dass es solche geben musste, glaubte man hier - besänftigen und die sich offensichtlich anbahnenden Überflutungen verhindern könne. Tomaru und Ayubo sahen sich entsetzt an und fragten in düsterem Ton nach der Auswahl des Opfers.

Der Kahu zögerte erst, doch dann gab er sich einen Ruck und gab zu, dass die Jäger der Siedlung beauftragt wurden, für diese Opferzeremonie im Umkreis bei anderen Clans ein Opfer abzufangen. Und zwar versuchte man, ein Kind zu erwischen, damit den Clans nicht ein übermäßig wichtiger oder ausgebildeter Mensch abhandenkam. Er selbst hätte es richtiger gefunden, wenn aus der eigenen Siedlung gelost würde, aber der Widerspruch in den eigenen Reihen war zu stark gewesen. Man wollte unbedingt das Opfer bringen, aber nicht den dazugehörenden Verlust ertragen müssen.

Tomaru und Ayubo blieb erschüttert der Mund offenstehen. Ayubo meinte nach einiger Zeit schweigsamen Überlegens, dass ihm damit auch der Grund klar sei, warum die Siedlung so außerordentlich gut befestigt war. Bestimmt hatten die Clans herausgefunden, wohin ihre Kinder verschwanden und griffen die Siedlung an, wenn es Anlass gab und die Wut zu groß wurde.

Der Kahu nickte schuldbewusst. Beim letzten Fest hatte es Tumulte an den Toren gegeben, als einige Jäger des betroffenen Clans versucht hatten, die Stadt zu stürmen und das Mädchen zu befreien. Zum ersten Male seit undenklichen Zeiten gab es feindliche Handlungen und bewaffnete Überfälle zwischen dem Sonnenzentrum und den Clans. Der Kahu bezweifelte Tomaru und Ayubo gegenüber offen, dass das Ganze im Sinne Shirolans und der Akudari sein konnte und wollte noch einmal in der nächsten Vollversammlung der Ehrwürdigen seinen ganzen Einfluss geltend machen, um eine Rückbesinnung auf die alten Opferrituale herbeizuführen. Zudem musste er als Ijatiba-Kahu diese Opferung auch noch selbst durchführen und verspürte allertiefsten Widerwillen, den Göttersternen ein menschliches Blutopfer zu bringen.

Im Stillen beschloss der Kahu in dieser Minute, den Sonnenkreis zu verlassen, falls sich keine Wende herbeiführen ließ; kein Menschenblut sollte mehr von seiner Hand vergossen werden. Wenn Tomarus Reisebeschreibung des Nordens stimmte, hatte die Siedlung sowieso keine Zukunft mehr und kein Opfer der Welt würde daran etwas ändern können, wenn die Götter beschlossen hatten, das Land der Clans am Meer überall zu überfluten. Dunkle Gedanken bewegend und schweren Schrittes kehrten die drei zur Siedlung zurück.

In ihrer Unterkunft meinte Ayubo zu Tomaru, dass sie sich nicht weiter in diese Angelegenheit einmischen sollten. Das Problem musste von den Verantwortlichen vor Ort gelöst werden; Kritik und Druck von Fremden würde nur zu mehr Widerstand führen, den der örtliche Kahu überhaupt nicht gebrauchen konnte, wenn er sein Ansinnen durchsetzen wollte. Tomaru stimmte ihm zu. Auch er hatte nicht die geringste Lust, in Streitigkeiten und Schwierigkeiten zu geraten. Das nächste Fest der Wintersonnwende verlangte nach Angabe des hiesigen Kahus keine Menschenopfer und sowohl Ayubo als auch Tomaru waren gespannt, welche Rituale im hiesigen Sonnenkreis zum Fest von allen Erwachsenen durchgeführt wurden. Bis dahin waren aber noch ein paar Tage zu überbrücken.

Wintersonnwende

Der Tag der Wintersonnwende brach an. Als an diesem dunkelsten Tag des Sonnenjahres endlich Shirolan über den Horizont stieg und seine blendenden, flachen Lichtpfeile über das schneebedeckte Land schickte, standen sämtliche Ehrwürdigen Eingeweihten und die Kahus des Sonnenkreises bereits auf der Mittelplattform und brachten die ersten Opfergaben in den Flammenschalen dar. Träge schlängelte sich der Rauch in der kalten Luft in den Himmel.

Sämtliche erwachsenen Siedlungsbewohner strömten zur zentralen Plattform und warfen einen, an einem Lederstreifen befestigten, gravierten Steinanhänger mit ihrem Namenssymbol in einen der farbig bemalten Behälter. Ayubo, der sich intensiv mit den Gebräuchen vertraut gemacht hatte, erklärte Tomaru, dass sich die Festpaarungen nicht nach Geschmack und Gutdünken der Feiernden bildeten, sondern über Lose bestimmt wurde, wer mit wem in dieser Nacht zusammenkam. Es gab nur wie überall eine Trennung mindestens der mütterlichen Clanlinien, deshalb auch die jeweils fünf Behälter für Männer und Frauen, aus denen dann die Lose über Kreuz gezogen wurden. Ayubo hatte Tomaru informiert: Wenn Tomaru an der Feier gebührend teilnehmen und das Losrisiko auf sich nehmen wollte, sollte er ebenfalls einen Stein mit seinem Zeichen in die Loskörbe werfen. Tomaru hatte schon darüber nachgedacht und versenkte seinen Stein in einen der Männerbehälter, als er an die Reihe kam. Ayubo warf seinen hinterher.
Das Los würde am Abend gezogen werden, wenn die gesamte Bevölkerung zwischen den Steinreihen antrat. Dann würden die Kahus abwechselnd für Männer und Frauen die Namenssteine aus den Behältern entnehmen und die Paarungen aufrufen, die sich dann einander gegenüber aufzustellen hatten. Den

ganzen Tag über war Tomaru gespannt darauf, wie die Nacht enden würde. Zunächst informierte er sich noch etwas genauer darüber, wie die Feierlichkeiten ablaufen sollten; er wollte nicht durch Unwissenheit den Ablauf des Festes stören.

So ausgelassen wie am heimischen Sonnenkreis ging es hier jedenfalls nicht zu. Die Männer und Frauen wanderten am Abend gemessenen Schrittes hinter den Ehrwürdigen und den Kahus her zum Opferstein, der an der Kopfseite einer längst abgeschlossenen Steinsetzung errichtet worden war und stellten sich dann im Halbkreis in Richtung Sonnenuntergang auf.

Während das Volk rhythmisch klatschte und dabei die Lieder sang, die Shirolan dazu bewegen sollten, am nächsten Morgen seine Tageslauf wieder zu verlängern und mehr Wärme und Licht zu spenden, verbrannten die Ehrwürdigen ihre Rauchopfer und schickten unter bittend gerungenen Armen ihre alten Gebetsformeln in den sich langsam verdunkelnden Himmel. Dann wurden entlang der Steinreihen die Fackeln angezündet, die vor den Felsbrocken im Boden staken und der Ijatiba-Kahu der Siedlung trat feierlich vor, um die Nachtpaare zusammenzulosen. Nach und nach bildete sich eine lange Reihe von sich gegenüberstehenden Männer und Frauen. Ayubo wurde gleich zu Anfang gezogen und bekam eine recht zierliche und verspielt wirkende junge Frau gegenübergestellt, die er sogleich in einen intensiven Augenkontakt verwickelte und die auch schelmisch kichernd darauf einging. Bei Tomaru dauerte es länger, bis er den schon dünn gewordenen Halbkreis der Wartenden endlich verlassen konnte und mit einer Frau mittleren Alters von recht üppigen Formen namens Mesona gepaart wurde. Zum Glück war Tomaru trotz seiner jungen Jahre ein Frauenkenner und er erinnerte sich dankbar des Winters, den er auf seiner ersten Reise am Tanorofluss verbracht hatte. Er winkte seiner Partnerin, die ihn etwas zweifelnd betrachtete, mit einem breiten Lächeln zu, das sie halbherzig zurückgab. Man würde sehen wie es lief.

Endlich waren alle Lose gezogen und die beiden langen Reihen von Männern und Frauen standen vollständig aufgereiht zwischen den Steinen. Am Opferstein erhoben sich die Stimmen der Ehrwürdigen zu einem inbrünstigen Flehen, das sie den allerletzten Lichtstrahlen Shirolans hinterher sandten, während der hell leuchtende Glanz des Abendgöttersterns immer heller erstrahlte und um ihn herum sämtliche Ahnensterne vom Himmel zu blinken begannen.
Die Trommeln setzten ein. Männer und Frauen setzten sich in Bewegung und mit vorschreitenden und zurückweichenden Schrittfolgen bewegten sich die gelosten Paare im Schein der langsam ausbrennenden Fackeln immer näher aufeinander zu, umkreisten und begrüßten sich, es flogen Scherzworte und neckische Bemerkungen. Als die letzten Fackeln endlich erloschen, schlug nur noch eine einzige Trommel feierlich die letzten Takte und schwieg dann ganz.

Tomaru und Mesona hatten sich wie alle anderen an den Händen gefasst und Tomaru ließ sich von ihr in die Dunkelheit führen. Sie geleitete ihn zielsicher zu einer Gruppe von Kiefern, die nur schemenhaft im Licht der Sterne zu erkennen war. Der trockene Boden unter den dichten, benadelten Ästen war völlig schneefrei. Hier ließ Mesona ihren Fellmantel fallen und entledigte sich schnellstens ihrer Kleidung. Tomaru tat es ihr gleich und dann krochen sie gemeinsam zwischen die Kleidungsstücke und Tomarus Fellmantel deckte am Schluss den Haufen aus Robben- und Hirschleder, Pferde- und Rentierhäuten und dazwischen verstecktem warmen, lebendigen Fleisch zu.

Mesona schmiegte sich eng an Tomaru, der sie unmissverständlich zu sich heranzog. Die meisten Jahre, in denen sie am Fest teilgenommen hatte, war sie entweder an ganz junge oder schon recht alte Männer geraten, die ihre Vorstellungen von einer leidenschaftlichen Festnacht nicht ganz befriedigt hatten. Sie erwartete auch in dieser Nacht nicht das gewünschte Ergebnis. Doch überließ sie sich ganz Tomarus Händen und fühlte mit einiger Erleichterung, dass Tomarus Alikio sofort reagierte und sich gegen ihren Leib presste. Zumindest damit würden sich keine Schwierigkeiten auftun, die es hin und wieder mit den älteren Männern gab.

Tomaru erforschte den Körper Mesonas in der Dunkelheit und der Wärme der beiden Körper, die sich unter den dichten Fellen speicherte. Mesonas Körper war nicht mehr so fest und glatt wie der Körper der jungen Frauen, aber seine üppigen Formen fühlten sich im Dunkeln aufreizend genug an, auch wenn sie im Hellen vielleicht keinen Vergleich mit jüngeren Frauen mehr aushielten. Mit beiden Händen Mesonas Brüste knetend und streichelnd, arbeitete er sich, zwischen Mesonas Beinen kniend, durch Bauchnabel und über die sachten Hügel ihrer Beckenknochen zu ihrem Yongami vor. Mesona war aufs Angenehmste überrascht, dass dieser gutaussehende junge Siedlungsgast nicht über sie herfiel und seine Lust befriedigte oder gar nur seine Pflicht schnellstens erfüllte. Der hier nahm sich Zeit und verführte sie nach allen Regeln der Kunst. Genussvoll leise stöhnend gab sie sich Tomarus Zärtlichkeiten hin, der sich mit ihrem Kutuni befasste, während seine Handflächen ihre Pobacken umfasst hielten und anhoben.

Etwas erstaunt bemerkte Tomaru, dass Mesona völlig haarfrei war und machte eine entsprechende Bemerkung. Mesona lachte leise. Ja, das war hier in der

Siedlung so üblich; zu den Feiern schoren sich die Männer und die Frauen die Schamhaare. Die Kahus behaupteten, dass diese Maßnahme böse Geister fernhielt und außerdem, so fand Mesona, war es beim Zusammensein auch ganz praktisch, zumindest, wenn man sich auch mit dem Mund sehr nahekam. Tomaru lachte aus vollem Hals, so dass die Felle über ihm fast auseinanderfielen und vertiefte sich wieder in seine mündlichen Forschungsreisen zwischen Mesonas Schenkeln. Mesona stoppte ihn im letzten Moment, bevor sie von ihren Gefühlen hingerissen wurde und tauschte mit Tomaru den Platz. Nun selbst zwischen Tomarus Schenkel kniend, verpasste sie Tomaru nach allen Regeln der Zungenkunst eine tief reichende Behandlung, knabberte und lutschte sich an Tomarus zuckendem Alikio entlang, bis sie merkte, dass er sich nicht mehr beherrschen konnte. Da schwang sich mit einem geschickten Hüftschwung auf ihn und gab ihm mit ein paar kreisenden Hüftbewegungen und Muskelspielen ihres Yongamis den Rest. Mit einem wissenden Lächeln auf den Lippen verfolgte sie Tomarus erlöstes Stöhnen in der Dunkelheit, während ihre Unterleibmuskeln noch immer Tomarus Alikio leise kneteten, bis es ganz erschlaffte.

Tomaru war nicht undankbar. Seine kräftigen Hände suchten Mesonas Taille im Dunkeln, fuhren an ihrem Rücken hinunter und Mesona fühlte sich nach vorne gezogen, bis ihr geschwollenes Kutuni Tomarus Atem spüren konnte. Als seine Lippen sich um ihr Kutuni schlossen und seine Zunge ihr schlüpfrig raues Spiel trieb, wurde ihr heißer und heißer und sie warf endlich die Felldecke beiseite. Ein doppelter Schauder von Gänsehaut überschüttete ihren Körper. Von den Wellen und Zuckungen ihres Unterleibs erfasst und vom Kältereiz auf ihren Brüsten erschüttert, erlebte Mesona eine ganz ausgefallene Art der körperlichen Extase, die sie lauthals in den Sternenhimmel stöhnte. Tomaru konnte sich nur wundern wie lange Mesona in Schauern der Lust gefangen über ihm zitterte, während er seinen Mund weiter um ihr Kutuni wandern ließ. Schweißgebadet und gleichzeitig halb erfroren, raffte Mesona endlich die Felldecken wieder zusammen und schmiegte sich in Tomarus Arme, bis ihr wieder überall warm war.

Schändlicherweise, wie er meinte, schweiften seine Gedanken von Mesona und dem gerade Genossenen ab und Tomaru dachte an Irilani, die er gerne an Mesonas Stelle jetzt in den Armen gehalten hätte. Doch seine romantischen und bedauernden Gefühle wurden schnell durch andere abgelöst, denn Mesonas Hände wandelten schon wieder auf aufmunternden Pfaden und Tomarus Alikio konnte diesen Aufmerksamkeiten nicht lange widerstehen. Auf Mesonas Aufforderung hin, keine Rücksicht zu nehmen, nahm er sie rau und wild, bis sie beide noch einmal lustvoll Entspannung fanden.

Einigermaßen erschöpft suchten sie endlich beide ihre Kleidungsstücke zusammen und zogen sich im Schutz der Felldecke wieder an. Tomaru begleitete Mesona zu ihrer Hütte zurück und begab sich dann in seine, wo Ayubo schon mächtig schnarchend auf seinem Lager lag. Er wurde auch nicht wach, als Tomaru sich seiner Stiefel entledigte und sich, so wie er war hinlegte, den Eisbärfellmantel über sich breitete und sich darunter kuschelte. Eigentlich hätte sich Tomaru noch gerne mit Ayubo über die Erlebnisse der Nacht ausgetauscht, aber das musste eben bis zum nächsten Morgen warten.

Ayubos nächtliche Erlebnisse waren nicht ganz so befriedigend gewesen, denn das junge Mädchen hatte sich geziert, gekichert und herumgealbert, bis Ayubo zielbewusst zur Tat geschritten war. Er hatte seinen Spaß gehabt. Ob sie zufrieden aus der Nacht herausgegangen war, da hatte er seine Zweifel. Vielleicht war er einfach zu alt für solch junge Frauen. Er hoffte nur, dass Tomarus Los etwas mehr Bereitschaft gezeigt hatte. Er lachte dann, als Tomaru bestätigend nickte, und meinte, dass Tomaru bestimmt seinen Teil dazu beigetragen hatte, was Tomaru auch breit grinsend bestätigte.

Danach besprachen sie, wie lange sie in dieser Siedlung bleiben wollten. Ayubo hatte nicht die geringste Lust, sich dort noch aufzuhalten, falls es unter den Ehrwürdigen, den Kahus und dem Clanvolk zu Streitigkeiten wegen der Opfer kommen sollte oder gar der eine oder andere Clan mit vorgehaltenen Speeren vor der Torwache erschien. Tomaru stimmte ihm zu. Die drei härtesten Wintermonate wollten sie hier in Sicherheit verbringen. Tomaru hatte vor, sein Können im Jagdhandwerk auf Robben zu vervollkommnen und Ayubo wollte versuchen, sich in der Zeit zusätzliches Wissen über die örtliche Pflanzenwelt beim Ijatiba-Kahu des hiesigen Sonnenkreises anzueignen. Wer weiß, ob das den Clans zu Hause nicht auch einmal von Nutzen sein konnte. Vor dem Frühlingsfest würden sie ihre Sachen packen und nach Süden weiterziehen.

Sie hatten sich vorgenommen, bis zu den Bergen zu gelangen, an denen entlang Tomaru auf seiner ersten Reise bis zum südlichen Salzwasser gen Osten gewandert war. Dann wollte Tomaru Ayubo das quirlige Handelszentrum im Mündungsgebiet des Tanoro zeigen und von dort aus den Fluss entlang nach Norden bis zur Wolfsclansiedlung reisen. Ayubos Aufzeichnungen vom bisherigen Weg, den er auf die Innenseite eines fein geglätteten Robbenfelles mit Pflanzensäften aufgemalt hatte, übertrugen sie sauber auf die große Lederkarte, die sie von zu Hause mitgebracht hatten. Große Flächen der Karte hatten sich schon mit Aufzeichnungen der Gebiete im Norden und Westen vervollständigt.

Die fast neunzig Tage bis zu Shirolans Frühlingser-
wachen gingen schnell herum. Ayubo und Tomaru
verschliefen die langen Nächte und manchen
Schlechtwettertag. Tomarus Festtagsbekanntschaft
kam hin und wieder vorbei und gönnte sich und ihm
ein paar leidenschaftliche Stunden. Das kurze Tageslicht wurde mit Fischfang, kleineren Jagdausflügen
und Fallenstellerei in die nähere Umgebung sinnvoll
ausgenutzt.

Tomaru legte eine Zeichnung an, die die Wasserwe-
ge, Wohn- und Verteidigungswälle der Siedlung ver-
deutlichte, um sie zu Hause als Anregung für zukünftige Siedlungen an die Kahus und Ehrwürdigen des
Sonnenkreises weiterzureichen. In geselliger Runde
tauschten die beiden mit den Ortsansässigen Geschichten und Legenden aus, die interessanterweise
wohl alle den gleichen Ursprung zu haben schienen.
In die Streitigkeiten über die Opferpraxis, über die
auch innerhalb der Siedlung gegensätzliche Auffas-
sungen bestanden, mischten sich die beiden nicht
ein.

Am Fest selbst nahmen Ayubo und Tomaru nicht
mehr teil, weil sich immer mehr Spannungen zwischen den Opferforderungen eines mehrheitlichen
Siedleranteiles und dem Willen des Ijatiba-Kahus
zeigten, der keine Menschen mehr opfern wollte. Die
Streitgespräche im Sonnenkreis-Versammlungshaus
wurden hitziger. Ayubo und Tomaru hielten sich aus
der Sache heraus so gut sie konnten, gaben aber an
dieser Stelle beide ihre Meinung dazu ab und glaubten, dass Shirolan und die Akudari keine zusätzlichen
Blutopfer brauchten oder gar forderten.

In den langen Nächten sehnte sich Tomaru mit jeder
Faser seines Herzens nach Irilani, die ihm manchmal
so sehr fehlte, dass ihm nachts im Traum die Tränen
in die Augen stiegen und er sein Fellkissen umarmte

und an sich drückte. Ganz zu schweigen von dem Verlangen seines Körpers, dass sich zwar hin und wieder mit der willigen Mithilfe der Mädchen der Siedlung befriedigen, ihn aber auf gefühlsmäßiger Ebene alleine ließ. Wenn Irilani und er zusammen waren, war das eben mehr, viel mehr als die Summe ihrer Körper. Es war eine Seelenverwandtschaft, die ihre Leiber nur zu gerne besiegelten. Am liebsten wäre Tomaru zum Winterende sofort auf kürzestem Wege zum heimischen Sonnenkreis zurückgekehrt, doch wollte er Ayubos Reiseplänen nicht entgegenstehen oder den älteren Mann gar alleine reisen lassen. Schweren Herzens fand Tomaru sich damit ab, dass er nicht in ein paar Wochen, sondern wohl erst zum nächsten Frühlingsbeginn wieder zu Hause ankommen würde.

Ayubos und Tomarus Reise nahm ihren Lauf. Mit Interesse verfolgte Ayubo wie sich der Pflanzenbewuchs auf dem Weg nach Süden und mit der fortschreitenden Jahreszeit änderte. Die Ebenen und Berghänge standen dichter bewachsen mit halbhohem Gebüsch und verschiedenen Nadelbäumen und Birkenwäldchen. Zu Gunsten der fast undurchdringlichen Heckengebiete und mit dichten Birkenhainen und Föhrenwäldern zugewachsenen Gebieten, schrumpften die weiten ebenen Steppenflächen zusammen, die einst nur mit niedrigen Moosteppichen, Flechten, Wollgras und dem kleinen gelben Steppenmohn bewachsen gewesen waren. Das hatte weitreichende Folgen für die Tierwelt. Insbesondere die Pferde- und Rentierherden mieden den Süden und hielten sich im Sommer weiter nördlich auf. Tomarus und Ayubos Rechnung nach, waren die Niederungen des Großen Flusses und des Knotenflusses fast schon die Grenze für eine gesicherte Ausdehnung der Zuggebiete nach Süden. Die Clans mussten damit rechnen, dass die uralte Nahrungs- und Materialquelle in den nächsten Generationen irgendwann versiegte, wenn die Pferde-, Rentier- und Antilopenherden ihre Lieblingsweidepflanzen irgendwann weiter südlich nicht vorfanden und die Herden den kühleren Norden bevorzugten.

Dafür fanden sich hier im Süden schon ganze Scharen von Rehen in den Wäldern und das hässliche Tier, das kein Fell, sondern harte Borsten hatte, nannten die Clans hier „Stachelschwarte". Tomaru hatte eines Abends ein solches Tier erlegt, für sich und Ayubo eine Hinterkeule herausgeschnitten und über dem Feuer geröstet. Das Fleisch hatte aber gegenüber dem gewohnten Rentier- und Pferdefleisch einen so fremdartigen Geschmack, dass sich beide nicht dafür begeistern konnten. Es machte satt und das war auch schon alles, was es Gutes darüber zu sagen gab.

Die bemalten Höhlen setzten Ayubo in äußerstes Erstaunen. Tomarus Bericht über die Zusammenhänge ließen ihn mehrere Tage nachdenklich neben Tomaru herwandern. Die Symbole waren, trotz des sichtbaren Alters der Darstellungen, in den Überlieferungen bis heute lebendig geblieben. Er meinte zu Tomaru, dass die Clans wohl alle einen gemeinsamen Ursprung haben mussten, der tief in die Vergangenheit reichte. Die Ähnlichkeit der Clansprachen, die sich über weite Entfernungen erhalten hatte, wies ebenfalls deutlich darauf hin. Wo und wann mochten wohl die Ahnen ihre ersten Siedlungen errichtet und sich später über das weite Land verbreitet haben?
Es gab ausreichend Gesprächsstoff, während die beiden sich entlang der sich von Sonnenaufgang bis Sonnenuntergang hinziehenden Südberge hinüber zum Südlichen Salzwasser bewegten. Ayubo bestand darauf, wenigstens einen der niedrigeren Gipfel am östlichen Ende der Südbergkette zu ersteigen, um sich einen Überblick über die andere Bergseite zu

verschaffen. Was er dort erkannte war, dass sich die Küste des Salzwassers bis weit zum südlichen Horizont hinzog und die Südberge sich in mehreren verschneiten Gipfelwellen als Grenze zu einem weiteren Südland in den Weg türmten. Ayubo und Tomaru waren sich einig: Nie im Leben würden sie irgendwo in irgendeiner Richtung ans Ende der Welt gelangen auch wenn sie noch so lange weitermarschierten. Sie folgten dann der Händlerroute am südlichen Salzwasser entlang und stießen kurz vor dem längsten Shirolan-Tag auf die Händlerzentrale am Tanorofluss.

Ayubo war fasziniert. Hier stießen ja Welten aufeinander! Er stürzte sich in endlose Gespräche mit jeder Händlergruppe, die unter Reisezelten ihre Waren feilbot, beschäftigte sich gründlich mit den fremdartigsten Waren, zerrieb und beschnupperte jede angebotene Substanz und fragte nach Herkunft, Sinn und Anwendung. Tomarau war auf seiner Reise damals noch zu jung und unerfahren gewesen, um zu erkennen, welcher Wissensschatz in den Männern schlummerte und durch bohrende Fragen gehoben werden konnte. Die Händler kamen überwiegend von Osten angereist und erklärten, dass sie Handelsbeziehungen zu Völkern und Clans hatten, die die Tiefebene südlich des sich weit nach Osten hinziehenden Schneegipfelgebirges bewohnten. Und diese hatten Handelsbeziehungen zu Menschen, die noch viel weiter weg ihre Hütten und Zelte aufgebaut hatten. Ayubo kam zu dem Schluss, dass die Welt sehr, sehr viel größer war, als er jemals angenommen hatte und er sich damit begnügen musste, nur einen Teil davon in diesem Leben kennenzulernen, bevor die Akudari seinen Schicksalsfaden abschnitten.

Einige Proben der getrockneten und zerstoßenen Substanzen schwatzte er den Händlern ab und Tomaru, der an einer gemeinsamen Treibjagd teilgenommen hatte, schenkte den Händlern seinen Fleischanteil und gab so Ayubo die Möglichkeit, noch eine Menge Beutelchen, gefüllt mit angeblich sicher gegen bestimmte Leiden helfenden Pülverchen, einzutauschen. Nach einigen Tagen Aufenthalt wurde Tomaru langsam ungeduldig und drängte Ayubo zum Aufbruch. Wie auf seiner ersten Reise trieb ihn die Sehnsucht nach Irilani vorwärts und er wollte möglichst noch vor dem kommenden Winter beim Bärenclan ankommen.

Die Seuche

Irilani war zufrieden. Im Sonnenkreiszentrum lief alles wie gewohnt und ihre Beziehung zu Watenko, der sie regelmäßig besuchte und bei Liadara schon fast Vaterstelle einnahm, wirkte sich anregend und gleichzeitig beruhigend auf ihre Stimmung aus. Watenko guckte immer etwas traurig, wenn er Tomarus Amulett auf Irilanis Brust bemerkte. Sie legte es ab, wenn er für ein paar Tage am Sonnenkreis übernachtete. Irilani war sich sicher, dass Watenko sie liebte und wenn Tomaru nicht gewesen wäre, hätte sie ohne Mühe eine endgültige Entscheidung für Watenko als Lebenspartner treffen können. Aber sie wollte zumindest die zwei Jahre abwarten, die Tomaru als Reisezeit angesetzt hatte. Wenn er bis dahin immer noch nicht zurück war... Doch daran wollte sie noch nicht denken. Ihr Herz tat einen kleinen flatternden Hüpfer, denn sie hatte Angst um Tomaru und um ihre Liebe. Vor allem die Ungewissheit machte ihr zu schaffen. Eigentlich konnte sie niemals sicher sein, ob ihm etwas geschehen war oder ob er noch unterwegs war, wenn keiner der beiden Reisenden zum geplanten Zeitpunkt zurückkam.

Doch heute war ein schöner Tag, Shirolans warme Strahlen überschütteten den herbstlichen Sonnenkreis. Die Pfosten der Plattform warfen bereits lange Schatten, als Irilani einen Lederbeutel mit einem Heilpulver ergriff und sich auf den Weg zur Hütte eines Schnitzers aufmachte, um dessen kranken Sohn zu versorgen. Der Kleine hatte seit einigen Tagen hohes Fieber und hustete, war ganz verquollen im Gesicht und hatte Hals- und Kopfschmerzen. Sie hatte ihm strenge Bettruhe verordnet und den Verwandten des Jungen aufgetragen, das Feuer dauernd am Brennen und den Jungen sehr warm zu halten. Auf ihrem Weg dorthin wurde sie schon vor anderen Hütten angehalten und Mütter und Väter riefen ihr aufgeregt zu, dass auch ihre Kinder krank waren. Irilani versprach, gleich nachzusehen, wenn sie ihren Besuch beendet hatte.

Dem Kleinen ging es schlecht. Sie beauftragte die Mutter des Kindes, kaltes Wasser zu holen und den fiebernden Knirps mit nassen Lederlappen um Beine und auf der Stirn zu kühlen. Während die Mutter unterwegs war, untersuchte sie den Jungen und war entsetzt, als sie rote Pusteln und Flecken über Hals und Schultern verteilt feststellte. Der Kleine schaute sie mit fieberverhangenen Augen an und heulte leise vor sich hin.

„Bei allen Akudari - bloß nicht das!" dachte Irilani.

Diese Rotfleckenkrankheit breitete sich immer wieder unter den Kindern aus und kostete bei jeder Krankheitswelle einige der jungen Leben. Irilani schaute mitleidig zu dem kleinen Intule hinunter. Wahrscheinlich hatten die anderen Kinder das Gleiche. Als Intules Mutter wiederkam, beauftragte Irilani sie, umgehend ein großes Feuer in der Krankenhütte vorzubereiten und in Brand zu setzen und Intule dann dort hinzubringen.
Irilani eilte hinaus und suchte die Hütten auf, in denen sie Kinder wusste. Zwar zeigten sie noch keine roten Pusteln, aber schon die gleichen Krankheitszeichen, die Intule am Anfang seiner Erkrankung gehabt hatte. Fast in jeder Hütte war eines der Kinder betroffen und Irilani befahl allen Müttern, ihre Kinder umgehend in warmer Verpackung zur Krankenhütte zu bringen. Wenn das hier der Anfang einer Rotfleckenseuche war, dann musste sie alle an einen Ort zur Behandlung versammeln, sonst würde sie vor lauter Herumrennerei zwischen den Hütten am Ende keine Zeit für die Herstellung der Pflanzenmittel haben.

Dann machte sie den Sonnenkreisbewohnern klar, dass sie für die nächsten Stunden nicht gestört werden durfte, damit sie Zeit hatte, Kräuteraufgüsse und Breie für Umschläge zuzubereiten. Bis zum Abend bereitete Irilani eine große Menge Heilungsmittel zu und füllte sie in Beutel und Trinkhörner. Einige der Mütter, die sich aufgeregt vor der Hütte unterhielten, halfen ihr beim Transport zur Krankenhütte. Dort hatten sich mittlerweile sechs Kinder eingefunden, die schniefend, krächzend und leise weinend auf ihren Fellstapeln saßen oder lagen und von ihren Müttern versorgt und gestreichelt wurden.

Irilanis Besorgnis wuchs. Während der nächsten Tage füllte sich die Krankenhütte immer mehr und auch Liadara musste auf ihrem Krankenlager versorgt werden. Sämtliche Kinder des Sonnenkreises, die erst nach der letzten Krankheitswelle vor Jahren geboren worden waren, hatten die Anzeichen und Irilani befahl drei der Mütter fest in die Krankenhütte zu Pflege der Kleinen. Der Rest musste draußen bleiben und sich weiter um die Familien kümmern. Nur so ließ sich ein völliges Chaos von aufgeregten, verzweifelt händeringenden und auch weinenden Müttern vermeiden.

Irilanis Tagesablauf war mehr als ausgefüllt. Stundenlang hantierte sie in ihrer Kahua-Hütte und bereitete die Heilmittel zu, die der Ijatiba-Überlieferung nach bei diesen Krankheitszeichen halfen. Viel Zeit brauchte es, um den geschwächten und fiebrigen Kindern die Tränke einzuflössen und die kalten Umschläge immer wieder zu wechseln. Liadara wurde genauso behandelt wie alle anderen Kinder. Irilani war zu beschäftigt, um sich selbst ausgiebig um ihre Kleine zu kümmern, doch wusste sie sie bei den pflegenden Müttern in guten Händen. Während sie in ihrer Kahua-Hütte werkelte, flehte sie in tausend Gedanken und Bitten die Akudari an, ihre und Tomarus

Tochter am Leben zu lassen. Sie würde und wollte alles im Leben ertragen, aber nicht den Tod ihrer Tochter.

Die Krankheitswellen traten immer wieder aus heiterem Himmel auf und schickten manchmal fast die Hälfte der Betroffenen zu den Akudari. Irilani war entschlossen, bis ans Ende ihrer Kräfte dafür zu arbeiten, dass die meisten Kinder überlebten. Kaum gönnte sie sich etwas Schlaf und sank nachts erschöpft über ihren Reibschalen zusammen, wenn die Müdigkeit sie überwältigte. Sie überging viele Mahlzeiten und saß stattdessen an Liadaras Krankenlager, wenn sie ein wenig Zeit erübrigen konnte. In den nächsten zwanzig Tagen gönnte sie sich kaum Ruhe, wurde zusehends dünner, sah mit schmerzerfülltem Herzen und aus dunkel unterlaufenen Augen das Elend der Mütter an, deren Kinder starben. Zum Glück hatte Liadara das Schlimmste bald überstanden und befand sich auf dem Weg der Besserung. Doch von den fünfzehn Kindern, die von der Rotfleckenkrankheit befallen worden waren, überlebten nur neun die Krankheit.

Der Sonnenkreis hatte bereits einige kleine Holzstapel errichtet, um die Leichen der Kinder zu verbrennen. Mit Tränen in den Augen hielt Irilani die Mütter bei den Einäscherungen tröstend im Arm. Trotz aller Kunst der Ijatibas erlebten die Mütter immer wieder, wie mindestens die Hälfte ihrer Nachkommen das Erwachsenenalter nicht erlebte und durch die unterschiedlichsten Kinderkrankheiten ihr Leben ließen. Irilani wünschte sich inständig, wirksamere Mittel zu haben, um diese schmerzhaften Verluste nicht miterleben zu müssen und die Kraft, immer für die Kranken da sein zu können.

Als die Krankheitswelle endlich ganz abgeflaute und das letzte überlebende Kind wieder in die Obhut seiner Familie zurückkehren konnte, war Irilani körperlich am Ende. Mit letzter Kraft räumte sie die Krankenhütte auf, räucherte sie mit einem Berg von Kräutern aus, um den Geruch nach Krankheit und Tod zu vertreiben und die Götter mit diesem Rauchopfer um Gesundheit für den Sonnenkreis zu bitten. Völlig erschöpft schleppte sie sich am Abend auf ihr Lager und schlief bis über den nächsten Mittag hinaus. Als sie endlich wach wurde und ins Tageslicht blinzelte, das durch die offene Hüttentür hereindrang, saß Watenko an ihrem Lager und hielt ihre Hand. Sein ernster und besorgter Blick sagte ihr, dass sie wahrscheinlich so aussah wie sie sich fühlte: schwach und ausgelaugt. Watenko nickte ihr aufmunternd zu.

Als er vom Rotsteinclan zurückgekehrt war und Irilani in ihrer Hütte aufgesucht hatte, war er wirklich erschrocken gewesen über ihr Aussehen und hatte in der Gemeinschaftsküche bereits eine Brühe mit zerstampftem Fleisch besorgt. Er half Irilani, sich aufzusetzen und flößte ihr die Brühe nach und nach ein. Danach fielen Irilani die Augen wieder zu und sie schlief bis zum Abend. Watenko betrachtete Irilani besorgt. Sie hatte sich schwer verausgabt und ziemlich an Gewicht verloren, war blass und hohlwangig. Bei allen Akudari! Wer passte eigentlich auf die, sich für alle anderen aufreibende, Ijatiba auf?

Er schwor sich, dass er in den nächsten Tagen keinen Menschen hereinlassen würde, der irgendetwas von Irilani wollte. Nur wohlmeinenden und aufmunterten Besuch und Zuspruch würde er zulassen, bis Irilani wieder bei Kräften war. Er musste auf Irilani aufzupassen und er wollte seine Anstrengungen verstärken, Irilani ganz zu gewinnen. Tomaru ließ sich einfach zuviel Zeit mit seiner Reise. Unter Watenkos liebevoller Pflege kam Irilani innerhalb weniger Tage wieder zu Kräften. Als sie zwei Wochen später gemeinsam ein ausführliches Bad in den heißen Quellbecken nahmen, konnte Watenko mit einigem Stolz feststellen, dass seine Fütterungs- und Ruhe-Kur wieder die richtigen Kurven auf Irilanis Körper gezaubert hatte.

Irilani hatte Watenkos aufmerksame Zuwendung dankbar genossen und fragte sich jetzt des Öfteren, ob sie nicht auch ihr Herz völlig für Watenko öffnen sollte - und nicht nur ihre Arme. Sie fühlte es: Ihre Liebe zu Tomaru war in großer Gefahr, durch Watenkos treue Anwesenheit und seine leidenschaftliche Zuneigung zu ihr verdrängt zu werden. In Watenko würde sie immer einen zuverlässigen Mann finden, der sie in allen Lebenslagen unterstützte und vor allem einen, der immer da war, wenn man ihn brauchte.

Sie flehte die Akudari aus tiefstem Herzen an, sie nicht dazu zu zwingen, zwischen Tomaru und Watenko eine Wahl treffen zu müssen. Wenn sie Watenko ganz erhörte und Tomaru dann irgendwann später wiederkam... Sie wollte sich den Wirrwarr der Gefühle gar nicht ausmalen, der dann auf sie alle zukommen würden.

Watenko kannte und verstand Irilani aus tiefstem Herzen. Er sah die widerstreitenden Gefühle in ihrem Gesicht und die traurigen Gedanken, die ihre leuchtenden Augen überschatteten und ihren Herzenskampf, den sie in ihrem Innersten austrug. Seine Wünsche an die Akudari waren mittlerweile eher Forderungen:

„Bringt endlich Tomaru zurück, damit Irilani glücklich ist, und ich gehe! Aber wenn er nicht bis zum Winterfest zurück ist, dann lasst mich der Glückliche sein, der sie ganz erringt!"

Endspurt

Tomarus und Ayubos Rückweg verlief ohne größere Schwierigkeiten. Den Weg den Tanoro entlang nordwärts kannte Tomaru schon. Die Rückreise glich mehr einem lockeren Angelausflug, sofern man sich von den Braunbären fernhielt, die das Flussufer nach Fischen durchstöberten und in den Hängen nach Beeren suchten. Ayubo hatte sich aus einem Hirschknochen eine Flöte geschnitzt und machte am abendlichen Lagerfeuer einen derartig befremdlichen Lärm in der Naturlandschaft, dass sich kein wildes Tier auch nur in die Nähe getraut hätte.

Tomaru bedauerte zutiefst, dass er den Wolfsclan an der alten Siedlungsstelle nicht mehr angetroffen hatte. Nur die Reste der Palisade und die Steinfundamente der Hütten erinnerten an Bohatu und seine Leute. Vermutlich war er doch gezwungen gewesen, sich wegen des Jägermangels mit einer anderen Gruppe zusammenzutun. Vielleicht war er selbst nicht unerheblich an diesem Grund beteiligt gewesen, wenn er an all die von ihm geschwängerten Mädchen und Frauen dachte, die bald nach seiner Abreise ihren Nachwuchs auf die Welt gebracht haben mussten. Er grinste. Der Nahrungsbedarf des Clans war bestimmt nicht geringer geworden. Schade, er hätte seine Sprösslinge gerne kennengelernt und vor allem Eletana und Misoni noch einmal getroffen. Doch wer wusste schon, wohin sich der Clan gewendet haben mochte.

Und weiter zogen sie den Nebenfluss des Tanoro hoch, dem Ayubo den Namen Salano gab. Ayubo hatte sich auf den Rat der Händler hin dazu entschlossen, nicht direkt zum Krummen-Knoten-Fluss hin nach Norden zu wandern, weil es nach Osten hin angeblich den Oberlauf des Großen Flusses zu erforschen gab. Deshalb wandten sie sich nördöstlich und hielten sich in weitem Abstand zum Nordrand der schneebedeckten Ausläufer des Großen Eisgebirges. Sie mühten sich durch einige Fluss- und Bachtäler, denen teils schwierig zu folgen war, denn manchmal verteilten sich die Wasserläufe in den ebeneren Gebieten in viele Arme, die sie in der äußersten Uferzone umgingen, aber sie schlängelten sich auch durch unwegsameres Gelände, in dem sie auch kleinere Wasserfälle seitlich umklettern mussten. Endlich tauchten die von den Händlern beschriebenen Höhenzüge einer nördlichen Gebirgskette auf und Ayubo und Tomaru erkannten, dass sie jetzt nicht mehr weit vom Grossen Fluss entfernt sein konnten. Sie erstiegen einen der Gipfel des Gebirgsausläufers, um sich ein Bild von dem zu machen, was im Osten vor ihnen lag.

Als sie den ersten Blick über die hier riesig-breite Ebene des Großen Flusses warfen, waren Ayubo und Tomaru von der Aussicht hingerissen. Der Große Fluss wand sich in großen, weit ausholenden Schleifen durch sein breites Tal, bis zum Horizont begleitet von zahllosen schmalen und breiteren Wasserläufen, unzählbar durchbrochen von Inseln und Sandbänken, die mit Weiden und Buschwerk bewachsen waren. Weit über den Fluss hinüber ahnte man einen weiteren Höhenzug in der Ferne, dessen schneebedeckte Gipfel herüberleuchteten. In der Niederung überquerten riesige Herden die Flussfurten auf ihren Weidewegen und Tomaru und Ayubo beschlossen, ein paar Tage mit der Jagd zu verbringen, um sich üppig mit Fleisch zu versorgen, damit sie danach umso schneller vorwärtskamen.

Ayubo hatte sich unterwegs schon einige Ausflüge rechts und links in die Landschaft verkniffen, weil er Tomarus Drang nach Hause bemerkt hatte. Außerdem taten ihm langsam die alten Knochen nach der langen Reise in der feuchtkühlen Luft weh und seine

Knie knirschten hin und wieder bedenklich. Er dachte sich, dass er mittlerweile auch genug von der Welt gesehen hatte; mehr, als die meisten seiner Zeitgenossen jemals zu sehen bekommen würden. Nach der Krabbelei durch teils recht unwegsames Gelände war er jetzt froh, sich in der Hangzone des Großen Flusses einigermaßen bequem fortbewegen zu können und freute sich auch schon von Herzen darauf, endlich wieder gemütlich in seiner Hütte vor einem schönen Feuer sitzen zu können, sich ein paar warme Glühsteine in den schmerzenden Rücken zu legen und seine Reiseabenteuer zu erzählen.

Der Blick zum Himmel verriet den Beiden, dass es bald zu regnen anfangen würde und sie suchten nach einem Felsüberhang, der ihnen Schutz bieten konnte. Nach einigem Herumstreichen im Gelände fanden sie eine geeignete Stelle, wo sich unter einer ausgewaschenen Steinplatte eine kleine Höhle befand. Tomaru vergewisserte sich vorsichtig, dass die Höhle nicht von Bären bewohnt war, bevor er Feuerstein und Schwarzknolle zückte und das von Ayubo zusammengetragene Trockenholz anzündete. Ayubo hatte nicht lange gezögert und schnellstens größere Mengen Holz zusammengesucht, bevor der nahende Regen alles durchnässte. Vor Wind und Feuchtigkeit geschützt, verbrachten die Beiden eine erholsame Nacht. Früh am nächsten Morgen griff sich Tomaru Speer und Speerschleuder, um sich auf die Jagd zu begeben. Nach wenigen Augenblicken hatte sich das gefleckte Muster seiner Robbenfellkleidung mit den feuchtkalten grauen Nebelschwaden vermischt. Dank dieser Tarnung hatte Tomaru kaum Mühe, leise nah genug an die morgendlich trägen Tiere heranzuschleichen.

Die Herde zog unter dem sich langsam hebenden Nebel dahin. Ein Tier hinter dem anderen schritten sie vor Tomarus Versteck aus der einen Nebelwand hinaus und in den nächsten weißen Schwaden hinein. Tomaru hatte gar keine Zeit, sich einmal wieder über die abgrundtief hässliche, rüsselartig verdickte Nasenpartie der Antilopen Gedanken zu machen, denn schon trat ein Jungtier aus dem Nebelvorhang und Tomaru ließ den Speer abzischen. Das Kalb traf er genau richtig in die Herzgegend und es brach fast lautlos in die Knie. Hektisches Hufgetrappel der flüchtenden Herde verlor sich im Dunst, als Tomaru den Speer aus seiner Beute zog und sie über seine Schulter warf. Die jungen Antilopen waren nicht besonders groß und ließen sich leicht transportieren.

Die erfolgreiche Jagd feierten sie mit einem ausführlichen Mahl. Die Beute war ein junges Männchen gewesen und Tomaru steckte sich die noch kleinen, geriffelten und leicht eingedrehten goldbraunen Hörner mit den schwarzen Spitzen ein. Antilopen gab es in so unendliche Mengen, dass Tomaru das Fell einfach liegen ließ. Nachdem sie einen ganzen Tag damit verbracht hatten, kleinere Fleischstücke in Reihe auf lange Zweige zu spießen, durch Rösten haltbar zu machen und zwei Vorratsbeutel damit zu füllen, löschten sie endlich das Feuer und begannen den letzten Abschnitt ihrer Reise.

Sie folgten dem Bergzug am Rande der weiten Ebene des Großen Flusses nach Norden und kamen schnell vorwärts, solange sie sich weit genug in den Außenbereichen der willkürlich und weit ausschwenkenden Flussarme und Altwasserteiche hielten und morastige und sumpfige Stellen mieden. Als die Bergzüge der heimatlichen Gebirge vor ihnen wie eine Mauer aufstiegen, hielten sie sich auf den uralten Steigen auf den Höhen des Flusstales. Ayubo und Tomaru hatten vorher die südlicheren Gebirgsteile am Großen Fluss noch nie selbst besucht und waren jetzt manchmal regelrecht ergriffen, wenn die Abendsonne rotgolden beleuchtete Felsenklippen beschien und sich der Große Fluss an den Engstellen im Tal wie ein glitzernder Strom aus Licht zwischen den violett-schiefernen Steilwänden nordwärts wälzte.

Dichte Nebelwolken füllten anderntags das Tal und faserige Wolkenfinger wallten über die Randhöhen, um im rosigen Morgenlicht Shirolans zu verdunsten. Tomaru und Ayubo waren sich einig. Es gab viele wunderbare Gegenden, die sie auf der Reise besucht hatten, aber so tief im Herzen berührt hatte sie kein anderes Stück der Welt wie der heimatliche Anblick des Großen Flusses in seinem selbstgegrabenen Tal.

Als sie von den Höhen aus die erste Weitung der heimatlichen Niederungen erkennen konnten, wo sich Krummer-Knoten-Fluss und Großer Fluss vereinigten, grüßte auch die vertraute bläuliche Horizontlinie der Drachenzackenberge herüber. Sie verließen eilig die Berghänge, überquerten den Knoten-Fluss und erstiegen den felsigen Weg auf die Hochfläche, auf der sich der Hügel mit dem Sonnenkreis im Rund der Peilberge erhob.

Ayubo war einfach unbeschwert glücklich, endlich wieder heil zu Hause angekommen zu sein und den Eingeweihten eine ganze Sammlung neuen Wissens übergeben zu können. Tomaru dagegen biss sich schon seit einigen Stunden nachdenklich auf die Lippen und hegte abgrundtiefe Befürchtungen hinsichtlich Irilanis Ausdauer, mit Geduld auf seine Rückkehr zu warten. Er hatte richtiggehend Angst davor, wie Irilani ihn empfangen würde. Die letzten Stunden hatte er innerlich praktisch auf den Knien liegend verbracht und seine Bitten an die Akudari und Göttersterne gerichtet, dass er Irilani und Liadara gesund und munter antreffen würde und seine unverändert innige Liebe von Irilani noch erwidert wurde.

Ayubo hörte Tomaru immer wieder einmal tief auf-
seufzen und redete ihm aufmunternd zu. Insgeheim
dachte er, dass Tomaru sich nicht wundern müsste,
wenn Irilani mittlerweile einen anderen auserwählt
hätte. Da er aber sozusagen mit schuld war an Tomarus langer Abwesenheit, würde er ein gutes Wort
für ihn einlegen, falls das nötig sein sollte.

Tomarus Rückkehr

Seit Tomarus zweitem Reisebeginn waren schon zwei Sonnendoppelwellen vergangen. Liadara war mittlerweile vier Jahre alt und entwickelte sich zu einem aufgeweckten Kind. Watenkos und Irilanis Verhältnis bewegte sich immer noch gerade so auf der freundschaftlich-körperlichen Ebene. Watenko fiel es manchmal schwer, den Rest von Distanz zu Irilani aufrechtzuerhalten und sie nicht mit übersprudelnden Liebesgeständnissen in zwiespältige Gefühle zu stürzen. Doch auch Irilani hatte Schwierigkeiten, Tomarus Platz in ihrem Herzen über die Jahre zu bewahren und den Schutzzaun um ihre Gefühle hochzuhalten. Ihre Zuneigung für Watenko als Mensch und ihre leidenschaftliche Beziehung zu ihm als Mann, verlief nur noch haarscharf an einer tieferen Bindung vorbei. Wenn Irilani es zugelassen und Tomaru aus ihrem Herzen verbannt hätte, wäre daraus auch mehr geworden.

Den kleinen Garten der Liebe hütete sie in ihrem Herzen; manchmal unter Tränen, wenn es ihr gar zu schwer fiel, sich nicht einfach bedingungslos in Watenkos zuverlässige Arme fallen zu lassen, unter ihre Liebe zu Tomaru den Schlussstrich zu ziehen und ganz neu anzufangen. Sie hatte sich über die Monate hinweg mühsam abgewöhnt, immer wieder einen Blick dorthin zu werfen, wo der Zugangsweg zum Shirolan-Zentrum über den Hügel heraufkam. Und so entging ihr auch, dass Ayubos und Tomarus Köpfe und Schultern über der Hangkante auftauchten, kurz darauf der ganze abgerissene Rest und die beiden auf den Eingangsbereich zueilten.

Wie immer waren es die im Vorfeld spielenden Kinder, die kreischend und neugierig auf die Reisenden zurannten und sie mit Fragen überschütteten. Ayubo griff sich einen der johlenden Knirpse und schickte ihn los, um die Ijatiba-Kahua zu benachrichtigen, dass wichtige Menschen von der Reise zurück wären. Der Kleine stürmte los und schrie schon von der ersten Hütte an aufgeregt nach Irilani.

Tomaru war sich nicht sicher, ob das Mädchen mit den blauen Augen wirklich Liadara war und ließ sich ihre Hände zeigen. Als er die geknickten kleinen Finger erkannte, stiegen ihm ganz unvermittelt Tränen in die Augen. Dann fragte er sie leise:
„Hallo Liadara, kannst du dich noch an mich erinnern? Ich bin dein Vater und komme von der langen Reise zurück, von der dir deine Mutter sicher immer wieder erzählt hat."

Liadara nickte unsicher. Dass ihr richtiger Vater auf Reisen war, das wusste sie; Tomarus Gesicht kam ihr auch entfernt bekannt vor. Tomaru sah die Zweifel in den Augen seiner Tochter und wollte sie nicht weiter verwirren. Sie lebte und war gesund, das war die Hauptsache. Er gab ihr einen Klaps und schickte sie wieder zu ihren Spielkameraden. Nun blieb noch Irilani.
Irilani war, von den aufgeregten Rufen aufgescheucht, aus ihrer Hütte getreten, Mörser und Reibstein noch in der Hand. Als sie Ayubo und Tomaru, umringt von Liadara und einen Schwarm aufgeregt schnatternder Kinder den Weg zwischen den Hütten herankommen sah, glaubte sie, ihr Herz stünde still und sie war wie gelähmt. Ihre Arme senkten sich langsam und Mörser und Reibstein fielen zu Boden. Doch dann fing ihr Puls zu rasen an, prickelnd floss das Blut in ihre Fingerspitzen und Haarwurzeln, sie hatte ein Gefühl, als öffneten sich alle Knoten und Sperren, die sie dort um ihr Innerstes geschlungen hatte, wo Tomarus Liebe ihre Wurzeln geschlagen und sich am Leben erhalten hatte. Die Last der Sorge um Tomarus Leben fiel von ihr ab. Alle Ijatiba-Würde vergessend, rannte sie los und flog in Tomarus aus-

gebreitete Arme, die sich fest um sie schlossen. Mit ihren eigenen Tränen mischten sich die seinen.

Watenko, der gerade einen Stapel Brennholz an der Sammelstelle aufgeschichtet hatte und diese Szene aus der Entfernung verfolgte, schloss schicksalsergeben die Augen. Das Schlimmste, das ihm hatte passieren können, war eingetreten. Es war an der Zeit, das Shirolan-Zentrum unauffällig zu verlassen, um zwischen sich und Tomaru erst gar keine Probleme aufkommen zu lassen und Irilani nicht mit seltsamen Zusammentreffen zu belasten. Er nahm unauffällig den Weg zum Haus der Eingeweihten, setzte einen von ihnen von Tomarus Ankunft in Kenntnis und meldete sich gleichzeitig ab. Er würde wieder auf Dauer zum Rotsteinclan wechseln und bat den Ehrwürdigen, Irilani unauffällig darüber in Kenntnis zu setzen, dass er gegangen war, sobald sich im Trubel der Wiedersehensfreude eine passende Gelegenheit ergab.

Der Ehrwürdige nickte und war beeindruckt von Watenkos Einsicht und Selbstbeherrschung. Die Trauer und der Verlust standen ihm nur zu klar ins Gesicht geschrieben, auch wenn er versuchte, es zu verbergen. Watenko umging weiträumig die aufgeregte Menschentraube, die sich um Ayubo, Tomaru und Irilani gebildet hatte, rollte seine wenigen Habseligkeiten zusammen, verstaute sie in seinem Reiserucksack, griff sich seine Jagdgeräte und verschwand unauffällig aus der Sonnenkreissiedlung und aus Irilanis Leben.

Vorerst.

Ruhe vor dem Sturm

Tomaru und Irilani hatten sich wieder in den normalen Tagesablauf am Shirolan-Kreis eingelebt. Liadara und ihr Vater machten sich von Neuem miteinander bekannt, was nicht besonders schwierig war, nachdem Watenko als Vaterfigur nicht mehr zur Verfügung stand. Irilani war Watenko aus tiefstem Grunde ihres Herzens dankbar, dass er die Lage richtig erkannt hatte. Sie wusste, wie schwer ihm das gefallen war und konnte nur ahnen, wie tief seine Zuneigung zu ihr sein musste, um sie einem anderen kampflos zu überlassen. Irgendwann würde sie ihm das auch sagen, wenn sie beide das Gespräch aushalten konnten.

Tomaru hatte sich verändert. Auf der langen Reise hatte er viel erlebt, viel gesehen, manche Frau genossen und vor allem immer wieder festgestellt, dass sein Leben ohne Irilanis Gesellschaft einfach nicht vollkommen war. Falls er noch einmal auf den Gedanken verfiel, auf Reisen gehen zu müssen, weil er es im gleichbleibenden Lebenskreis des Shirolan-Zentrums nicht auf Dauer aushielt, dann nur in Irilanis Begleitung. Das hatte er sich und vor allem Irilani versprochen. Er hatte Irilanis Zerrissenheit bemerkt und ihre gelegentliche innere Zurückhaltung, die er sich damit erklärte, dass sie kleine Schutzmauern errichtete, um sich für seine nächste Abwesenheit zu wappnen. Und genauso fühlte Irilani auch, als sie ihm eines Nachts im Dunkeln in seinen Armen ruhend, ihr Herz ausschüttete.

Am nächsten Tag war Tomaru losgezogen und hatte einen Arm voll leuchtender Blauglocken gesammelt, die Irilani besonders gern mochte und sie, gemischt mit einigen getrockneten Räucherkräutern, zu einem Blütenkranz gebunden. Danach hatte er Irilani aus ihrer Ijatiba-Hütte gebeten und sie waren Hand in Hand zusammen zum Gedenkstein eines ehemals sehr geachteten Ijatiba-Kahus geschritten. Während er den Blütenkranz auf dem Opferstein abbrannte, versprach er Irilani feierlich:

„Bei allen Göttersternen und allen Akudari! Ich schwöre: Nie wieder werde ich ohne dich von hier fort gehen. Entweder du kommst mit oder ich bleibe hier."

Niemals würde er vergessen, wie Irilanis Gesicht aufleuchtete und er fast sehen konnte wie hinter ihren Augen sämtliche Schutzwälle zu Staub zerfielen und ihre Liebe ihm wieder schrankenlos zuflog. Seit diesem Tage an, und dafür dankte er den Akudari und den Göttersternen jeden Morgen, wenn er mit Irilani im Arm die Augen öffnete, fühlte er sich auf dem Gipfel der Welt. Umgekehrt sonnte sich Irilani in Tomarus Liebe und Leidenschaft und strahlte sie zu ihm zurück. Wie eine kleine Flamme warf ihr eigenes Glück ein sanftes Licht auf all ihre Handlungen und machte aus ihr eine Ijatiba, die aus der tiefen Liebe zu Tomaru eine umfassende Zuneigung gegenüber allem Lebendigen schöpfte und auf Kranke eine Ruhe und Zuversicht ausstrahlte, die alleine auf die Leidenden schon heilkräftig wirkte.

Zwei Shirolan-Doppelwellen zogen über die Drachenzackenberge, ohne dass Besonderes geschah. Die Kalenderfeste wurden gefeiert, Kinder geboren, mancher Alte oder Schwerkranke verabschiedete sich in die Wildnis, wenn die Last des Lebens zu groß wurde und man beerdigte ihre Knochen, wenn man sie fand. Leben und Tod, Festorgien und Trauerfeiern, Jagd und Sammeln, Fischen und Fallenstellen, Arbeit und Ruhe, Sommer und Winter bestimmten im ewigen Kreislauf das Leben der Clans. Und alle hatten vergessen, dass unter ihren Füßen die Hölle kochte.
Sie wurden mit Macht daran erinnert, als das Shirolan-Zentrum eines Nachmittags direkt von einer Be-

benwelle getroffen wurde. Irilani spürte das Zittern des Bodens sofort. Sie befahl alle Lehrlinge aus der Ijatiba-Hütte heraus und brüllte draußen so laut sie konnte, dass alle sofort ihre Hütten zu verlassen hätten, weil der Drache sich bewegte. Verdutzt sahen die Leute von ihrer Arbeit auf, doch schon spürten auch sie die stärker werdenden Bodenbewegungen und flüchteten aus ihren Unterkünften, während um sie herum alles zu zittern anfing.

Entsetzt, mit rasendem Puls und doch auch gleichzeitig neugierig, verfolgte Irilani wie ein tiefes Grollen heranrollte und sich stoßend und schüttelnd durch den Boden nach oben arbeitete. Keiner stand mehr auf den Beinen, weil der Boden aufwärts und seitwärts bockte, schüttelte und knackte und niemand mehr das Gleichgewicht halten konnte. Mehrere Hüttenstützen wurden aus ihrer Verankerung gerüttelt und sanken unter der Last des Daches halb in sich zusammen. Eines der Dächer krachte bis auf den Boden in eine brennende Feuergrube. Frauen und Kinder kreischten schrill und weinten vor Furcht.

Im aufgeschütteten Wall des Sonnenkreises öffneten sich Risse und Rinnsale von lockerer Erde flossen in den Graben. Die Visierpfeiler auf dem Mittelplateau erzitterten, als die Erde um sie herum zerbröselte. Einige wurden vom eigenen Gewicht aus ihren Verankerungsgruben gerissen und krachten quer übereinander. Irilani hätte gerne die Augen geschlossen, aber sie konnte nicht. Sie nahm jede Einzelheit auf und war erst fähig, die Hände vor ihre Augen schlagen, als der minutenlange Schrecken endlich nachließ und das Knirschen und Krachen in der Erde schwieg.

Sie rief sich zur Ordnung. Schnell scheuchte sie die Verängstigten zu ihren Hütten zurück, um nach Schäden zu sehen und sie zu beseitigen. Das eingestürzte Dach begann bedenklich zu qualmen und sie sprach einige der wie gelähmt wirkenden Bewohner direkt an und befahl ihnen Wasser zu holen, um das Feuer einzudämmen, bevor es die gesamte Dachkonstruktion zerstörte. Zum Glück war auch dieses Mal niemand ernsthaft verletzt worden, aber der Schrecken saß allen tief in den Knochen.

Ein paar Stunden später trafen die Nachrichten von den Nordclans ein. Der Rotsteinclan hatte schon vor einiger Zeit beschlossen, den Seeberg zu verlassen und in die Flussniederung zum Bärenclan zu wechseln.

Der See war seit längerem am Dampfen gewesen. Und das waren keine Nebel mehr, sondern echte Dampfwolken, die vom warmen Wasser aufstiegen. Das Wasser im Seeberg hatte sich zusehends erhitzt und die letzten Fische waren in Massen verendet. An mehreren Stellen am Seebergrand traten stinkende Dämpfe aus. Vögel und Wild hatten begonnen, den Berg zu verlassen. Rotstein- und Bärenclan waren außer sich vor Angst. Das Drachenbeben hatte sämtliche Hütten eingerissen und einige Clanmitglieder waren gestürzt, hatten sich Knöchel verstaucht und Knochen gebrochen, die der Kahu aber schon behandelt hatte. Das Beben hatte eine ganze Reihe von Gesteinsbrocken vom Seebergrand gelöst, die zu Tal gekracht, zum Glück aber an der Siedlung vorbei gedonnert waren.

Die Ehrwürdigen hielten eine außerordentliche Beratung ab und schickten Tomaru los, um seinem Clan und den Rotsteinen anzubieten, mit Sack und Pack und allen Vorräten zum Shirolan-Zentrum zu kommen und die weitere Entwicklung abzuwarten.

In den Hütten richteten die Kreisbewohner zusätzliche Lager ein, um eine sichere Unterkunft zu gewährleisten und sich gemeinsam vorzubereiten, um später beim Aufbau neuer Hütten zu helfen. Dank der mitgebrachten Vorräte der Übersiedler würde es keine Ernährungsengpässe geben. Diese Einladung brachte auch Watenko wieder ans Shirolan-Zentrum. In dem allgemeinen Durcheinander konnte er Irilani aber gut aus dem Weg gehen. Er wollte gerade in dieser schwierigen Situation keine irgendwie geartete Aufregung verursachen, hielt sich unauffällig im Hintergrund und half ansonsten, wo er konnte.

Die Nachrichtenläufer der Nordclans vom kleinen Fluss im Norden kamen am nächsten Tag an. Sie berichteten davon, dass die heißen Quellen nun in regelmäßigen Abständen hohe Fontänen in die Luft spritzten und wahrscheinlich der eine oder andere Siedlungsplatz deswegen aufgegeben werden musste, wenn das so anhielte. Sorgenvoll schüttelten die Ehrwürdigen ihre Häupter. Die schlechten Zeichen schienen doch richtig gewesen zu sein. Die Zeit der scheinbaren Ruhe war wohl trügerisch gewesen. Alles Mögliche lief nicht mehr auf den alten Bahnen und drohte, völlig aus den Fugen zu geraten. Sie rieten den Läufern, die Kahus der betroffenen Clans zu informieren und zu einem Sondertreffen am Sonnenkreis einzuladen, um zu entscheiden, welche Clans wo Zuflucht finden sollten, um die Schwierigkeiten gerecht zu verteilen. Falls die Lage sich bedeutend verschlechtern sollte, musste man darüber nachdenken, alle Clans um den Berg herum zum Abwandern zu bewegen, bis sich alles wieder beruhigt hatte.

Zunächst tat sich nichts Besonderes mehr. Die heißen Quellen pulsierten regelmäßig, der Seeberg dampfte weiter vor sich hin und man gewöhnte sich auch an diesen ungewöhnlichen Anblick. Einige Wochen später begann eine Serie von kleineren und größeren Erdbeben die Landschaft zu erschüttern. Wie ein böses Vorzeichen wehte die Dampfwolke des Seeberges in Richtung Sonnenaufgang und löste sich erst in der Ferne langsam auf. Die Clans fürchteten sich vor der Zukunft.

Der Mohnclan auf dem Osthang am Großen Fluss hatte eine besonders gute Aussicht auf dieses aufregende Ereignis und die dauernden kleineren und größeren Erdbeben machten den Sippenmitgliedern Angst, dass der ganze Hang in den Fluss rutschen könnte. Außerdem hatten die Pferdeherden diesen Sommeranfang einen Umweg gemacht und die Region gemieden. Die nur noch vereinzelt in kleinen Gruppen auftauchenden Rentiere und Antilopen, würden den Bedarf nicht decken können, zumal die Kleintierfallen ebenfalls oft leer blieben. Ähnlich erging es einigen Clans, die mehr oder weniger nah nördlich des Seebergs lebten. Sie berichteten, dass eigentlich ständig die Erde bebte und zitterte und alle vor Angst kaum noch schlafen konnten. Zudem hatte sich auch dort sämtliches Kleingetier aus der Gegend verzogen und in den letzten Tagen hatten sie überhaupt kein Leben mehr gesichtet. Selbst die Vögel schienen das Gebiet zu meiden. Die Steppen, Strauchheiden und kleinen Wäldchen waren furchterregend still.

Solange noch genügend Nahrungsvorräte vorhanden waren, wollte man vom Seeberg wegziehen und sich woanders eine neue Heimat suchen. Die einen entschieden sich dazu, in Richtung Sonnenuntergang zu den Clans in die Feuersteingebiete zu ziehen, andere wollten nach Norden und wieder andere Clans die Region in verschiedene südliche Richtungen verlassen, um sich entweder am Knoten-Fluss oder dem Großen Fluss in einer passenden Gegend niederlassen. Der Mohnclan hatte beschlossen, die Siedlung aufzulösen, alles zusammenzupacken und zum Sommerfest zum Sonnenkreis zu kommen, um nach der Feier weiter am Krummen-Knoten-Fluss entlang in südlichere Gefilde umzuziehen und einen geeigneten neuen Siedlungsplatz zu finden.

Die geplanten Wanderbewegungen brachte das ganze Clanleben aus der Bahn. Praktisch alle Sippen, die dem Sonnenkreis angehörig waren, wollten die Gegend und sogar das Einzugsgebiet des Kreises verlassen. Die gesamte Clankultur geriet ins Wanken. Die Ehrwürdigen Eingeweihten beschlossen, solange zu bleiben, bis die Clans tatsächlich ihre Siedlungen verlassen hatten und würden ausharren, so lange es die Vorräte erlaubten. Sie hofften, dass der Berg sich wieder beruhigte und die Clans zurückkehren konnten. Sie wollten die Stellung halten. Das diesjährige Sommerfest würde ein wirklich großes und vielleicht endgültiges Abschiedstreffen werden und viele Freunde sich danach vielleicht ihr ganzes Leben nicht mehr wiedersehen.

Als die Clans endlich alle am Shirolan-Kreis angekommen waren, war die Umgebung bedeckt mit Reisezelten, Notunterkünften und Gepäck. Zum Glück hatten die Kreisbediensteten sich vorbereitet und für alle war genügend zu Essen und zu Trinken da. Es gab nur wenige Alte oder Kranke, die die Reise antreten würden. Jeder Clan hatte erlebt, dass die, die nicht mehr richtig laufen konnten oder an Krankheiten litten, die Nahrung verweigert und sich auf ihren Tod vorbereitet hatten. Andere waren einfach verschwunden, um sich der Natur preiszugeben, um ihrem Clan auf der Reise nicht zur Last zu fallen. Viele der Alten taten dies auch zu normalen Zeiten, ohne dass eine größere Reise bevorstand, wenn sie glaubten, sie hätten genug gelebt und sie die Beschwerlichkeiten und Schmerzen von Krankheit und Alter nicht mehr auf sich nehmen wollten.

Überall hatten die Bestattungsfeuer gebrannt und waren die Knochen bestattet worden, mit einer Rötelschicht überdeckt, um Shirolans Wärme auch im Tod noch zu fühlen und Blumen, um auf ewig über blühende Wiesen wandeln zu können. Der Tod gehörte zum Leben und die Alten hatten ein langes Leben gehabt, das nur ganz wenigen vergönnt war. Letzte wehmütige Erinnerungen hatten die Clans heraufbeschworen und liebe- und ehrungsvolle Worte waren über den Grabstätten gesprochen worden. Dann hatten sich die Sippen entschlossen wieder dem Leben zugewendet und ihre Habseligkeiten zusammengepackt. Die meisten lebensnotwendigen Dinge ließen sich in Taschen und Rückenbeuteln verteilt tragen; die Holzstangen der Hütten und die ledernen Zeltplanen legte man zu großen Paketen zusammen, die auf Schlitten aus jungen, noch federnden Kieferstämmchen befestigt wurden, die einigermaßen gut über die Wiesen rutschten und die zur Not von zwei oder vier Menschen über unwegsames Gelände auch getragen werden konnten. Sämtliche Nahrungsvorräte hatte man in diesen Paketen mitverpackt.

Tomarus und Ayubos Reisen und die Erzählungen darüber hatten den Kahus und den Clans die Entscheidung zur Verlagerung des Siedlungsgebietes leichter gemacht. Gerade der Bericht über Tomarus Aufenthalt am Tanorofluss im Süden hatte vielen Mut gemacht und sie wollten versuchen, in diesem siedlungsarmen Gebiet neu anzufangen. Andere würden sich aufmachen und versuchen, die Gegenden am Lomondofluss im Westen und Südwesten zu erreichen und nur ganz wenige wollten nach Norden, um den sich zurückziehenden Rentierherden zu folgen. Irilani und ihre Tochter würden sich natürlich dem Mohnclan anschließen. Sie waren dann im Clanverband unterwegs gut aufgehoben, und der Clan hatte eine Ijatiba.

Nur schweren Herzens hatte Irilani Tomarus Ansinnen zugestimmt, dass er seine Pflicht am Sonnenkreis erfüllen und bleiben wollte, bis die Lage geklärt oder aussichtslos sein würde. Die Ehrwürdigen hatten beschlossen, auszuharren und abzuwarten, was passieren würde und brauchten ihre Nachrichtenläufer, um ihre Entscheidung zu treffen. Ohne schwerwiegendste Gründe wollten sie den Kreis und das Zentrum der Clankultur nicht aufgeben. Irilani hatte Tomaru inständig gebeten, sehr gut auf sich aufzupassen, rechtzeitig das Weite zu suchen und ihrem Clan den Krummen-Knoten-Fluss hinauf zu folgen. Sie würde mit ihrer Tochter dort auf ihn warten und wenn es ewig dauern würde!

Das Sommerfest wurde ausgiebig gefeiert. Niemand wusste, ob er seine Nachbarn jemals wiedersehen würde. Viele der Jungen und Mädchen, die in dieser Nacht ihre ersten Erlebnisse hatten, beschlossen zusammenzubleiben und manche, sich schon länger anspinnende Liebesbeziehungen wurde endgültig festgemacht. Einige junge Männer wechselten noch am nächsten Morgen in den mütterlichen Clan ihrer Liebsten. Überall sah man Mütter und Väter, Geschwister und Freunde unter Tränen voneinander Abschied nehmen.

Tomaru hatte sich mit Irilani in ihre Hütte zurückgezogen. Ausgiebig spielte er mit seiner Tochter und betrachtete sie so lange, bis er jede Wimper, jedes Brauenhaar und jede kleine Falte ihres süßen Kindermundes hätte zeichnen können. Sein Herz blutete bei dem Gedanken, dass er seine kleine Familie nicht begleiten konnte und er war drauf und dran, die Ehrwürdigen doch noch um die Entlassung aus seinen Pflichten zu bitten. Andererseits waren diese Ereignisse zwar furchterregend, aber auch spannend und seine Neugier auf die Fortsetzung dieses einmaligen Ereignisses war stark. Irilani hatte seinen inneren Kampf wohl bemerkt und sie sagte sich, dass Tomaru immer unzufrieden sein würde, wenn er nicht vor Ort mitbekam wie sich die Lage entwickeln würde. Sie nahm ihm das Versprechen ab, ihr sofort zu folgen, wenn die Lage zu bedrohlich wurde, auch wenn die Ehrwürdigen sich dann noch nicht zum Abzug durchringen konnten.

Tomaru war dankbar für Irilanis Opfer, das sie nur allerschwersten Herzens gebracht haben konnte. Sobald die Lage zu gefährlich wurde, würde er sein Lager hier abbrechen und auf schnellstem Weg zum Knick des Krummen-Knoten-Flusses eilen, um Irilani und sein Kind in die Arme zu schließen. Irilani und Tomaru liebten sich in dieser Nacht mit aller Leidenschaft und Hingabe, die eine Mischung aus Liebe und Verzweiflung, Hoffnung und Abschiedsschmerz erzeugt. Die Halsschnüre ihrer beiden Amuletthälften verschlangen und verknoteten sich immer wieder und Irilani meinte, das wäre ein Zeichen, dass ihnen vorherbestimmt sei, sich wiederzusehen. Tomaru hoffte aus tiefstem Herzen, dass die Göttersterne dies auch vorhatten, als er Irilanis Yongami zum letzten Mal erfüllte und sie sich im hingab, als wäre es das Letzte, was sie auf Erden jemals tun würde.

Am nächsten Morgen geleitete Tomaru Irilani, seine Tochter und das Gepäck zum Mohnclan. Nono und Kara würden bei Irilani bleiben. Tomaru verabschiedete sich vom Mohn- und Bärenclan und von seinen Freunden bei den Rotsteinen. Mit Watenko führte er ein freundschaftliches und ernsthaftes Gespräch. Natürlich war ihm von so ziemlich jedem haarklein erzählt worden, dass Irilani sehr intime Beziehungen zu Watenko gepflegt hatte. Doch das war ihr Recht gewesen während seiner Abwesenheit und Watenko hatte sich ehrenhaft zurückgezogen, als er zurückgekehrt war. Von Mann zu Mann bat er Watenko, auf Irilani aufzupassen, falls es Schwierigkeiten geben sollte. Watenko versprach es ihm ohne Vorbehalte.

Nach vielen herzlichen Umarmungen und Schulterklopfern setzten sich die Clangruppen in Bewegung.

Tomaru ging noch eine Weile neben Irilani her. Nach letzten schmerzlichen Abschiedsumarmungen und Liebesworten ließ sich Tomaru langsam zurückfallen und winkte ihr hinterher, bis niemand mehr zu sehen war. Dann setzte er sich ins Gras, um seinen Tränen freien Lauf zu lassen.

Der Ausbruch

Nach einiger Zeit erhob sich Tomaru und beeilte sich, rechtzeitig zur Versammlung zu kommen, die für den Nachmittag anberaumt war. Die Ehrwürdigen berieten sich, wie mit den wenigen verbliebenen Bewohnern der Betrieb des Zentrums aufrechterhalten werden konnte. Sie rechneten sich aus, wie lange das Überleben mit den vorhandenen Vorräten möglich sein konnte und setzten fest, dass man spätestens zum Termin des gleichen Tages und der gleichen Nacht aufbrechen musste, um vor dem endgültigen Wintereinbruch die Clans im Süden zu erreichen. Nur die verbliebenen Clans im Westen mussten von den Nachrichtenläufern noch aufgesucht werden, und damit standen die Läufer des Ostens und Nordens zur Verfügung, um alle paar Tage eine Nachricht aus dem Seeberggebiet zu liefern. Tomaru wurde eingeteilt, die Ostseite des Berges genau zu beobachten und Meldung am Sonnenkreis zu machen.

Tomaru packte seine Marschverpflegung ein, denn im Umkreis des Berges war offensichtlich alles Lebendige geflüchtet, das er sich hätte erjagen können und machte sich auf den Weg. Im Südosten des Seebergs gab es einen Drachenzackenberg, von dem aus er einen guten Ausblick zum noch höheren Seeberg bekam. Dort würde er sich für ein paar Tage einrichten und abwarten, ob sich etwas tat. Im Nordwesthang des Berges gab es eine kleine Aushöhlung, die soweit überhing, dass er im Trockenen sitzen, schlafen und seine Vorräte unterbringen konnte. Von hier aus konnte er zwar nicht in den Seeberg hineinsehen, aber die dichten Dampfwolken, die dort aufstiegen, schienen im Anzeichen genug, dass dort der See wohl mittlerweile kochen musste. Auch aus den äußeren Bergflanken des Seeberges strömten an einigen Stellen Dämpfe, die die bodendeckenden Beerengesträuche in der Nähe zum Absterben gebracht hatten. Drehte der Wind, konnte er auch riechen, dass das Zeug wie faule Eier roch. Wenn er still dasaß, fühlte er, dass der Boden dauernd leicht zitterte und bebte und alle paar Stunden kleine Erdbeben die Steinchen und Gerölle um ihn herum und die Holzstücke in seinem Lagerfeuer durchschüttelten. Der Drache bewegte sich anscheinend unaufhörlich.

Nach einigen Tagen hatte sich an der Lage nichts geändert. Tomaru hatte den Seebergrand aufgesucht und den brodelnden See vorsichtig in Augenschein genommen, war aber schnell wieder geflüchtet, als er bei einem Windwechsel kurz von dem stinkenden Dampf eingehüllt wurde und einen heftigen Hustenanfall bekam. Er beschloss, am nächsten Tag den Rückweg anzutreten, denn seine Vorräte waren fast aufgebraucht und die Ehrwürdigen warteten auf seinen Bericht, auch wenn es bis jetzt nichts wesentlich Neues zu melden gab.

Noch vor dem Morgengrauen wurde er durch den gewaltigen Ruck eines starken Erdbebens aus dem Schlaf geweckt. Er riss erschrocken die Hände vor die Ohren, als ein unglaublich lauter Knall die Luft zerriss. Entsetzt verfolgte er, wie sich in der Gipfelregion des Seebergs eine Spalte auftat, aus der der Berg rote Glut spuckte, die sich träge den Hang hinabwälzte. Zum Dampf aus dem See mischten sich versprengte Bestandteile des feurigen Flusses. Immer wieder knallte und dröhnte es aus der Bergspalte. Rotglühend heiße Steine flogen heran und krachten auch rund um Tomarus Höhle ins Gebüsch, gefolgt von Ascheschauern. Tomaru packte eiligst seine Sachen zusammen, zog sich sein dickstes Leder über Kopf und Rücken und sah zu, dass er schnellstmöglich an der Ostseite seines Beobachtungsberges hinunter aus dem Gefahrenbereich herauskam.

Am Shirolan-Kreis hatte der Knall sämtliche übrig gebliebenen Bewohner von den Lagern gerissen. Entsetzt und auch gebannt starrten alle zu den Wolken hinüber, die sich am Horizont im Halbdunkel des frühen Morgens furchterregend rot beleuchtet über dem Seeberg zeigten. Die Ehrwürdigen hatten sich längst in der Versammlungshütte eingefunden, als Tomaru endlich eintraf und berichtete, dass der halbe Seeberghang aufgerissen war und glühende Feuerströme den Berg hinunterflossen, über denen die Luft flirrte, die erfüllt war von herumfliegenden Steinchen und Asche und schlimmen Dämpfen, die einem den Atem nahmen. Nach langen Beratungen kamen die Ehrwürdigen zu einer Entscheidung. Sie würden den Ringkreis endgültig räumen und zwei Tagesmärsche weiter südlich in einem Höhlensystem in den Bergen oberhalb des Krummen-Knoten-Flusses Zuflucht suchen, bis der Seeberg wieder Ruhe gab. Falls das Ganze noch schlimmer werden sollte, wollte man den Clans folgen und sie an der Südbiegung des Knotenflusses wieder treffen.

Die Ehrwürdigen fragten Tomaru, ob er gewillt wäre, noch einmal zum Seeberg zu gehen und zu schauen, wie sich das Geschehen weiterentwickelte, obwohl es doch recht gefährlich schien. Tomaru erklärte sich bereit. Allerdings würde er in etwas größerem Abstand zum Seeberg seinen Beobachtungsposten aufschlagen, damit ihn die heißen Steine und Dämpfe nicht erwischen konnten. Er sah gute Chancen, die Gefahrenzone rechtzeitig wieder verlassen zu können, wenn er sich aus dem direkten Umfeld heraushielt. Also packte Tomaru wieder seinen Beutel zusammen und machte sich auf, um sich etwas weiter entfernt vom Seeberg als vorher auf einem der Drachenzacken einzurichten. Von dort aus hatte er eine gute Aussicht auf die Ereignisse und glaubte, der Abstand würden ausreichen, um im Falle einer größeren Gefahr rechtzeitig verschwinden zu können.

Tomaru war beeindruckt von dem Geschehen und glaubte mehr und mehr, dass die alten Legenden von der Entstehung der Drachenzackenberge doch ihren wahren Kern haben mussten. Traurig dachte er aber auch an Irilani, die mittlerweile wohl weit im Süden unterwegs war und den dort kaum noch krummen Teil des Knoten-Flusses erreicht haben musste. Versonnen nahm er seine Amuletthälfte in die Hand, strich immer wieder gedankenvoll über die glatt polierten Flächen und folgte den Ritzspuren der Bären- und Mohnclanzeichen. Sobald es hier wirklich zu gefährlich wurde, musste er sich sofort aufmachen, um den Ehrwürdigen den letzten Bericht abzuliefern und dann Irilani auf direktem Weg folgen.

In den Tagen, die er allein auf seinem Beobachtungsposten verbrachte, stellte er fest, dass sich selbst in den Flussniederungen, die hinter seinem Rücken lagen, keine Tiere mehr zeigten. Die Vögel umflogen die Wolke weiträumig. Selbst in den Büschen und Wäldchen raschelten nur noch die Blätter im Wind. Vermutlich waren auch alle kleineren Tiere geflüchtet oder hatten sich furchtsam in ihren Bauen versteckt, denn die Erde bebte seit Tagen ohne Pause. Tomaru selbst fühlte eine Art zitternde, innere Anspannung, die ihn drängte, die Flucht anzutreten. Doch er wollte ausharren, bis seine Vorräte zum größten Teil verbraucht waren und er gezwungen war, das Gebiet zu verlassen. Damit würde er seine Pflicht als erfüllt ansehen.

Irilanis Clan, Bären- und Rotsteinclan überwanden unterdessen ohne Schwierigkeiten die Höhenzüge am Rande des Krummen-Knoten-Flusses und stiegen zum Fluss hinab, der sich bald nicht mehr um die Berghänge winden musste, sondern durch eine weite Niederung floss. Bald mündeten von rechts und links zwei kleinere Flüsse ein.

Die Clanältesten fanden, dass die weite Flussniederung und die Hänge in Südlage bestens geeignet waren, um dem Clan das Überleben zu sichern. Die Landschaft bot fast genau die gleichen Vorraussetzungen für die Jagd wie die heimatlichen Niederungen und überall wuchsen Bäume und Büsche, an denen prall die Beeren reiften. Falls sich die Lage am heimatlichen Standort klärte, konnte man außerdem schnell wieder dorthin zurückkehren. Alle stimmten dem Vorschlag der Älteren zu und begannen, ihre Wanderzelte aufzuschlagen, die zwar nicht so komfortabel wie die ausgebauten Hütten waren, aber genügend Schutz vor Wetter und Kälte boten. Am Abend war das Lager so gut wie fertig eingerichtet. Am folgenden Morgen begaben sich alle auf die Jagd und zum Beerensammeln. Den Menschen blieb nichts anderes übrig, als auf die Ehrwürdigen zu warten, falls diese den Ringkreis verlassen mussten oder auf die Nachricht, dass sie zurückkehren konnten.

Irilani lag abends im Zelt ihres Mutterclans, ihre kleine Tochter warm verpackt neben sich auf ihrem Lager. Doch einschlafen konnte sie nicht. Allein bei dem Gedanken, dass Tomaru in Gefahr war und ihm etwas geschehen könnte, flatterte ihr besorgtes Herz wie ein verängstigter Vogel. Inbrünstig flehte sie die Akudari-Göttersterne an, Tomaru schnell und gesund zu ihr zurückzubringen. Nach vielen wirren und zukunftsfürchtenden Gedanken, die ihr durch den Kopf schwirrten, schlief Irilani endlich ein.

Am Sonnenkreis verschlimmerte sich die Lage zusehends. Die Erhabenen hielten ununterbrochen Wache und richteten ihre Blicke zum Seeberg, der ohne Unterlass Wolken aus Dampf und Rauch ausstieß. Sie warteten auf Tomaru und seinen ausführlichen Bericht über die Lage am Seeberg. Doch Tomaru kam nicht zurück. Am Nachmittag erschütterte ein starkes Beben die Region, das selbst die gut befestigten Hütten der Erhabenen stark beschädigte und das Wasser aus den Badestellen schwappen ließ. Kaum, dass alle sich aufgerappelt hatten, sahen sie mit Entsetzen wie sich über dem Seeberg eine gewaltige dunkle Wolke bildete, die schnell in die Höhe aufstieg, gefolgt von einem ungeheuer lauten Donnerknall, der alle noch am Kreis verbliebenen dazu zwang, sich die Ohren zuzuhalten und sich auf die Knie zu werfen, um diesem grausigen Getöse zu entkommen, das über die Hügel ringsherum raste und das ganze Land erzittern ließ. Mit vor Angst und Neugier aufgesperrten Mündern beobachteten sie danach, wie sich unter lautem Krachen die riesige Rauchsäule über dem Seeberg entwickelte und sich ein großer Pilzschirm immer weiter in den Himmel drängte, der vom Wind langsam in nordöstliche Richtung verweht wurde.

Angesichts dieser schrecklichen Ereignisse beschlossen die Erwürdigen Eingeweihten, schleunigst ihre Sachen zu packen und ihren Clans Richtung Sonnenuntergang zu folgen. Man hoffte, dass Tomaru noch im Laufe des Tages zurückkehren würde; im Zweifelsfall wusste Tomaru aber auch, wo sich die Clans aufhielten. Man machte sich ganz erhebliche Sorgen um ihn und hoffte, dass er das gefährliche Gelände schon verlassen hatte. Doch dazu hatte Tomaru keine Gelegenheit mehr bekommen.

Am Morgen wollte Tomaru sich ein warmes Frühstück zubereiten und zündete ein hübsches Feuerchen an, um ein paar Vorräte aufzuwärmen. Der Rauch war weithin sichtbar und lockte Sorotume an, der seit seiner Ächtung ohne die Hilfe der Clans auskommen musste und die Gegend alleine durchstreifte. Auch er hatte mitbekommen, dass die Clans ihre Lager aufgelöst hatten und in unterschiedliche Richtungen abgezogen waren. Die Reste des Bärenclanlagers hatte er durchwühlt und noch einige brauchbare Dinge gefunden, die er leicht ausbessern konnte. Eigentlich war er dazu entschlossen, den Clans zu folgen, denn die Dampfwolken des Seebergs und die dauernden Erdbeben hatten sämtliches Wild verscheucht; es blieb ihm nichts anderes übrig, als die Gegend ebenfalls zu verlassen. Seine Entscheidung war für den Westen gefallen; die Clans dort waren dem heimischen Sonnenkreis nicht verpflichtet und vielleicht waren seine Chancen auf Aufnahme dort nicht gar so schlecht. Auf seinem Weg am Seeberg vorbei, den er ängstlich im Auge behielt, war ihm die Rauchsäule eines Lagerfeuers aufgefallen, das ihm verriet, dass dort bestimmt noch jemand von den Clans ausharrte. Vielleicht konnte man ja zusammen davonziehen. Vorsichtshalber schlich sich Sorotume leise heran, um erst einmal herauszufinden, wer sich am Feuer aufhielt und war sehr überrascht, dass sich ausgerechnet Tomaru dort ganz alleine mit seinem Frühstück beschäftigte.

In Sorotume brodelte siedend heiß der Hass hoch. Nur zu gut war ihm in Erinnerung, dass Tomaru und Irilani daran Schuld hatten, dass er vor allen Clans geächtet worden war und nun außerhalb der Gemeinschaft höchst unbequem sein Dasein fristen musste. Dies war seine Gelegenheit zur Rache. Vor lauter Wut konnte er sich nicht mehr beherrschen, riss sein Feuersteinmesser aus dem Gürtel und stürzte aus der Deckung der Büsche auf Tomaru zu. Der hatte das Rascheln im Gesträuch gehört, sofort zum Messer gegriffen, weil er fürchtete, ein großes Tier würde ihn angreifen und sah sich plötzlich in einen Kampf auf Leben und Tod mit Sorotume verwickelt, der wie wild auf ihn einzustechen versuchte. Nur mit Mühe konnte der überraschte Tomaru den Angreifer abwehren, der ihn in halbgebückter Angriffshaltung umkreiste und dem der Hass aus den Augen sprühte.

Tomaru war sich klar darüber, dass er den blindwütigen Sorotume überwältigen musste, denn es stand in Sorotumes Augen geschrieben, dass er es auf eine endgültige Entscheidung abgesehen hatte. Nachdem Tomaru Sorotume einige Male mit der Feuersteinklinge blutende Schnitte an Armen und Beinen beigebracht hatte, schien Sorotumes Kampfbegeisterung merklich nachzulassen. Plötzlich wandte er sich ab, rannte blitzschnell ins Gebüsch und verschwand. Das war gar nicht gut. Tomaru war klar, dass Sorotume ihm auf seinem Weg zurück zum Sonnenkreis verfolgen und ihm bei jeder sich bietenden Gelegenheit auflauern würde. Deshalb beschloss Tomaru, Sorotume aufzustöbern und eine schnelle Entscheidung herbeizuführen. Er packte seinen Proviant zusammen und machte sich auf die Jagd.

Stundenlang folgte er Sorotumes Spuren, die sich an abgeknickten Zweigen, Fußabdrücken im feuchten Untergrund und im niedergedrückten Gras erkennen ließen. Mehr oder weniger schlich sich Sorotume im Kreis durch die Gegend und versuchte eine geeignete Stelle zu finden, von der aus er Tomaru praktisch direkt an die Kehle springen und ihm ungefährdet den Garaus machen konnte. Doch Sorotume war im Grunde seines Herzens ein Feigling. Keine Stelle erschien ihm wirklich sicher genug und geeignet für seinen Plan.

Plötzlich riss ihn ein von Knirschen und Krachen begleitetes Erdbeben von den Füßen und während noch der Boden schwankte und sich hob und senkte, wurde er von einem dumpfen Donnerknall überrollt, der vom Seeberg ausging und die Luft schier zerriss. Schreiend hielt er sich die Ohren zu und der Ursprungsrichtung des Donners folgend, sah er zu seinem Entsetzen wie die Flanke des Seebergs auseinanderriss und in die Luft flog. Mit an die Ohren gelegten Händen verfolgte er wie sich eine riesige

Säule aus herumfliegenden Steinen und Asche über dem Berg auftürmte, gemischt mit Fetzen glühenden, halbflüssigen Materials. Immer weiter musste er den Kopf in den Nacken legen, um zu verfolgen wie sich die Wolke höher und breiter ausweitete, bis sie wie ein dunkelgrauer Riesenpilz über dem Berg stand und vom Wind in seine Richtung herübertrieb. Bei allen Akudari - hier musste er sofort verschwinden!

Genauso dachte Tomaru, als er sich von dem Schreck des Erdbebens und der Explosion erholt hatte. Er musste so schnell wie möglich weg; vielleicht flog noch der ganze Berg in die Luft! Er wollte sich in südwestlicher Richtung an der Riesenwolke vorbei zum Knoten-Fluss wenden, doch kaum hatte er diese Entscheidung getroffen und sich durch ein niedriges Kieferngebüsch gearbeitet, stieß er praktisch mit Sorotume zusammen, der in wilder Panik durch das Gelände rannte. Jetzt war erst einmal kein Weiterkommen, denn Sorotumes Wut flammte sofort wieder auf. Anstatt sich aus der Gefahrenzone des Berges schnellstens zu entfernen, ging er sofort zum Angriff über. Tomaru blieb nichts anderes übrig, als diesen Kampf auszufechten, obwohl er sich viel lieber von dem unheimlich krachenden und donnernden Berg und seiner grau-schwarzen, mit glühenden Steinen durchsetzten Pilzwolke entfernt hätte, die immer bedrohlicher über ihnen hing.

Er entschloss sich, gnadenlos vorzugehen und Sorotume schnellstmöglich zu besiegen, damit er selbst noch eine Gelegenheit hatte, aus der Gegend zu verschwinden, bevor hier die Welt unterging. Es würde ihm nichts anderes übrigbleiben, als Sorotume hart anzugehen. Sorotumes wütende, unüberlegte Angriffe abzuwehren, war für den nun kaltblütig kämpfenden Tomaru keine große Schwierigkeit. Als Sorotume sich eine Blöße gab, ergriff Tomaru seine Chance und zog seine Feuersteinklinge erbarmungslos durch Sorotumes Kehle. Dieser stürzte mit vor Entsetzen geweiteten Augen zu Boden und griff sich an die zerfetzte Kehle. Tomaru wartete nicht ab, bis sein Gegner verblutet und tot war. Ein Blick in den Himmel ließ sein Herz vor Schreck fast stillstehen, denn die schwarze Staub- und Rauchwolke begann sich zu senken und verstreute Asche und Steinchen.

Tomaru ließ alles fallen; seinen Rückenbeutel, seine Waffen, seine Vorräte und rannte los. Bloß weg von diesem unheimlichen Himmel und dem Gedonner. Hinter ihm fiel die Pilzwolke langsam über dem zersprengten Berg in sich zusammen und stürzte in atemberaubender Geschwindigkeit die Hänge des Seebergs hinunter. Auf ihrem Weg walzte und brannte die höllisch heiße Mischung aus zischenden Gasen und glühender Asche alles nieder. In der mehreren hundert Grad heißen Bodenwolke ließ die Hitze die Feuchtigkeit in Büschen und Bäumchen schlagartig verdunsten und trug die verkohlten Reste mit sich fort.

Ein einziger, Entsetzen erzeugender Blick zurück sagte Tomaru, dass er es niemals schaffen würde, diesem heranrollenden graudunklen Ungetüm zu entkommen, das in tausendköpfigen Asche- und Gasauswüchsen schneller als jede galoppierende Pferdeherde auf breiter Front auf ihn zugerast kam. Sein Schicksal annehmend, legte er seine Hände fest um seine Hälfte des Mohnamuletts, presste es an seine Brust und sandte seinen innigsten Wunsch an die Akudari und die Sternengötter:

„Beschützt Irilani und meine Tochter. Vereint mich mit Irilani irgendwann und irgendwo."

Dann bot er dem heranrasenden Grauen tapfer die Stirn. Schon rollte die verdichtete Luft heran, die die Bodenwolke vor sich herschob, gefolgt von der glühend heißen Masse aus Gas und Asche. Tomaru starb innerhalb weniger Sekunden. Sein Körper wurde mit der Wolke davongetragen, verkohlte ganz in wenigen Minuten und zerstob mit allem anderen Lebenden in der wütenden Wolke. Nur die steinerne Amuletthälfte überstand den tobenden Tanz der vulkanischen Elemente eine Weile zwischen Tomarus verglimmenden Fingern und lagerte sich zusammen mit den Ascheteilchen in einiger Entfernung vom Seeberg im Gelände ab, als die Wucht der Bodenwolke endlich nachließ und ihre Bestandteile auf den Grund der zerstörten Landschaft sanken.

Der Vulkanberg sprengte ein paar Tage später eine noch gewaltigere Aschesäule in den Himmel und immer wieder rasten Glutlawinen in verschiedene Richtungen die Hänge des Seeberges hinab und füllten ganze Täler mit ihren Ablagerungen bis zum Rand. Schwarzer Regen bedeckte die Heiden und Wäldchen so dicht, dass alles Leben erstickte. Während der unterschiedlichen Ausbruchsphasen rieselten aus den hochgestiegenen Pilzwolken meterhohe Schichten von kleinen Kügelchen aus zerfetztem und erkaltetem Magma und Gestein und bedeckten im weiten Umkreis das Land unter zwanzig Mann hohen Schichten. Vom Wind getragen sanken noch Ascheteilchen im hohen Norden auf den abschmelzenden Rändern der sich zurückziehenden Gletscher nieder und als der Wind kurze Zeit auf Nord drehte, gingen selbst noch in den südlichen Gefilden jenseits der Schneeberge Ascheregen nieder.

Die gequälten und erschütterten Luftschichten reagierten mit heftigen Gewittern und Unwettern. Lockere Ablagerungen vermischten sich mit Regenwasser und schwemmten in reißenden Schlammlawinen riesige Mengen von Lavabrocken und Asche in den Großen Fluss. Am nördlichen Ende der Flussniederung bildete sich an der felsigen Engstelle ein Schlammlawinenwall, der den Großen Fluss aufstaute. Das langsam steigende Wasser überflutete die ascheüberzogene Niederung und flussaufwärts die Uferzonen des Großen Flusses und seiner Nebenflüsse für mehrere Wochen. Als der Druck des angestauten Wassers die Mauer durchbrach, verwüstete die Schlammwand die Ufer am Unterlauf des Großen Flusses und ließ die Niederungen der Nebenflüsse schlammbedeckt zurück.

Der Seeberg rumorte und bebte noch einige Wochen lang. Es kam immer wieder zu kleineren Ausbrüchen und Beben. Als er endlich wieder zur dauernden Ruhe gelangte, hatte er im weiten Umkreis eine zerstörte, mit Asche bedeckte Wüste hinterlassen, in der sich nichts mehr regte außer dem Wind, der den grauen Staub aufwirbelte. Der Lebensraum der Clans war für eine Ewigkeit begraben und Todesstille breitete sich über das gemarterte Land.

Neuland

Als der von weit her heranrollende Donnerknall das Lager des Mohn-, Bären- und Rotsteinclans am Krummen-Knoten-Fluss erreichte, rannten alle zutiefst erschrocken aus ihren Zelten und richteten ihre Augen suchend in die Richtung, aus der das Dröhnen gekommen war. Weit entfernt hinter dem Horizont stieg langsam eine blauschwarze Wolke so weit in den Himmel hoch, dass sie selbst für Irilani aus der Entfernung zu sehen war.

Irilani drückte ihre Tochter beruhigend an sich. Aufgeschreckt von den vielen gespannten und erschrockenen Gesichtern um sie herum hatte sie zu weinen angefangen. Alle sprachen aufgeregt durcheinander und fragten sich, was diese Erscheinung wohl bedeuten mochte. Die Richtung war klar die des Seebergs und wenn das stimmte, dann stand es um die Ehrwürdigen am Ringkreis bestimmt schlecht. Stundenlang sah man zu, wie die schmutziggraue Wolke sich immer höher auftürmte und dann langsam in sich zusammenfiel. Irilanis Herz wurde schwer. Sie klammerte ihre Hände um ihre Amuletthälfte. Unter Tränen flehte sie die Akudari-Göttersterne an, Tomaru am Leben zu lassen.

Als die nächsten Tage vergingen und immer wieder entfernte, schwere dumpfe Ausbruchsgeräusche und riesig hohe Aschetürme am Horizont von einer großen Katastrophe in der Nähe des Sonnenkreises kündeten, wurde Irilani immer stiller und als die Ehrwürdigen Eingeweihten ohne Tomaru eintrafen, konnte sie den Schmerz kaum noch aushalten. Wie im Traum ging sie ihren Verpflichtungen nach, kümmerte sich um ihre Tochter und verteilte die Heilmittel, die sie mitgenommen hatte, an die Kranken. Als der Nordwind einige Tage lang selbst am Krummen-Knoten-Fluss die Wiesen und Wälder dünn mit Asche bedeckte, fiel schon fast die Entscheidung, weiter nach Süden zu wandern, doch nachfolgende Regenfälle schwemmten die Asche schnell wieder weg.

Irilani wartete mit blutendem Herzen. Die Ehrwürdigen hatten ihr mitgeteilt, dass Tomaru sich wohl direkt im Seeberggebiet aufgehalten hatte, als der Berg in die Luft flog. Als ein ganzer Mond vergangen war und Tomaru nicht zurückgekehrte, befürchtete sie endgültig das Schlimmste und doch hoffte sie immer noch.

Das Leben der Clans ging weiter. Die Ehrwürdigen Eingeweihten fanden eine geeignete Stelle in der weiteren Umgebung und ein neuer Shirolan-Kreis wurde ausgetüftelt und markiert. Als die Clans sich in der Region eingerichtet und ausreichend versorgt hatten, begannen sie, einen neuen Graben auszuheben und mit dessen Material den Ringwall und ein neues Mittelplateau aufzuschütten. Die Ehrwürdigen sandten ihre Läufer aus, um mit den Clans des neuen Lebensraumes in Verbindung zu treten und nachbarschaftliche Beziehungen anzuknüpfen. Nur wenige Shirolan-Umläufe gingen dahin, bis das Leben der drei Clans wieder in geregelten Bahnen verlief.

Als Irilani ihrer Tochter nach und nach die verschiedenen Clan-Giringhas einritzte, hatte sie all ihre Hoffnungen auf Tomarus Rückkehr in ihrem Herzen längst begraben und das Schicksal angenommen, für den Rest ihres Lebens ohne Tomaru auskommen zu müssen. Wie schon während Tomarus beider Reisen, verschloss sie ihre Liebe und ihren Schmerz in der Tiefe ihres Herzens, wo sie bis zu ihrem Ende als kleine, leuchtende Flamme ihre Seele wärmte. Viele Jahre widmete sie sich als Ijatiba-Kahua ihrem Clan und als liebevolle Mutter ihrer Tochter, die zu einem sehr hübschen und kraftvollen Mädchen herangewachsen war. Irilani bedauerte es sehr, dass Tomaru es nicht miterleben durfte wie sie ihr Namens-Giringha auf Liadara - Hoffnungsstern - erhalten hatte.

Nachdem Liadara sich einen Mann aus einem Nachbarclan ausgesucht hatte und Irilanis Enkel und Enkelinnen geboren wurden, die wie Irilani und Liadara selbst, fast alle geknickte kleine Finger vererbt bekamen, fand Irilani für viele Jahre ihre letzte Aufgabe am neuen Sonnenkreis auf den Höhen über den Niederungen des Krummen-Knoten-Flusses als Lehrerin vieler Ijatiba-Nachwuchsjahrgänge.

Watenko hatte nach einiger Zeit ein Gespräch mit Irilani gesucht und zunächst seine unverbrüchliche Freundschaft bewiesen, indem er Irilani bei ihren Erkundungsmärschen in die fremde Landschaft begleitet hatte, wenn sie Nachschub für ihre Kräuter suchen musste. Beim Aufbau und Einrichten einer neuen Ijatiba-Hütte hatte er sich wesentlich beteiligt und dafür gesorgt, dass Irilanis Vorstellungen auch ausgeführt wurden. Lange hatte Irilani mit den Akudari und dem ihr auferlegten Schicksal gehadert und lange um Tomaru getrauert. Doch das Leben musste ja weitergehen und sie hatte den unerbittlichen Schmerz des Verlustes endlich in die tiefste Ecke ihres Herzens verbannt. Sie hatte sich Watenko anvertraut und lange Gespräche über ihre Gefühle geführt. Als Irilanis Schmerz um Tomarus Verlust nach und nach erträglich wurde und Irilani wieder mit Freude am Leben teilnehmen konnte, hatte er seine ganze Liebe in die Waagschale geworfen und Irilani nicht nur freundschaftlich in seine Arme genommen, sondern auch höchst leidenschaftlich ihre körperlichen Gefühle wieder geweckt. Irilani war überrascht über sich selbst gewesen und hatte lange darüber nachgedacht, ob sie damit nicht Tomarus Liebe verriet. Doch Tomaru war tot. Immer noch schmerzte sie der Gedanke. Doch sie lebte. Sie musste sogar leben und für ihre Familie und die Clans das Beste geben. Nach reiflicher Überlegung kam sie zu dem Schluss, dass Tomaru der Letzte gewesen wäre, der gewollt hätte, dass sie ihr Leben der Trauer um ihn unterordnete und der Lebenslust entsagte.

Watenko war die zweitbeste Wahl, die das Schicksal ihr als Hilfe und Stütze in allen Lebenslagen, aber auch zu ihrer Freude und Lust gesandt hatte. Dieses großzügige Angebot würde sie nicht ausschlagen! Für immer und ewig würde Tomaru ihre große Liebe bleiben; daran würde sich auch nichts ändern, wenn sie den Rest ihres Lebens mit einem anderen teilte. Zeitlebens opferte sie den Akudari und sandte ihre Bitten um Wiedervereinigung mit Tomaru zu den Sternen.

Alle paar Shirolan-Umläufe schickten die Ehrwürdigen Eingeweihten junge Leute zum Seeberggebiet, um die Lage dort zu erkunden. Und immer kamen die Läufer zurück und meldeten, dass die mit Asche, Staub und verhärteten Schlammströmen überdeckte Landschaft immer noch eine einzige Wüste war. Erst viel später zeigte sich erstes Grün und der Große Fluss spülte nach und nach die Ufer seiner verschütteten Niederungen wieder frei. Hier und da brüteten nach langer Zeit wieder Wasservögel in den Gebüschen der Flussauen, doch bot die zerstörte Landschaft ringsherum keine Gelegenheit für die Clans, dorthin zurückzukehren und ihre alte Clanstruktur wiederzubeleben. Alle richteten sich für immer im Süden ein. Die Nachgeborenen kannten es sowieso nicht anders. Eine Generation nach der anderen wuchs am neuen Standort auf und das Ereignis, das eine ganze Region entvölkert und zum Auswandern gezwungen hatte, versank im Reich der Überlieferungen.

Irilani war darüber alt geworden und ihrer Aufgaben müde. Sie war nun schon betagter, als die meisten ihrer Clanmitglieder jemals geworden waren und die einzige, die aus ihrer Generation noch am Leben war. Schon lange war auch Watenko zu den Akudari gegangen. Nun war sie alt und weißhaarig geworden, ihr Rücken gebeugt und ihre Hände konnten kaum noch die Kraft aufbringen, die Mörsersteine zu bewegen. Zur Unterstützung des derzeitigen Ijatiba-Amtsinhabers hielt sie nur noch Wache an den Krankenlagern und hoffte, dass die Göttersterne ihr endlich bald den Tod gaben und sie mit Tomaru wieder vereint sein konnte. Doch die Akudari hatten es nicht eilig, Irilani zu erlösen.

Abschied

Als die Ehrwürdigen Eingeweihten wieder einmal entschieden, dass es an der Zeit sei, sich im Ursprungsgebiet der Clans umzusehen und zu erforschen, wie es so viele Sonnenumläufe nach dem Seebergunglück dort aussah, bat Irilani darum, mitgenommen zu werden. Sie wollte ihr Leben dort beenden, wo es begonnen hatte und wo Tomaru seines verloren hatte. Die Ehrwürdigen, die die Überlieferungen und Geschichte der Clans hüteten und Irilanis aufopferungsvolle Verdienste als Ijatiba zu würdigen wussten, beauftragten zwei junge Clanmitglieder, Irilani bei ihrer letzten Reise in jeder Weise behilflich zu sein und sie zu tragen, wohin auch immer sie wollte und schickten dann den Forschungstrupp ins alte Clangebiet los.

Bevor Irilani den Clan verließ, übergab sie ihrer Tochter, die mittlerweile selbst schon Großmutter war, die Amuletthälfte, deren Geschichte Liadara und sämtliche Nachkommen von klein auf immer wieder erzählt bekommen hatten. Irilani nahm ihr das unauflösbare Versprechen ab, dieses Amulett und die dazugehörige Geschichte unter allen Umständen an die nächsten Generationen weiterzugeben, bis die beiden Hälften irgendwann, und sei es in ferner Zukunft, wieder vereint sein würden. Liadara versprach es unter Tränen und verabschiedete sich von ihrer alten Mutter.

Um Irilani scharte sich eine vielköpfige Gruppe. Wie Irilani immer wieder erstaunt beobachtete, hatte sich allein über ihre und Tomarus einzige Tochter ein breiter Fluss von Nachkommen gebildet, von denen mindestens die Hälfte auch die kleinen krummen Finger geerbt hatte. Irilani musste lächeln. Ausgerechnet dieser Fingerknick, der ihr immer so verhasst gewesen war, bildete nun ein Zeichen, an dem man ihre Nachfahren erkennen konnte.

Die Ehrwürdigen hatten sich entschieden, den Trupp über die Höhenzüge des östlich des Knoten-Flusses liegenden Gebietes zu senden, um von einem hohen Peilberg des ehemaligen Sonnenkreises aus, der im Mündungswinkel von Knoten-Fluss und Großem Fluss lag, einen Überblick über die Lage zu bekommen. Schon auf dem Weg dorthin erkannten sie, dass die Staub- und Ascheschichten, die hier damals niedergegangen waren, mittlerweile mit einem dichten Teppich von Flechten und Moosen und an geeigneten Stellen sogar schon mit Gras und niedrigem Buschwerk bewachsen waren und dass sich an bevorzugten Stellen wieder Kiefern in die Ritzen klammerten.

Als sie aber vom Peilberg aus über das Mündungsgebiet und darüber hinaus in das Drachenzackengebirge blickten, war immer noch zu erkennen, dass in diesem Gebiet damals alles Leben ausgelöscht worden war. An eine Rückkehr der Clans war noch immer nicht zu denken, auch wenn überall kleine Flecken von Vegetation im Sonnenlicht leuchteten. Es würde noch viele Shirolan-Doppelwellen dauern, bis das Pflanzenreich sich weit genug erholt hatte, um eine große Anzahl von Tieren auf Dauer hierher zu locken. Den Gedanken, innerhalb weniger Generationen hier wieder siedeln zu können, mussten die Ehrwürdigen Eingeweihten endgültig begraben. Ein Teil der Forschungsgruppe des Shirolan-Kreises machte sich dennoch auf, um den alten Sonnenkreisstandort aufzusuchen. Es zeigte sich, dass auf dem Berg direkt nur relativ wenig Asche niedergegangen war und man schlug ein Behelfslager auf, um sich dann in die Region des Seeberges vorzutasten. Die Neugierigen trieb es schnell wieder zurück. Die abgelagerten Schichten waren zwar verfestigt und tragfähig, aber das Gelände durch die überall tief ausgewaschenen Regenrinnen viel zu gefährlich und unfallträchtig. Irilani hörte sich wehmütigen Herzens den Bericht über die Reste des alten Sonnenkreises an. Soviel Zerstörung überall! Mit letzter Kraft erklomm sie die Höhe des Peilberges und ließ sich völlig entkräftet an einem Felsen nieder. Sie schaute hinunter in die Flussmündung und suchte mit müdem Blick den weiter flussabwärts gelegenen Hang, wo einst die Mohnclansiedlung gelegen hatte.

Kraftlos sanken ihre Lider nieder. Vor ihrem inneren Auge ließ sie die Jahre ihrer Jugend und die Zeit mit Tomaru auferstehen. Als sie sich des kurzen Glücks entsann, das sie mit ihm genießen durfte, brachen die Schutzmauern, die sie um ihre Liebe und ihren Schmerz in ihrem Herzen errichtet hatte. Die Sehnsucht und Liebe nach Tomaru durchflutete ihren gebrechlichen Körper und sie bat die Akudari unter Tränen, ihr nur noch schwach klopfendes Herz doch endlich stillstehen zu lassen und sie mit Tomaru zu vereinen! Und dieses Mal erhörten die Göttersterne ihren Wunsch. Tomarus jugendliches Bild und sein strahlendes Lächeln vor Augen, hob sie zitternd ihren Arm und griff suchend in die Luft, um Tomarus Wange zärtlich zu streicheln - und ließ sie dann kraftlos für immer sinken. Als ihre Begleiter sie fanden, konnten sie in Irilanis friedvollem Gesicht noch die tiefe Liebe leuchten sehen, die sie mit Tomaru einst verbunden hatte.

Sie erfüllten Irilanis letzten Wunsch. In der Nacht leuchtete ihr Scheiterhaufen als letztes Abschiedszeichen über den einsamen Hügeln und Niederungen der alten Heimat. Ihre Asche begruben sie zusammen mit ihrer Ijatiba-Federkrone unter dicken Rötelschichten am Nordhang des Berges. Die Reisenden kehrten der gequälten Landschaft den Rücken und eilten zu ihren Clans zurück, die am Krummen-Knoten-Fluss eine neue Heimat gefunden hatten. Für viele Jahrtausende sollte Irilanis einsames Grab der letzte Hinweis auf die Anwesenheit des Menschen am Großen Fluss zur Zeit des Seebergausbruchs bleiben.

Shirolan, die Göttersterne und alle Akudari ziehen weiter unerschütterlich ihre Bahnen am Firmament, weben wirre Schicksalsstränge, an denen sich Irilanis und Tomarus Amuletthälften und Seelen durch die Zeiten bewegen und unaufhaltsam ihrer Wiedervereinigung in weit entfernter Zukunft zustreben.

Danksagung

Mein Dank richtet sich an die Mitarbeiter der Landesbibliothek Koblenz, die mir bei den Recherchen im Dschungel der Fachliteratur kompetent und immer freundlich zur Seite gestanden haben.

Insbesondere die Publikationen und Vorträge von Prof. Gerhard Bosinski zu den Funden in Gönnersdorf und die Sachbücher unseres deutschen Vulkan"papstes" Hans-Ulrich Schmincke zur Vulkanologie der Eifel haben mein Wissen vertieft. Ich bedanke mich bei den Archäologen der Region, die mir mit persönlicher Beratung weitergeholfen haben.

Die unterschiedlich gestalteten Infozentren des Vulkanparks Eifel (www.vulkanpark.com) verdeutlichten mir mit multimedial aufbereiteten Ausstellungen die Geschehnisse der Vergangenheit und führten mich zu den aufschlussreichen Stationen der Vulkanstraßen.

Informationen und Anregungen zu den Themengebieten Jagd, Waffen, Vegetation, Kleidung und Behausungen in der Steinzeit, verdanke ich dem Museum Mon Repos bei Neuwied, insbesonders dem experimentellen Archäologen Harm Paulsen und dem Museum Schloss Gottorf bei Schleswig, mit ihren lehrreichen Ausstellungen.

Viele praktische Anregungen über das Leben und Arbeiten vor 13000 Jahren fand ich in den Inhalten einiger Internetseiten, die sich tiefschürfend mit dem Thema „Jäger und Sammler" befasst haben.

Weitere Infos zur Autorin und zum Buch finden Sie unter www.rheinland-saga.de